그린라이트 1

그린라이트

· 1 ·

이여운 장편소설

Vol. 1

세기의 이혼	7
차용 증서와 반지	43
인터뷰	79
실검 1위 휴먼 인사이드 최권후	122
공개 수업 대신 공개 고백	159
메이저 리거 차승재	197
1초의 입맞춤	232
이별서	270
되돌아온 반지	305
취중 키스	337
가지 마요	369

[Contents]

Vol. 2

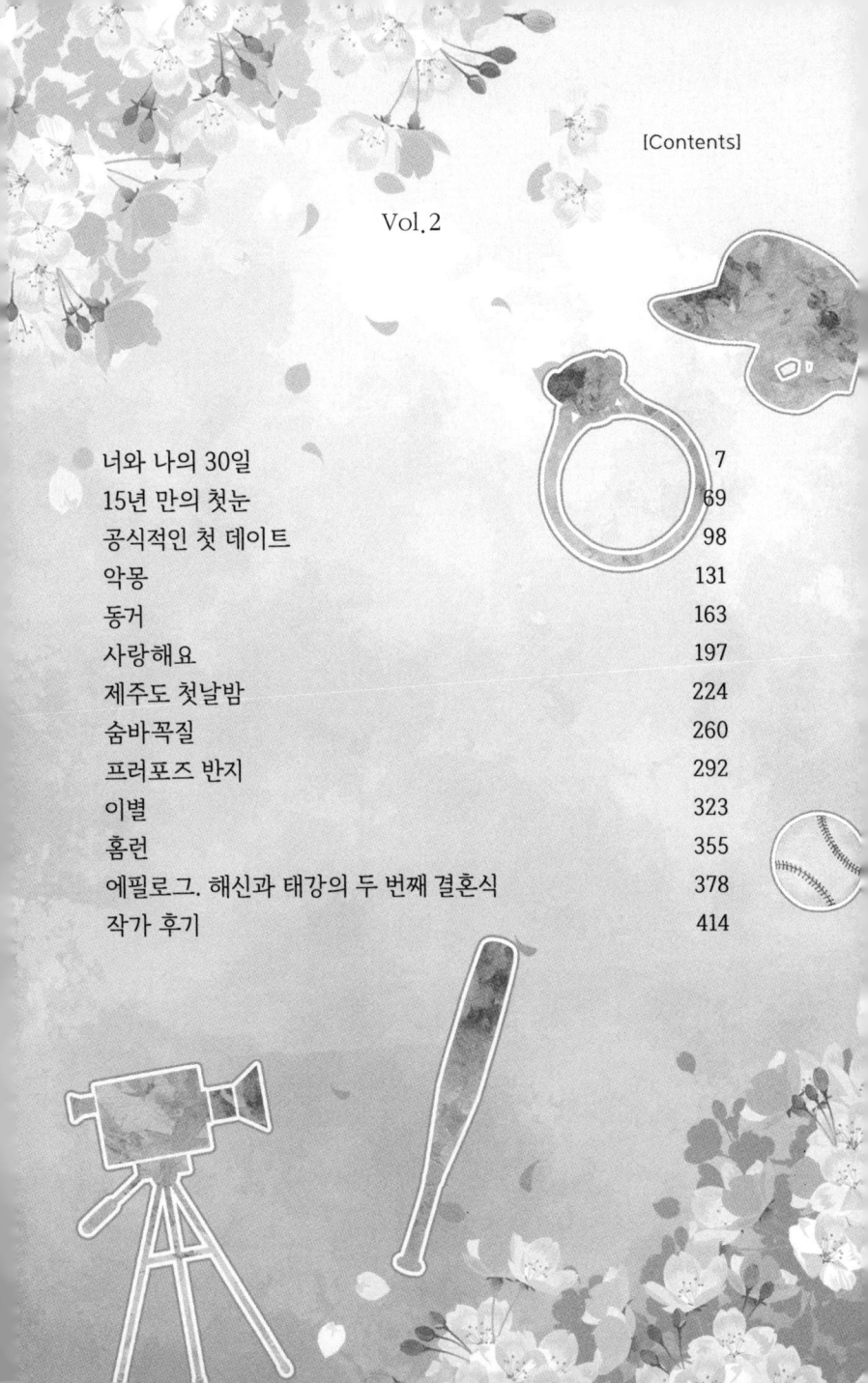

너와 나의 30일	7
15년 만의 첫눈	69
공식적인 첫 데이트	98
악몽	131
동거	163
사랑해요	197
제주도 첫날밤	224
숨바꼭질	260
프러포즈 반지	292
이별	323
홈런	355
에필로그. 해신과 태강의 두 번째 결혼식	378
작가 후기	414

Chapter 1

세기의 이혼

 태강 그룹의 최강후와 해신 그룹의 오수정이 결혼할 때 사람들은 '세기의 결혼'이란 표현을 썼다. 치열한 산업 전쟁을 벌이던 두 기업이 드디어 평화 협정의 시대를 맞이했다는 신호탄이나 마찬가지였으니까. 두 그룹 직원 38만 명의 인생뿐만 아니라 어쩌면 대한민국의 미래까지 바꾸어 놓을 그런 결혼이니, 정말 말 그대로 세기의 결혼이었다.
 그럼 그들의 이혼 역시 세기의 이혼일까?
 "태강 놈들!"
 아버지 오 회장은 다시 태강 사람들을 욕하며 태강 그룹과의 2차 대전에 돌입하였다.
 "수정아, 한 번만 다시 생각해 봐. 이혼녀라니, 네가 그걸 어떻게 감당하려고 그래."
 그리고 어머니 정 여사는 완벽한 첫째 딸한테 '이혼녀'라는 낙인이 찍히는 걸 두려워하기만 했다.
 "난 재판할 거야."

언제나 얌전하고 정숙했던 언니 수정은 이혼한다고 말한 뒤부터 독립운동가처럼 재판까지 불사하는 용맹함을 보였다. 눈에 뵈는 게 없는 것 같았다.

 이혼이란 다른 집과 마찬가지로 그녀의 집에도 갑작스러운 불행이었다. 그녀는 이 불행에 동참하고 싶지 않아서 입을 꾹 다물고 있었는데 언니 수정과 눈이 마주쳤다. 슬픈 표정으로 위로해야 하나, 큰 목소리로 같이 분노해 줘야 하나 몰라서 어색한 미소만 흘러나오는데 수정이 그녀에게 말했다.

 "넌 나처럼 정략결혼 하지 말고 꼭 연애결혼 해."

 충격과 놀라움의 연속이다. 이혼 앞에서 결혼을 말하다니.

 "그게 무슨 소리야!"

 어머니는 '연애결혼'이란 불량식품 같은 것이라는 듯이 크게 화를 내셨다.

 "쟤까지 정략결혼 해서 딸 두 명이 전부 이혼녀 되는 것보다는 낫지 않아요?"

 순간 칼로 찌르는 듯한 날카로운 수정의 기운에 밀린 어머니의 입이 다물어지는 걸 보고 은서는 수정에게 처음으로 존경심을 느꼈다. 이야, 이혼이란 엄청난 거구나. 사람이 완전히 바뀌어 버렸다.

 언니의 이혼으로 그녀의 집이 전쟁터가 되었다고 해도 은서는 아무 일도 없는 사람처럼 회사에 출근해서 평소처럼 일해야 했다. 그게 프로의 태도였으니까. 그녀는 ZBS 방송국 교양국에서 조연출 일을 하는 말단 피디였다.

방송국에 취직하자마자 그녀의 이름으로 대출도 받아서 집을 구했다. 안 그럼 그녀도 언니처럼 맞선을 보고 정략결혼을 해야 할 운명이었으니까. 그녀가 비록 언니만큼 예쁘지도, 똑똑하지도, 품위가 넘치지도 않지만 적어도 인생의 목표만은 분명했다. 원하는 일을 하며 살고 싶었다. 그녀가 직접 번 돈으로 구한 집이었기에 부모님도 그녀의 독립을 막지 못하셨다.

―네가 얼마나 버티겠니? 1년 안에 울면서 집에 돌아오게 될 거다.

어머니의 말이 틀렸다는 걸 증명하기 위해서라도 그녀는 반드시 성공한 방송국 피디가 되어야만 했다. 비록 4년이 흐를 동안 성공한 방송국 피디가 된 건 아니지만, 적어도 어머니의 말씀처럼 울면서 집에 들어가지는 않았다.

방송국에서 일하는 동안은 해신가의 둘째 딸이 아니라 그냥 직장인 오은서일 뿐이었기에 집안과 엮이는 일은 없을 것이라고 생각했건만, 사회의 일은 속단하면 안 되었다. 보통 그 순간 뒤통수를 얻어맞는 일이 생겼다.

"오 피디도 이제 자기 프로그램을 맡아서 해 봐야 하지 않겠어?"

수석 프로듀서 양수창 피디가 기회를 주겠다고 하자 그녀는 의심부터 했다.

항상 부려 먹기만 하던 인간이 갑자기 왜?

"진짜요?"

"그래, 그러니까 이번 '휴먼 인사이드'부터 단독으로 해 봐."

'휴먼 인사이드'는 사회 유명 인사들을 인터뷰하는 방송으로, '수요 매거진'이라는 ZBS 대표 교양 프로그램의 마지막 꼭지였다.

"이번에 이 사람 인터뷰할 건데, 잘못하면 바로 조연출로 강등이야."

남의 뒤에서만 일하다 처음으로 그녀의 능력을 제대로 보여 줄 기회였다.

"네, 제가 정말 열심히……."

열의를 다 보여 주겠다는 의지로 눈빛을 반짝이던 은서는 종이에 적힌 인터뷰이의 이름을 보고 불꽃이 피어오른 지 5초 만에 푸시식 꺼져 버렸다.

라온 피닉스 최권후 구단주

은서는 그 이름을 보고 눈가가 파르르 떨렸다.

"인터뷰이 희망 대상자인가요?"

"아니, 픽스된 거야. 그러니까 섭외부터 해."

설마, 뭘 알고 이러는 건가?

은서는 의심스러운 눈으로 양수창 피디를 쳐다보았는데, 그는 능글맞은 미소를 지으며 충고했다.

"너무 작가한테 맡기지 마. 최종 책임은 피디가 지는 거니까. 알지?"

"만약 최권후 구단주 인터뷰 거절당하면 다른 사람을……."

최권후가 이런 언론 인터뷰를 쉽게 할 인물도 아니었고, 그녀는 평생 기억에 남을 첫 연출을 최권후와 하고 싶은 마음이 눈곱만큼도 없었다.

"그럼 아직 수양이 부족하다는 거니 그냥 계속 조연출 하는 거지, 뭐."

"제가 최권후보다 더 유명한 사람 꼭 섭외할 테니까……!"

"오 피디가 원하는 사람은 최권후 구단주 다음에 얼마든지. 그럼 수고해."

전혀 수고할 수 없는 상황을 던져 놓고 양 피디는 팔자걸음으로 멀어져 갔다. 은서는 인터뷰이에 적힌 최권후의 이름을 다시 한번 쳐다보았다. 피해 가자니 그럼 언제 메인 피디를 할 수 있을지 까마득하고, 정면 돌파하자니 하필이면 사돈이다.

이젠 애증의 카테고리에 들어가 버린 그 이름, 사돈. 최권후는 태강가의 둘째. 그러니까 언니 남편의 동생이었다.

세기의 이혼이 언니의 인생뿐만 아니라 그녀의 인생까지 휘저어 놓고 있었다.

게임 회사 '라온'은 생긴 지 5년밖에 안 된 회사였지만, 꼭 입사하고 싶은 기업 베스트 3위 안에 들 정도로 무서운 상승세를 타고 있었다. 게임 '엑시트'의 폭발적인 인기로 인정을 받기 시작한 회사는 직원들의 SNS를 통해 드러난, 대기업보다 더 대단한 직원 복지로 취업 준비생들의 시선까지 끌어모았다.

그리고 이번에는 해체 직전에 몰린 만년 꼴찌 야구단을 인수하면서 대중에게 '라온'이란 회사 이름을 확실히 각인시켰다. 야구단은 대기업만이 소유할 수 있는 것으로 생각했는데 생긴 지 5년밖에 안 된 게임 회사가 야구단을 인수했으니, 그 패기에 감탄하는 사람도 있었고, 그 객기를 조롱하는 사람도 있었다.

"대표님, ZBS 방송국에서 인터뷰 요청이 들어왔습니다."

라온이 야구단을 인수하면서 구단주가 된 최권후 대표에게 언론의 인터뷰가 쏟아지기 시작했다. 최연소 구단주라는 것도 이목을 끌었지만, 그보다 더 흥미로운 건 그의 백그라운드였다. 안전한 태강 그룹의 품을 뛰쳐나와 홀로서기를 시도하는 귀공자의 스토리는 언제나 사람들의 관심을 끌 만하였다.

"인터뷰는 안 한다고 했잖아."

시원하게 뻗은 콧날과 길고 우아한 눈매를 가진 남자는 우월한 유전자의 조합으로 빚어진 아름다운 외모를 가지고 있었지만, 그의 목소리에는 짜증이 서려 있었다. 귀찮은 일은 남이 등을 떠밀어도 절대 안 할 것 같은 고집이 까맣게 빛나는 그의 눈동자에 들어차 있었다.

"사돈아가씨가 그 방송국에서 일하고 계십니다."

방송국 사람들도 모르는 일급 정보를 백 비서는 훤히 꿰고 있었다. 권후는 그제야 고개를 들어 비서의 얼굴을 보았다.

"그래서 나보고 어쩌라고?"

권후의 물음에 항상 자기 일을 철저히 처리하는 백 비서도 살짝 당황했다. 그래도 대표의 사돈 집안사람이라 일부러 신경을 써서 전달한 것이었다.

"이번 인터뷰도 거절하실 거면 대표님이 직접 전화하시는 게 예의가 아닐지……."

세상에 나이스한 거절이란 게 존재하기는 할까 싶긴 했지만, 그래도 사돈 간에 갖추어야 할 예의라는 게 있었다. 비록 권후의 형과 형수의 이혼 전쟁이 마무리되면 곧 남이 될 사이라고 해도 말이다.

"형수님 동생이 직접 전화했어?"

"아뇨. 작가가."

"그런데 왜 난 직접 해야 하는데?"

이쯤 되니 그냥 맘대로 하라고 말하고 싶어진다. 하지만 비서의 보스 관리에 포기란 있을 수 없었다.

"그럼 다음에 오은서 피디가 직접 전화하면, 그땐 대표님이 직접 거절하시겠습니까?"

그 질문에는 권후도 몇 초 정도 생각하는 눈빛을 지었다. 하지만 그답게 고민은 길지 않았다.

"걔, 내 전화번호도 모를걸."

대답을 회피하는 동문서답 스킬이다. 요즘 시대에, 그것도 방송국 피디라면 전화번호야 바로 알아낼 수 있었다.

"전화한다면 당연히 비서실로 할 겁니다. 바로 연결해 드리겠습니다."

"아니. 내 전화로 직접 전화하는 거 아니면 안 받아."

"인터뷰도 안 할 거라면, 굳이 그런 걸로 고집 피우실 필요는……."

"먼저 피한 건 그쪽이야."

피해? 혼인으로 맺어진 친척이니까 사돈끼리 불편한 사이일 수는 있었다. 그런데 일부러 피할 정도면, 엄청 나쁜 사이처럼 느껴진다. 아무래도 두 집안의 이혼은 피할 수 없는 일이었나 보다.

레고 블록으로 만들어 놓은 것처럼 디자인된 '라온' 회사의 현판을 은서는 심란한 눈으로 올려다보았다. 죽어도 인터뷰를 안 하겠다는 최권후를 잡기 위해서 은서는 직접 찾아왔다. 전화상으로 인터뷰를 확실히 거절했으니, 그녀가 찾아왔다고 해도 반겨 줄 리가 없었다.

원래 작가와 같이 왔어야 했는데 혼자 왔다. 최권후 앞에서 무슨 꼴을 당할지 예측할 수가 없으니까. 분명한 건 예쁜 꼴은 절대 아니라는 것이다.

"ZBS 오은서 피디입니다. 대표실에 연락 좀 부탁드립니다."

안내 데스크에 방문 소식을 알리고 얌전히 기다리고 있는데 저 멀리 한 마리 학처럼 걷는 늘씬한 체형의 남자가 눈에 들어왔다. 꼭 샤넬 모델 같았다. 이 건물에 모델 에이전시도 있나 생각하고 있는데, 남자는 그녀가 있는 곳으로 걸어왔다.

뭐야? 설마 나야?

번지수를 잘못 찾은 것 같은 당황스러움에 주위를 두리번거리고 있는데, 남자가 그녀에게 고개를 꾸벅 숙여 인사했다.

"최권후 대표님 비서 백시하입니다."

비서라고? 무슨 비서를 이렇게 튀는 인물로 뽑아 놨어.

모름지기 비서란 보스의 뒤에 있는 듯 없는 듯한 그림자 같은 존재였다. 그녀가 지금껏 보았던 모든 비서가 그랬다. 직업을 잘못 찾은 것 같은 비서에게 은서는 어색하게 고개를 숙여 맞인사를 했다.

"ZBS 방송국 오은서 피디입니다."

"네, 알고 있습니다."

"네, 정말 미인이시네요."

"네?"

백 비서가 먼저 정신을 차리고 사정을 설명했다.

"죄송한데, 최 대표님은 지금 회사에 안 계십니다."

온다고 연락도 안 하고 온 건데 어떻게 피한 건가 싶었다.

"그런데 왜 비서는 회사에 남아 있죠?"

외근이었다면 당연히 비서도 동행해야 했다.

"아, 청담 와인 바에 가신 거라……."

"예? 대낮에 술을 마신단 말이에요?"

놀라는 그녀를 보고 백 비서는 혼자 은근한 미소를 지었다.

"거기까지 찾아가실 겁니까?"

어쩐지 그녀가 그러기 싫다고 하면 실망할 듯한 표정이었다.

LUCAS

와인 바의 간판을 은서는 부도덕한 것을 보는 듯한 시선으로 쳐다보았다. 도대체 번듯한 회사 대표가 되었으면서 왜 이 시간에 이런 곳에 있는 건가 싶었다. 뭔가 찝찝한 이유일 것 같아서 자세히 알고 싶지는 않았다. 화려한 샹들리에와 술에 취한 사람들을 생각하며 들어갔는데, 뜻밖에 가게 안에는 청소하는 직원들만 있었다.

"죄송한데 아직 영업 전입니다."

뭐시라?

"라온 최권후 대표님, 여기에 없나요? 비서가 여기에 계신다고……."

"아, 사장님요? 따라오세요."

남자 직원이 그녀를 안내해 룸이 있는 쪽으로 향했다. 그녀는 낯선 풍경에 자꾸 주위를 두리번거리게 되었다.

"최 대표님은 주로 방을 잡고 마시나 봐요?"

"네, 항상 쓰시는 룸이 있어요."

엄청난 단골이라 그냥 방 하나를 통째로 내준 건가 보다. 도대체 여기서 얼마나 마셔 댔으면 오픈 시간 전에 마셔 대도 직원들이 한마디도 안 한단 말인가.

"여깁니다."

그런데 룸 안의 풍경은 그녀의 예상과 전혀 달랐다. 테이블 위에는 술병과 과일 안주 대신 서류들이 잔뜩 쌓여 있었다. 그리고 최권후는 술 대신 커피를 마시며 서류 노동 중이었다.

"사장님, 손님이 찾아왔는데요."

사실 이곳은 그가 오너로 있는 와인 바였다. 라온 초창기에 아직 돈이 되지 않는 회사의 자금난을 막기 위해 권후는 바로 현금이 돌 수 있는 다른 사업을 몇 가지 같이했었다. 라온이 안정화된 뒤에 다른 사업은 거의 정리했지만, 그중에 남긴 게 이 와인 바였다. 이젠 돈보다는 인맥을 관리하기 위해 유지하는 곳이었다. 그만큼 유명인부터 재력가까지 다양한 사람들이 찾는 명소가 된 'LUCAS'였다.

서류 노동 때문에 잔뜩 구겨졌던 잘생긴 얼굴이 그녀를 발견하자마자 눈동자에 이채가 띤다. 그 반짝거림에 그녀의 심장이 쿵, 내려앉았다.

"사돈!"

그녀를 반기는 목소리가 불길하기 짝이 없었다.

"이야, 우리 사돈이 직접 여기까지 날 찾아올 줄은 몰랐네."

감격스럽다는 듯이 웃는 남자의 얼굴을 보는데 속이 울렁거렸다. 불편해서 그랬다. 다른 이유가 아니었다. 이혼 직전의 사돈을 '우리 사돈'이라고 정답게 부르다니, 미쳤나 보다. 하긴, 최권후니까 가능한 일이었다. 그는 언제 어디서나 마이웨이였다. 오죽하면 태강의 무소불위 최태식 회장도 그한테 두 손 두 발을 다 들었겠나.

은서는 불쾌한 목소리로 그의 말을 잘랐다.

"자꾸 사돈, 사돈, 하지 마세요."

언니가 이혼한다고 하기 전에도 친하게 왕래하는 사돈 사이가 절대 아니었다. 언니의 결혼 생활 5년 동안 그를 본 횟수는 손가락으로 꼽을 수 있을 정도였다.

그녀의 까칠한 태도에 그의 얼굴에 걸려 있던 미소도 깎여 나갔다. 이젠 입꼬리는 올라가 있지만 눈빛이 서늘하기 그지없었다. 그녀는 실수했나 싶어 긴장했다. 그런데 그녀는 실수하지 않았다. 함부로 그녀한테 다정하게 군 그가 먼저 실수한 게 분명했다. 그녀의 가족과 그의 가족에게 물어보면 다 그녀가 맞다고 할 것이다.

"내가 이름 부르면 정들 텐데. 그게 더 곤란하지 않겠어?"

다시 입을 연 그의 목소리는 처음보다 감정이 거세되고 느렸다. 그러나 화난 목소리는 아니었다. 그것에 안도하는 그녀가 스스로 생각해도 좀 바보 같았다.

"걱정 마세요. 절대 안 그럴……."

"은서야."

움찔, 불린 이름에 놀라 버리는 그녀 자신이 너무 싫었다. 권후도 뭔가 굉장히 거슬린다는 듯이 미간을 좁히며 고개를 저었다.

"그냥 사돈으로 하자고. 우리가 이혼하는 것도 아닌데."

그의 무심한 말이 그녀의 신경을 건드렸다. 이곳에 오면서 인터뷰 이외에는 절대 신경을 쓰지 말자고 그리 다짐했건만, 도저히 못 들은 척 넘어갈 수가 없었다.

그녀의 집안은 언니의 이혼 때문에 가족 전부가 영향을 받았다. 아버지는 태강과 연결된 사업을 빠르게 정리하기 시작했고, 어머니는 쉬지 않고 나가던 수많은 모임에 마음 편히 나갈 수 없게 되었고, 언니는 죄를 지은 것도 아닌데 거의 집에 갇혀 살고 있었다. 그리고 그녀는 안 그래도 불편했던 사돈과 이리 마주하는 게 더 거북해졌다. 마치 가족들에게 아주 큰 죄를 짓고 있는 것만 같은 기분이었다.

하지만 이 인터뷰를 성사하지 않으면 그녀는 정말 방송국을 다니는 게 힘들어질 수도 있었다. 방송국에서 잘리면 다음 정략결혼은 그녀의 차례였다. 그 생각만 하면 너무 막막했다. 완벽한 언니도 실패한 걸 그녀가 잘할 리가 없었다.

그러니 그녀는 지금 최권후 앞에서 무릎을 꿇고 빌어야 하는 상황인지도 몰랐다. 제발 나 좀 한 번만 살려 달라고. 이 인터뷰에 그녀의 인생이 걸린 거나 마찬가지라고.

"형 이혼인데 신경도 안 쓰여요?"

"전혀."

빌고 싶은 마음도 우습게 만드는 쿨한 대답이었다. 눈앞의 남자는 한 핏줄에서 태어난 자기 형의 이혼에도 전혀 개의치 않고 있었다. 그러니 이혼하면 남이 되는 사돈의 인생 따위 관심이나 있겠나. 자기 일이 아니니까 상관없다는 권후의 태도가 화도 났고, 부럽기도 했다.

"나쁘다."

그녀의 질책에 권후는 눈을 나른하게 뜨며 귀찮다는 듯이 물었다.

"인터뷰 요청하러 온 거 아니었어?"

"네, 맞아요."

그래도 나쁜 건 나쁜 것이다. 그는 참 나쁜 방식으로 자유롭게 살고 있고, 그녀는 부모님의 눈에 미련해 보이는 방식으로 아등바등 애쓰며 살고 있다.

은서는 턱을 들어 올렸다. 가능한 한 당당하게 보이려고.

"두 집안의 아름다운 이별을 위해서라도 인터뷰해 줘요."

그러나 그녀의 입에서 나온 말은 해괴망측하기 짝이 없었다. 아름다운 이별이라니. 이미 두 집안은 최고의 변호사 집단을 끌어모아서 이 이혼에서 어떻게든 피를 덜 묻히려고 악을 쓰고 있었다. 거기의 어디에 아름다움이 있단 말인가. 냉혹한 현실만 있을 뿐이지. 당연히 최권후한테도 그렇게 들렸는지 그는 '하', 입 밖으로 소리를 내어 웃기까지 했다.

"형이 이혼하니까 인터뷰해 줘야 한다는 건 뭔 개소리야?"

멍멍 개 취급까지 받을 정도는 아니었기에 은서는 얼굴이 아무렇게나 찌푸려졌다.

"나랑 인터뷰하고 싶으면 웃어야지."

이젠 표정까지 지적당하자 은서는 속이 끓어올랐다. 차라리 모르는 사람한테 박대당했다면 서러운 마음까지는 안 들었을 것이다. 그녀는 억지로 얼굴을 펴며 차분하게 말했다.

"제가 진짜 인터뷰 잘 찍어 드릴게요. 최권후 구단주님이야말로 피닉스 야구단의 구원자라고."

그 순간, 최권후의 얼굴에 걸린 여유로운 미소가 씻은 듯이 사라지며 굳은 표정이 되었다. 은서는 움찔했다. 그의 이런 표정을 처음 보았기에 더럭 겁이 났다.

"너도 방송국에서 일하다 보니 방송쟁이 다 됐나 봐. 그러니 그런 가증스러운 말을 함부로 하지."

대놓고 비꼬는 말이었다. 그런데 그녀는 그의 말보다 방금 그가 지은 표정이 더 신경 쓰였다. 꼭 실망한 듯한.

"그럼 제가 어떻게 해야 인터뷰 찍어 주실 건데요?"

은서는 자포자기한 심정으로 그에게 직접 물었다. 지금은 그녀가 무슨 감언이설을 해도 그는 삐딱하게 받아들이기만 할 것 같았으니까.

"그래서, 내가 말한 건 뭐든 하겠다고?"

내내 흥미가 없는 태도를 유지하던 최권후였는데, 초콜릿을 부어 넣은 듯한 눈동자가 순간 기묘한 색으로 번뜩였다. 아차 싶었을 때는 이미 시선이 사로잡힌 뒤였다. 불길한 예감이 뱀처럼 몸을 타고 올라왔다. 그래서 그녀는 쉬이 고개를 끄덕일 수가 없었다.

"그럼 한번 생각해 봐야겠네."

세기의 이혼

그녀가 기억하는 최권후는 자기 마음이 내키는 대로 사는 사람이기는 했지만, 못된 사람이 아니었다. 그런데 지금의 그한테서는 못된 기운이 강렬하게 뿜어져 나왔다. 인터뷰하기 싫어서 그녀를 귀찮게 여길 수는 있지만, 설마 그녀를 괴롭히고 싶어 할 줄은 몰랐다.

도대체 왜? 내가 그한테 밉보인 게 있었나?

하지만 두 사람이 사돈 관계가 된 이후, 그녀와 그가 만난 때는 고작 가족 행사뿐이었다. 그러니 그녀가 그한테 실수할 겨를도 없었다는 뜻이었다.

"내가 다시 연락할 테니까, 오늘은 그만 돌아가. 보시다시피 내가 지금 좀 바빠서."

축객령이 떨어졌다.

"다음에 만날 때는 부디 분발하도록 해, 사돈."

격려인지 경고인지 모를 말을 끝으로 아예 서류로 시선을 내리는 태도가 그녀를 투명 인간 취급하는 것 같았다. 은서는 억울한 눈으로 그를 쳐다보았지만 더 이상 돌아오는 시선은 없었다. 할 수 없이 은서는 몸을 돌려 거기서 나와야 했다. 지금은 다시 연락하겠다는 그의 말을 믿는 수밖에 없었다. 물에 빠져 지푸라기를 잡고 버티는 사람의 심정으로.

권후를 직접 만나고 난 뒤, 은서는 더더욱 인터뷰에 자신감이 사라졌다. 그는 딱히 인터뷰할 생각이 없어 보였다. 그냥 이 기회에 그녀를 손바닥 위에 올려놓고 괴롭히려는 것처럼 보일 뿐이다. 예전의 최권후라고 생각하면 안 되었다. 그는 완전히 다른 사람이 되었다. 그러나 작가는 최권후가 연락을 주기로 했다는 말을 듣고 희망적인 표정을 지었다.

"연락한다고 했으니, 그래도 아예 마음이 없는 건 아니지 않을까요?"

작가는 웃었지만, 그녀는 낯빛이 굳었다. 인터뷰를 위해 뭐든 할 수 있느냐고 물었던 최권후의 눈빛이 떠올라 심장이 벌렁거렸다. 꼭 그녀의 간이라도 내놓으라고 할 태세였다.

최권후의 연락을 기다리며 하루가 지나고, 이틀이 지나고, 사흘째가 되었을 때 은서는 핸드폰을 붙잡고 '최권후, 망할 자식!'이라고 욕하였다. 똥개를 훈련시키듯이 자기 연락만 기다리게 할 수작이었다면 정말 제대로 그녀한테 한 방을 먹였다. 그는 손가락 하나 까딱하지 않았는데, 그녀만 3일 동안 속이 타고 애가 타서 변비까지 생겼으니까.

가장 최악인 건, 그녀가 최권후의 연락만 애타게 기다리고 있다는 사실이 매분 매초 그녀를 괴롭힌다는 것이었다. 그리고 이 느낌이 낯설지 않고 익숙하다는 게 너무 거북했다. 이대로는 신경 쇠약에 걸릴 것 같아서 은서는 먼저 최권후에게 연락하기로 했다. 하지만 무턱대고 전화하는 건 안 되었다. 그가 흥미를 느낄 만한 제안을 해야만 했다.

최권후란 인물은 예측 불허였다. 그의 가족들도 최권후한테는 두 손 두 발 다 들었으니, 고작 사돈일 뿐인 그녀가 선불리 그를 판단하는 건 실패의 지름길이었다. 가장 확실한 패를 선택해야 했다.

오랜 세월이 지나는 동안 그한테서 변하지 않은 게 있다면, 그건 그가 여전히 야구와 관련이 있다는 것이었다.

은서는 심호흡을 길게 하고 처음으로 최권후에게 보낼 문자를 적었다. 손끝이 떨리자 힘을 꽉 쥐었다. 이 정도 일에 흔들리면 안 되었다. 아직 건너야 할 산이 많았다.

은서의 문자를 받은 권후는 만족스럽다는 듯이 중얼거렸다.
"애가 타나 보네."
사실 권후는 일부러 연락하는 걸 늦추고 있었다. 그가 연락하기 전까지 은서는 계속 그의 연락을 기다리며 그를 생각할 테니까.

얼굴을 본 건 아마 1년 만인 듯했다. 그리고 제대로 이야기를 나눈 건 15년 만이었다. 15년이라니. 그 엄청나게 긴, 무의미한 시간을 계산하자마자 절로 그의 매끈한 미간이 찌푸려졌다. 그렇게 뜻깊은 대화도 아니고 고작 시답잖은 이야기를 나누기까지 그 긴 시간이 필요했다는 게 저주처럼 느껴졌다.

그가 그녀를 처음 만난 건 열여섯 살이건만 마주친 횟수를 따지면 그리 많지 않았다. 함께한 시간으로 따지면 정말 먼지 같은 수준이다. 관계로 따지면 이혼 직전의 사돈이니 거의 최악이다.

그의 앞에서 불편해 어쩔 줄 모르던 모습이 계속 그의 눈을 찔렀다. 그가 필요해져서 먼저 찾아온 주제에, 꼭 그가 그녀의 영역에 멋대로 침범해 괴롭힌 것처럼 굴어서 그 역시 삐딱하게 받아쳤었다.

오은서가 인터뷰를 이대로 포기해도 그는 전혀 상관없었다. 어차피 그에게는 귀찮은 일일 뿐이었으니까.

그한테 야구단은 상업적인 의미보다는 개인적인 의미가 컸다. 그래서 야구가 아닌 수단으로 많은 사람이 관음하도록 그 자신을 전시하고 싶은 욕망은 조금도 없었다.

오은서가 인터뷰를 포기하지 않아도 상관없었다. 그럼 그는 계속 그녀를 볼 수 있을 테니까.

아마 쉽게 인터뷰를 수락하지 않으면 그녀는 그가 일부러 괴롭힌다고 생각할 테지만, 그것 역시 상관없었다. 더 이상 그를 '선배'라고 부르는 소녀는 없고, '사돈'이라고 경계하는 여자만 남았으니까.

네가 날 좋아하지 않는데, 나라고 너한테 잘해 주고 싶겠어.

> 남자답게 붙어요.
> 제가 이기면 무조건 인터뷰해 주는 걸로.

안타깝게도 그녀한테서 온 건 연서가 아니라 도전장이었다. 도대체 두 사람의 관계가 어디로 흘러가고 있는 건지, 그도 꽹

세기의 이혼 25

장히 궁금했다.

야구를 좋아하는 최권후는 승부사 기질이 있었다. 그러니 그녀가 먼저 던진 도전을 그는 함부로 거부하지 못할 거다. 여자한테 질 게 무서워 피하는 모습으로 비칠 테니까.

> 야구 게임 어때요?

물론 직접 몸으로 하는 야구라면 그녀가 그를 이기는 건 죽었다 깨어나도 불가능하지만, 컴퓨터로 하는 야구 게임은 그녀한테도 가능성이 있었다.

우선 최권후는 몸으로 직접 하는 야구를 좋아할 테니까, 키보드로 하는 야구 게임은 해 본 적이 없을 거다. 이건 거의 확신이었다.

그러니까 그가 게임 회사 대표인데도 라온에서 나온 게임 중 야구 게임이 없는 것이다. 그래도 게임 회사 대표의 권위가 있으니 자기 게임 못 한다는 소리는 절대 못 하겠지.

그러니까 그는 그냥 무조건 그녀와 야구 게임으로 승부를 봐야만 했다. 남자로서, 야구단 구단주로서, 게임 회사 대표로서, 싹 다 걸고.

> 3일 뒤에 콜?

그녀도 연습할 시간이 필요했기에 당장 보자고는 안 했다. 은서는 핸드폰만 뚫어져라 쳐다보았다. 이번에도 그가 무시하거나 거부하면 야구 게임 대결을 피한 걸 인터넷에 올리겠다고 협박을 해야지. 그럼 사람들이 그가 야구단 구단주와 게임회사 대표, 둘 다 자격 미달이라고 얼마나 비웃을지 아느냐고. 그녀가 그와 겨룰 자격조차 없다고 역풍을 맞을 수도 있지만, 그녀가 할 수 있는 건 전부 다 할 거다. 뻔뻔하게, 무례하게.

삑삑ㅡ.

문자가 도착하자 은서는 서둘러 핸드폰을 확인했다.

> 콜.

막상 최권후가 하겠다고 하자 은서는 기쁘기보다 걱정부터 되기 시작했다.

내가 과연 최권후를 이길 수 있을까?

이러고 있을 시간에 게임이라도 한 판 더 하는 게 나을 것 같아서 서둘러 피시방으로 달려갔다. 그날부터 3일 동안 그녀는 야구 게임 특훈을 했다.

3일 동안 잠도 제대로 못 자고 게임만 했더니 눈이 아플 정도로 뻑뻑했다. 그녀는 방송국 피디인데 왜 게임에 목숨 걸고 있는 건지 회의가 들기도 했지만, 이게 다 인터뷰를 위해서라고 생각하며 꾹 참았다.

최권후와는 피시방에서 만나기로 했다. 그녀한테도, 그한테도 생소하고 어색한 장소이기는 했다.

그런데 딱히 만날 곳이 없었다. 그의 회사에서 공개적으로 대결할 수는 없는 노릇이었다. 그건 그녀보다 그가 더 잃는 게 많을 것이다. 그렇다고 그를 방송국으로 부를 수도 없었다. 그럼 양 피디가 무슨 수작을 부릴지 몰라서 불안했다.

무엇보다 양쪽 집안사람들이 모르게 해야 하는 일이었기에, 가능한 한 소문이 안 날 장소를 골라야 했다. 결국 적당한 타협점을 찾은 게 어딜 가나 있는 피시방이었다. 누구라도 올 수 있는 곳이니, 아무도 두 사람에게 관심을 안 가질 것이었다.

피시방으로 들어서는 최권후를 발견한 은서는 움찔했다. 스리피스 슈트를 완벽하게 차려입은 그는 피시방이 아니라 대회의실에 있어야 할 것 같은 도시적인 모습이었다. 회사에서 곧장 오느라 옷을 갈아입을 시간이 없었다고 해도, 그녀에게 가까이 다가오는 그가 너무 부담스러웠다. 영락없이 잘못된 장소에서 마주친 대표님이었다.

"재킷이라도 좀 벗으시면 안 돼요?"

그녀가 보자마자 옷 지적을 하자 그가 눈꼬리를 살짝 올리며 따졌다.

"왜? 내가 창피해?"

잘 차려입어 창피할 수 있다는 게 참 신기한 일이기는 했다.

"게임을 할 때 불편하잖아요."

그녀는 애써 게임 핑계를 댔다. 사람 얼굴에 대고 창피하다고 말할 정도로 무례하지는 않았으니까. 그는 그녀의 말에 동의한 건지, 그녀가 거북해하는 게 거슬린 건지 순순히 재킷을 벗었다. 셔츠 위에 조끼까지 입은 걸 보고 은서는 작게 중얼거렸다.

"엄청 차려입었네."

그 소리가 들린 건지 최권후는 그녀의 옆자리에 앉으며 굳이 대답해 주었다.

"어. 오늘 투자자를 만났거든. 내가 비싸 보여야 돈을 주지 않겠어?"

누가 들으면 자기 몸이라도 판 줄 알겠다.

회사 대표 최권후는 그녀한테 너무 낯설었다. 그녀가 알던 최권후한테는 오직 야구가 전부였으니까.

"그래서 돈 많이 받아 왔어요?"

"아니. 내가 헛짓거리한다고 싫어하던데."

그 헛짓거리가 야구단이라는 걸 그가 굳이 설명하지 않아도 알 수 있었다.

"그래도 야구단, 포기하지 않을 거죠?"

그는 그럴 것 같았다. 아무리 시간이 많이 흘렀고, 두 사람 사이가 이렇게 틀어졌고, 사람도 변했다지만 그래도 의심이 들지는 않았다. 최권후가 야구단을 쉽게 포기할 것이라는.

"꼼수 부리듯이 인터뷰하려고 하지 말고, 게임이나 하자고."

그의 냉정한 태도에 그녀는 쉽게 마음이 긁혔다. 그럴 필요 없는 일인데. 이젠 아무 의미도 없는데도.

"우선 뭐 먹고 하면 안 될까요?"

그녀도 퇴근하고 바로 온 것이라서 아직 저녁을 먹기 전이었다. 그가 언제 올지 몰라서 혼자 시켜 먹지도 못했다. 그가 왔을 때 그녀가 먹고 있으면 너무 추해 보일 것 같아서.

최권후가 대답하지 않고 고개를 돌려 얼굴을 빤히 쳐다보자 은서는 경계하며 몸을 뒤로 뺐다.

"왜 그렇게 봐요?"

그녀는 단지 배고프니까 먼저 먹고 게임하자고 했을 뿐이다. 그 말의 어디가 거슬릴 수 있단 말인가.

"같이 밥 먹으면 데이트 아닌가?"

"말도 안 돼요!"

그의 위험한 말을 듣자마자 은서는 목소리가 높아졌다. 마치 신성 모독이라도 당한 사람처럼. 그녀는 주위에 있는 사람들을 빠르게 손가락으로 가리키며 그가 얼마나 말도 안 되는 소리를 했는지 강조했다.

"그럼 여기서 먹는 사람들은 다 데이트 중이라는 거예요? 저 남학생들도! 저 아저씨도!"

"저 사람들은 단지 식욕을 채우는 거고, 너랑 난……"

"저 안 먹어요. 안 먹을래요!"

권후가 무슨 말을 할지 겁나서 그녀가 빠르게 먹는 걸 거부하자, 그는 가소롭다는 듯이 피식 웃으며 피시방 메뉴판으로 들어갔다.

"그럼 나만 먹는다."

그 말이 은서의 뇌를 세게 때렸다. 게임은 아직 시작도 안 했는데, 제대로 한 방을 먹었다. 그녀는 굳은 얼굴로 메뉴를 고르는 그의 반듯한 옆얼굴을 쳐다보았다.

"와, 피시방이 아니라 식당이네. 맛있는 게 많네."

한껏 즐거워 보이는 눈빛과 목소리가 정말, 너무나도 얄미워 미칠 것 같았다.

나는 배고파 죽겠는데, 자기만 배불리 먹겠다고? 그리고 그게 그리 좋다고?

인터뷰를 거절한 것보다도 이게 더 악마처럼 느껴졌다.

최권후가 그녀의 얼굴은 보지도 않고 지나가는 투로 물었다.

"진짜 안 먹을 거야?"

그 순간 은서는 오만가지 생각이 다 들었다. 배고파서 게임에 질 수도 있으니 눈 딱 감고 아까 메뉴판을 보고 미리 골라둔 치킨 마요 덮밥을 시킬까. 그런데 그럼 그녀가 너무 우스워 보일 것 같았다. 데이트라고 펄쩍 뛸 때는 언제고, 음식 앞에서 태도가 돌변하는 모습이 그의 눈에 얼마나 같잖을까.

"아, 치킨 마요 덮밥도 있네. 이거 먹을래?"

그녀가 시키려고 했던 걸 정확하게 골라내는 그의 말에 은서는 갑자기 너무 서러워졌다.

그걸 왜 맞히냐고. 내가 누구 때문에 굶게 되었는데.

은서는 무겁게 고개를 저었다.

"안 먹어요."

그녀가 끝까지 먹지 않겠다고 하자 권후도 시들해진 표정을 지었다. 좀 지친 얼굴이기도 했다.

"그럼 게임 먼저 하자."

"네? 사돈은 먹는다면서요."

"어차피 너랑 게임을 하면 금방 끝나."

그녀의 실력을 무시하는 말에 은서는 눈에 힘을 주었다. 그녀가 오늘을 위해 얼마나 맹훈련을 했는데. 그의 코를 납작하게 만들어 주고 싶었다.

"지고 나서 딴소리나 하지 마요."

그녀의 도발에도 최권후는 별말 없이 의자에 느긋하게 몸을 기댔다. 반대로 은서는 의자를 바짝 당겨 앉았고, 온몸에 힘이 들어갔다. 권후의 시선이 잠시 은서의 얼굴에 닿았지만, 그녀는 모니터만 뚫어져라 보고 있느라 알아채지 못했다.

"방송 일이 그렇게 좋아?"

갑자기 날아온 그의 질문에 은서는 게임 시작 전에 바짝 곤두섰던 신경이 뚝 끊어진 듯 멍해졌다. 그녀는 그의 눈치를 보며 물었다.

"그렇다고 하면 인터뷰해 주시게요?"

"아니. 그건 너만 거저먹는 거잖아."

은서는 눈으로 최권후를 욕하고는 모니터로 시선을 돌렸다. 기대하고 물은 것도 아니라서 실망도 없었다. '내가 너 그렇게 말할 줄 알았다.'고 미리 짐작한 게 오히려 뿌듯할 정도다.

게임이 시작되었다. 그리고 은서는 깨달았다. 최권후는 야구와 관련된 건 뭐든 욕 나오게 잘한다는 걸.

내가 왜 야구로 최권후를 이기겠다고 덤볐을까? 아무리 게임이라도 야구인데. 잠시 미쳤었나 보다.

거의 이길 가망성이 사라져서 전의를 상실한 그녀에게 최권후가 격려인지 조롱인지 모를 말을 건넸다.

"야구는 9회 말이 끝날 때까지 끝난 게 아냐."

그러니까 중간에 포기하는 꼴사나운 짓은 하지 말라는 뜻처럼 들렸다. 그녀도 그럴 생각이었다. 실력이 없으면 예의라도 있어야 하니까.

"우와, 점수 대박."

지나가던 초등학생들이 최권후의 플레이를 보고 놀라 멈추어 서서 구경할 정도였다.

"그런데 이 아저씨, 애인한테 너무한다. 좀 봐줘야지. 안 그럼 차일 텐데."

순간 게임을 하고 처음으로 최권후의 실수가 나왔다. 헛스윙을 했다. 은서는 다른 말에 발끈해서 아이들을 돌아보며 이를 꽉 물고 친절하게 부정했다.

"애인 사이 아니란다."

그녀의 말을 듣고 아이들은 또 자기들끼리 속닥였다.

"이 아저씨, 게임하다 차였나 봐. 불쌍하다."

최권후의 얼굴 근육이 가볍게 경련했다. 우느라가 아니라 웃음을 참느라. 해명할 생각 따위는 없는 듯 보였다.

은서는 열이 오르는 것을 애써 참으며 아이들에게 다시 한 번 더 설명했다. 비록 여기서 나가면 평생 볼 일 없는 아이들이라고 해도, 누군가 그들을 애인 사이라고 기억하는 일은 절대 없어야 한다는 듯이.

"우린 사돈 사이야."

이제 아이들이 알아들으리라 생각했는데 뜻밖의 변수가 나타났다.

"사돈이 뭐야?"

"몰라."

허탈하게도 아이들은 사돈이 뭔지 몰랐다. 아직 결혼과는 너무 멀리 떨어져 있는 나이였으니까.

"친척 관계 같은 거야. 그렇죠?"

은서는 설명하면서 권후를 쳐다보며 그의 동의까지 구했다. 그가 그녀를 빤히 쳐다보다가 입꼬리를 올렸다. 그녀의 노력이 갸륵하다는 듯이.

"맞아."

그래도 그가 동의해서 은서는 안도했다.

"법적으로 결혼할 수 있는 친척 관계 같은 거지."

　하지만 다음 말에는 심장이 툭 떨어져 바닥으로 내동댕이쳐졌다.

　그 뒤로 무슨 정신으로 게임을 계속했는지 모르겠다. 몸과 마음이 따로 노는 아주 기이한 느낌이었다. 원래도 지고 있었는데, 그런 정신으로 이어 나갔으니 9회 말의 기적은 그녀한테 일어나지 않았다. 결국 인터뷰는 그렇게 허무하게 날아가 버렸다. 애인과 사돈 사이에서 아주 난장판이 되어서.

너무 창피해서 방송국에 가서 이야기할 수도 없었다. 그녀가 어떻게 인터뷰에 까였는지.

정신이 없어서 피시방 계산도 최권후가 한 걸 피시방을 나와서야 깨달았다. 결국 여전히 둘 다 배가 고픈 상태였다. 은서는 시선을 바닥에 고정한 채 우울한 목소리로 작별 인사를 했다.

"그럼 저는 그만 가 볼게요."

바닥을 뚫고 들어갈 것 같은 그녀의 태도를 말없이 내려다보던 권후의 눈썹이 못마땅하게 휘었다.

"이렇게 쉽게 포기한다고? 인터뷰, 별로 안 중요했나 봐."

은서는 어깨가 굳었다가 천천히 몸을 폈다.

그래. 죄를 지은 것도 아니고, 왜 자꾸 시선을 피하나.

은서는 고개를 들어 똑바로 그의 얼굴을 노려보았다.

"사돈은 이게 재미있어요?"

"뭐가?"

"아이들한테 이상한 소리 한 거요."

"난 아이들한테 사실만 말한 것 같은데."

그의 말대로 그가 거짓말을 한 건 아니라서, 은서는 그게 더 분했다. 그는 뭐가 이리 당당할까. 왜 그녀 혼자만 이리 쩔쩔 매는 건가.

그녀가 힘든 만큼 그의 마음을 할퀴고 싶다는 치졸한 복수심이 생겼다. 하지만 그건 불가능했다. 그와 그녀는 처음부터 마음의 무게가 달랐으니까. 끝까지 그녀가 약자인 것 같아서 그를 더 원망하게 되었다.

"사돈은 이혼 신경 안 쓸지 몰라도, 전 엄청 신경 쓰고 있거든요. 그러니까 제 앞에서 조심해 주세요."

그녀는 불안하게 솟아나는 마음을 억지로 누르고 가능한 한 차분하게 그를 설득했다. 우리가 그런 헛소리나 하고 있을 때가 아니라고.

"조심이라……."

최권후가 그 말을 느릿하게 반복하는 동안, 그녀는 입 안이 바짝 말랐다. 결국 다시 그의 시선을 피해 눈꺼풀을 아래로 내리게 되었다.

개복치라도 된 기분이었다. 누가 건들기만 하면 그 자리에서 뻥 터져 죽을 것 같다. 5년 동안 아무 탈이 없다가 인제 와서 이리된 건 결국 권후를 먼저 만나러 온 그녀의 탓이 컸지만, 그도 너무했다. 고작 인터뷰일 뿐이니 옛정을 생각해서라도 그냥 해 주면 되지, 왜 이리 사람을 굴려서 괴롭히나.

"그래. 네 말대로 조심해서 나쁠 거 없지."

그의 눈빛은 무심하고 목소리는 건조해서 꼭 반어법처럼 들렸다. 그가 속으로 무슨 생각을 하고 있는지 머리 아프게 생각하는 게 피곤해졌다. 그와 다시 거리를 두어야 안전해질 것 같았다. 이렇게 가까이 있는 건 그녀한테 너무 안 좋은 영향을 주었다.

"그래도 야구 게임은 너한테 너무 불리했지."

그가 웬일로 그녀한테 유리한 말을 하는 건가 싶어서 은서는 눈이 살짝 커졌다.

"공평한 걸로 한 번 더 할래?"

기회를 한 번 더 주겠다는 말에 그녀의 눈이 휘둥그레 커졌다.

"지, 진짜요?"

당황하는 그녀를 보고 그는 입매가 사선으로 삐딱해졌다.

"내가 너 괴롭히려고 작정한 줄 알았나 보지?"

사실 정말 그렇게 믿고 속으로 욕도 했기에 얼굴만 달아올랐다. 살짝 미안해지려고 했다.

"뭐로 할래?"

그러나 정작 그녀한테 기회가 주어지자 머릿속이 백지장이 되었다. 아무것도 떠오르지 않았다.

"저한테 생각할 시간을……."

"알았어. 1분 줄게."

야이씨.

그는 진짜 손목시계를 보며 시간을 확인했다. 기회를 주고 사람의 피를 말리고 있으니 이것도 재주였다.

은서는 자신이 최권후를 이길 수 있는 게 뭐가 있는지 손으로 머리를 쥐어뜯으며 생각했다.

"30초 남았다."

당장 시간을 멈추고 싶은 마음뿐이었다. 하지만 그건 불가능했다. 그녀가 아무리 용을 써도 단 1초도 멈출 수 없다. 그건 언제나 그녀를 무력하게 만드는 진리였다.

"10."

그의 카운트다운이 시작되었다.

"9."

그는 단지 남은 시간을 알려 주는 것뿐인데, 꼭 가지고 노는 것 같아서 은서는 속이 끓어올랐다.

"8."

그한테 예전 모습을 기대하는 것 자체가 이젠 허상을 좇는 게 되어 버렸다. 그러니 그녀도 냉정하게 행동해야 했다. 무엇으로든 그를 이겨서 인터뷰를 따내면 그걸로 족하다. 그 외에는 아무것도 바라지 않았다.

"7."

"거짓말 게임 해요."

그녀가 시간에 쫓겨 토해 낸 말에 권후의 눈매가 가늘어졌다. 그런 해괴한 게임은 처음 들어 봤다는 듯이.

은서도 이 게임이 옳은 선택이라는 확신은 없었지만, 최권후에게 유리하다는 생각도 안 들었기에 해 볼 만하긴 했다.

"계속 거짓말만 하는 거예요. 먼저 진실을 말하는 사람이 지는 게임."

"이야, 방송쟁이들은 그런 게임으로 뻥 치는 스킬을 단련하나 보지."

그의 조롱에 은서는 눈을 흘기며 따졌다.

"그래서 할 거예요, 말 거예요?"

진실 게임을 하면 그녀가 질 게 뻔했다. 왜냐하면 그건 더 뻔뻔한 사람이 이기는 게임이었으니까. 그래서 그 반대인 거짓말 게임을 내놓았다. 모든 게 거짓인 세상이라면 양심에 걸리는 일이 생길 리 없었으니까.

"그래, 네가 먼저 해."

권후는 솔선수범을 보이라는 뜻으로 은서에게 우선권을 넘겼다. 그녀는 쉽게 거짓말했다.

"사돈 못생겼어요."

움찔, 그가 기분이 상해서 한쪽 눈썹을 실룩이는 걸 보고 은서는 회심의 미소를 지었다. 이제야 좀 승부할 맛이 났다. 권후는 표정을 갈무리하고 이어서 말했다.

"태양이 참 뜨겁네."

지금은 은색 달이 떠 있었다. 그의 거짓말을 비웃으며 은서는 막힘없이 거짓말했다.

"사돈이랑 사돈 비서 너무 잘 어울려요. 둘이 나중에 꼭 결혼했으면 좋겠어요."

최권후가 천천히 주먹을 쥐는 게 눈에 들어왔다. 이제야 거짓말 게임이 얼마나 지독한 게임인지 깨달았다는 듯이. 그래도 그는 미소를 잃지 않으며 이어 말했다.

"그래, 내가 꼭 청첩장 보낼게. 부조금 많이 내라."

"아! 내가 진짜 통장으로 부조금 많이 보내면 그 말은 진실이 되는 거예요."

그녀가 지적하자 권후도 지지 않고 짜증을 냈다.

"내가 사내자식이랑 결혼할 일이 있을 리가 없는데 뭔 진실!"

"제가 부조금이라고 적어서 보내면 부조금이죠. 지금 보내 줄게요."

은서가 진짜 돈을 보낼 것처럼 핸드폰을 꺼내자 권후가 서둘러 그녀의 손에서 핸드폰을 낚아채 갔다. 그 순간, 그가 거친 숨을 내쉬는 걸 들은 그녀는 기분이 좋아졌다. 아무래도 이 게임, 그녀가 이길 것 같았다.

앗싸!

은서는 야구 게임 할 때와는 다르게 여유롭게 웃으며 거짓말 게임을 이어 나갔다.

"제 차례죠? 저 사돈 인터뷰 못 해서 잘리면 연예인이나 하려고요."

정말 실없는 소리였기에 은서는 자기가 말하고 자기가 웃었다. 그녀가 분칠하고 방송에 나오면 집에서 그녀를 끌고 가서 멀리 해외로 보내 버릴 것이다. 절대 허락할 수 없는 마지노선이라는 게 있었으니까. 그가 인터뷰를 안 해 주면 그녀의 인생을 말아먹는 것이라고 돌려 말하는 것이기도 했기에 최권후는 떨떠름한 표정을 지었다.

그가 한동안 침묵만 하기에 은서는 재촉했다.

"어서 말해요."

"……"

"1분 내로 말 안 하면 지는 거예요."

아까 그가 했던 것을 그대로 따라 했더니 통쾌해졌다. 그녀는 천천히 초를 세기 시작했다. 그저 아무 거짓말이나 하면 되는 쉬운 일인데 그는 왜 고민하는 걸까 의아해졌지만, 무슨 상관인가. 그녀가 이기기만 하면 되었다.

"10."

어느새 또다시 카운트다운이 시작되었다. 그런데 이번에도 왜 초조한 건 그녀인지 모르겠다.

"9."

이렇게 맥없이 이기기는 싫어서 그런가 보다. 그래서 숫자를 세는 속도가 느려졌다. 그냥 그가 아무 말이라도 했으면 좋겠다. 뭐든. 정 없으면 '내가 네 아비다.'라는 헛소리라도 지껄이라고.

"8."

아까 그녀가 몇 초를 남겨 놓고 말했더라.

"7."

7초였다. 그리고 그도 똑같이 그 순간 입을 열었다. 그래서 의미 있는 시간이 되어 버렸다. 고의인 것 같기도 하고, 우연인 것 같기도 하고.

"난 네가 말 한마디만 했어도 인터뷰해 줬을 거야."

그의 말에 은서는 코웃음을 쳤다. 그야말로 거짓말이었다. 그가 인터뷰해 달라는 그녀 앞에서 얼마나 거들먹거렸는지 다 알기에.

그런데 그는 지금 진심을 말하고 있었다. 대놓고 지는 패를 내놓고 있지만, 그는 자신이 지지 않을 걸 알았다. 그녀가 진실이라고 인정할 리가 없었으니까. 처음부터 그녀가 그 한마디만 했으면 그는 그 자리에서 바로 인터뷰 요청을 들어주었을 거다. 기꺼이, 흔연히. 말도 못 하게 싫었지만, 그런 것조차 상관하지 않았을 거다. 그녀가 그한테 그 한마디만 했다면.

"'부탁해요, 선배.'라고 해 봐."

그 말을 하는 순간만은 가볍고 제멋대로인 사돈은 사라지고 깊이를 헤아릴 수 없는 까만 눈동자를 가진 남자가 그녀의 앞에 서 있었다. 그의 목소리가, 그의 눈빛이, 그의 존재가 서울이라는 거대한 도시의 소음을 잡아먹었고, 하늘을 뒤덮었고, 시간을 멈추었다.

그래서 은서는 체한 것처럼 속이 울렁거렸다. 더 이상 그녀의 선배가 아닌데 여전히 그녀의 선배인 것처럼 구는 그 때문에.

그녀는 뒷덜미가 붙잡혀 15년 전의 과거로 내동댕이쳐지는 기분이었다.

그저 거짓말이라고 잡아떼면 되는 일을……. 아무리 최권후가 진심을 말하는 것처럼 들려도, 그렇다고 인정하면 그녀가 내기에 이겨서 인터뷰를 할 수 있게 되어도, 그냥 거짓말이라고 하는 게 모두가 편한 일이었다. 그런데 이젠 그녀가 그 쉬운 일을 못 해서 이러지도 저러지도 못하고 있었다.

Chapter 2

차용 증서와 반지

15년 전, 은서는 낑낑대며 열심히 교복을 입었다. 살이 쪄서 교복이 안 맞는다고 하면 엄마가 그녀를 혼내며 굶길 게 뻔했기에 어떻게든 이걸 입어야 했다.

"조금만 더 버텨 주라. 나 진짜 굶기 싫다고."

아무래도 엄마한테 교복이 작은 걸 들키기 전에 많이 먹어 두어야겠다. 아직은 자신의 몸매를 걱정하기보다는 먹는 게 더 좋은 열네 살 여중생이었다.

"학교 다녀오겠습니다."

인사하고 서둘러 나가려는데, 거실 소파에 앉아 있던 엄마가 그녀를 향해 손짓했다.

"은서, 너 잠깐 와 봐."

은서는 그 말에 오히려 더 급하게 현관문으로 뛰어가 신발을 신었다.

"오은서! 이리 와 보라니까!"

"안 돼요. 나 지각이야."

엄마의 큰 목소리를 뒤로하고 은서는 도망치듯 집에서 뛰어나왔다. 운전기사가 운전해 주는 차에 올라탄 뒤에야 은서는 안심하고 교복 재킷의 단추를 풀었다. 차 뒷좌석에 판다처럼 널브러진 그녀를 보고 운전기사는 피식 웃으며 물었다.

"출발할까?"

"네. 가는 길에 학교 앞 편의점에 꼭 들러 주세요."

은서는 운전기사에게 부탁하고 가방에서 복주머니를 꺼냈다. 그녀의 전 재산이 들어 있는 주머니였다.

사람들은 그녀가 재벌 집 딸이라고 돈을 펑펑 쓸 줄 알았지만, 그녀가 쓸 수 있는 돈은 이게 전부였다. 이것도 명절이나 집안 행사 때 열심히 어른들에게 인사하며 모은 돈이었다. 그녀에게 돈이 있으면 다 먹을 걸 사 버린다고 엄마는 그녀에게 절대 돈이나 카드를 주지 않았다. 때문에 그녀는 복주머니에 돈을 모으는 가련한 소녀가 되어 버렸다.

그녀가 살이 찌는 건 그녀의 탓이 아니었다. 맛있는 게 너무 많은 이 세상 탓이었다.

학교 앞 편의점에서 핫도그를 먹고 기분이 좋아져 은서는 가벼운 발걸음으로 등교했다. 운동장을 걸어가는데, 뒤에서 누군가 그녀의 어깨를 세게 치는 바람에 몸이 크게 휘청하며 넘어질 뻔했다.

"어머! 미안해. 피한다고 피했는데, 네가 너무 넓어서 말이야."

왕지현의 목소리를 듣자마자 은서의 좋은 기분이 바싹 졸아

들었다. 분명 일부러 친 것이기에 그녀는 친구들과 낄낄거리며 걸어가 버리는 왕지현의 뒤통수를 노려보았다. 하지만 그녀는 사람과 싸우는 걸 싫어해서 왕지현의 심술에 맞받아친 적은 없었다.

오늘도 그냥 피해 가려고 왕지현이 멀어지길 기다리는데, 저 멀리서 빠르게 날아오는 공이 은서의 시야에 들어왔다. 그녀에게 날아오는 공도 아니었으니 그냥 가만히 있으면 안전했는데, 몸이 어느새 움직이고 있었다.

"위험해!"

그녀의 손이 거칠게 왕지현을 밀치면서 왕지현이 바닥에 쓰러졌고, 날아온 공은 정확히 은서의 머리를 때렸다. 그리고 세상이 암전되었다. 인생 첫 기절이었다.

은서가 눈을 떴을 때는 사방이 하얀 병원이었다. 그녀는 '내가 왜 여기 있지?'라고 의아하게 생각하며 몽롱한 시선으로 주위를 두리번거렸다. 그러다가 순정 만화 속 남학생처럼 잘생긴 얼굴이 시야에 들어오자 눈동자의 움직임이 뚝 멈추었다.

"괜찮아?"

지나치게 잘생긴 그 얼굴이 그녀에게 물었다. 그녀는 반사적으로 고개를 끄덕였다.

"아냐. 너 안 괜찮아. 눈이 풀렸어."

그거야 그쪽이 그렇게 생겨서.

남학생은 자신이 누군지 말을 안 했지만 그녀는 이미 그가 누군지 알고 있었다. 3학년 최권후 선배다. 운동장에서 야구를 할 때면 전교 여학생들이 몰려가서 응원하는 유명인이었다. 그녀는 응원을 간 적이 없어서 아주 먼발치에서 본 게 전부였기에, 이렇게 가까이서 보는 건 처음이었다. 빛이 사람을 비추는 게 아니라, 사람 자체가 빛이 나는 것 같았다. 뚱뚱하다고 왕따를 당하는 그녀와는 사는 세계가 다른 사람이었다.

"곧 너희 어머니 오실 거야. 걱정 마."

언제 어디서든지 그녀를 발딱 일어나게 하는 그 말에 그녀는 경기를 일으키며 벌떡 일어나 앉으려다 현기증을 느끼고 다시 풀썩 쓰러졌다. 그 모습에 권후가 놀라서 그녀의 어깨를 손으로 눌렀다.

"함부로 움직이면 안 돼. 머리에 야구공을 맞았어. 의사가 뇌진탕이래."

그녀는 불안한 눈빛으로 고개를 저었다. 엄마가 오면 안 된다는 뜻이었는데 그는 다른 뜻으로 받아들였는지 그녀의 눈을 똑바로 보며 진지하게 말했다.

"내 공에 맞은 건 네가 처음이다. 후유증 있으면 내가 평생 책임질게."

펴, 평생? 이거, 결혼하자는 건가?

진짜 뇌진탕이 맞나 보다. 해괴망측한 생각을 하는 걸 보니.

"은서야! 우리 은서 어디 있어?"

크게 그녀의 이름을 부르는 엄마의 목소리에 그녀는 다시 발딱 일어나려고 했으나 권후의 손이 그녀의 어깨를 누르고 있어서 그럴 수가 없었다.

"도대체 감히 누가 내 딸한테!"

 엄마의 목소리는 당장 그 인간을 작살내 버리겠다는 듯이 살벌했다. 그녀는 자신이 도망치기에는 늦은 걸 깨닫고 권후만이라도 살리기 위해 작은 목소리로 말했다.

"도망가세요."

 권후가 그녀의 앞에 등을 보이고 서며 말했다.

"너만 두고 안 가."

 중학생은 감수성이 너무 남아돌아 탈이었다. 이런 말에 쓸데없이 감동했다.

 뇌진탕 증세는 그리 심한 게 아니었기에 바로 퇴원해도 되었다. 하지만 엄마는 그녀가 공에 맞은 게 뚱뚱해서 움직임이 느려서 그런 것이라고, 다이어트 클리닉에 그녀를 끌고 갔다. 그녀가 다른 이를 구하고 대신 맞은 것이라고 해도 엄마는 절대 아니라고 하실 분이다. 그래도 다행인 건 권후 선배가 누구 집 아들인지 들은 엄마가 그리 크게 혼내지 않았다는 것이다.

 엄마에게 신나게 잔소리를 듣고 나면 잠이 들 수 없을 정도로 배가 고파졌다. 그래서 그녀는 밤에 복주머니를 들고 몰래 집에서 빠져나와 치킨집으로 갔다. 단골이었기에 굳이 메뉴를 골라 가며 주문할 필요도 없었다. 그녀가 창가 자리에 앉으면 치킨집 사장님이 알아서 닭을 튀겨 주었다.

"이렇게 늦은 시간에 혼자 다니면 위험하니까 집에서 배달 시켜 먹으라니까."

치킨집 사장님이 갓 튀긴 프라이드치킨을 주며 하는 말에 은서는 씨익 웃기만 했다. 그녀의 집에는 같이 치킨을 먹어 줄 사람도, 마음 편히 치킨을 먹을 장소도 없었다. 그렇게 넓은데도 말이다.

갓 튀겨서 바삭하고 따뜻한 닭 다리를 막 야무지게 뜯으려고 하는데 핸드폰이 울렸다. 집에서 그녀가 없어진 걸 알고 전화한 건가 싶어서 순간 흠칫 놀랐다. 그런데 발신자에 모르는 번호가 찍혀 있었다.

누구지?

은서는 통화 버튼을 눌러 핸드폰을 귀에 댔다.

"여보세요?"

[안녕.]

남자다.

"네, 안녕하세요."

누군지도 모르면서 그녀도 인사하고 있었다. 예의 바른 중학생이었다.

[머리 괜찮냐고. 두통 와서 잠 못 자거나 그러지 않아?]

그제야 전화한 사람의 정체를 깨달은 그녀는 기겁하며 핸드폰을 아주 멀리 떨어뜨렸다. 치킨을 시킨 그녀가 갑자기 두 팔을 벌린 채 닭처럼 파닥거리는 걸 보고 주방에서 닭을 튀기던 사장님이 물었다.

"왜 그래? 치킨에 문제 있어?"

은서는 서둘러 치킨집 사장한테 달려가 무작정 핸드폰을 내밀었다. 치킨집 사장은 그 행동에 살짝 당황했지만 그녀가 내민 핸드폰을 받아 들었다. 그녀는 이 집의 단골이었으니까.

"여보세요?"

은서를 대신해 치킨집 사장이 전화를 받자 핸드폰 안의 권후도 의아해서 물었다.

[오은서 아버지세요?]

"아니. 치킨집 사장인데."

[치킨집이요?]

"네. 치킨 주문하게?"

[제가요?]

치킨집 사장과 권후의 엉뚱한 통화 장면을 보며 은서는 혼자 안도했다. 깜짝 놀랐는데 나름 잘 넘겼다고.

다음 날 학교에 갔더니, 그녀는 야구공에 맞고 기절한 걸로 학교 유명인이 되어 있었다. 그도 그럴 것이 그녀를 기절시킨 사람이 학교 유명인이었으니까.

"우와, 쓰러진 너를 권후 선배가 두 팔로 번쩍 안아 들었다니까. 공주님 안기!"

그녀가 기억 못 하는 순간에 엄청난 일이 있었다. 그녀를 들어 올렸다니, 힘이 엄청 좋나 보다.

"너 때문에 야구부만 선생님들한테 욕먹고 정지당했잖아."

그녀의 탓을 하는 사람들도 있었다. 그녀가 등굣길에 공을 맞은 것 때문에 등하굣길에 야구부 활동은 금지되었단다. 정식 야구부 없이 동아리 활동으로만 이루어지는 야구부를 위해 새로 야구장을 지을 수는 없단다. 그래서 학교에서는 학부모들의 불안을 해소하기 위해 야구부 활동을 제한할 수밖에 없었다.

그래도 점심시간이나 방과 후에는 여전히 운동장에서 야구를 하는 최권후의 모습을 볼 수 있었다.

탕—!

그가 휘두른 방망이에 공이 맞아 시원하게 뻗어 나가면, 응원하던 여학생들은 자지러지게 비명을 질러 댔다.

"까아악!"

그는 가장 빠르면서 제일 역동적이었다. 다른 남학생들과 실력 차이가 분명해서 오히려 재미가 없을 것 같은데도, 땀과 먼지에 범벅이 되어 달리면서 웃고 있었다.

그래서 빛은 항상 그의 뒤를 쫓아 비추는 듯했다. 열여섯의 최권후는 그렇게 빛났다. 그녀가 감히 먼저 다가가 말도 못 붙일 정도로.

은서는 최권후가 진실을 말했다고 인정할 수 없었다. 그럼 그녀는 인터뷰를 따내게 되지만, 그의 말도 진짜가 되어 버리니까. 그녀가 '선배'라고 한마디만 하면 뭐든 다 해 줄 수 있다는 최권후를 그녀는 감당할 자신이 없었다. 5년 동안 애써 지켜 온 선이 와르르 무너져 버릴 것이었다. 고작 인터뷰 하나 때문에 더 큰 파란을 일으킬 수는 없었다.
　결국 거짓말 게임은 그녀가 기권을 선택해서 그 자리에서 도망쳐 버리는 것으로 끝났다.
　집에 돌아온 은서는 눈에 불을 켜고 밤이 늦을 때까지 컴퓨터 앞에 앉아서 최권후보다 더 대단한 사회 유명 인사를 찾았다. '네가 무얼 좋아할지 몰라서 다 준비했어.'라는 느낌으로 이 명단을 양 피디에게 보여 주며 누구든 고르라고 하면 양 피디도 최권후를 포기하지 않을까.
　최권후는 그냥 조직에 자신을 끼워 맞출 수가 없어서 태강 그룹을 뛰쳐나와 자기 멋대로 사는 야인일 뿐이었다. 사회가 그를 너무 과대평가하고 있었다. 그러니 억지로 그를 인터뷰하는 대신 다른 인터뷰이를 찾는 게 휴먼 인사이드에도 좋고, 그녀의 정신 건강에도 좋을 것 같아서 이리 죽어라 대타 인터뷰이를 찾는 것이었다.
　열심히 찾다 보니 어느새 대통령까지 올라가자 은서는 책상에 철퍼덕 머리를 박았다. 부모님은 여전히 그녀가 방송국을 그만두고 얌전히 시집가길 바라시고, 양 피디는 그녀가 최권후 인터뷰를 따지 않으면 능력이 없으니 사표를 쓰라고 압박할 게 뻔했다.

그런데 이젠 최권후한테 인터뷰하라고 강요도 할 수 없는 상황이 짜증 나서 은서는 손에 잡히는 물건을 던져 버렸다. 그녀가 던진 펜은 옷장으로 날아가서 부딪힌 뒤 바닥으로 떨어졌다. 힘없이 옷장을 바라보던 은서는 천천히 몸을 세웠다.

내가 왜 그걸 까먹고 있었지.

그게 있었다. 최권후가 그녀 앞에서 무조건 '을'일 수밖에 없는.

그녀는 서둘러 옷장으로 걸어가 구석에 쌓아 두었던 상자 세 개 중 가운데 상자를 빼냈다. 그녀가 뚜껑을 연 상자에는 중학교 때 쓰던 물건들이 들어 있었다.

"분명 여기 있을 텐데."

은서는 상자 안에 넣어 두었던 오래된 물건들을 하나하나 꺼내며 무언가를 찾았다.

"아! 있다."

은서는 기쁨의 미소를 얼굴에 가득 지었다. 집어넣었던 그대로 종이는 다이어리 안에 고이 접어져 있었다. 은서는 오래된 종이가 찢어지지 않게 조심조심 펼쳤다.

> 최권후는 오은서에게 빌린 200만 원을
> 100배로 갚을 것을 약속합니다.

오랜만에 보는 과거의 흔적을, 은서는 잠시 목적도 잊고 한참이나 바라만 보았다. 이런 때도 있었다. 그땐 최권후와 그녀는 사돈도 아니었고, 어른도 아니었다.
"분명 기억도 못 할 거야."
 벌써 15년 전 일이었다. 그녀는 열넷, 최권후는 열여섯. 너무도 긴 시간이 흘러 버려서 꼭 동화책 속에나 존재하는 그런 이야기 같았다.

 그녀가 최권후를 마지막으로 보게 될 때는 졸업식일 줄 알았다. 그런데 야구부 활동을 학교에서 제한하면서 그의 생활이 어긋나기 시작했나 보다. 종종 학교를 빠지거나 늦더니, 어느 순간부터 아예 학교에 안 나오기 시작했다. 그때부터 그에 관한 안 좋은 소문들이 학교에 쏟아졌다. 은서는 그런 소문보다 그를 두 번 다시 볼 수 없다는 게 더 슬펐다.
 그런데 그를 다시 마주친 곳은 뜻밖에도 그녀의 단골 치킨집이었다. 먼저 그녀를 향해 손을 흔드는 그를 은서는 귀신 보듯 쳐다보았다. 은서는 떨리는 가슴을 주체할 수 없어서 복주머니를 품에 꼭 끌어안고 그가 앉아 있는 자리로 다가갔다.
"진짜 치킨집 단골인가 보네. 아무 때나 와도 만날 수 있는 거 보니."
 말도 하는 걸 보니 귀신이 아니라 진짜 사람이었다.

"학교에 왜 안 와요?"

"아, 가출했거든."

그녀로서는 도저히 상상도 할 수 없는 일을 권후는 그게 참 별거 아닌 일이라는 듯이 아주 쉽게 말했다.

"왜요?"

"가족들이 내 꿈을 무시해서."

그리 말하는 그의 얼굴에는 멍 자국이 남아 있었다. 꼭 누구한테 맞은 듯이. 하지만 감히 물어볼 수 없었다. 어쩐지 그럼 그가 슬퍼할 것 같아서.

그날 두 사람은 마주 앉아서 처음이자 마지막으로 같이 치킨을 먹었다. 치킨을 먹는 동안 최권후는 그녀한테 아주 많은 말을 해 주었다.

"야구는 말이지, 한 편의 드라마야. 9회 말이 끝날 때까지 누가 이길지 절대 알 수 없거든. 꼴찌 팀과 일 등 팀이 붙는다고 무조건 일 등 팀이 이기는 것도 아냐. 그래서 내가 야구를 할 때는 무엇이든 할 수 있을 것 같은 자신감이 생겨. 그런 걸 사람들은 보통 '꿈'이라고 말하더라고."

그래서 앞으로 아주 멀리 떠날 것이라는 말도.

은서는 그가 학교를 그만두는 게 슬펐지만, 그를 막을 수는 없었다. 떠난다고 말할 때의 그의 눈빛은 밤하늘의 별보다 더 빛나고 있었으니까. 그는 어설픈 가출 청소년이 되겠다는 게 아니라, 자신의 꿈을 좇아 떠나려 하는 것이었다.

"그럼 언제 떠나요?"

"돈 구하면 바로."

권후가 돈이 필요하다고 했기에 은서는 자신의 전 재산인 복주머니를 내주었다. 그게 그녀가 그에게 준 러브레터였는데, 최권후는 나중에 그녀한테 100배로 갚겠다는 차용 증서를 치킨 전단지 뒤에 써서 돌려주었다. 그렇게 풋사과 같은 그녀의 첫사랑은 끝났다. 차용 증서만 남겨 놓고.

라온 대표실.

똑똑, 노크 소리가 들리고 호리호리한 몸매의 백 비서가 편지 한 통을 들고 들어왔다.

"사돈아가씨께서 대표님께 편지를 보냈습니다."

그날 그렇게 헤어지고 그도 마음이 찝찝했기에, 은서가 아직 인터뷰를 포기하지 않았다는 게 좀 안도가 되었다. 어쨌든 그한테 상처 받은 모습으로 끝나지는 않았으면 했다. 차라리 그한테 욕을 퍼붓는 게 낫지.

백 비서가 내미는 편지를 받은 권후는 봉인된 편지를 편지 오프너로 우아하게 열며 중얼거렸다.

"아무리 생각해도 방송국은 안 어울려."

"네. 제가 생각해도 대표님은 언론과 가까이하면 처음엔 흥할지 몰라도 나중엔 악플에……."

"나 말고, 우리 사돈."

백 비서는 허를 찔린 느낌이었다. 이혼 때문에 두 집안이 원수가 되었는데 '우리 사돈'이라니. 충격적인 다정함이다.

그런데 사돈한테서 온 편지를 뜯어 본 권후의 표정이 점점 바뀌어 갔다. 그가 권후의 비서가 된 뒤 한 번도 본 적 없는 표정이었다. 놀란 것 같기도 하고, 당황한 것 같기도 하고, 화난 것 같기도 하고. 아무래도 순진한 어린 양으로만 보였던 '우리 사돈'에게 숨겨진 발톱이 있었나 보다.

"오은서 피디님이 뭘 보낸 겁니까?"

종이의 뒷면에는 치킨이 그려져 있었다. 아마도 치킨집 전단지인 듯했다.

권후는 낡은 종이에서 눈을 떼지 못하며 중얼거렸다.

"……판도라 상자."

그 자리에서는 그를 까맣게 잊은 듯이 굴더니, 이건 그를 너무 잘 안다고 대놓고 티를 내는 것이었다. 설마 인제 와서 이걸 들이밀 줄은 몰랐다. 아직도 가지고 있을 줄은 더더욱 몰랐고. 순진하게 기뻐할 수가 없었다. 두 사람이 나눈 추억의 흔적이 이젠 그의 족쇄가 되었으니까.

상처 한 번 주었다고 이리 영악해지다니. 괜히 죄책감을 느꼈다. 더 심하게 굴어야 했나 보다. 아예 인터뷰를 포기하게.

일이 안 풀리면 사람들은 입맛이 떨어진다고 하는데 은서는 정반대였다. 자꾸 식욕이 살아나서 탈이었다. 그래서 구내식당 점심 메뉴로 나온 돈가스 앞에서 발걸음이 딱 멈춰 버렸다. 기름진 고기에 그 어느 때보다 군침이 돌았다. 하지만 대학 시절 극심한 다이어트를 한 이후, 은서는 요요가 가장 무서웠다. 그래서 먹고 싶은 걸 다 먹고 살 수 없는 팔자가 되었다.

"차라리 먹고 운동할까."

지금은 먹는 것까지 고민하면 정말 우울증이 생길 것 같아서 그녀는 먹고 싶은 돈가스를 골라서 창가 자리에 앉았다. 그래도 오랜만에 먹는 튀김이라서 그런지 먹는 순간만은 기분이 좋아졌.

막 튀겨서 따뜻한 돈가스를 크게 잘라서 입에 가져가는데, 핸드폰이 부르르르 떨며 그녀에게 사다코처럼 다가왔다. 발신자에 찍힌 이름 탓 같았다.

적다 만 욕 같은 발신자는 분명 최권후였다. 아무래도 그녀가 보낸 차용 증서 때문에 먼저 전화한 것 같았다. 받아야 할 것 같은데 지금 전화를 받으면 돈가스는 못 먹을 것 같아서 그녀는 왼손의 돈가스와 오른손의 핸드폰을 번갈아 보았다. 그녀는 결국 한숨을 쉬며 통화 버튼을 눌렀다.

"여보세요."

[어디야?]

다짜고짜 어디냐니.

"누구시죠?"

그가 그녀의 전화로 직접 전화한 건 처음이라 모르는 척해 보았다.

[이야, 모르는 척.]

그가 오히려 재미있어 하니 은서는 무서워졌다. 그녀는 바로 공손한 태도로 바꾸었다.

"아, 최권후 대표님이시군요."

[그래, 나야. 사돈.]

어쩨 다정하게 '사돈'이라 부르는 목소리에 앙심이 실린 것 같았다. 역시 차용 증서 때문에 전화한 게 확실했다. 그래도 은서는 끝까지 무심한 척했다.

"제가 지금 밥 먹는 중이라, 나중에 통화하면 안 될까요?"

지금 통화하면 그녀가 불리할 것 같아서 시간을 벌기 위해 밥 핑계를 댔다. 진짜이기도 했다.

[식당이라고? 오케이.]

뚝―.

그렇게 갑자기 걸려 왔던 전화는 갑자기 끊겨 버렸다. 그녀는 당황한 눈으로 핸드폰을 보았다.

뭐지? 뭐가 오케이라는 거야.

아무래도 불길해져서 그녀는 벌떡 일어났지만, 동시에 한 입도 안 먹은 돈가스가 눈에 들어왔다. 아깝고 배가 고프기도 해서 한 조각만 먹기로 하고 다시 자리에 앉았다. 아까 먹으려다 못 먹은 돈가스 조각을 입 안에 넣고 오물오물 씹으며, 최권후가 과연 무슨 말을 할까 짐작해 보았다.

설마 10년도 넘은 차용 증서니 모르겠다고 잡아떼려나? 에이, 설마. 그렇게 치사할…… 수도 있으려나? 어른 최권후는 항상 그녀가 상상했던 것보다 나쁜 쪽으로만 움직였으니까.

그때, 식당 입구로 들어서는 남자가 그녀의 눈에 들어오자 돈가스를 열심히 씹던 입의 움직임이 뚝 멈추었다. 100미터 밖에서도 단번에 눈에 들어오는 저 외모, 남산처럼 치솟은 저 키, 성격이 까탈스러워 보이는 저 발걸음. 최권후였다.

그나마 이곳이 방송국이라 그처럼 튀는 인간이 있어도 유난스럽게 시선이 집중되지는 않았다. 그녀는 그한테 들키기 전에 서둘러 피하려고 식판을 들고 일어났다. 그리고 그 순간, 재수 없게도 최권후와 눈이 딱 마주쳤다. 이번에도 모른 척할까 하는 욕구가 들었지만, 그럼 최권후가 어떤 식으로 나올지 두려웠다. 결국 간이 작은 그녀는 도망치지 못했고, 최권후는 곧장 그녀가 있는 곳으로 걸어왔다.

쿵쿵—.

꼭 남산이 점점 그녀를 향해 돌진해 오는 것 같았다. 순식간에 다가온 권후는 비어 있던 그녀의 옆자리에 허락도 없이 털썩 앉았다. 그녀의 심장도 같이 출렁했다. 그녀는 이 상황을 현실로 받아들이고 싶지 않아서 선 채로 그를 내려다보았다.

"서서 밥 먹는 묘기 부리지 말고 앉아서 먹어."

그렇게 말하며 테이블을 주먹으로 두 번 툭툭 두드리는 권후를 은서는 노려보았다. 누구 때문에 백만 년 만에 먹어 보는 돈가스도 못 먹고 있는 건데.

"다 먹었어요."

"안 먹었네. 그만큼만 먹고 사니까 무말랭이가 되지."

뭐? 무슨 말랭이?

은서는 너무 기가 차서 얼굴이 빨갛게 달아올랐다. 권후가 그녀의 옛날 모습을 알고 있기에 분한 마음은 더 컸다.

"자기는 못돼 먹어서는."

무말랭이에 대한 그녀의 회심의 일격에 권후는 '쿡' 소리를 내어 웃었다.

"우리 사돈은 욕도 참 얌전히 하네."

그때 식당으로 들어오는 양 피디의 모습이 그녀의 눈에 들어왔다. 양 피디가 지금 권후를 보면 인터뷰를 승낙했다고 오해할 게 뻔했기에, 은서는 서둘러 그의 팔을 붙잡고 끌어당겼다.

"우선 여기서 나가요."

"왜 당황하지? 방송국에 숨겨 둔 애인이라도 온 거…… 읍!"

헛소리하는 권후의 입을 우악스럽게 틀어막고는 은서는 그를 억지로 끌고 식당을 나왔다.

탁—!

식당 밖으로 나와서 은서는 그를 벽에 세워 놓은 뒤 두 팔로 벽을 세게 짚어 자기 팔 안에 그를 가두었다. 그녀는 지금 돈가스도 못 먹고, 무말랭이 취급받고, 양 피디를 피해서 도망치기까지 해서 정말 기분이 안 좋았다. 그게 다 이 못돼 먹은 사돈 때문이라고 생각하니 속이 부글부글 끓는데, 머리 위에서 권후의 목소리가 들려왔다.

"사돈, 지금 우리 사고 치기 딱 좋은 자세인데."

정말 사고를 치고 싶은 날이었다. 딱 한 대만 시원하게 때리고 경찰서를 가고 싶었다.

"여긴 제 직장입니다."

그녀는 최권후처럼 자기 멋대로 사는 인간이 못 되어서 차마 때리지는 못하고, 그에게 단호하게 경고했다. 남의 직장에서 함부로 굴지 말라고.

"네가 먼저 내 직장으로 그걸 보냈잖아."

권후가 그녀의 탓을 했다. 그러니 그녀가 보낸 차용 증서 때문에 불시에 방송국 습격을 했다는 뜻이었다.

"전 기억도 못 할 줄 알았는데, 그래도 기억은 했나 보네요."

사람들은 쉽게 그를 좋아했지만, 또 그에 대한 오해도 쉽게 했다. 그 차용 증서를 보낸 그녀 또한 전혀 모르고 있었다. 그 차용 증서가 그에게 어떤 의미인지.

"굳이 100배까지 갚으실 필요는 없고요."

남한테 돈 갚으라는 소리를 태어나서 처음 해 보는 은서는 뭔가 굉장히 쑥스러웠다. 수줍은 일진이 된 기분이랄까.

"그냥 인터뷰 한 번 해 주시면 돼요."

은서는 선심을 쓰듯이 말했다. 200만 원의 100배면 2억이다. 그 돈을 인터뷰 한 번으로 갚은 셈 쳐주겠다는 거니, 얼마나 남는 장사인가. 그런데 머리 위에서 음산한 목소리가 들려왔다.

"난 꼭 100배로 갚아야겠는데."

이건 또 무슨 똥고집인가 싶었다.

"그러니 인터뷰 하나로 땡 치기에는 너무 싸네."

그러니까 결국 죽어도 인터뷰해 주기 싫다는 소리 같았다.

"아뇨. 인터뷰로 충분합니다."

그녀의 목적은 오로지 인터뷰였기에 그녀는 아주 강하게 말했다.

"아냐. 난 더 비싼 걸로 갚겠어."

"그럼 인터뷰해 주고 남은 걸로······."

"중요한 건 그렇게 쪼개는 게 아냐."

"이봐요!"

신종 수법으로 사람을 열받게 하는 권후의 고집에 그녀는 결국 목소리가 높아졌다. 그래도 권후는 미소를 지으며 끝까지 자기 소신을 지켰다.

"기대해, 사돈. 내가 그 돈 100배로 어떻게 갚을지."

그 순간, 번뜩이는 그의 눈에서 광기를 본 은서는 소름이 쫙 돋아났다.

비서까지 버려두고 '우리 사돈' 만나러 간다던 최권후 대표는 나갈 때보다 더 안 좋은 표정으로 돌아왔다. 아무래도 사돈과의 만남이 뜻대로 안 된 것 같았다.

백 비서는 사무적인 어투로 물었다.

"화나신 겁니까?"

"아니. 돈 갚을 생각에 흥분한 거야."

저 기분을 이해할 사람이 과연 이 지구상에 있을까 싶었다.

권후는 집무실로 바로 들어가지 않고 문 앞에서 서성이며 고민이란 걸 하기 시작했다.

"도대체 뭐로 갚아 줘야 제대로 100배가 될까."

혼잣말이 분명했지만 백 비서는 비서답게 성실히 답해 주었다.

"돈 빌린 거면 돈으로 갚으셔야죠."

"그런 뻔한 건 나의 섬세한 성격과 안 맞아."

200만 원을 2억으로 갚는다는 발상보다 본인을 섬세하다고 믿는 그 마음이 더 놀라웠다. 그리고 무엇보다 최권후는 지금 사돈에게 쓸 돈이 아니라 야구단에 쓸 돈을 구하는 게 먼저였기에 백 비서는 그가 돈 낭비로 낭패를 보지 않게 충고했다.

"귀한 물건으로 대신 갚아도 될 겁니다. 집안 가보 같은 거 없으십니까?"

전당포 개념으로 우선 물건으로 갚고, 나중에 돈으로 찾으면 될 것이다.

백 비서의 말에 권후는 떠오르는 물건이 하나 있었다. 그 물건이라면 값을 매길 수 없을 정도였다. 그의 얼굴에 위험한 미소가 떠올랐다.

"그래, 평생 잊지 못할 걸로 갚아야지."

"곧 남남 될 사돈에게 굳이 그 정도 임팩트를 주실 필요가 있을까요?"

권후는 백 비서의 말은 들은 척도 안 하고 명단이나 달라고 손을 내밀었다.

백 비서는 그의 손에 서류철을 올려 주며 설명했다.

"태강 최 회장님과 안 좋은 관계인 사람만 뽑아 명단을 만들었습니다. 이분들이라면 대표님의 주식을 매수할 의향이 있을 겁니다."

젊은 야구단 구단주는 겉으로 보기에는 화려해 보였지만, 사실 현실은 그리 아름답지 못했다.

라온은 아직 야구단을 거뜬히 먹여 살릴 정도로 큰 회사는 아니었기에, 처음에 권후가 야구단을 인수하겠다는 계획을 밝혔을 때 대다수 이사가 반대했다.

그래서 권후는 야구단 운영비의 30%를 그가 개인적으로 해결하기로 약속하고 이사들의 허락을 받아 낼 수 있었다. 무리한 결정이었지만, 무리하기로 하고 야구단을 인수했다. 그게 지금 그의 상황이었다.

그 돈을 무리 없이 마련하려면 그가 가지고 있는 태강의 주식을 처분해야 했으나, 아버지인 태강 그룹 회장의 방해 때문에 쉽지 않았다. 아버지는 그가 태강 그룹을 떠나 라온을 창립한 것도 마음에 안 들어 했고, 그가 또다시 야구와 엮이는 건 더더욱 마음에 안 들어 했다. 권후가 생각하기에는 아버지는 그냥 그라는 인간 자체를 마음에 안 들어 하는 것 같았다.

백 비서가 내민 명단을 보고 권후는 미간을 찌푸렸다.

"그냥 태강이 망하길 바라는 사람들이잖아. 나보고 집안의 역적이 되라고?"

최권후 대표가 야구단 구단주는 하고 싶지만, 가족들을 배신하긴 싫다고 하자 백 비서는 마지막 방법을 꺼내 놓았다.

"그럼 집안의 역적도 안 되고, 회장님 눈치도 안 보고 대표님의 주식을 사 주실 분이 딱 한 명 있습니다."

"형수님 말고 그런 사람이 또 있어? 누군데?"

"……."

바로 그 사람을 말하려고 했던 백 비서는 입이 다물어졌다. 오수정은 이혼해서 곧 태강을 떠나는 사람이니 굳이 최태식 회장의 눈치를 볼 필요가 없었다. 지금 권후의 주식을 사기 가장 적합한 사람이었다. 하지만 오수정이 아무 대가 없이 그의 주식을 사 줄 리가 없다. 그녀는 은서와 달리 계산적이었으니까. 그러니까 태강과의 정략결혼을 선택한 것이었다.

"형수님은 나한테 아쉬운 게 생겨야 주식을 살 거야. 가령 내가 이혼에 아주 불리한 증거를 가지고 있거나."

"이혼을 요구한 쪽은 오수정 씨입니다."

"그렇다고 그게 형수님이 결백하다는 소리는 아니잖아?"

증거가 없으면 만들어 내기라도 해야 한다는 뜻 같아서 백 비서는 더 안전한 방법을 권했다.

"대표님은 형수님 도움이 필요한데, 오은서 피디는 대표님 인터뷰가 필요합니다. 인터뷰해 주고 오은서 피디의 도움을 받는 방법도 있습니다. 오은서 피디라면 오수정 씨를 설득할 수 있을 겁니다."

그래도 권후가 인터뷰는 내키지 않는다는 표정을 짓자 백 비서는 구미가 당길 만한 내용을 던졌다.

"메이저 리거 차승재 선수가 휴먼 인사이드를 애청한다는 인터뷰를 봤습니다. 분명 이번 인터뷰가 도움이 될 겁니다."

권후는 그 말이 솔깃하기보다는 굉장히 거슬렸다.

왜 재미있는 프로그램 다 놔두고 하필 교양 프로그램을 애청하나? 도대체 무슨 재미로?

"그러니까 사돈 아가씨와 손을 잡으시죠, 대표님."

오은서를 이용하라고 백 비서가 조언하자 권후의 눈빛이 변했다. 그한테 은서는 언제나 사돈보다 후배였다. 그한테 미국에 갈 돈을 선뜻 빌려준 고마운 사람. 그런데 사돈 사이가 되더니, 이제 그는 그녀를 이용해야 할 상황까지 왔다.

어쩌다 너와 내가 이런 사이가 되었을까.

10년 만에 그녀와 재회했을 때부터 무언가 크게 어긋나기 시작했다.

5년 전.

10년 만의 강제 귀국이었다. 형의 결혼식이니까 반드시 참석하라는 아버지의 통보였다. 이 결혼식에도 오지 않으면 부자의 연을 끊어 버리겠다고 했다. 사실 그런 건 별로 개의치 않았는데 형의 면전에 대고 '축하한다, 개자식아.'라고 한마디는 해 주고 싶었다. 그가 야구를 그만두게 된 건 사실 형의 잘못이 아니었건만, 누군가 탓할 사람이 필요했다.

그래서 그의 전화를 받았던 형을 탓하기로 했다. 어차피 형은 많은 사람의 추앙을 받는 만큼 많은 사람의 욕도 먹고 있으니, 그가 욕한다고 무너질 리 없었다.

태강 그룹 장남과 해신 그룹 장녀의 결혼은 온 대한민국이 들썩일 만큼 화려하고 웅장했다. 언론은 세기의 결혼이라고 요란스럽게 떠들어 댔다.

결혼식 날짜에 맞추어 한국에 온 권후는 상견례도 참석 안 했기에 신부의 얼굴조차 몰랐다. 당연히 신부 가족이 누구인지 알 턱이 없었다.

막상 결혼식장에 도착하니 모든 게 무료하게 느껴졌다. 굳이 이 결혼식에 참석하기 위해서 14시간이나 날아온 게 바보짓처럼 느껴졌다. 형한테 애써 축하 욕하고 싶은 마음도 사라졌다. 그래서 식장 앞에서 그대로 돌아서는데, 그의 어깨에도 안 닿는 작은 여자가 그의 몸을 치고 지나갔다.

"악! 죄송합니다! 제가 급해서요."

그 목소리를 듣는 순간, 심장이 저릿했다. 권후는 반사적으로 손을 뻗어 달려가는 여자의 가는 팔을 붙잡았다. 그가 붙잡는 바람에 여자의 몸이 크게 회전하며 돌아섰다. 덩달아 여자가 입고 있는 핑크색 원피스의 치맛자락도 만개한 꽃처럼 펄럭였다.

여자의 눈동자가 그의 얼굴에 닿자, 그녀도 놀란 듯 눈이 동그랗게 커졌다. 살이 많이 빠진 몸은 가냘팠고, 젖살이 사라진 얼굴은 성숙한 여인이 되었지만 권후는 단번에 그녀를 알아볼 수 있었다.

"너, 오은서 맞지?"

권후는 이 우연이 그저 신기할 따름이었다. 한국을 떠나기 전에 마지막으로 본 사람도 오은서였는데, 한국에 오자마자 처음으로 마주친 사람도 오은서였다. 그녀를 만난 순간, 야구 배트를 손에서 놓으면서 죽었던 세포들이 다시 살아나는 기분이었다.

"아, 아닌데요."

그런데 본인이 아니란다. 이렇게 어리숙한 표정도 똑같구먼. 그리고 그의 손에서 빠져나가기 위해서 바둥거렸다.

"놔주세요."

그녀가 왜 겁먹은 사람처럼 이러는지 권후는 알 수가 없었다. 정말 그를 완전히 잊어버리기라도 한 듯이. 어떻게 그게 가능하단 말인가. 그처럼 임팩트 있는 인간이 흔할 리가 없는데. 그가 그녀를 기억한다면, 당연히 그녀도 그를 기억해야 했다.

"나야, 최권후. 중학교 선배. 네가 나한테 복주머니도……."

그가 그녀한테 설명하려고 했는데, 익숙한 목소리가 그의 말을 잘랐다.

"그 손 놔, 권후야."

권후는 고개를 들어 앞을 보았다. 신랑답게 턱시도를 차려 입은 형 강후가 뒤에 보디가드를 대동하고 서 있었다.

"너 때문에 사돈아가씨 당황했잖아."

권후의 눈빛이 꿈틀했다.

"뭐라고? 누구?"

방금 말도 안 되는 소리를 들은 것 같았다. 그게 어떻게 가능한가. 하지만 강후는 확실히 못을 박았다.

"사돈아가씨한테 예의를 갖춰."

스윽, 그제야 은서를 잡고 있던 그의 손에 힘이 빠졌다. 은서는 그가 손을 놓아주자마자 서둘러 움직여 강후의 뒤에 숨었다. 마치 그곳이 더 안전하다는 듯이.

그 순간, 아주 중요한 걸 형한테 빼앗긴 기분이 들었다. 태강 그룹을 형이 독차지한 건 전혀 아깝지 않았건만, 은서가 피신처로 숨은 곳이 형의 등 뒤라는 건 정말 참을 수 없었다. 그렇게 10년 만의 만남으로 순수했던 동심은 좀 더 격정적인 감정으로 변질되었다.

최권후가 방송국에 떨어진 폭탄처럼 다녀간 이후, 은서는 머릿속이 엉망진창이었다. 도대체 뭘 기대하라는 말인가!

"헉헉."

은서는 러닝 머신 위에서 열심히 달리면서도 최권후가 남기고 간 말 때문에 머릿속이 맑지 못했다. 최권후는 분명 무슨 꿍꿍이가 있었다.

그녀는 러닝 머신에서 달릴 때면 언제나 미국 메이저 리그 영상을 틀어놓았다. 야구를 엄청나게 좋아해서가 아니라, 그 영상에 그녀의 대학 시절 흑역사인 쓰레기 자식이 나오기에. 그 영상을 보고 달리면 운동 의지가 불타올랐다. 효과는 엄청나서 그녀는 무려 30kg이나 감량했다.

그래서 이젠 그냥 습관이 되었다. 쓰레기남은 인생에 해롭지만, 운동은 건강에 좋으니까. 오늘은 쓰레기남보다 최권후가 그녀의 운동 의지를 불태웠다.

은서는 열심히 달리면서 '타도! 사돈'을 되새겼다.

Rrrrrrrrr— Rrrrrrrrr—.

아침 운동을 끝내고 출근 준비를 위해 머리를 빗던 은서는 전화를 건 발신자를 보고 손이 뚝 멈추었다. 아침부터 심장에 부담되게 또 '최권후 ㅅ'다. 지금은 집이니 방송국에서처럼 전화를 받았다고 쳐들어오지는 못할 거다. 아무리 최권후라도 이혼 전쟁 중인 사돈집까지 쳐들어올 정도로 미치지는 못할 테니까. 그래서 그녀는 통화 버튼을 눌렀다.

"여보세요?"

[내가 갈까? 네가 나올래?]

조마조마한 그녀와 달리 그의 말은 무조건 직진이라 몸의 근육이 긴장했다.

"네? 설마 우리 집 앞이에요?"

지금 이 순간은 귀신보다 사돈이 더 무섭다. 그녀가 소스라치게 놀라자 핸드폰 안에서 권후가 짧게 웃었다.

[우리 집도 안 가는데 너희 집에 내가 가겠어? 참! 너, 집 나와서 혼자 살지 않아? 내가 가도 되겠네.]

그녀의 거룩한 자취를 비웃는 목소리에 그녀는 목소리가 까칠해졌다.

"오지 마요!"

[인터뷰에 대한 긍정적인 대답을 해 주려고 전화한 건데 안 반가운가 보네. 알았어, 끊어.]

뚝—.

권후가 자기 할 말만 하고 끊어 버리자 그녀는 5초 정도 그의 말을 해석하느라 핸드폰을 귀에 댄 채 망부석이 되었다.

설마 방금 인터뷰해 준다고 말한 거야?

이번엔 그녀가 다시 권후의 번호로 다급하게 전화를 걸었다.

[고객님이 전화를 받지 않아 소리샘으로 연결됩니다.]

왜 몇 초 전에 통화했던 사람이 전화를 안 받는 건데!

분명 일부러 안 받는 것이었다. 아무래도 인터뷰하고 싶으면 직접 오라는 뜻 같아서 은서는 서둘러 출근 준비를 했다. 최권후가 미우나 고우나 인터뷰만 해 준다면 그녀는 달려갈 수 있었다.

 전화를 안 받는 최권후 대신 최권후의 비서한테 전화해서 물었더니 최권후는 일산에서 열리는 'IT 박람회'에 갔다고 했다. 은서는 고민하지 않고 바로 일산으로 향했다. 아침부터 자유로를 달리니 꼭 똥개 훈련을 받는 기분이 되었지만, 우선은 무시했다.

 IT 박람회가 열리는 일산 킨텍스는 꽤 크고 사람도 많았다. 그래서 도착하자마자 여기서 또 언제 최권후를 찾나 싶어 그녀는 한숨 먼저 나왔다. 일부러 그녀를 뺑뺑이 돌리는 중이면 또 안 받을 것 같기는 했지만, 밑져야 본전이라 우선 전화라도 해 볼까 싶어 핸드폰을 꺼냈다.

 그녀가 직접 저장한 발신자이긴 한데 볼 때마다 참 거슬렸다. 이걸 적었을 때 그녀가 느낀 고뇌가 미완성된 발신자에 고스란히 남겨져 있었다. '선배'라고 적을지 '사돈'이라고 적을지 고민하다가 결국 결정을 못 내리고…….

"최권후 새끼?"

갑자기 뒤에서 들린 권후의 목소리에 그녀는 화들짝 놀라 주저앉을 뻔했다. 서둘러 뒤돌아보았더니 권후가 팔짱을 끼고 손가락을 까닥이고 있었다.

"그래도 양심상 욕은 끝까지 못 적었나 봐?"

그녀는 권후가 훔쳐본 핸드폰을 두 손으로 감싸 쥐고 그를 노려보았다. 그녀를 뺑뺑이 돌린 것도 모자라 남의 걸 함부로 훔쳐보다니.

"진짜 인터뷰할 거예요?"

불신이 가득한 눈빛으로 질문을 던지는 그녀를 권후는 잠시 말없이 바라보다 고개를 돌리며 화제를 돌렸다.

"우선 밥 먹자. 오붓하게 둘이서."

쓸데없이 다정한 표현이 그녀는 듣기 거북했다.

"이상한 말 덧붙이지 마세요."

질색하는 그녀를 보고 권후는 짧게 웃었다. 마치 귀엽다는 듯이. 그녀의 착각이다. 최권후가 왜 그녀를 그리 생각하겠나. 두 사람은 단지 사돈 사이일 뿐인데.

권후는 멋대로 앞서 걸어갔다. 그녀보고 따라올 테면 따라오고, 싫으면 그만두라는 듯한 태도였다. 그녀가 가만히 보고만 있었는데도 그는 성큼성큼 걸어가 버렸다. 자긴 하나도 아쉬운 것 없다는 듯이 쉽게 멀어지는 그의 뒷모습이 얄미웠다.

신호등의 불이 파란불로 바뀌는 걸 보고 나서야 은서는 권후의 뒤를 쫓아갔다. 지금은 그를 놓칠 수 없었으니까.

차용 증서와 반지

대한민국 어디를 가도 반드시 있는 건 편의점과 치킨집이었다. 고향처럼 친근하다고 해도 그녀는 최권후가 들어가려고 하는 치킨집에 전혀 들어가고 싶지 않았다.

"전 치킨 안 먹어요."

그녀의 강한 거부에 권후는 의외라는 눈으로 돌아보았다.

"너 치킨 좋아하잖아."

마치 그녀를 잘 아는 듯이 구는 그의 말에 은서는 오히려 울컥했다.

"이젠 안 먹어요."

"그런데 식당에서 돈가스는 왜 먹었어?"

그것도 그 때문에 제대로 먹지도 못했다. 다시 생각하니 더 울컥했다.

"그건 돼지잖아요."

"튀긴 고기니까 사돈지간 같은 거 아냐?"

흔한 혈연관계 다 놔두고 굳이 '사돈'을 끌어다 붙이니 그녀는 더 큰 반발심이 생겼다.

"그럼 이제 돈가스도 안 먹어요!"

그녀의 예민함에 권후는 짧게 혀를 차고는 그녀에게 물었다.

"그럼 뭐 먹을 건데?"

그가 너무 쉽게 그녀에게 식사 메뉴 결정권을 넘기니 그녀는 잠시 당황했다. 이럴 인간이 아닌데.

"제가 정하라고요?"

"그래. 요즘은 치킨 대신 얼마나 대단한 걸 먹고 사는 건지, 내가 아주 궁금하네."

아무래도 비꼬는 것 같았다. 그래서 그녀는 엄청 대단한 걸 말하고 싶어졌다. 세계 3대 진미에 해당하는. 하지만 그녀의 입맛이 그런 고급 요리와 잘 맞지가 않았다. 최권후 때문에 안 좋아하는 요리까지 먹고 싶은 마음은 없었다.

"스시 먹어요."

가장 무난하게.

"아, 날생선. 야해라."

도대체 스시가 뭐가 야한 거냐고 따지고 싶은 걸 입을 꾹 다물며 참았다. 여기 말려들면 그녀만 점점 유치해지는 것이었다.

어찌 되었든 권후가 고른 치킨이 아니라 그녀가 고른 스시를 먹게 되었다. 간단하게 주문하고, 잠시 정적이 두 사람 사이에 흘렀다. 그녀는 뭐라도 하는 게 마음이 편했기에 물수건으로 손을 계속 닦았다.

"100배면 2억 맞지?"

움찔, 권후가 갑자기 던진 질문에 그녀는 어깨가 떨릴 정도로 놀란 티를 내 버렸다. 왜 하필 지금 그 이야기를 꺼내느냐 따지기에는 그 차용 증서를 먼저 보낸 사람이 그녀였기에 입을 꾹 다물고 그를 쳐다만 보았다. 권후는 별거 아닌 일을 말하듯이 말을 툭툭 뱉어 냈다.

"그걸 돈으로 갚는 건 너무 정 없고, 그래서 내가 물건으로 주고 싶은데."

"전 인터뷰면 충분……."

"내가 인터뷰하는 조건이 네가 그 물건 받아주는 거야."

권후가 그녀의 말을 싹둑 자르며 꺼낸 말이 그녀는 도저히 이해가 안 되었다.

채권을 없애는 게 아니라, 100배로 받아 주는 게 조건이라고?

"진심으로 하는 말이에요?"

'너 사업가 맞냐?'는 말을 돌려서 물은 질문이었다.

"그래, 내가 엄청 고심해서 골랐거든."

도대체 뭘 골랐다는 건가 싶었다. 기대되기보다는 불안한 마음이 들었다. 권후가 그녀 앞에 사돈으로 재등장한 이후, 그는 그녀의 인생에서 폭탄 같은 존재였으니까.

권후가 재킷 안으로 손을 넣더니 작은 상자 같은 걸 꺼냈다. 그게 그녀에게 100배로 갚겠다는 그 물건인 듯했다. 고급스러운 벨벳 상자는 꼭…….

달칵—.

권후의 긴 손가락이 상자를 열자 그 안에서 나온 물건은 눈이 부실 정도로 반짝이는 다이아몬드 반지였다. 그녀는 놀란 눈으로 그 반지를 바라보다가 권후의 얼굴을 보았다. 잠시 은서의 얼굴을 쳐다보던 권후는 덧붙여 말했다.

"이 반지, 돈으로 환산하면 2억은 충분히 넘어."

세상에 어떤 남자도 여자에게 반지를 주며 반지 가격을 말하지 않을 것이다. 그건 정말 없어 보이는 행동이었으니까. 반지를 줄 때 가장 멋있어 보이기를 원하지, 쪼잔해 보이기를 원하는 사람은 없었다.

하지만 권후는 굳이 반지의 가격을 강조했다. 그래야 이 반지는 프러포즈의 뜻이 아니라 빚을 갚는 게 되어서 은서가 받을 테니까. 할머니가 손자며느리에게 주라고 물려준 반지라는 말은 일부러 뺐다. 그럼 은서가 절대 안 받을 테니까. 그 말을 굳이 안 해도 은서는 충분히 놀라서 입을 다물지 못했다.

한국에 돌아와서 은서와 재회했을 때, 권후는 자신이 늦었다는 걸 뼈저리게 깨달았다. 두 사람의 재회가 아름다워지려면 적어도 형의 결혼식 전에 돌아왔어야 했다. 하지만 그는 그러지 못했고, 야구도 실패했다.

그 모든 불운 앞에서 권후는 한 번도 제대로 그녀에게 다시 만나 반갑다는 마음을 표현하지 못했다. 두 사람은 마치 모르는 사람인 것처럼 가족들 앞에서 연기했고, 어떠한 감정도 허락되지 않는 사돈 사이로만 남게 되었다. 그는 그게 좋지 않았다. 항상 그녀를 보게 될 때마다 우리가 왜 이래야 하는지 불만이었다.

그러니까 이 반지는 시발점이었다. 그가 지금까지와는 달라질 것이라는. 권후는 이제 그의 마음에 솔직해지고 싶었다. 그가 한 발 다가서면 은서는 백 발 도망치더라도 상관없었다. 결국 언젠가는 닿을 수 있을 것이라고 기대하니까. 마치 그가 야구를 꿈꾸었던 것처럼.

"안 받아?"

한편, 최권후가 내미는 반지를 은서는 감히 손도 댈 수가 없었다. 설마 최권후가 던지는 폭탄이 이토록 아름다운 다이아몬드 반지일 줄은 상상조차 못 했다.

어찌 감히 상상하겠나. 이혼 전쟁에 들어간 사돈에게 반지를 줄 것이라고.

Chapter 3

인터뷰

　어릴 때는 최권후를 볼 때 그런 상상을 솔직히 했었다. 동화 속 왕자님처럼 그가 그녀 앞에 무릎을 꿇고 꽃다발을 내밀며 고백하는. 소녀라면 누구나 동경하는 남자를 보면 그런 생각을 한 번쯤은 할 것이었다.

　그런데 어른이 되어서 정말 그런 순간이 그녀한테 찾아왔다. 게다가 꽃다발은 반지로 업그레이드되었고, 상대는 어릴 때 그녀가 꿈꾸었던 바로 그 첫사랑, 최권후였다. 살면서 이런 일이 일어날 확률은 아마도 벼락에 맞을 확률과 맞먹을 것이었다.

　그래서인가, 그녀는 정말 벼락을 맞은 기분이었다. 전기가 통한 것처럼 심장이 찌릿찌릿했고, 머릿속이 다 타 버린 듯이 아무런 생각도 할 수 없었고, 눈가가 뜨거워졌다. 어릴 때 그녀가 그런 상상을 할 때는 정말 행복한 기분이었다. 그런데 정말 그 행복한 상상이 현실이 되었을 때 그녀는 마냥 기뻐할 수가 없다. 오히려 누군가에게 쫓기는 기분이 더 컸다.

그는 왜 그녀가 받을 수도 없는 반지를 내밀며 그녀를 더 힘들게 만드는가, 최권후를 원망하는 마음도 생겼다. 그가 반지를 주지 않았다면 그녀는 계속 모른 척하고 살 수 있었을 것이다. 그를 진심으로 좋아했던 첫사랑의 마음을. 다시 인식하게 된 그 마음이 은서는 두려울 뿐이었다.

당연히 그녀는 권후가 준 반지를 받을 수 없었다. 그녀는 그와 달리 제정신이었으니까. 그러나 인터뷰할 방법이 그 반지를 받는 것뿐이라고 생각하자 고민을 안 할 수도 없었다. 우선 반지를 받고 인터뷰를 끝낸 뒤 다시 돌려주는 것도 방법이었다. 좀 치사하긴 하지만, 최권후는 이혼할 사돈에게 반지를 주는 미친 짓을 하고 있으니 피장파장이 아닌가 싶다.

월요일에 출근하자마자 양 피디에게 보고해야 해서, 은서는 오래 고민할 시간이 없었다. 그녀는 우선 조심스럽게 문자를 한 통 날렸다.

> 지금 만날 수 있어요?

문자를 전송하고 핸드폰에서 눈을 떼지 못하고 있는데 답장이 곧 날아왔다.

> 그래. 루카스로 와.

그녀는 결정을 내려야 했기에 단단히 마음먹고 '루카스'로 향했다. 그녀가 가게에 들어서자 몇 번 본 적 있는 매니저가 다가와 대뜸 자신을 따라오라고 했다.

"사장님은 룸에 계십니다."

뭔가 최권후의 홈그라운드에 제 발로 들어온 느낌이 들어서 벌써 긴장이 되었지만, 그녀는 오늘 절대 쫄면 안 되었다. 그녀가 할 수 있는 한계를 넘어서 더 뻔뻔해져야 했다. 처음 이 가게에 왔을 때처럼 매니저의 뒤를 따라 룸으로 향하며 속으로 '난 할 수 있다.'고 몇 번이나 되뇌었다.

매니저가 룸의 문을 열자 소파에 앉아 있는 최권후의 모습이 보였다. 그가 눈을 감고 있는 걸 보고 매니저는 조심스럽게 손짓으로만 그녀에게 들어가라는 제스처를 했다. 그런데 은서는 바로 들어가지 못하고 매니저에게 물었다.

"자는 것 같은데."

"골프 치고 오는 길이라고 하셨습니다. 그래서 좀 피곤하셨나 봅니다."

"골프요?"

정말 최권후와 안 어울리는 스포츠였다. 그녀가 기억하는 최권후는 항상 야구를 했었다. 그가 홈런을 날린 뒤 운동장을 달리면 여학생들이 그의 이름을 부르며 비명을 지르던 소리가 아직도 생생했다.

"그럼 좋은 시간 보내십시오."

뭐시라!

"그런 거 아니에요!"

형식적인 인사를 한 매니저에게 은서는 저도 모르게 화를 내고 말았다. 그도 그럴 것이, 최권후와 좋은 시간을 보내라니. 그건 불륜보다 더 나쁜 것처럼 느껴졌다.

 매니저는 갑자기 화를 내는 그녀를 이상한 사람을 보듯 쳐다보고는 떠났다. 그녀도 뒤늦게야 민망함이 밀려왔다. 굳이 그렇게 티 나게 화를 낼 필요는 없었는데 말이다. 반성하며 룸으로 들어가려던 은서는 눈을 똑바로 뜨고 이쪽을 보고 있는 권후와 눈이 마주치자 흠칫 놀라서 멈추어 섰다.

"언제 깼어요?"

"나 깨라고 소리친 거 아냐?"

"그런 거 아닌데."

"뭘 자꾸 아니래. 좀 긍정적인 사람이 돼 봐."

 순간적으로 불끈했지만 은서는 솟아난 마음을 꾹 누르고 차분하게 최권후 앞에 섰다. 그녀가 내려다보자 권후도 말없이 그녀를 올려다보았다. 그리 마주 보고 있으려니 주위의 공기가 두 사람을 감싸듯이 촘촘히 몰려드는 듯한 기분이었다. 이 공기의 흐름을 주도한 사람은 언제나 최권후였다. 그녀는 항상 말려드는 쪽이었다. 하지만 이번엔 그럴 수 없었기에 은서는 주먹을 꽉 쥐었다.

"그 반지, 받을게요."

 그녀가 반지를 받겠다고 하자 권후도 놀란 듯 눈썹이 위로 올라갔다.

"진짜?"

"네. 그러니까 약속대로 인터뷰해 줘요."

 그녀는 시원하게 패를 던졌고, 권후는 선뜻 그녀가 던진 패를 받지 못하고 손가락으로 무릎을 툭툭 두드렸다. 하지만 최권후답게 오래 고민하지 않았다.

"오케이."

권후가 대답하며 벌떡 일어났다. 그는 그녀를 향해 걸어오며 재킷 주머니에서 그때 본 반지 케이스를 꺼냈다. 처음 그가 저걸 내밀었을 때는 미친놈이라고 욕했는데 저걸 진짜 받게 될 줄이야. 권후가 반지 케이스에서 반지를 꺼내려고 하자 은서는 표정이 찌푸려졌다.

"그냥 반지 케이스째 줘요."

설마 2억짜리 반지는 줄 수 있어도 공짜인 케이스는 아깝다는 건가 뭔가.

"반지니까 손가락에 끼워 줘야지."

직접 손가락에 끼워 준다는 말에 그녀는 몸이 경직되었다.

"그런 반지가 아니잖아요. 그냥 줘요."

그녀의 반박에도 권후는 자기 뜻을 굽히지 않았다.

"반지는 그냥 반지지. 받는다며. 그러니까 손 줘."

마지막까지 이런 식으로 구는 그가 또 얄미워지려고 했다. 그녀는 마지막 방어선으로 왼손이 아니라 오른손을 내밀었다. 그것에 대해서는 권후도 뭐라고 토를 달지 않았다. 권후가 반지를 그녀의 오른손 약지에 끼우기 시작하자 온몸의 피가 손가락으로 몰린 듯한 기분이 들었다. 반지는 이래도 되나 싶을 정도로 매끄럽게 그녀의 손가락에 들어갔다.

그녀의 손가락에 끼워진 반지를 보며 권후는 만족한 미소를 지었다.

"태강과 해신은 이혼 소송이 끝나는 순간이 끝이라도……."

갑자기 권후가 먼저 이혼 이야기를 꺼내자 은서는 불안한 눈으로 그를 보았다. 권후는 장난기를 지우고 진지한 눈으로 그녀를 똑바로 보며 말했다.

"너랑 난 네가 이 반지 빼는 순간 끝이야."

권후의 그 말에 그녀의 심장이 툭, 붙잡을 새도 없이 떨어져 버렸다.

"장난하지 마요!"

은서는 화를 냈다. 당연했다. 여기서 좋아하면 그녀가 진짜 미친년인 것이다.

은서가 반지를 빼려고 하자, 권후는 묵직하게 한마디를 했다.

"그거 빼면 이 자리에서 영원히 굿바이다."

움찔, 반지를 빼던 그녀의 움직임이 순간 멈추었다. 그녀는 눈동자만 살짝 들어 권후를 보았다. 쓸데없이 진지한 표정을 짓고 있는 그의 얼굴을 보니 반지를 빼는 게 조금 겁이 나기 시작했다.

설마 정말 이 반지 빼면 끝이라고?

어차피 집안끼리 끝날 사이라고 해도 이혼이 완전히 마무리 되려면 몇 개월은 걸릴 것이다. 그러니 아직은 몇 개월짜리 사돈 사이였다.

"진짜 내가 반지 빼면 영원히 안 볼 거라고요?"

"그래. 기억 상실 걸린 것처럼 네 이름도 지워 버릴 거야."

그 말에 은서는 울컥했다.

"네, 나도 그럴 겁니다!"

호언장담하며 힘 있게 반지를 빼려는데 권후의 손이 반지를 낀 그녀의 손을 움켜잡았다.

"적어도 이 반지 뺄 때, '네 언니가 이혼하니까'라는 이유는 아니었으면 한다."

부탁하는 듯 나직한 권후의 말에 그녀의 눈동자가 가늘게 흔들렸다. 하지만 길게 흔들릴 수는 없었다. 그녀는 더 이상 열네 살 소녀가 아니라 어른이었으니까.

"태강과 해신이 이혼으로 원수 되는 이유 말고 뭐가 있어야 하는데요?"

그녀는 방어하듯이 그에게 따져 물었다. 그들의 관계가 끝나야 하는 이유에 대해서. 이 질문에 그가 할 수 있는 대답이 있을 리가 없었다. 그녀가 아무리 머리 아프게 생각해 봐도 그 이유 말고는 없었으니까.

"네가 나를 좋아하지 않아서."

그의 한마디에 심장이 제 박동을 벗어나 빨리 뛰기 시작했다. 위험 신호였다.

"나한테 왜 이래요?"

은서는 이성을 단단히 붙잡기 위해 냉정하게 권후에게 물었다. 그의 대답은 간단해서 더 강했다.

"난 너 계속 보고 싶으니까."

은서는 너무 놀라 숨도 못 쉬고 그의 얼굴만 쳐다보았다.

보고 싶다니, 설마 지금 나한테 고백한 거야? 이 인간이 진짜 미쳤나 보다.

얼굴이 불이 난 듯이 시뻘겋게 달아오르는 걸 느낀 은서는 황급히 돌아섰다.

"나, 나갈래요."

그녀는 망설임 없이 가려고 했지만 아직 그에게 손이 붙잡혀 있어서 몸이 의지대로 앞으로 나아갈 수가 없었다. 그녀는 그에게서 손을 빼내기 위해 힘껏 팔을 당겼는데, 오히려 그가 당기는 힘에 끌려가서 그의 가슴팍에 얼굴이 푹 파묻히고 말았다. 그리고 그는 그녀를 나무라기까지 했다.

"넌 이제 도망치는 게 습관이 됐냐? 그거 엄청 나쁜 습관이야."

습관이 아니라 본능이었다. 그녀는 그를 피해야 했다.

"그럼 그 말 취소해요."

그녀가 강력하게 항의하자 권후는 눈을 좁혔다.

"무슨 말?"

"나 보고 싶다느니, 그런 이상한 말!"

'이상한 말'이라는 표현에 권후의 눈매가 찌푸려졌다. 오은서가 옛날처럼 순진하게 좋아할 것이라는 기대는 처음부터 없긴 했지만, 눈앞에서 겪게 되니 기분은 더 거지 같아졌다. 지금도 이리 가까이 몸이 붙어 있지만 넘을 수 없는 아주 거대한 벽이 두 사람 사이를 가로막고 있는 듯 느껴졌다. 그걸 부

술 방법이 무엇인지 솔직히 권후도 모르겠다.

그가 미국에 가지만 않았어도, 그가 결혼식보다 일찍 돌아만 왔어도, 그녀가 조금만 더 용감했어도…… 모든 가정은 그저 허무한 신기루일 뿐이었다.

"네가 이상한 마음으로 들으니까 이상하게 들렸나 보지."

"내 마음, 정상이거든요! 사돈이 이상하게 말했어요!"

"난 아름다운 마음으로 말한 건데."

아름답기는 개뿔. 지금 그들의 상황에 어울리지도 않고, 제일 해서는 안 되는 말이었다. 은서는 그의 가슴을 밀쳐 그에게서 떨어져 나갔다. 겨우 그에게서 멀어지는 데 성공한 그녀는 안전한 거리를 두고 그를 노려보았다.

"인터뷰 좀 해 준다고 나 가지고 놀 생각하지 마요. 나 안 당하니까."

그녀의 방어적인 태도에 권후는 피식 건조하게 웃었다. 그게 그녀의 최선이라는 걸 그도 알았다. 항상 자기 멋대로 살았던 그와 달리 그녀는 언제나 주어진 환경에 최선을 다했다. 그래야 주변 사람들이 다치지 않았으니까.

그녀가 가장 두려워하는 게 사람들에게 상처 주는 것이라면, 그로 인해 그가 상처 받는 건 상관없는 건가? 아니, 어쩌면 그는 상처 따위 안 받는 사람이라고 착각하고 있는 건지도 모르겠다. 아무래도 상관없었다. 그는 이번에도 그가 하고 싶은 대로 할 생각이었으니까.

"그래도 인터뷰는 끝까지 포기 안 하네."

당연했다. 일이니까. 그녀는 책임감 있는 직장인이었다.

"내가 연락할 때까지 기다리고 있어요."

은서는 그에게 강하게 말하고 먼저 돌아섰다. 당당하게 문을 열고 나온 것까지는 좋았는데, 문이 닫히자마자 그 앞에서 다리에 힘이 풀려 주저앉고 말았다.

이상한 소리를 한 건 그인데, 그녀가 꼭 그에게 들킨 것만 같았다. 그가 그녀의 첫사랑이었다는 걸. 그런 과거는 온 세상 사람이 모르게 하고 싶었다. 할 수만 있다면 그녀야말로 기억 상실에 걸린 듯 그 기억을 잊어버리고 싶었다.

"최권후 구단주 인터뷰 허락받았다고?"

양 피디가 믿을 수 없다는 눈으로 그녀를 보며 묻는 말에 은서는 왼손으로 오른손을 가리며 대답했다.

"네, 최 대표 스케줄 확인하고 바로 인터뷰 촬영하겠습니다."

그동안 그녀가 미적거리면서 제대로 보고하지 않았기에 당연히 인터뷰를 못 따올 줄 알았던 양 피디는 굉장히 찝찝한 표정을 지으며 마지못해 알았다고 고개를 끄덕였다.

양 피디에게 보고하고 돌아서서 자신의 자리로 돌아가던 은서는 오른손에 끼워진 반지를 내려다보았다.

— 너랑 난 네가 이 반지 빼는 순간 끝이야.

또 권후의 말이 생각나자 은서는 낮게 중얼거렸다.

"언제 시작한 적이나 있었나."

깊이 생각할수록 그녀만 손해인 것 같았기에 그녀는 반지에서 눈을 떼고 앞만 보고 걸어갔다. 반지를 못 뺀 건 인터뷰 때문이다. 인터뷰만 끝나면 바로 이 반지도 빼 버릴 것이다. 그녀는 그를 계속 보고 싶지 않았으니까. 사돈 사이였던 내내 불편했다. 그러니 언니의 이혼으로 더 이상 안 봐도 되면 그녀에게는 속 시원한 일이었다.

정말이다. 그녀는 열네 살 때처럼 무분별하게 그를 좋아하지 않았다.

200만 원의 채무 변제. 은서에게 준 반지는 그렇게 포장되었다. 그리고 은서는 인터뷰가 없었다면 그 반지를 받지도 않았을 것이다. 그 어디에도 낭만적인 로맨스는 없었다.

그래도 권후는 두 사람 사이에 변할 기회가 생겼다고 희망을 품게 되었다. 은서가 어떤 마음으로 그 반지를 받았든, 반지를 볼 때마다 어쩔 수 없이 그에 대해 생각하게 될 테니까. 반지는 그녀와 그를 이어 주는 매개체가 되어 줄 것이다. 그래서 빼지 말라고 으름장을 놓았다.

사실 그가 그렇게까지 했는데도 은서가 그 앞에서 반지를 정말 뺐다면, 그는 절망했을 것이다. 그녀의 마음 안으로 그가 비집고 들어갈 틈이 아예 사라진 것처럼 느껴졌을 테니까.

하지만 다행히 마음이 여린 은서는 그 앞에서 그렇게 모질게 행동하지는 못했다. 그를 반가워하고, 좋아하고, 믿어 주던 복주머니 소녀가 아직 그녀의 안에 살아 있다고 권후는 믿었다. 그러니 다음에는 그녀의 손을 잡고 싶었다. 만날 때마다 조금씩 그녀한테 그의 존재를 각인시키다 보면 언젠가는 그녀의 안이 그로 가득 찰 수도 있지 않을까. 그건 밤하늘을 수놓은 별을 보는 것처럼 찬란할 것이다.

"대표님, 방송국 쪽에서 보내온 사전 인터뷰 질문 리스트입니다."

그걸 쭉 훑어본 권후는 짧게 입꼬리를 올리며 중얼거렸다.

"간만에 손 편지를 써야겠네."

백 비서는 최권후가 진짜 펜을 들고 종이에 오은서에게 보낼 편지를 쓰는 걸 보고 눈을 좁혔다. 저게 과연 연애편지를 쓰듯이 써서 보낼 내용인가 싶었으니까.

인터뷰 촬영을 시작하기 전에 사전 인터뷰를 진행해야 했다. 인터뷰할 내용을 미리 조율하는 과정인데, 인터뷰이가 최권후라서인지 본 촬영이 시작되기 전부터 긴장을 늦출 수가 없었다. 사전 인터뷰 자리에는 백 비서만 참석했다. 은서에게는 오히려 다행이었다.

"대표님한테 절대 하면 안 되는 질문 리스트입니다."

샤넬 비서가 내미는 리스트 종이를 보고 은서는 얼굴을 찌푸렸다. 은서는 찝찝한 마음으로 첫 번째 폭탄을 받았다. 막 확인하려는 그녀에게 샤넬 비서가 말했다.

"대표님이 직접 손으로 적으신 거라 반드시 오 피디님만 보시랍니다."

이게 연애편지도 아니고! 왜 그녀만 보라는 건가.

"반드시요?"

"네, 반드시."

고양이 눈을 한 샤넬 비서가 강조하니 안 지키면 뭔가 재수 없는 일이 생길 것만 같았다. 그녀는 할 수 없이 사람들이 없는 구석으로 가서 접힌 종이를 조심스럽게 펼쳤다.

> 1. 내 잘생긴 얼굴 언급 금지. 부끄러우니까.

이 자식이, 여기에도 장난질을.

이걸 보니 역시 그녀가 계속 보고 싶다느니 했던 말들도 다 장난인 게 분명하다. 진심이라는 건 집 금고 안에 꽁꽁 숨겨 잠가 두고 다닐 인간이다.

> 2. 가족 언급 금지. 말하면 이혼 이야기 꺼낸다. 우리 같이 죽는 거야.

종이를 잡은 그녀의 손에 힘이 들어가 종이가 구겨졌다.

조금만 참자. 이제 하나 남았다.

> 3. 내가 야구했다는 거 언급 금지.

인터뷰

유일하게 사족이 안 붙은 세 번째 조항을 그녀는 한참이나 바라보았다.

사실은 인터뷰를 핑계로 물어보고 싶었던 것이었다. 야구하려고 가족도 버리고 멀리 떠났으면서, 꿈이라고 했으면서 왜 포기한 거냐고. 한 번은 꼭 물어보고 싶었던 건데.

마치 그녀의 궁금증을 사전에 칼같이 차단하는 것 같아서 마음이 안 좋았다. 그러니까 그녀는 그런 거 물어볼 자격도 없는 사람이라는 건가 보다. 잘났다, 정말.

"네, 알겠습니다. 이 리스트에 있는 내용은 인터뷰에 포함 안 시키죠."

다시 자리로 돌아온 은서가 쿨하게 받아들이자 백 비서는 고개를 숙여 그녀에게 인사했다.

"감사합니다."

감사 인사를 받는 그녀의 기분이 왜 이리 꿀꿀한지 모르겠다. 제발 인터뷰가 무사히 끝나기만 바랄 뿐이었다.

"귀티 줄줄 흐르는 태강 그룹 둘째 아들에 훤칠한 키, 조각 같은 몸매, 매력적인 미소."

작가가 하는 말을 듣고만 있던 은서는 도저히 못 참고 중간에 끊었다.

"인터뷰 원고 쓰는 거 맞아요?"

"네, 사실을 그대로 나열해 보는데 완전 왕자님이네요."

그 왕자님을 사돈으로 둔 은서는 전혀 공감할 수 없었다.

"흠, 이런 남자는 첫사랑이 누구일까요? 궁금하다."

'첫사랑'이라는 단어가 방어할 새도 없이 그녀의 가슴을 훅 찔러 왔다. 최권후의 첫사랑이 누군지는 몰라도 그녀의 첫사랑이 최권후라는 건 비밀로 하고는 싶어도 부정할 수는 없어서 그녀는 가슴이 부글부글 끓었다.

왜 하필 최권후였을까. 도대체 왜!

혼자 속으로 분개하고 있는데 작가가 그녀의 팔을 흔들었다.

"피디님이 전화로 물어보시면 안 돼요? 인터뷰 핑계로."

"네? 죽어도 싫어요!"

그녀는 기겁하며 거부했다. 최권후가 인터뷰 관련 소통은 피디인 은서를 통해서만 하겠다고 통보를 했기에 작가는 다 쓴 원고를 은서에게 넘겨주며 최종 컨펌을 부탁했다.

원고에는 당연히 첫사랑이 누구냐는 질문은 안 들어갔다. 휴먼 인사이드라는 방송은 연예 프로그램이 아니었으니까.

그녀는 권후의 메일로 원고를 보냈고, 밤늦은 시간에 답변을 받을 수 있었다. 권후는 그녀에게 직접 전화했다. 그것도 영상 통화를. 가족과도 영상 통화를 안 하는 그녀는 바로 통화 버튼을 누르지 못하고 한참이나 부담스러워하다가 전화를 받았다.

[우선 손에 반지 끼었는지 봤으면 하는데.]

불시 검문하듯이 반지를 보여 주라는 말에 그녀는 흠칫했다. 그래도 다행히 그녀는 오른손에 반지를 끼고 있었다. 어쨌든 인터뷰가 끝날 때까지는 약속을 지킬 생각이었다. 그녀가 반지를 보여 주자 권후는 만족한 표정을 지었다.

[반지 오케이. 인터뷰 원고도 오케이. 그럼 촬영 날 보자고.]

"아, 잠깐."

은서의 손에 반지가 있는지만 확인하고 바로 전화를 끊으려던 권후를 그녀가 먼저 붙잡고 말았다. 아차, 싶었을 때는 이미 그가 화면 안에서 그녀를 빤히 바라보고 있었다. 은서는 눈알을 굴렸다. 도대체 무슨 말이 하고 싶어서 붙잡은 것이란 말인가.

[원고에 빠진 질문 있어?]

"그게······."

입이 찢어져도 첫사랑이 누군지 물을 수는 없었지만, 궁금하기는 했다. 그녀에게 첫사랑인 남자의 첫사랑은 어떤 대단한 여자인지. 그녀는 분명 아니다. 그때 그녀는 잘 먹는 돼지 소녀였으니까.

"만나고 싶은 사람이나 오래 못 만난 사람 있으면 방송 보고 연락해 올 수도 있어요."

[죽은 사람도?]

그녀는 첫사랑을 생각하며 빙빙 돌려 한 말인데 권후의 반응은 멀어도 너무 멀리 가서 요단강마저 건너 버렸다.

"방금 농담이에요?"

[너야말로 왜 그런 말을 하는데? 내 첫사랑이라도 찾아 주게?]

나왔다. 첫사랑.

그녀는 동공이 확장되며 호흡이 불규칙해졌다.

"찾고 싶은 첫사랑이 있어요?"

절대 그녀가 먼저 물은 게 아니었다. 그의 입에서 먼저 나온 말이었다.

잠시 생각하는 표정을 짓던 권후가 입을 벌리자 그녀의 몸에 존재하는 모든 감각이 그의 입술에 집중되었다.

[내 첫사랑은…….]

그의 대답에 너무 집중했더니 시간마저 멈추어 버린 것 같았다.

그래서 첫사랑이 누구라는 거야?

[그런데 이루어지지 않은 사랑도 첫사랑이라고 부를 수 있나?]

첫사랑이 누군지 물었는데 질문이 돌아와서 은서는 당황했다.

"원래 첫사랑은 안 이루어지는 거라고 하잖아요."

그녀는 대답하면서도 그 말이 참 마음에 안 든다고 생각했다. 그 누가 안 이루어질 사랑을 하고 싶겠는가.

[그런 말 하는 사람들도 적어도 손 한 번 잡고, 입이라도 맞추었겠지. 난 그런 것조차 없는데.]

은서는 듣고 있는 게 좀 부담스러워졌다. 왜냐하면 그녀의 첫사랑은 최권후라서, 그가 없으면 그녀도 없는 것이었다.

"남자가 용기 없게 왜 그랬어요?"

[살아 보니까 알겠더라. 용기로도 뛰어넘을 수 없는 운명의 장난질이 있다는 걸.]

도대체 얼마나 거창한 첫사랑을 했기에 운명의 장난까지 나오나 싶었다.

"그래서 첫사랑이 아니라 똥 밟았다 싶으세요?"

그의 첫사랑에 질투가 나서 말이 심술궂게 나왔다.

[그래도 사랑은 사랑이지.]

둥둥, 그녀한테 하는 말도 아닌데 심장이 뛰었다.

[그럼 네 첫사랑은 아름답니?]

은서는 대답할 수 없었다. 계속 가슴만 아려 왔다.

인터뷰는 야구단이 연습하는 구장과, 야구단을 인수하면서 덩달아 유명해진 게임 회사 라온을 번갈아 촬영하며 진행하기로 했다. 방송은 야구단 구장부터 시작될 것이지만 최권후 대표의 스케줄에 맞추어 우선 라온 본사에서 권후의 인터뷰를 먼저 하기로 했다.

그녀가 처음 라온에 찾아갔을 때처럼 권후의 샤넬 비서가 일행을 맞이해 주었다. 은서와 이 작가는 오늘도 샤넬 비서가 무미건조한 표정 빼고 다 완벽하다고 속으로 감탄했다.

"안녕하세요. 오늘 인터뷰 맡은 박하나 아나운서입니다."

그리고 감탄에 끝내지 않고 실행에 옮기는 여자는 또 따로 있었다. 언제 백 비서에게 다가간 것인지, 박하나가 그와 악수하고 있었다. 이 작가와 그녀는 다른 인종을 보는 눈으로 박아나를 쳐다보았다.

얄미운데, 부럽다.

"대표님은 사무실에서 기다리고 계십니다. 따라오십시오."

그동안 권후가 인터뷰를 빌미로 그녀를 가지고 논 걸 생각하면 참으로 괘씸했다. 하지만 결국은 그녀의 바람대로 인터뷰를 하게 되었으니 권후를 향한 못된 마음은 우선 집어넣고 일에 집중하기로 했다.

"어머, 오 피디 반지 꼈네요. 남친 생겼어요?"

같이 일하는 사람들은 온종일 붙어 있어도 못 봤는데 다른 인종 박하나는 바로 그녀의 손가락에 끼워진 반지를 발견했다.

"오른손이잖아요."

그녀는 의심을 사지 않게 반지를 숨기지 않고 손을 쫙 펴 보여 주며 오른손이라는 걸 강조했다. 갑자기 얼굴을 덮칠 듯 다가온 손에 박하나는 머리를 뒤로 빼며 투덜거렸다.

"그냥 물어본 거잖아요. 그런데 왜 화를 내. 진짜 수상하네."

화 안 냈다. 밥 먹을 때 쓰는 오른손이라는 걸 알려 주었을 뿐이다. 그때 샤넬 비서와 눈이 마주쳐서 그녀는 긴장했다.

인터뷰 97

뭐야, 설마 이 반지에 대해 알고 있나?

다행히 샤넬 비서는 별말 없이 고개를 돌렸다. 최권후는 비서 취향도 참 특이했다. 어디서 저런 고양이 눈을 한 남자를 데려온 건가 싶었다.

"어서 오십시오."

최권후 대표가 말끔하게 잘생긴 얼굴에 호감 가득한 미소를 지으며 반겨 주자, 방송국 직원들은 만나자마자 그에게 좋은 인상을 받았다.

"사람은 괜찮아 보이네."

은서는 그가 보이는 게 전부가 아니라는 걸 아는 유일한 사람이었기에 눈에 힘을 풀지 않았다. 언제 무슨 폭탄을 터트릴지 몰랐다. 그러니 인터뷰가 끝날 때까지 정신을 바짝 차리고 있어야 했다. 인터뷰를 찍는 동안만은 그의 '사돈'도 아니고, '후배'도 아니고, 그냥 'ZBS 방송국 오은서 피디' 하기로 했다.

박하나는 어느새 권후의 옆에 가서 엄마처럼 온화한 미소를 지으며 말했다.

"오늘 인터뷰는 저만 믿고 따라오시면 돼요."

"그럴까요?"

"호호호호."

쿵짝이 잘 맞는 두 사람을 보고 있는 게 영 불편해서 은서는 시선을 돌려 괜히 원고를 확인했다.

"대표님. 메이크업하는 게 화면에는 더 잘 나오는데, 제가 해 드릴까요?"

박하나의 친절에 권후는 손을 들며 누군가를 불렀다.

"오 피디님."

그게 그녀라는 걸 은서는 몇 초 뒤에 깨달았다. 원고를 보고 있던 그녀가 쳐다만 보자 권후는 손가락을 까닥이며 개를 부르듯이 그녀를 불렀다. 울컥했지만 현장에서 감정을 드러낼 수는 없었기에, 그녀는 대본을 들고 박하나와 최권후가 있는 곳으로 다가갔다.

"왜요?"

부른 이유를 묻는 그녀에게 권후는 말했다.

"나 메이크업해야 한다는데."

"그건 박 아나가 잘해요."

박하나만 좋은 일이라는 걸 뻔히 알지만, 인터뷰를 위해서는 그게 분명 나은 선택이었다.

"그래도 피디님이 해 주셔야죠."

그녀보고 메이크업하라는 말에 박하나도 눈을 치켜올렸고, 은서도 당황했다. 은서는 권후의 옆으로 다가가서 복화술처럼 말했다.

"사람들 앞에서 이상한 고집부리지 마세요."

하지만 권후도 나름대로 이유가 있었다.

"난 모르는 사람한테 낯가려."

낯가린다는 인간이 처음 보자마자 박하나랑 '하하', '호호'거리냐!

벌처럼 쏘는 은서의 눈빛을 보고 권후가 넌지시 말했다.

"지금 나랑 '인터뷰하자'는 게 아니라, '붙어 보자'는 눈빛인데."

은서는 억지로 웃으며 절대 아니라고 고개를 저었다. 이 촬영의 책임자는 그녀였다. 최권후가 마음에 안 들게 행동한다고 떠나 버릴 수는 없었기에 은서는 일을 빨리 처리할 수 있는 쪽으로 행동하기로 했다.

"박 아나, 화장품 좀 주세요."

그녀의 말에 박하나는 놀란 눈으로 쳐다보았다.

"진짜 오 피디가 메이크업하게요?"

'본인도 제대로 안 하고 다니는 주제에.'라는 말이 박하나의 입에서 생략되었다는 걸 그녀가 모를 리가 없었다.

"어차피 남자 메이크업은 기본만 하잖아요. 저도 그 정도는 해요."

'너만 여자냐. 나도 여자다'라는 기세로 몰아갔더니 박하나는 할 수 없이 그녀에게 메이크업 상자를 넘겼다. 은서는 메이크업 상자를 들고 권후의 옆자리에 앉았다. 두 사람이 다정하게 메이크업하는 장면은 못 보겠다는 듯이 박하나는 바로 자리에서 일어나 다른 곳으로 떠나 버렸다.

"가만히 있어요."

"원래 가만히 있었어. 도망은 네 전문이지."

그가 덧붙이는 말에 메이크업 상자를 열던 은서의 손이 멈칫했다. 그녀는 애써 못 들은 척 로션을 꺼냈다. 그녀는 로션을 화장 솜에 묻혀서 그의 얼굴에 바르기 위해 고개를 들었다가 곧게 내려오는 그의 시선과 마주치자 또다시 멈칫했다. 신경을 안 쓰려고 해도 안 쓸 수가 없었다. 그건 그녀가 더 이상 그를 사랑하지 않는다고 해도 불가능한 일이었다. 그녀는 장님이 아니니까.

"끝날 때까지 눈 좀 감고 있어요."

"싫은데."

그가 기분 좋아 보이니 그녀는 반대가 되었다.

퍽, 그녀가 거의 때리듯이 화장 솜을 뺨에 가져다 대자 그제야 권후의 눈매가 찌푸려졌다.

"너 일부러 그러는 거지?"

그가 불만족스럽게 묻자 은서도 뻔뻔하게 대답했다.

"그러니까 눈 감으라고 했잖아요. 전 누가 쳐다보면 손에 힘이 들어가요."

그리고 계속 꾹꾹 그의 얼굴을 누르며 로션을 발랐다.

"그냥 네가 화장 못 하는 거 아냐?"

"그러니까 왜 나한테 해 달라고 해요!"

진짜 화장을 못하기도 했기에 은서는 쉽게 발끈했다.

"이렇게라도 닿으니 얼마나 좋아."

그의 솔직한 말에 은서는 얼굴이 달아올랐다. 또 그가 그녀를 놀린다고 생각했다. 이런 말에 넘어가면 더 힘들어지는 건 그녀였다.

"변태처럼 말하지 마세요."

은서는 파운데이션을 브러쉬로 그의 얼굴에 꼼꼼하게 발랐다. 이 작업부터 중요했기에 화장에 집중하고 있는데, 따뜻한 숨결이 이마에 느껴져서 움찔했다. 찰나의 순간, 아찔한 감각이 빠르게 발끝까지 퍼졌다. 열심히 움직이던 그녀의 손이 멈추자 권후도 그녀의 얼굴을 유심히 보았다.

"뭐가 문제야?"

그는 정말 가만히 있었다. 심지어 입도 다물고 있었다. 그저 그녀가 가까이 붙어 있는 게 몸을 자극해서 살짝 한숨만 내쉬었을 뿐이다.

"아, 아니에요."

그녀가 부정하며 다시 화장을 계속하자 권후의 눈이 가늘어졌다.

설마 내 몸 상태를 눈치챘나?

그제야 권후는 은서한테 메이크업을 맡긴 게 조금 후회가 되기 시작했지만, 이미 두 사람은 달리는 열차 위에 타 있는 것이나 마찬가지였다. 메이크업이 끝날 때까지 아무도 내릴 수 없었다.

"대충해. 어차피 난 잘생겼어."

그가 그의 입으로 대놓고 자기 외모 칭찬을 했지만 은서는 아무런 반응이 없었다. 뺨에 예쁘게 든 홍조가 꼭 복숭아 같아서, 권후는 잠시 홀린 듯 바라보았다. 은서는 어릴 때부터 신기하게도 뺨이 예뻤다.

마지막으로 립글로스의 뚜껑을 여는 은서의 손이 가늘게 떨렸다. 그런 자신에게 그녀는 화가 나기 시작했다.

고작 이 정도 일에 떨면 이 험한 세상 어떻게 살아가겠다는 거야!

은서는 두 눈에 힘을 주며 주먹을 불끈 쥐었다. 그게 메이크업을 하겠다는 게 아니라 진짜 사람을 패겠다는 행동처럼 보여서 권후는 목울대가 움직였다.

화장하다 왜 이젠 화가 난 거야? 내가 뭘 그렇게 크게 잘못했다고.

"가만히 계세요. 마지막이에요."

그녀가 경고하며 눈을 부릅뜨고 다가오자 권후는 속으로 말했다. 어차피 난 처음부터 가만히 있었다고. 이랬다저랬다, 왔다 갔다 하는 건 그녀였다.

그는 아직도 모르겠다. 그녀가 결혼식에서 그를 그리 열심히 피할 정도로 그와 다시 만나는 걸 싫어했던 이유가 무엇인지. 돈을 갚아야 하는 건 그였지, 그녀가 아니었다.

설마 그가 미국으로 도피할 자금을 준 게 그녀라는 걸 태강에서 알게 될까 두려웠던 것이라면, 그것도 쓸데없는 짓이었다. 그때 그는 이미 야구를 그만둔 뒤였으니까. 그의 인생을 망친 건 그 자신이었지, 그녀가 전혀 아니었다.

그를 피하는 그녀의 행동이 처음엔 서운했고, 나중엔 오기가 생겼고, 결국에는 무언가를 해야겠다는 의지가 살아났다. 그래서 라온을 창립하게 된 것이었다. 당장 그가 할 수 있는 일을 그답게 해야 덜 초라해 보일 것 같았으니까. 어찌 보면 그가 미국으로 가서 야구를 할 수 있었던 것도 그녀가 빌려준

돈 덕분이었고, 그가 야구를 그만둔 뒤 한국에서 다시 새로운 인생을 살 수 있었던 것도 그녀의 무시 덕분이었다. 은혜와 원한이 동시에 있었다.

그러니 형의 이혼 따위, 그에게 전혀 중요하지 않았다. 권후는 거대한 돈과 권력에 둘러싸인 그들의 세속적인 이해관계로 절대 끊어 낼 수 없는 무언가가 그와 그녀 사이에 있다고 믿었다. 그래서 이리 가까이 마주하고 있어도 그런 말을 솔직하게 한마디도 할 수 없다는 게 불만이었다.

권후는 그녀의 눈동자를 빤히 쳐다보았다. 마치 그의 마음을 알아 달라고 조르듯이. 그의 입술에 립글로스를 바르려던 은서는 그런 그의 눈이 부담이라서 진심으로 부탁했다.

"이것만 하면 끝나니까 눈 좀 감고 계시면 안 돼요?"

"감으면 네가 안 보이잖아."

은서는 립글로스를 든 채 그대로 굳어 버렸다. 그녀가 들고만 있는 립글로스에 권후가 먼저 다가가서 아랫입술을 댔다. 그 상태로 눈을 들어 그녀를 보는 남자는 립글로스의 붉은색만큼이나 도발적이었다.

은서는 잠시 이곳이 어디이고, 인터뷰 준비 중이라는 것도 망각한 채 그를 멍하니 쳐다보았다. 그녀가 전혀 움직일 생각을 안 하자 권후는 결국 눈을 감았다.

"알았어. 감을 테니까 칠해."

그가 눈을 감아도 그녀의 심장은 전혀 진정되지 않았다. 고동치는 심장 박동이 가슴뼈를 때려 댔다. 어찌할 바를 모르게 되는 이 감각에서 도망치고 싶은 심정이었다.

그녀가 여전히 손을 움직이지 않자 그의 눈꺼풀이 다시 위로 올라가려고 했다.

"눈 뜨지 마요."

은서는 서둘러 그를 저지하고 손을 움직였다. 그의 입술에 칠해지는 붉은색이 그녀의 마음에도 짙게 색을 남기는 것 같은 기분이었다. 그 색은 무엇으로도 지우기 힘들 것만 같았다.

"다 끝났어요."

그가 눈을 뜨자 은서는 서둘러 손을 뒤로 물리며 알렸다. 화장하는 데 10분도 걸리지 않았건만, 그사이 엄청난 일이 벌어졌던 것처럼 심신이 지쳤다. 하지만 이제 곧 인터뷰를 시작해야 했다. 지쳐 있을 시간이 없었다.

은서는 박하나에게 시작 신호를 주었다. 그녀보다 '휴먼 인사이드'를 더 오래 한 박하나는 능숙하게 인터뷰를 시작했다.

"오늘은 꼴찌 야구단을 인수해서 대한민국 최연소 구단주가 되신 라온의 최권후 대표님을 모셨습니다. 반갑습니다."

권후를 카메라로 잡은 카메라 감독은 화면에 나온 그의 얼굴을 보고 그녀에게 말했다.

"웬만한 배우가 와도 기죽겠는데."

"그러게요."

그녀는 심드렁하게 대꾸했다. 사돈이 아무리 잘생겨 봤자 그녀에게는 좋은 일도 나쁜 일도 아니었다.

"평소 야구를 굉장히 좋아하셨나요?"

"대한민국 남자치고 야구 싫어하는 사람 없겠죠. 저도 그중 한 명일 뿐입니다."

단지 그 정도가 아닌 걸 아는 은서는 절로 눈썹이 찌푸려졌다. 겸손이라는 게 없는 인간이 왜 유독 그것만 숨기려고 하는 건가.

"하지만 야구를 좋아하는 모두가 야구단을 살 수 있는 건 아니니까요. 라온은 생긴 지 얼마 안 된 회사인데, 야구단을 사는 건 무리 아닌가요?"

"회사에 돈이 넘쳐 나서 야구단을 산 게 아닙니다."

"그럼?"

"제가 안 샀으면 피닉스가 사라져 버렸을 거라 살 수밖에 없었습니다."

"아! 그럼 피닉스의 오랜 팬이셨나요?"

"네."

거짓말. 은서는 확신했다. 최권후는 피닉스의 팬이 아니었다. 그저 사라질 위기에 처한 피닉스팀에서 자신의 모습을 보았기에 그 팀을 산 게 아닐까 싶다.

"피닉스는 엄청난 팬을 두었네요. 덕분에 계속 야구를 할 수 있게 되었으니까요."

피닉스에게 좋은 일이 권후에게도 좋은 일인지 은서는 알 수 없었다. 그는 야구를 구경하던 사람이 아니라 야구장에서 직접 뛰던 사람이었으니까. 그런데 야구장 관람석에 앉아서 그냥 구경만 하는 게 정말 행복할까?

화면을 보는 그녀의 표정이 점점 굳어졌다. 그래도 인터뷰는 여전히 문제없이 진행 중이었다.

"앞으로 꼴찌 피닉스팀을 위한 계획이 있으신가요?"

"야구에서 계획이란 건 언제나 하나뿐이죠."

"그 하나가 뭔가요?"

권후는 카메라를 똑바로 보며 확신에 찬 눈빛으로 말했다.

"우승."

다음 시즌에서 피닉스는 꼴찌를 면하기만 해도 다행일 것이다. 젊은 구단주가 패기 넘치게 우승을 말했으니 분명 이 인터뷰를 본 사람들은 허세라고 여길 것이었다.

그런데 그녀는 이제 열네 살도 아닌데 또 그의 말을 믿고 싶어졌다. 15년이나 걸리기는 했지만 그는 그의 말대로 그녀에게 빌린 돈을 100배로 갚았으니까, 이번에도 그의 말대로 피닉스가 우승할 수 있게 하지 않을까. 시간이 좀 걸리더라도, 결국에는 반드시.

야구단 구장 촬영은 다음 날로 잡혀 있었기에 그날은 라온 회사 촬영만 진행했다. 권후가 대표이기 때문인지 라온은 최권후를 많이 닮아 있었다. 형식에 얽매이지 않고 자유분방하며 에너지가 넘쳤다.

"회사에 야구단 있는 거요? 짱 좋죠. 폼 나잖아요."

회사가 번 돈이 거의 야구단을 먹여 살리는 걸로 빠져나갈 것이라는 걱정은 전혀 없어 보이는 게 신기할 정도였다. 어떻게 이런 인간들만 잘 모아 놨는지.

"우리 대표님이 이제 엄청난 선수들을 데려올 테니까, 곧 꼴찌 탈출도 하겠죠. 전 믿어요."

그 엄청난 선수들이 과연 꼴찌 팀에 오려고 할까.

은서는 인터뷰의 내용이 너무 야구단에 집중된 것 같아서 권후에게 말했다.

"라온의 자랑거리 있으면 말씀하세요."

인터뷰하는 김에 회사 라온이 홍보되면 권후가 손해를 보는 일은 절대 아니었다. 권후가 몸을 숙여 귓가로 다가오자 은서는 움찔하며 고개를 뒤로 뺐다.

"그냥 말하세요."

뭘 굳이 다가오나. 하지만 권후는 끝까지 다가와 그녀의 귓가에 대고 속삭였다.

"나 게임 겁나 잘하는 건 패스. 그것까지 나가면 남자들도 다 반할 거라 피곤해."

그녀는 코 평수가 넓어졌다. 그건 라온 자랑이 아니라 그냥 네 자랑이잖아! 왜 이런 헛소리는 그녀만 들을 수 있게 하는 건가. 카메라에 대고 당당히 말하라고! 우승을 말하던 것처럼. 그래야 사람들이 기세가 아니라 잘난 척인 걸 알지.

> 오늘 수고하셨습니다.
> 내일도 잘 부탁드립니다.

먼저 온 은서의 문자를 권후는 바다 깊은 곳에서 건져 낸 보물을 보듯 바라보았다. 그러면서 정작 그녀에게 답장을 보내지는 않았다. 그럼 그걸로 끝이라는 걸 알기에, 차라리 미완성인 채로 놔두는 게 나았다. 여지가 남아 있게.

그는 그냥 핸드폰을 집어넣으려다 시선을 느끼고 고개를 돌렸다. 엘리베이터에 같이 탄 백 비서가 그를 수상한 놈을 보듯 보고 있었다.

"답장은 일부러 안 보내시는 겁니까?"

"응. 밀당해야지."

그러니까 그런 걸 왜 굳이 사돈이랑……

"저희 부모님이 이혼하셨습니다."

백 비서의 갑작스러운 가정사 고백에 권후는 미간을 좁히며 그를 보았다.

"그 이야기를 갑자기 왜 하는 거야?"

대한민국이 이혼 왕국이라는 걸 알려 주는 것도 아니고.

"이혼이란 거, 대표님이 생각하는 것보다 많은 사람을 힘들게 합니다."

"내가 어떻게 생각하는데?"

"그냥 남 일이라고 여기는 것 같아서."

"맞잖아, 남 일."

형과 그는 각자의 인생을 알아서 살기로 암묵적으로 합의를 보았다. 그래서 그는 형 강후에게 위로 따위 하지 않았다.

"아뇨. 결국 대표님한테까지 영향이 올 겁니다. 그리고 대표님은 피하실 수 없을 거고요."

오늘따라 백 비서가 쓸데없이 말이 많았다. 그리고 그건 굉장히 거슬러서 권후의 긴 눈매가 찌푸려졌다.

"너 지금 나 저주하냐?"

"걱정해 드리는 겁니다."

엘리베이터 문이 열리자 백 비서는 먼저 밖으로 나가서 아직 엘리베이터 안에 있는 그를 돌아보며 한마디를 더 했다.

"추억까지만 하십시오. 더 가지 마시고."

닫히는 엘리베이터 문 사이로 권후는 버럭 성을 내었다.

"야! 비서가 왜 대표보다 먼저 내려!"

그의 유치한 지적질에 아랑곳하지 않고 백 비서는 저벅저벅 자기 퇴근길을 멈추지 않고 걸어가 버렸다.

은서는 방송국에 돌아오자마자 라온에서 촬영한 인터뷰 영상을 확인했다. 최권후를 중심으로 진행된 인터뷰 영상은 재기 발랄했다. 마치 희망 가득한 청춘 드라마처럼. 그게 나쁜 건 아니지만, 은서는 보면 볼수록 마음이 불편했다.

"도대체 왜 야구를 그만둔 거야?"

야구단을 사서 구단주까지 된 걸 보면 분명 아직도 야구에 미련이 많다는 뜻이다. 그런데 정작 그가 야구를 그만둔 이유가 이 인터뷰에서 나오지 않으니, 최권후가 피닉스를 산 이유도 그저 재벌 3세의 허세처럼 느껴지는 것 같았다. 최권후한테 야구단이 어떤 의미라는 걸 이 인터뷰를 보는 대중들은 절대 모르리라 생각하니 가슴이 답답해졌다.

그녀는 사람들의 솔직한 이야기를 인터뷰로 담고 싶어서, 아무리 조연출 기간이 길어져도 끝까지 휴먼 인사이드에 남아 있었던 것이다. 언젠가는 그녀의 손으로 그런 인터뷰를 찍을 기회가 올 것이라고 믿으면서.

은서는 핸드폰을 들었다 놓았다를 몇 번이나 반복했다. 분명 인터뷰 시작 전에 각서에 사인까지 했으니, 인제 와서 그에게 추가 촬영을 요구할 수는 없었다. 그런데도 은서는 이렇게 개인 인터뷰를 끝낼 수는 없었다. 그녀는 마음을 먹고 전화를 걸었다. 몇 번의 신호음이 가는 동안 머릿속이 복잡했다.

달칵―.

전화가 걸리자 그녀의 심장이 천장까지 튀어 올랐다.

[이야. 내가 문자 씹으니까 자존심 상해서 전화한 거야? 밀당, 생각보다 쉽네.]

뭐라는 건가.

은서는 진지한 목소리로 그에게 건의했다.

"저랑 술 마시면서 오프 더 레코드 인터뷰 어때요? 이건 촬영 안 할게요."

대중한테 전할 수 없더라도, 이 인터뷰를 찍는 그녀는 알아야겠다. 그가 왜 야구를 그만두어야 했는지. 그게 어떻게 야구단을 인수하는 데 영향을 주었는지.

[설마 19금이야?]

은서는 주먹을 꽉 쥐었다. 지금 화내면 안 되었다. 그럼 그의 페이스에 말려드는 것이었다. 이 순간이야말로 밀당의 기술을 펼쳐야 할 때였다. 은서는 억지로 웃으며 대답했다.

"원하시면 그것도 넣고요."

어째 너무 위험한 미끼를 던지는 것 같긴 했지만, 지금은 달리 방법이 없었다. 어떻게든 그를 오프 더 레코드 인터뷰 자리로 끌고 나와야 했다.

[와아.]

그녀의 대답이 의외였는지 그의 입에서 감탄사가 터져 나왔다. 그런데 바로 하겠다는 소리는 하지 않았다.

설마 그녀의 의도를 눈치챘나?

은서는 속전속결로 가야 할 것 같아서 빠르게 약속을 잡기로 했다.

"그럼 하실 거죠? 제가 루카스로 갈까요?"

[지금?]

"네, 바로 지금. 밤이니까 술 마시기도 딱 좋잖아요."

[네가 먼저 이렇게 적극적이니까 내가 좀…….]

그가 미적거리니까 은서는 불안했다. 이대로라면 손안의 물고기가 도망칠 것만 같았다. 그가 더 혹할 미끼를 당장 던져야 했다.

"저도 첫사랑 이야기해 드릴게요."

[오케이. 지금 보자.]

막 던진 걸 그가 바로 잡자 은서는 돌이 되었다.

내가 방금 뭐라고 한 거야? 첫사랑? 그건 최권후잖아! 젠장! 제대로 망했다.

루카스 앞에 도착한 은서는 심란한 눈으로 루카스 간판을 올려다보았다. 남들은 즐기려고 술집에 오는데, 어째 그녀는 여기에 올 때마다 심판받는 기분이었다.

권후한테 아무 이야기도 못 듣고 그녀의 첫사랑 이야기만 홀랑 털릴지도 모르지만, 시도는 해 보아야 할 것 같아서 은서는 루카스 안으로 걸어 들어갔다. 이젠 그냥 아는 사람 같은 매니저가 다가와서 인사했다.

"최 대표님이 먼저 와서 기다리고 계십니다. 따라오시죠."

또 그 룸으로 데려가는 건가 싶었다.

은서는 매니저를 따라가며 넌지시 물었다.

"최 대표님이 술이 세신가요?"

그녀는 먹는 것에 강한 편이라 술도 꽤 센 편이었다. 그래서 방송국 회식에서만큼은 절대 양 피디에게 꿀리지 않았다.

"아니요. 술을 별로 안 좋아하시는 걸로 압니다."

그 말이 희소식인 것처럼 느껴졌다. 그럼 최권후에게 술을 계속 먹여 취하게 하면, 취중진담을 들을 수 있을지도 몰랐다. 오프 더 레코드 인터뷰의 방법을 찾은 은서는 한결 마음이 편해졌다.

달칵ㅡ.

룸의 문이 열리자 긴 소파의 한가운데 혼자 앉아 있는 권후가 보였다. 게임 회사 대표, 야구단 구단주, 술집 사장까지. 참 얼굴이 많다.

"어서 와, 사돈."

권후는 회사에서 봤을 때보다 더 반갑게 그녀를 맞아 주었다. 은서는 어색하게 웃으며 소파에 조심스럽게 걸터앉았다. 이 술집에서 가장 큰 룸에 달랑 두 사람이 있는데, 제일 끝자리에 앉은 그녀를 권후가 지그시 쳐다보며 물었다.

"진짜 거기 앉겠다고?"

은서는 웃으며 말했다.

"여기서도 잘 들려요."

"먼저 술 마시자고 한 건 너거든. 술은 어떻게 따를 건데?"

"굳이 따를 필요 있나요. 그냥 병째 마셔요."

말도 안 되는 소리를 하는 그녀를 쳐다보던 권후는 자리에서 일어나서 걸어갔다. 점점 가까이 오는 그를 은서는 부담스러운 눈으로 쳐다보았다.

털썩—.

기어코 그녀의 바로 옆자리에 앉은 권후는 팔까지 소파 위에 턱 걸쳤다. 그가 언제든지 그녀의 몸을 안을 수 있는 자세라 은서는 절로 몸이 움츠러들었다.

"이건 너무 가까운 거 아닌가요?"

"술 마실 때는 이 정도 거리가 딱 좋아."

오프 더 레코드 인터뷰만 아니었으면 당장 이 방에서 뛰어나갔을 것이다. 은서는 먼저 권후의 술잔에 술을 가득 따라 주었다.

"오늘 인터뷰 잘해 줘서 정말 고마워요."

권후도 그녀의 술잔에 술을 1/3 정도 따라 주었다.

"너도 고생했어. 네가 방송국 피디로 일하는 거 오늘 처음 봤네."

서로 좋은 말을 주고받고 술잔까지 부딪친 뒤 술을 마셨다. 은서는 술을 마시면서 그가 술을 잘 마시는지 눈으로 확인했다. 그는 그녀가 가득 따라 준 술을 한 번에 반 정도 마시고 내려놓았다. 도수가 꽤 있는 술이었기에 술이 약한 사람은 그 정도만 마시고도 취할 양이었다.

"술 잘 마셔요?"

은서는 그의 상태를 살피며 물었다.

권후는 미간을 찌푸리며 고개를 저었다.

"우리 집에서 내가 제일 약해."

술에 약하다는 매니저의 말이 거짓말은 아닌 것 같아서 은서는 희미하게 웃었다.

"그래도 오늘은 우리가 처음 같이 마시는 자리니까 드세요. 취해도 괜찮아요."

사실 권후를 취하게 할 작정이었기에 은서는 계속 그에게 술을 권했다. 그리고 그녀도 장단 맞추어 마시느라 꽤 많이 마셔야 했다.

몸이 휘청하며 취기가 좀 올라왔을 때, 은서는 본격적으로 질문을 시작했다.

"그런데 말이죠. 도대체 꼴찌 야구단은 왜 인수한 거예요?"

"폼 나잖아."

"에이, 폼 나려면 꼴찌가 아니라 일 등을 인수해야죠."

"하나만 알고 둘은 모르네. 일 등이 맨날 일 등하는 것보다 꼴찌가 성장하는 걸 사람들은 더 좋아한다고."

"그건 앞으로의 계획이고, 이유요. 야구단 인수 이유."

은서는 권후의 술잔에 또 술을 가득 따라 주며 대답을 재촉했다. 권후는 술잔을 입에 가져가다가 멈추며 그녀를 쳐다보았다.

"너 이거 물어보려고 술 마시자고 한 거야?"

은서는 크게 웃으며 과일 안주를 직접 그의 입에 가져다주었다.

"그냥 술만 마시면 심심하니까 대화를 하자는 거죠."

"그래, 대화. 너 첫사랑 이야기해 준다며. 네 첫사랑이 누군데?"

아직 그의 이야기는 하나도 못 들었는데, 왜 벌써 그녀의 첫사랑 타령인가. 은서는 눈을 크게 뜨며 협상했다.

"사돈이 먼저 야구단 이야기해 주면, 저도 해 드릴게요."

"나만 먹고 튀려는 게 아니고?"

"제가 사돈을 왜 먹어요!"

은서는 흥분해서 얼굴이 붉게 달아올랐다. 카메라가 없으니까 최권후와 인터뷰하기 더 힘들어지고 있었다. 그러나 이대로 포기할 수는 없었다. 그리고 이 술자리의 주도권을 그녀가 가져와야 했다. 은서는 술잔의 술을 다 마신 뒤 권후에게 내밀며 강하게 말했다.

"이제부터는 질문에 대답을 못 하는 사람이 한 잔씩 원샷하기. 오케이?"

권후가 가볍게 고개를 끄덕이자 은서는 손가락을 앞으로 내밀며 경고했다.

"대신 거짓말은 안 돼요."

"그건 내가 하고 싶은 말인데."

"그럼 내가 먼저."

은서는 권후의 술잔에 술을 따라 준 뒤 질문을 던졌다.

"야구단 인수한 거, 미국 생활이랑 관련이 있어요?"

권후가 피식 웃으며 술잔으로 손을 뻗자 은서는 빠르게 그의 술잔을 가로채서 꿀꺽꿀꺽 마셨다. 그녀의 행동에 권후는 놀라서 쳐다보았다. 오늘 은서가 술을 잘 마시긴 했지만, 그의 술잔까지 빼앗아서 마실 줄은 그도 미처 몰랐다.

은서는 빈 잔을 내려놓으며 똑바로 권후를 보고 말했다.

"아직 안 마셨으니까 말해야 해요."

"어차피 여기 제일 많은 게 술이거든."

권후는 빈 술잔에 그가 직접 술을 따랐다. 그가 다시 마시려는 걸 이번에도 은서가 가로채서 마시려고 하자, 그는 술잔을 입으로 가져가는 은서의 손을 붙잡았다.

"너도 적당히 해. 술도 살찐다."

충고가 아니라 놀리는 말처럼 들렸기에 은서는 그의 손을 거칠게 쳐 내며 힘주어 말했다.

"사돈이 말할 때까지 내가 다 마실 거예요!"

권후는 확신했다. 은서가 이미 취했다고. 그런데 그녀가 듣고 싶은 이야기는 이렇게 자기 몸을 혹사하면서까지 들을 가치가 없었다. 그가 굳이 말하고 싶지 않은 건, 자랑거리가 아니기 때문이니까.

"돈만 있으면 야구단 구단주 노릇은 얼마든지 할 수 있으니까."

한국행 비행기를 탔을 때, 야구는 그의 인생에 존재하지 않았다. 이젠 그냥 태강 그룹의 망나니 둘째 아들로만 살 작정이었다. 그래서 사업을 시작했고, 돈도 많이 벌었다. 사업으로 번 돈은 사업을 키우고, 직원 복지를 더 좋게 하는 데 쓰이는 게 전부였다. 더 많은 돈을 벌어야겠다는 야망도, 그를 위해 돈을 쓰고 싶다는 욕심도 없었다. 야구를 하지 않고도 그가 잘 살 수 있다는 걸 증명할 수만 있다면 그걸로 족했다.

그러던 어느 날, 해체 위기에 처한 피닉스의 기사를 보게 되었다. 권후가 피닉스의 일을 그냥 흘려 넘길 수 없었던 건 피닉스 선수들 때문이었다. 그는 스스로 야구 배트를 내려놓은 것이지만, 피닉스의 선수들은 아니었으니까. 피닉스라는 팀이 사라지면 피닉스 선수의 반 이상은 현실에 떠밀려 프로 야구를 그만두거나, 2군부터 다시 시작해야만 했다.

그한테 인생에서 가장 힘들었던 일은 야구를 그만둔 일이었다. 분명 저 선수들한테도 그럴 것이었다. 타고난 재능으로 주목을 받은 적이 없다고 해도, 사람들은 그들이 야구장을 떠나는 데 전혀 개의치 않는다고 해도 야구를 그만두는 게 홀가분할 수는 없었다.

그때 권후는 그가 사업으로 번 돈을 어디에 써야 가장 만족스러울지 깨달았다. 야구단을 운영하려면 돈을 정승처럼 정도가 아니라 개처럼 벌어야 한다고 해도 상관없었다. 그렇게 그의 인생에서 사라졌던 야구가 다시 돌아왔다. 이제 그는 야구공이 아니라 돈으로 야구를 했다.

"왜 야구 선수는 할 수 없는데요? 큰 부상이라도 당해서 어디가 고장 났어요?"

권후는 그녀의 술잔에 술을 따라 주며 단호히 말했다.

"질문은 하나씩이라고 했잖아. 이번엔 네 차례야."

은서는 절로 얼굴이 찌푸려졌다. 그녀가 정한 룰에 그녀가 당한 기분이었다.

"그래서 네 첫사랑이 누구야?"

그녀의 첫사랑이 바로 코앞에서 그리 물으니 은서는 속이 울렁거렸다. 거짓말로 아무 이름이나 말해도 최권후는 절대 모를 것이지만, 은서는 그럴 수 없었다. 첫사랑이 짝사랑으로 끝난 것도 서러운데, 첫사랑을 모독까지 할 수는 없다.

은서가 술잔으로 손을 뻗자 이번엔 권후가 재빨리 술잔을 가로채며 그녀가 했듯이 술을 마셔 버렸다. 그가 빈 술잔을 내려놓으며 의미심장하게 웃자 은서는 직감했다. 그녀가 망했다는 걸.

"매니저가 분명, 사돈이 술 약하다고 했는데."

인제 보니 매니저도 샤넬 비서처럼 그와 한통속이었던 것 같다. 권후는 술잔에 알아서 술을 따르면서 여유롭게 말했다.

"그래서, 첫사랑이 있긴 한 거야?"

그가 무시하듯이 묻자 은서는 발끈해서 외쳤다.

"있어요!"

그리고 자신이 대답했다는 걸 깨닫고 기뻐서 소파 위로 껑충 올라섰다.

"저 방금 대답했어요. 이젠 사돈 차례!"

처음 오프 더 레코드 인터뷰의 계획은 아주 치밀하고 웅장했으나, 결국 결과는 술자리 술주정으로 이어지고 있었다.

그래서 누가 먼저 취했는지 그녀는 잘 기억이 안 났다. 그녀가 그한테 어디까지 묻고, 그가 무슨 대답을 했는지도 역시 잘 기억이 안 났다.

이건 오프 더 레코드 인터뷰가 아니라 그냥 막장 술자리였다.

Chapter 4
실검 1위 휴먼 인사이드 최권후

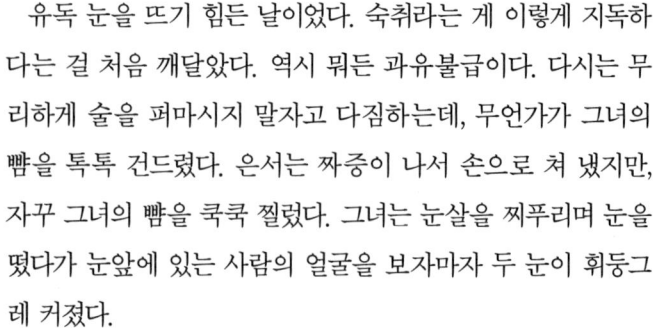

 유독 눈을 뜨기 힘든 날이었다. 숙취라는 게 이렇게 지독하다는 걸 처음 깨달았다. 역시 뭐든 과유불급이다. 다시는 무리하게 술을 퍼마시지 말자고 다짐하는데, 무언가가 그녀의 뺨을 톡톡 건드렸다. 은서는 짜증이 나서 손으로 쳐 냈지만, 자꾸 그녀의 뺨을 쿡쿡 찔렀다. 그녀는 눈살을 찌푸리며 눈을 떴다가 눈앞에 있는 사람의 얼굴을 보자마자 두 눈이 휘둥그레 커졌다.

 "아침이야. 사돈. 우리 인터뷰 가야지."

 최권후가 왜 지금 내 눈앞에?

 은서는 너무 당황해서 그냥 이대로 다시 기절하고 싶었다.

 권후는 처음부터 은서가 그를 취하게 할 계획이라는 걸 눈치챘다. 음흉한 수작이라기보다는 촬영에서 그한테 못한 질문을 하기 위해서라는 건, 그녀가 질문을 던졌을 때 알아챘다. 꽤 피디다운 집요함이 대견하기도 했다.

 그런데 그녀가 놓친 부분이 하나 있었다. 그의 집안 유전자는 술에 강하다는 것. 그러니 그가 그녀보다 먼저 취할 일은 절대 없었다. 밑 빠진 독에 술 붓는 줄도 모르고 끝까지 그를 물고 늘어지던 은서는 결국 먼저 술에 취해 쓰러졌었다.

시간을 보니 벌써 새벽 4시였다. 내일 아침 스케줄은 두 사람 모두 피닉스 홈구장에서의 촬영이었다. 지방에 있는 홈구장까지 가려면 꽤 일찍 출발해야 했기에 권후는 일부러 그녀를 깨우지 않았다. 내일 혼자 사는 집에서 숙취로 비몽사몽 서두르는 것보다는 그냥 여기서 그가 데려가는 게 더 안전할 것 같았다.

권후는 술을 깨기 위해서 물을 마시며 잠든 은서의 얼굴을 쳐다보았다. 잔뜩 몸을 웅크리고 자는 모습이 꼭 엄마를 찾는 아이 같아서 피식 웃었다. 은서가 잠들기 전 마지막으로 물은 질문은 그의 미국 생활이었다. 그녀는 더 이상 들을 수 없었지만, 권후는 질문에 답했다. 지금은 왠지 그러고 싶었다.

"내가 최하위 루키 리그로 시작해서 메이저 리그 시합 출전 자격을 얻기까지 꼬박 8년이 걸렸어."

오로지 꿈 하나만 가슴에 품고 날아간 미국이었다. 그곳에는 꿈을 방해하는 가족들이 없으니 자유롭게 날아오를 수 있을 줄 알았지만, 미국 땅에 도착하자마자 그가 맞닥뜨린 건 현실이었다. 당장 미국에서 살 수 있는 방법을 찾아야만 했기에 하고 싶은 야구는 바로 시작할 수조차 없었다. 미국에서 그가 손에 야구 배트를 잡고 야구장에 서기까지 1년이 걸렸다.

최권후라는 이름을 버리고 리차드 최라는 이름의 야구 선수로 시작한 삶은 가난하고 볼품없었지만, 그는 다 버리고 미국에 온 걸 후회하지 않았다. 이제 시작이라고 생각했으니까.

겨우 기회를 얻어 그의 능력을 제대로 보여 줄 수 있었을 때 누군가의 신고로 불법 체류가 발목을 잡아서 미국에서 쫓겨날 뻔도 했다. 그때 그에게 도움을 준 사람은 쿠마르라는 같은 리그 인도 선수였다. 또 반년이란 시간 동안 국적 문제 때문에 제대로 야구를 할 수 없었지만, 쿠마르 같은 동료가 생겨서 외롭지는 않았다.

다시 리그로 돌아온 뒤로는 정말 죽어라 야구만 했다. 루키 리그에서 A 리그로 승격하는 것도 힘든 일이지만, 그건 시작에 불과했다. 더블A 리그, 트리블A 리그까지 승격한 뒤에야 메이저 리그에 설 가능성이 생겼다.

그리고 빅 리그에 설 수 있는 마지막 계단은 지금껏 지나온 길과 비교도 안 될 정도로 경쟁이 치열했다. 대부분의 야구 선수는 거기까지 도달도 못 해 보고 마이너 리그에서 야구 인생을 끝내는 경우가 허다했다. 그런데 그는 8년에 걸려 해냈으니 성공한 셈이었다.

"그리고 내 야구 선수 생명은 메이저 리그 시합 첫 출전을 하루 남겨 놓고 끝났어."

권후는 소파에 머리를 기대고 건조한 눈으로 허공을 응시하였다.

"내가 야구를 그만둔 이유는……"

그가 부상을 당한 것도 아니었고, 누가 또다시 그를 모함한 것도 아니었고, 구단이 아시아 선수를 차별한 것도 아니었다.
 권후는 고개를 돌려 다시 은서의 얼굴을 보았다. 그리고 아주 오래, 잠든 그녀의 얼굴에서 눈을 떼지 못했다.

"꺄악!"
 그가 깨우자마자 그녀가 비명을 지르며 잡힌 물고기처럼 파닥여서 권후는 빙글 웃었다.
 빠르게 주위를 둘러본 은서는 자신이 어젯밤 술 마신 자리에서 그대로 잠이 든 걸 깨닫고 권후에게 버럭 성을 냈다.
 "제가 취해서 쓰러졌으면 집에 데려다줘야죠! 여기서 그대로 자게 두면 어떡해요!"
 권후는 다리를 꼬며 태연하게 대답했다.
 "어차피 오늘 우리 스케줄 같잖아. 그런데 그 새벽에 굳이?"
 "제가 술 먹고 밖에서 잔 거, 우리 엄마가 알면 전 끝장이에요!"
 "아! 밤새 나랑 같이 있었던 건 그래도 괜찮나 봐?"
 그게 가장 안 좋았다. 집에 들키면 사망이었다. 그녀는 권후한테 화를 낼 때가 아니라는 걸 깨닫고 바로 태세 전환을 해서 그 앞에 무릎을 꿇으며 빌었다.
 "제발 우리 집에는 비밀로 해 주세요. 들키면 전 바로 맞선 봐서 시집가야 해요."

그제야 권후는 그녀의 어깨를 붙잡아 일으켜 주며 달랬다.

"내가 그렇게 경우 없는 사람 같아? 비밀 지킬 테니까 걱정 마."

그녀가 맞선을 보면 그만 손해였다. 그러니 당연히 말할 생각이 없었다. 권후가 비밀을 지켜 주겠다고 하자 안도하던 은서는 다시 그를 경계하며 물었다.

"어젯밤 저한테 무슨 짓한 거 아니죠?"

"궁금하면 몸을 확인해 보든가."

몸이라는 말에 은서는 기겁하며 그한테서 떨어져 서둘러 룸을 박차고 나갔다. 권후도 자리를 털고 일어나며 그녀의 뒤를 쫓아갔다. 숙취로 잠든 그녀는 듣지 못했지만, 그래도 그녀한테 미국 이야기를 털어놔서인지 그는 마음이 홀가분했다. 꼭 막 교도소에서 출소한 기분이었다.

"같이 가, 사돈. 우리 어차피 목적지가 같아."

오늘 휴먼 인사이드 촬영지는 라온 피닉스 홈구장이었다.

야구단 구장을 촬영하는 날은 다행히 날씨가 맑았다. 피닉스 홈구장이 지방에 있어서 이동 거리가 긴 게 유일하게 불편한 점이었다. 권후는 정장 차림 대신 야구단 점퍼를 입고 나타나 진짜 야구 선수처럼 보이기도 했다. 구단주 대신 야구 선수를 해도 되는 나이이기도 했고, 몸이 선수들보다 더 관리가 잘

되어 있어서기도 했다. 아무래도 그는 여전히 철저한 몸 관리를 하는 것 같았다.

"오늘은 가능한 한 선수들 인터뷰 많이 했으면 좋겠는데."

회사에서는 방임하듯이 풀어놓더니, 구장에 오니 권후도 요구하는 것들이 생겼다. 아무래도 야구 선수들이 권후에게는 더 신경 쓰이는 손가락인 듯했다.

"혹시 앞으로 영입할 선수들 계획 같은 거 물어보면 답해주실 수 있나요?"

지금의 피닉스 선수들만으로는 꼴찌 탈출이 어려우니 파격적인 선수 영입이 필요하긴 했다.

"그런 건 계약서에 도장 먼저 찍고."

그리 말하는 걸 보니 생각해 둔 선수가 있긴 한 것 같았다.

훈련하는 야구단의 그림을 따다 연결해서 권후에게 카메라가 갔는데, 그는 말없이 선수들이 훈련하는 모습을 보고 있었다. 회사에서와는 다른 모습에 그녀도 화면 속 그의 얼굴을 빤히 보게 되었다. 그는 지금 무슨 생각을 하는 걸까?

"최 대표가 직접 글러브 끼고 공 던지는 모습 하나만 넣어도 괜찮겠네. 어때, 오 피디?"

촬영 감독의 말대로 하면 화면은 더 좋게 나올 테지만 은서는 그럴 수 없었다.

"아뇨. 그냥 선수들 훈련하는 것만 찍어요."

"왜? 저 비주얼 너무 아깝잖아. 딱 운동선수 몸이라니까. 폼만 잡아도 잘 나오겠네."

그가 친 야구공에 직접 맞아 본 경험이 있는 그녀가 더 잘 알았다. 그는 폼만 잡는 게 아니라 진짜 잘한다는 걸.

"최 대표 야구하는 건 안 넣어요."

그녀의 단호한 거절에 촬영 감독은 기분이 상한 듯 대답했다.

"그래, 담당 피디가 아니라면 아닌 거겠지."

한참 어리고 경력도 부족한 그녀가 촬영 감독에게 무례하게 군 걸 알았지만, 그래도 권후가 야구하는 모습을 찍을 수는 없었다. 사실 그녀가 가장 그 모습을 눈으로 직접 보고 싶었지만······.

촬영은 순조롭게 진행되어, 박 아나가 마무리 질문을 권후에게 했다.

"마지막으로 하시고 싶은 말씀 있으신가요?"

권후는 잠시 드넓은 구장 쪽을 바라보더니 평소처럼 여유로운 미소를 지으며 말했다.

"사람들은 꿈을 꾸라고 말하는데, 깨진 꿈 틈에서도 현실이란 꽃은 피어납니다. 그러니 마지막까지 포기하지 말라고 하고 싶군요."

그의 입에서 다시 듣게 된 '꿈'이라는 단어가 15년 전의 그 '꿈'과는 아주 다른 것 같아서 쓸쓸한 것 같기도 하고, 안도되는 것 같기도 했다. 그때 말했던 그 꿈대로 살고 있지는 않지만, 그는 괜찮다는 말처럼 들렸기에.

인터뷰 촬영이 끝나고 권후가 방송국팀에게 밥을 샀다. 하지만 그녀는 편집을 빨리 끝내고 양 피디에게 컨펌을 받아야 했기에 중간에 먼저 일어나야 했다.
"저기, 최 대표님. 잠깐만."
그녀가 따로 불러내자 권후가 의아한 눈으로 그녀를 올려다보았다.
"왜?"
"할 말이 있어서."
"아, 고백?"
은서는 그의 멱살을 잡는 대신 어깨를 잡았다.
"아니요. 더 중요한 말이요."
그를 끌고 나와 다시 벽 앞에 세웠다. 대신 이번엔 팔 안에 가두는 대신 팔짱을 끼고 그를 쳐다보았다.
"이번 인터뷰 찍은 거 집안에 어떻게 설명할 거예요?"
그냥 사돈 사이였으면 문제없겠지만, 두 집안은 지금 이혼 전쟁 중이었다. 그러니 권후가 인터뷰를 해 준 건 어찌 보면 태강 사람들의 눈에 배신으로 보일 수도 있었다. 권후가 아무리 집안의 눈치를 안 보는 스타일이라고 해도, 은서는 거기에 대해 깊은 책임감을 느꼈기에 진지하게 말했다.

"제가 태강에 찾아가서 잘 설명할게요."

"가서 나 대신 맞겠다고?"

때리기까지 한다는 말에 은서는 크게 움찔했다. 딸만 있는 그녀의 집안에서는 상상도 할 수 없는 일이었다. 그러고 보니 그는 15년 전 치킨집에도 멍든 얼굴로 나타났었다. 인제 보니 아버지한테 맞은 것이었나 보다.

"서, 설마 사돈을 때리겠어요."

"너 지금 겁먹은 것 같은데?"

"아니에요!"

은서는 강하게 부정했다. 하지만 그녀의 눈동자는 바람 앞의 등불처럼 흔들리고 있었다.

"형부한테 가면 돼요. 형부는 저 안 때릴 거예요."

최 회장은 좀 불안했기에 최강후 사장을 찾아가기로 마음먹었다.

"인터뷰 나가기 전에 네가 형한테 말하면 그 방송 못 나갈 거야."

권후의 말이 송곳처럼 그녀를 찔러 왔다.

"그렇게까지 한다고요?"

은서는 그저 권후가 안 좋은 소리를 듣는 것까지 생각했지, 그녀의 방송이 아예 잘려 나갈 것이라고는 생각하지 못했다.

그때, 불시에 다가온 권후의 손이 그녀의 머리를 쓰다듬었다.

"네 세상은 여전히 따뜻한가 보네."

쿵, 잠을 새도 없이 심장이 튀어 올랐다. 은서는 황급히 그의 손을 피해 뒤로 물러났다.

"함부로 만지지 마요."

말은 그렇게 하는데 얼굴은 사춘기 소녀처럼 빨갛게 달아오른 그녀를 말없이 바라보던 권후는 손을 그냥 거두었다.

"그래도 정 찾아가겠다면 내가 같이 가 줄게."

"네? 왜요?"

그가 가면 얻어맞기만 할 거라고 본인 입으로 말했으면서.

"너 아무 이유 없이 나 안 만날 거잖아."

너무 정확한 지적이라 그녀는 아무 말도 할 수가 없었다. 부정하지 않는 그녀의 얼굴을 쓸쓸한 눈으로 내려다보며 권후는 바람처럼 흘러가는 목소리로 말했다.

"그러니까 난 계속 이유를 만들어야지."

"그럼 그 이유 다 떨어지면 그만할 거예요?"

그녀가 진지하게 묻자 권후는 바로 대답하지 못하고 그녀의 눈을 바라보았다. 그녀도 그의 시선을 피하지 못하고 그 초콜릿빛 눈동자를 응시하였다. 이렇게 서로 깊게 바라본 건 거의 처음인 것도 같았다. 그의 눈동자에 갇혀 시간이 잠시 정지한 듯했다. 차라리 이대로 세상이 멈추는 것도 나쁘지 않을 것 같단 미친 생각이……

"그땐 네가 나한테 매달리겠지."

초콜릿을 잔뜩 먹고 배탈이 난 것 같은 말에 그녀는 기가 막힌 표정을 지었다.

"나 절대 안 그래요!"

"글쎄. 과연 그럴까."

권후는 어느새 성큼성큼 걸어가 버리며 은서를 놀리듯이 말했다. 그녀는 멀어지는 그의 등에 대고 꽥 소리쳤다.

"아니라고요!"

세상에 남자가 최권후 한 명만 남아도 죽어도 안 매달릴 거다.

밤새 편집한 그녀의 첫 연출 인터뷰를 본 양 피디의 첫 마디는 당연하다는 듯이 칭찬은 아니었다.

"태강 이야기는 왜 한마디도 안 나와? 그게 들어가야 사람들이 호기심을 느끼지."

"최 대표 쪽에서 가족 이야기는 빼고 싶어 했습니다."

"그렇다고 완전히 빼면 어떡해! 대충 한 줄이라도 꾸겨 넣어서 이놈이 태강 둘째라는 걸 어필했어야지."

놈이라니. 누구보고 놈이라는 건가. 그녀가 욕하는 건 모르겠는데, 남이 권후를 함부로 부르니 그게 참 기분이 나빴다.

"그리고 야구단 구장까지 갔으면 최 대표가 야구하는 모습을 한 장면은 넣어야 좀 그림이 풍성하지. 꼴찌 야구단 선수들 연습하는 것만 계속 보여 주면 무슨 재미냐고. 넌 센스가 그렇게 없냐?"

이젠 양 피디의 목소리가 그냥 옆집 개가 짖는 소리처럼 들려왔다. 양 피디가 뭐라고 해도 이 인터뷰가 그녀가 할 수 있는 최선이었다. 영악하게 찍는 건 그녀로서는 도저히 무리였다. 결국 어렵게 권후의 인터뷰를 따냈지만 양 피디한테 칭찬은 한마디도 못 들었다. 기대도 안 했기 때문인지, 딱히 실망은 없었다. 그녀가 언제 칭찬받으면서 일한 적이 있는가.

양 피디가 뭐 또 꼬투리를 잡을 게 없나 살피듯이 영상을 되감았다. 양 피디가 다시 본 건 권후의 마지막 말이었다.

"깨진 꿈 틈에서 자라는 현실의 꽃이라고."

또 뭐라고 하려고.

"꽃냄새 고약하겠네."

양 피디는 그대로 일어나 담배를 들고 자리를 떠나 버렸다.

꼬투리는 실컷 잡았지만 수정하라는 말이 없는 걸 보니 이대로 방송하라는 소리인가? 그제야 한숨이 길게 흘러나왔다.

은서는 태강에 찾아가서 인터뷰 방송에 대해 미리 말하는 게 꺼려졌다. 어쩐지 정말 권후의 말대로 그녀의 방송이 전파도 타 보지 못하고 쓰레기통에 처박힐 것 같아서.

"내가 너무 이기적인가."

그녀가 미리 말을 안 하면 분명 최권후가 다 뒤집어쓸 텐데. 그가 아무리 만날 때마다 얄미워도, 그한테 나쁜 일이 생기길 바란 적은 한 번도 없었다. 그녀는 고개를 내려 오른손에 끼워진 반지를 보았다.

이제 이 반지를 빼야 할 시간이 왔다. 인터뷰는 끝났으니까. 하지만 그녀는 아직도 반지를 끼고 있었다. 방송이 안 되었다는 핑계를 대며. 이 반지를 부담스러워하면서도 빼기도 아쉬워하는 그녀 자신이 너무 이중적인 사람처럼 느껴졌다.

지금의 그녀는 왜 그에게 복주머니를 아낌없이 내어 주던 그 아이처럼 순수하게 생각할 수 없게 된 건가 싶었다. 그러니 권후가 진짜 만나고 싶은 것도 지금의 그녀가 아니라 중학생이었던 그녀일지도 몰랐다. 지금의 그녀를 더 깊이 알면 실망하고 알아서 돌아설지도.

은서는 손가락에서 반지를 뺐다. 나중에 권후한테 돌려주어야겠다. 이 반지를 계속 가지고 있을 수도 없고, 감히 팔아 버릴 수도 없으니 그 방법밖에 없었다.

야구단 구단주는 기업 총수가 명예직처럼 맡고 있었기에 아예 야구를 모르는 경우가 허다했다. 권후의 아버지 최태식 회장이 그러했다. 명색이 태강 드래곤즈 구단주이면서 아들한테는 공놀이에 목숨을 건다고 야단만 쳤었다. 그러니까 태강 드래곤즈가 그리 돈을 쓰면서도 성적이 그 모양이라고 권후는 어릴 때부터 생각했었다.

권후는 당연히 아버지와는 다른 구단주가 되고 싶었다.

"우리 구단이 차승재를 영입하는 건 힘들 겁니다."

야구단 단장 차봉주는 이름만 들으면 축구도 잘할 것 같고 마라톤도 참 잘할 것 같은데, 야구에는 소극적이었다. 도전해 보지도 않고 이미 차승재 영입은 힘들 것이라고 판단을 내리고 있었다. 열 개 구단이 모두 차승재를 노리고 있으니, 순위가 높은 구단과 돈이 많은 구단, 그리고 차승재가 메이저 리그에 가기 전에 뛰었던 친정 구단 모두에게 밀리고 있다고 생각하기 때문이었다.

"차승재 메이저 리그 몸값이 피닉스 선수들 총연봉을 합한 것보다 훨씬 높습니다."

"어차피 한국에서 그 돈 줄 수 있는 구단 아무도 없습니다. 차승재도 그거 알고 한국 들어온 거겠죠. 백 비서, 최고 예상가가 얼마야?"

"해신 유니온즈에서 4년 155억 원 제시한다고 합니다. 인센티브 옵션 25억 포함해서요."

역시 사돈어른은 야구단에 진심이었다.

"지금 피닉스 야구단 예산으로는 절대 무리입니다."

구단주가 할 일은 야구단에 돈 들어가는 일을 승인해 주는 거니까, 어서 빨리 태강 주식을 처분해야 했다. 모두가 그의 주식을 사기 꺼리는 이유는 오직 하나, 최태식 회장뿐이었다. 그러니 그와 최 회장의 사이가 회복되었다는 이미지를 사람들에게 심어 준다면 굳이 그가 어렵게 매수자를 찾을 필요 없이 살 사람이 먼저 그를 찾게 될 거다.

어차피 주식을 팔기 전까지만 아버지와 휴전하면 되었다.

고작 며칠이다. 설마 죽기야 하겠는가.

"우리 아버지 스케줄 좀 알아봐 줘."

권후의 지시에 백 비서는 걱정스러운 눈으로 보며 물었다.

"어쩌시려고요?"

"효도해야지."

최권후와 안 어울리는 단어라서 백 비서는 할 말을 잃었다.

최권후 구단주의 인터뷰를 성공적으로 해내, 그녀는 드디어 피디로 방송을 맡을 수 있게 되었다. 그런데 기뻐할 수 있는 것도 잠깐뿐이었다.

"다음 휴먼 인사이드는 엘라 이란주 대표 가자."

기획 회의에서 양 피디의 말을 듣자마자 삐끗했다.

이 인간이 진짜 뭘 알고 있는 거 아냐?

절로 양 피디를 보는 눈이 곱지 않게 변했다. 다음 인터뷰 대상자도 양 피디가 정해 주려고 하자 그녀는 싫은 소리를 들을 걸 알면서도 한마디를 할 수밖에 없었다.

"이제 제가 담당 피디니까 인터뷰이도 제가 선택하는 거 아닌가요?"

"피디 수습 기간 몰라? 3개월 동안은 내가 정해."

그런 거 들어 본 적 없었다. 그녀가 남들보다 더 오래 조연출을 한 것도 억울한데, 뭘 또 수습 기간이란 말인가. 이젠 그녀도 당하고 있을 수만은 없었다. 특히나 양 피디가 자꾸 사돈집을 끌고 와 그녀를 괴롭히려고 한다면 더더욱.

"제가 싫다면 어찌 되는 건데요?"

"왜 싫은데? 이란주 대표 정도면 휴먼 인사이드 나오기에 충분한 인물 아닌가?"

아니. 너무 넘치는 인물이다. 커리어 우먼들의 워너비였으니까. 사돈어른만 아니었다면 그녀가 먼저 죽기 살기로 섭외했을 거다.

"그럼 양 피디님이 담당했을 때 인터뷰 왜 안 하셨는데요?"

"요청했었지. 그런데 다 거절당했으니까 못 했지."

그걸 그녀한테 떠넘기고 있었다.

"이란주 대표 이번에도 절대 수락 안 할 겁니다."

"그래서 본인 능력 부족이라고 이렇게 빨리 인정하는 건가? 역시 방송국 일은 아가씨한테 너무 벅찼나 봐."

이젠 거의 확신이었다. 양 피디는 분명 그녀가 어느 집 딸인지 알고 있었다. 그래서 더 괴롭히는 거라면 성격이 꼬였기 때문인가, 아니면 배후에 누가 또 있는 건가? 마음이 어수선했지만 당장 해야 할 일은 양 피디가 찍소리 못하게 만들 인터뷰이를 찾는 것이었다.

"은지연 작가 어때요? 곧 신작 나온다고 하니까 그쪽도 인터뷰하고 싶을 것 같은데."

그렇게 베스트셀러 작가도 나오고, 성공한 쇼핑몰 CEO도 나오고, 봉사에 일생을 바친 수녀님도 나왔다. 그런데 선택 기준이 이란주 대표보다 인터뷰 화제성이 있냐는 것이기에 거론된 사람들이 모두 대단한 사람들임에도 선뜻 결정되지 못했다.

"이란주 대표의 카리스마를 따라갈 사람이 없긴 없네요."

그럼 뭐 하는가. 언니의 시어머니라는 어마무시한 존재인데.

그녀가 머리를 쥐어뜯으며 자신을 구원해 줄 인터뷰이를 갈구하는데, 옆에서 작가가 지나가는 투로 말했다.

"마침 제인 리가 영화 개봉에 맞추어 내한하는데, 그건 무리겠죠?"

할리우드에서 성공한 한국계 배우였다. 해외 입양아라는 게 알려지면서 그녀의 성공 스토리에 전 세계 사람들이 찬사를 보냈다.

모두의 시선이 작가에게 몰리자 이 작가는 웃으며 손을 내저었다.

"그냥 해 본 말이에요. 고작 1박 2일 다녀가는데 우리한테 인터뷰 시간을 길게 빼 줄 리가 없죠."

모든 언론이 인터뷰하고 싶어 하는 사람이니, 길게 인터뷰 시간을 잡아 봐야 30분이었다. 그 시간은 휴먼 인사이드 한 회분을 방송하기에 턱없이 부족했다.

"다른 사람 또 없나요? 제인 리는 무리입니다."

이란주 대표가 부담스러운 것이라면 제인 리는 거의 불가능에 가까웠다.

"제인 리, 좋네."

갑자기 등 뒤에서 들린 양 피디의 목소리에 등골이 서늘해졌다. 고개를 돌려 뒤를 보니 회의실 문 앞에 양 피디가 능글맞은 표정을 지으며 서 있었다.

"이란주 대표 아니면 제인 리, 그렇게 가자고. 두 명 중 선택하는 건 오 피디에게 맡기겠어. 이야, 이러다 오 피디 금방 스타 피디 되겠어."

양 피디는 멋대로 그리 정하고는 유유히 회의실을 떠나 버렸다. 굳어 버린 그녀의 눈치를 보며 제일 먼저 제인 리를 말한 작가가 사과했다.

"죄송해요, 피디님."

양 피디가 나쁜 것이다. 제인 리가 어렵다는 걸 양 피디 정도의 경력자가 모를 리가 없었다. 그녀가 어쩔 수 없이 이란주 대표를 인터뷰하게 하려고 제인 리를 끌어들인 것이다.

한숨을 내쉬며 제인 리에 대해 알아보고 있는데, 그녀의 핸드폰이 울렸다. 전화한 사람은 뜻밖에도 샤넬 비서였다. 최권후가 비서를 시켜 연락하지는 않았을 것 같아서 의아해하며 통화 버튼을 눌렀다.

"네, 오은서 피디입니다."

[안녕하십니까. 라온 최권후 대표님 비서입니다.]

"네, 알아요. 무슨 일이시죠?"

이미 인터뷰도 끝났으니 서로 연락할 일이 없었다.

[아! 아무래도 휴먼 인사이드 인터뷰와 관련된 일이라서 의견을 묻기 위해 전화드렸습니다.]

뭔가 예감이 좋지 않았다.

"최권후 대표 관련된 일인가요?"

[아뇨. 라온 직원들이 한 일입니다. 휴먼 인사이드 인터뷰 촬영했던 걸 사진 찍어서 SNS에 올리는 바람에 지금 SNS 인기 검색어까지 올랐습니다. 아직 방송 전이라서 이걸 어떻게 처리해야 하는지 오 피디님께 여쭤봐야 할 것 같아서요.]

이제 대표가 방송까지 찍었으니 직원들이 그의 잘난 얼굴을 공용화했나 보다. 우리 회사가 게임만 겁나 잘 만드는 게 아니라, 대표도 겁나 잘났다고.

"저희 방송은 상관없습니다. 교양 프로그램이라서 SNS 사용자랑 시청층이 많이 안 겹쳐요."

은서는 직접 SNS에 들어가 보았다. 정말 인기 검색어에 '라온 피닉스 구단주'가 올라와 있었다.

"최 대표님은 뭐라고 하세요?"

얼굴 팔려서 얻은 인기니까, 오히려 그가 제일 당사자였다.

[아! 대표님은 병원 가셔서 아직 모르십니다.]

"네? 병원이요? 어디 아파요?"

그녀는 깜짝 놀라서 자리에서 벌떡 일어났다.

[죄송합니다. 자세히 말씀드릴 수 없는 사항이라서.]

백 비서가 제대로 말해 주지 않는 게 꼭 권후가 큰 병에 걸려서 그런 것 같아서 은서는 심장이 쿵 내려앉았다.

───

은서는 백 비서와 전화를 끊자마자 방송국을 나와서 태강 병원으로 향했다. 병원에 가는 차 안에서 권후에게 전화를 해 보았지만, 그는 전화를 받지 않았다. 정신없이 태강 병원에 도착한 은서는 너스 스테이션에 있는 간호사에게 물었다.

"여기 VIP 병실이 몇 층이죠?"

은서는 VIP 병실이 있는 12층으로 곧장 올라갔다. 엘리베이터에서 내려 12층을 헤매다 병실 앞에 있는 샤넬 비서를 발견하고 그녀는 서둘러 뛰어갔다. 그녀를 발견한 샤넬 비서가 먼저 고개를 숙여 인사했다.

"최 대표님 입원할 정도로 많이 안 좋은 거예요? 도대체 어디가 아픈 건데요?"

백 비서는 길게 한숨을 내쉬더니 할 수 없이 대답했다. 그녀가 병원까지 찾아왔으니, 더 이상 숨길 수는 없었다.

"오늘 회장님 건강 검진받는 날입니다. 대표님이 회장님과 사이좋다는 걸 보여 주기 위해서 굳이 병원까지 동행하신 겁니다."

은서는 황당하고 기가 막혀서 순간 말문이 막혔다.

"그러니까 최권후가 아픈 게 아니라, 최 회장님 건강 검진이라고요?"

백 비서는 맞다고 고개를 끄덕였다.

은서는 자신이 오해한 걸 깨닫고 맥이 빠졌다. 그래도 사람이 아픈 것보다는 그녀가 바보 되는 게 차라리 나은 것 같았다.

"괜찮으십니까?"

은서는 그냥 돌아가려고 몸을 돌리는데, 열리는 엘리베이터 문 사이로 보이는 최권후를 발견하고 화들짝 놀랐다. 이곳에 있는 걸 그에게 들킬 수 없었기에 은서는 우선 병실로 뛰어 들어갔다. 텅 빈 병실에서 어디로 숨을지 두리번거리던 은서는 다가오는 발소리를 듣고 서둘러 화장실로 들어가 문을 닫았다.

"너는 말이지, 형 반만 좀 따라 해 봐. 도대체 언제까지 그 공놀이에 네 시간이랑 돈 다 쏟아부을 거야? 사내자식이 꿈을 좀 크게 가질 수 없어?"

화장실에 숨어 있다가 최 회장의 목소리를 들은 은서는 크게 움찔했다. 그들 가족 앞에서는 언제나 인자한 모습만 보여 주었던 최 회장이었다. 특히나 자신은 아들이 셋이나 된다는 걸 언제나 입버릇처럼 자랑하였었다. 그럼 아들이 한 명도 없는 아버지는 입을 조개처럼 다물어야만 했다.

"오늘도 야구단 돈 부족해서 온 줄 내가 모를 줄 알아. 내가 다른 곳에 기부를 했으면 했지, 네 야구단에는 절대 한 푼도 못 쓴다. 꼴찌만 하는 야구단이 뭐 볼 게 있다고 돈을 써."

그런데 아들한테는 저리 가부장적인 아버지일 줄이야. 아주 아들의 기를 죽이려고 작정을 한 사람 같았다.

은서는 치킨집에 상처 입은 얼굴로 나타났었던 최권후를 떠올리고 미간이 구겨졌다. 아무래도 그 상처는 최 회장한테 맞아서 생긴 게 맞았나 보다.

"아버지. 오랜만에 저 봐서 반가운 건 알겠는데, 1절만 하세요. 어떻게 한 시간 동안 쉬지도 않고 말하세요? 목 안 마르세요? 물 드릴까요?"

저런 말을 듣고도 아버지한테 친절한 권후의 목소리를 들으니 은서는 괜히 울컥했다.

"너 뭐 사고 쳤지? 그렇지?"

사고는 그녀가 친 것 같다. 남의 병실 화장실에 숨어 있는 이 모습이 너무 안 떳떳했으니까.

"뭔지나 알고 화를 내시든가."

"네가 솔직하게 나한테 말하면 난 다 용서해 주마."

거짓말이다. 듣자마자 화낼 게 뻔했다. 그녀도 다 알 수 있는데 최권후가 속을 리가 없었다.

"솔직하게."

권후의 목소리였다. 또 무슨 말을 해서 아버지 속을 뒤집어 놓으려나.

"너무 귀여워 죽겠어요."

"뭐? 너 지금 환갑 넘은 아버지한테 귀엽다고 놀리냐?"

실검 1위 휴먼 인사이드 최권후

"진짜라니까요. 옛날에도 그렇게 귀엽더니, 지금도 어떻게 그리 귀여운지."

"야! 네가 감히 환자복 입은 아비를 놀려!"

최 회장은 놀림을 받았다고 길길이 화를 내는데, 그녀의 얼굴은 왜 이리 불이 난 듯 뜨거워지는지. 아무래도 샤넬 비서가 그녀를 배신하고 권후한테 그녀가 화장실에 숨었다고 고자질한 것 같았다.

그날 저녁, 태강 병원을 방문한 최 회장이 소아암 환자를 위한 기부를 했다는 기사가 대서특필되었고, 그 기사 속 사진에는 최 회장과 함께 최권후도 등장했다. 기사에서 둘째 아들에 대한 언급은 전혀 없어서 모르는 사람이 보면 그냥 수행 비서인 줄 알 테지만, 최권후가 누군지 아는 사람들은 다들 놀랄 사진이었다.

항상 앙숙처럼 지냈던 부자가 드디어 화해한 것인가. 그걸 확인하려는 듯이 그의 주식 사는 걸 거절했던 사람들이 먼저 권후에게 전화를 걸어오기 시작했다. 최 회장의 보복만 없다면야 권후가 보유한 태강 주식은 금괴나 마찬가지였으니까.

라온 직원들의 SNS를 통해서 최권후 구단주의 휴먼 인사이드 출연이 스포되면서 SNS가 먼저 뜨거워지자 양 피디가 발 빠르게 최권후 인터뷰의 방송 일자를 당겼다. 물이 들어올 때

노를 저어야 한다면서.

이렇게 시청률에 신경을 쓰는 사람이 왜 예능국이 아니라 교양국에 있는 건가 싶었다. 그래서 아직 다음 인터뷰이도 확실히 정하지 못했는데 최권후 인터뷰가 방송을 타게 되었다.

은서는 자신이 처음 책임 피디를 맡고 찍은 방송을 보지 않고 그냥 자 버렸다. 방송을 보면 병원에서 최 회장에게 구박받던 권후의 모습이 다시 떠오를 것 같아서. 병원에서도 끝까지 숨어 있다가 그를 피해 몰래 떠났다. 괴롭히는 최권후는 참을 만했지만, 남에게 괴롭힘당하는 최권후는 정말 못 참겠다.

Rrrrrrrrr— Rrrrrrrrr—.

전화벨이 시끄럽게 울렸을 때는 그녀가 겨우 잠이 들었을 때였다. 은서는 얼굴을 찌푸리며 어둠 속에서 눈 아프게 반짝이는 핸드폰을 집어 들었다. 이 밤에 전화를 건 사람은 같이 일하는 이 작가였다. 혹시 그녀가 일부러 안 본 방송에 사고라도 난 건가 싶어서 은서는 서둘러 통화 버튼을 눌렀다.

"여보세요."

[피디님! 대박!]

전화를 받자마자 작가가 큰 소리로 외쳐서 그녀의 귀가 너무 아팠다. 은서는 핸드폰을 귀에서 떼어 내었다. 왜 이렇게 흥분한 건가 싶었다. 설마 로또라도 당첨됐단 말인가. 그 이유는 작가가 본인의 입으로 바로 말했다.

[우리 프로그램, 실시간 검색어에 올랐어요!]

"뭐?"

그럴 리가. 그런 적이 없는데.

"진짜?"

[네, 인터넷 들어가서 확인해 보세요. 최 대표님 인터뷰 영상 나갈 때 실시간 검색어에 등장하더니, 방송 끝나고도 계속 상승 중이에요. 이러다 1등도 찍겠어요!]

작가의 목소리가 너무 커서인지, 믿기지 않는 소리를 들어선지 골이 울렸다.

"알았어. 끊어 봐."

그녀는 직접 확인하기 위해서 전화를 끊고 인터넷으로 들어갔다.

2 휴먼 인사이드 최권후 ▲

놀랍게도 진짜 있었다. 그것도 벌써 2위다. 이러다 진짜 1위를 찍을 수도 있겠다. 워낙 생뚱맞은 인기 검색어라 사람들이 호기심에 눌러 볼 가능성이 컸으니까.

그녀는 멍하니 인터넷 창에 뜬 이름을 바라보았다. 끝이라고 생각할 때마다 이 이름은 끈질긴 생명력을 가지고 다시 그녀의 앞에 나타났다. 마치 나를 잊지 말라고 호소하듯이.

태강 그룹의 이미지 관리를 위해 모든 방송을 모니터링하는 태강 비서실에서 실시간 검색어를 고속 도로처럼 질주하고 있는 권후의 이름을 그냥 지나칠 리가 없었다. 방송이 끝나자마자 본가의 호출이 있었고, 권후는 피하지 않고 집에 왔다. 그가 피하면 그다음 순서는 은서가 될 게 뻔했으니까.

그가 집에 들어서자마자 아버지의 불호령이 떨어졌다.

"너란 놈은 도대체 무슨 생각으로 사는 거야! 하고많은 방송 중 하필 왜 그 방송이냐고!"

성격대로 노발대발하시는 아버지 때문에 그는 현관에서 더 이상 집에 들어갈 수가 없었다. 어머니는 오랜만에 아버지와 뜻이 맞았는지 화내는 아버지의 옆에서 팔짱을 끼고 그를 탐탁지 않은 시선으로 봤다. 그리고 부모님의 뒤에 서 있는 형은 네가 그럴 줄 알았다는 눈빛이었다. 아버지 최 회장은 더 볼 것 없다는 듯이 손을 내저었다.

"너 당장 사업 접고 해외 나가. 그리고 네 형 이혼 끝날 때까지 들어오지 마!"

그가 태강에서 일하지 않는다고 그의 일을 우습게 여기는 아버지의 태도는 그도 화나게 했다.

"제가 하는 일이 그렇게 쉽게 접었다 폈다 할 수 있는 종잇조각이 아닙니다."

"그럼 내가 직접 접어 주랴! 아주 박살을 내주마!"

"아버지, 진정하세요."

형 강후가 최 회장을 말렸다.

"제가 권후랑 둘이 잘 이야기할 테니까 두 분은 그만 들어가 주무세요. 밤이 깊었습니다."

마치 해결사처럼 나서는 형의 태도가 대놓고 화내는 부모님보다 더 보기 싫었다. 권후가 그대로 몸을 돌려 나가려고 하자 뒤에서 아버지의 불호령이 떨어졌다.

"당장 거기 안 서! 지금 나가면 너 진짜 호적에서 파 버린다!"

그 말도 벌써 열 번은 들은 것 같았다. 그래서 권후는 개의치 않고 집을 나가 버렸다. 막 차에 타려는 그를 형 강후가 불러 세웠다.

"최권후."

권후가 무시하고 그냥 차에 타려고 하자 강후는 엄한 목소리로 말했다.

"네가 미리 나한테만 말했어도 괜찮았어."

"그럼 형이 그 방송 못 나가게 막았겠지."

강후는 겉으로 신사인 척은 혼자 다 하면서 독한 일을 서슴없이 하는 성격이다. 그렇기에 태강의 후계자 자격이 있는 것이다.

강후는 답답하다는 눈으로 동생을 보며 물었다.

"그래서 넌 야구팀을 위해 방송한 거야, 아니면 처제 때문이야?"

"둘 다."

"처제는 빼야지, 이 자식아."

강후도 참지 못하고 목소리가 높아졌다.

"이야, 답을 정해 놓고 묻는 게 아버지랑 똑 닮았네. 역시 후계자답다."

 권후는 한껏 비꼬고는 바로 차 문을 열고 올라타 버렸다.

 부웅—.

 떠나는 차를 강후는 차가운 눈으로 바라보았다. 권후가 자꾸 이런 식으로 엇나가면 강후는 하기 싫어도 권후의 약점을 찾을 수밖에 없었다. 그래야 권후가 말을 들을 테니까.

> 1 휴먼 인사이드 최권후 ▲

 진짜 1위를 해 버린 권후의 이름을 보고 은서는 감탄사를 뱉어 냈다.

 "대박."

 설마 그녀의 첫 방송이 이런 식으로 실검 1위를 할 거라고는 전혀 예상도 안 했고, 기대도 안 했다. 그래서 이걸 좋아해야 하는 건지, 경계해야 하는 건지도 모르겠다. 실검 1위의 충격에 빠져 헤어 나오지 못하고 있는데 그녀의 핸드폰이 기습적으로 울려서 깜짝 놀랐다.

> 자냐?

 권후였다. 자기가 1위를 한 걸 자랑하려고 연락한 것 같았다. 은서는 '후' 한숨을 내쉬며 통화로 연결했다. 담당 피디로

서 이번만 상대해 주는 것이었다.

Rrrrrrrrr— Rrrrrrrrr—.

몇 번의 통화음이 가고 권후는 전화를 받았다. 그녀는 통화가 연결되자마자 말했다.

"1위 한 게 그렇게 좋아서 이 야밤에 연락한 거예요?"

[1위? 내가?]

권후는 전혀 모르는 말투라 그녀는 의아했다. 그게 아니면 왜 그녀에게 문자를 보냈단 말인가.

"실검 1위 한 거 몰랐다고요? 그럼 왜 문자 보낸 거예요?"

[우울해서.]

뭐지? 농담인가? 아니면 수작인가?

은서는 경계하며 핸드폰을 귀에서 떼 좀 거리를 두었다.

"몰랐네요. 사돈도 그런 때가 있는 줄."

[내가 우울한 김에 생각을 해 봤는데 말이야.]

그는 그녀의 말을 전혀 안 듣고 자기 말만 하고 있었다.

설마 술 마셨나?

[난 달라졌을 것 같아.]

뭐가?

[내가 한국에 있었다면. 결혼식 전에 네가 나를 찾아서 전화 한 통이라도 했다면.]

은서는 아무런 말도 할 수가 없었다. 해서도 안 될 것만 같았다.

[……]

"……."

영원 같은 시간을 끝내기 위해서 은서는 말했다.

"사돈이 이러는 거 뒷북이에요."

최권후의 표정은 볼 수 없었지만, 침묵으로 그가 그녀의 말에 꽤 타격을 입었다는 걸 느낄 수 있었다. 드디어 그녀가 최권후한테 한 방을 먹인 건데도, 전혀 기분이 좋지 않았다.

[네 말이 맞네, 뒷북.]

그의 짧은 웃음소리가 마음을 붉게 베었다.

[그래, 잘 자.]

뚝―.

권후가 먼저 전화를 끊어, 더 이상 그의 목소리는 들려오지 않았다. 그래도 그녀는 한참이나 핸드폰을 손에서 놓을 수 없었다. 그의 우울이 그녀에게 전염되어 버렸나 보다.

쉬이 잠에 들지 못할 것 같았다.

인터뷰의 후폭풍은 권후의 집에만 있었던 게 아니라, 은서의 집에도 있었다. 그녀는 당장 집으로 오라는 어머니의 호출을 받았다.

할 수 없이 은서는 일이 끝나고 오랜만에 본가로 향했다. 집 앞에 도착한 그녀는 골목에 서 있는 아이를 발견하고 놀라 차를 세웠다. 은서는 바로 차에서 내려 아이에게 다가갔다.

"시후 맞지?"

사립 학교 교복에 책가방까지 메고 있는 아이는 분명 최씨 집의 늦둥이 도련님 시후였다. 시후는 그녀를 보고 허리를 숙이며 예의 바르게 인사했다.

"안녕하세요, 사돈."

아직 초등학교도 졸업하지 않은 어린 녀석이 '사돈'이라고 하는 건 여전히 적응이 안 되었다.

"왜 여기 있어?"

"형수님을 만나러 왔는데."

시후의 형수님은 그녀의 언니 수정이었다. 수정이 시후의 친엄마인 이란주 여사 대신 어린 시후를 거의 키우다시피 한 걸로 알고 있다.

"그럼 만나러 들어가지, 왜 밖에 서 있어?"

"초인종을 못 누르겠어요."

어른들의 이혼 때문에 아이가 주눅이 든 모습을 보니 그녀도 마음이 안 좋았다. 은서는 먼저 대문으로 걸어가 초인종을 눌렀다. 집에 어머니도 있으니 언니만 나오게 할 생각이었다.

[빨리 왔네.]

다행히 수정이 인터폰을 받았다. 은서는 화면으로 가까이 다가가 수정에게 작은 목소리로 말했다.

"언니, 잠깐 나와 봐."

[왜?]

"최가네 막둥이가 언니 만나러 왔어."

[……]

수정의 대답이 뚝 끊긴 게 좀 불길했다.

[그냥 가라고 해.]

그리고 그건 틀리지 않았다. 수정이 냉정하게 쳐 내자 은서가 더 어찌할 바를 모르게 되었다.

"그래도 애가 여기까지 만나러 왔는데, 그냥 가라고 하는 건……."

[시후 미래를 생각하면 그게 나아.]

뚝―.

인터폰은 그대로 끊겨 버렸다. 은서가 당황해서 다시 초인종을 누르려고 하는데, 뒤에서 그녀를 말리는 아이의 목소리가 들려왔다.

"그만하세요. 전 갈게요."

"아니야. 내가 직접 들어가서 언니 데려올게. 잠깐만."

그녀는 열쇠로 직접 문을 열려고 했는데 시후가 그냥 몸을 돌려 걸어가 버렸다. 그녀는 서둘러 달려가 시후의 앞을 막아섰다.

"그럼 언니한테 할 말이 뭔데? 나한테 말하면 전해 줄게."

그녀는 어릴 때 어머니의 차별을 받고 자라서인지 언니를 어머니로 생각하는 시후를 그냥 모른 척할 수가 없었다. 어린아이에게 어머니란 게 얼마나 큰 존재인지, 그래서 얼마나 상처가 될 수 있는지 그녀가 너무 잘 알기에.

"학교에서 가정 통신문을 받았는데, 항상 형수님한테 드렸던 거라서."

은서는 손을 내밀었다.

"알았어. 나한테 줘. 언니한테 전해 줄게."

시후는 오히려 그녀를 측은해하는 눈으로 올려다보았다.

"그럼 사돈어른들한테 혼날 거예요."

"괜찮아. 난 직장도 있는 어른이라, 이 집이 아니라도 충분히 혼자 살 수 있어. 그러니까 줘."

그녀의 진심이 전해졌는지 시후는 그제야 가방을 열고 반듯하게 접어진 종이 한 장을 꺼내 그녀에게 내밀었다.

"그럼 잘 부탁드립니다."

이번엔 아까보다 더 허리를 숙여 배꼽 인사를 하니, 그녀도 덩달아 고개를 숙였.

작은 사돈의 가정 통신문을 들고 집에 들어서자마자 어머니의 불호령이 떨어졌다.

"너 도대체 방송국에서 뭐 하고 다니는 거야! 다른 사람도 아니고 그 집안 인간을 인터뷰하다니! 그렇게 하고 다닐 거면 당장 그만두고 들어와서 얌전히 맞선 보고 결혼이나 해!"

결국 무슨 일이 생겨도 결론은 방송국을 그만두고 맞선을 봐서 결혼하라는 걸로 귀결되었다.

지금 그녀가 무슨 말을 해도 어머니는 무조건 자신이 맞다고 우길 게 분명했기에, 그녀는 어머니의 화가 제풀에 지쳐 꺾일 때까지 조용히 듣고만 있었다.

문득 인터뷰에서 권후가 했던 말이 떠올랐다. '깨진 꿈 틈에서 현실이라는 꽃이 피어난다'고. 그래서 그는 그걸로 만족인 걸까? 그녀는 이대로 만족할 수 없었다. 그러니까 어머니가 뭐라고 해도 버틸 것이었다. 마음만 바꿔 먹으면 더 호화로운 생활을 누릴 수 있다고 해도 버틸 것이다.

쉬는 날, 그녀는 일부러 시간을 내서 백화점을 갔다. 권후에게 줄 선물을 하나 사려고. 인터뷰해 준 것에 대한 감사와 실검 1위를 한 것에 대한 축하 선물이었다. 그 이유만으로도 그에게 선물을 줄 명분은 충분하다고 생각했다.

사실 마지막 통화가 마음에 걸려서, 그렇게 끝내고 싶지 않았다. 선물을 주며 좋게 마무리하고 싶었다. 남자 선물은 사 본 적이 없기에 무난하게 넥타이를 사기로 했다. 매일 슈트를 입는 남자에게 가장 적당한 선물이었다.

"너무 화려한 색은 안 좋겠지."

넥타이만이라도 기업인에 어울리는 차분하고 시크한 걸로 고를 생각이었다. 넥타이 하나를 맨다고 달라질 인물이 아닌 걸 잘 알지만 말이다.

그녀의 옷을 쇼핑할 때보다 더 시간을 들여 넥타이들을 보던 시선이 한곳에 멈추었다. 네이비 칼라 바탕에 스카이블루 톤으로 명품 브랜드 'L'의 시그니처 무늬가 찍혀 있는 고급스러운 실크 넥타이였다.

"이 정도면 되려나."

회사 대표답게 진중하면서도 너무 무겁지 않아서 권후가 하고 다니기에 부담이 없을 것 같았다. 은서는 그 넥타이를 집어 들어 뒤에 서 있던 점원에게 내밀었다.

"이걸로 포장해 주세요."

점원이 넥타이를 포장 상자에 넣어 정성스럽게 포장하는 동안 그녀는 카드를 적었다.

이 넥타이 매고 일해서 사업 번창하길 바랍니다.

쓰다 보니 이 카드는 아예 안 넣는 게 나을 것도 같다는 생각이 들었다. 권후가 이 카드를 읽으면서 비웃는 게 눈에 선했다. 다 쓴 카드를 접어서 그냥 가방에 넣어 버리는데, 그녀를 부르는 목소리가 매장 입구에서 들려왔다.

"어머, 너 오은서 아니니?"

그녀의 눈매가 절로 찌푸려졌다. 돌아보지 않아도 하이톤의 귀를 긁는 저 목소리의 주인공이 누군지 알 수 있었으니까.

또각또각—.

하이힐 소리가 들리더니 곧 머리부터 발끝까지 명품으로 화려하게 꾸민 왕지현이 그녀의 앞에 나타났다.

"맞네. 네가 왜 여기 있어?"

그녀가 살을 빼고 대학교에 나타났을 때 왕지현의 표정을 아직도 기억했다. 경악, 분노, 낭패감. 지금도 왕지현은 달라진 그녀의 모습이 전혀 마음에 안 든다는 시선으로 쳐다보고 있었다. 비웃어 주어야 하는데 그러지 못하니까.

"그걸 내가 너한테 일일이 보고하며 다녀야 하니?"

왕지현과는 처음부터 끝까지 악연이라 그녀의 말투가 곱게 나가지 않았다.

"손님, 여기 포장 끝냈습니다."

점원이 그녀에게 내미는 넥타이 선물용 종이 상자를 보고 왕지현은 코웃음을 쳤다.

"너 설마 남자 친구 생겼어?"

"그것도 네가 알 바 아니지."

인사도 없이 냉정하게 돌아서 가려는데 그녀의 등에 대고 왕지현이 쏘아붙이듯이 말했다.

"권후 선배 인터뷰한 거, 혹시 너희 언니 이혼 조건에 포함된 거였니?"

꾹, 종이 상자의 끈을 부여잡은 그녀의 손에 힘이 들어가며 미간이 좁아졌다.

"안 그럼 권후 선배가 인터뷰 같은 걸 해 줄 리가 없잖니. 안 그래?"

왕지현은 자기 멋대로 지어낸 말을 마치 사실인 것처럼 말하고 있었다. 그녀는 언제나 그랬다. 그런 식으로 사람들을 선동했다. 은서는 고개만 돌려 왕지현을 노려보았다.

"네가 최권후에 대해 뭘 그리 잘 안다고 그렇게 자신하며 말하는 건데?"

말을 섞을수록 그녀만 손해라는 걸 아는데도 도저히 그냥 무시하고 갈 수가 없었다.

"너야말로 이혼할 사돈 이용해서 출세하면 기분이 좋니?"

백화점 점원과 근처에 있던 손님들은 왕지현의 말만 듣고 그녀를 이상한 사람을 보듯 쳐다보기 시작했다. 어떻게 사람이 그럴 수 있냐는 듯이.

그녀는 휙 몸을 돌려 그 자리를 떠나 버렸다. 도망치는 건 싫었지만 지금은 달리 방법이 없었다.

가 버리는 은서의 뒷모습을 뒤틀린 시선으로 쳐다보던 왕지현은 매장 직원에게 다가가 도도하게 말했다.

"방금 그 여자 손님이 사 간 넥타이가 뭐예요?"

"네? 그건 왜······?"

점원이 한 번에 가르쳐 주지 않자 왕지현의 목소리는 바로 앙칼지게 변했다.

"매상 올리기 싫어? 내가 이 백화점 VVIP 손님이야!"

"아, 아닙니다. 바로 가져오겠습니다."

점원은 당황해서 서둘러 물건을 가지러 갔다.

왕지현은 턱을 치켜들며 거친 호흡을 뿜어 냈다. 그녀 역시 오은서가 정말 싫었다. 원래 뚱뚱이였던 주제에 그녀가 고른 남자만 다 채 가고 있으니까. 이 좁은 땅에서 같이 숨을 쉬며 사는 것 자체가 싫어 죽겠다.

Chapter 5
공개 수업 대신 공개 고백

권후의 넥타이를 사러 갔다가 왕지현과 마주친 것 때문에 그녀는 몇 시간 동안 기분이 별로였다. 그래도 산 선물은 주인에게 주어야 했기에 권후 비서의 전화번호로 연락했다. 택배보다는 비서에게 직접 주는 게 더 나을 것 같았다.

[여보세요.]

생긴 건 예쁘장한 샤넬 비서가 목소리는 그윽했다.

"저 오은서 피디예요."

[네.]

"그게 제가 인터뷰에 대한 답례로 최 대표님 넥타이 선물을 샀거든요."

[네. 대표님은 지금 루카스에 계십니다.]

그녀가 선물을 주려고 직접 가는 줄 알고 백 비서는 바로 권후가 있는 곳을 알려 주었다.

"아뇨. 전 백 비서님한테 드릴 테니까 전해 주시라고."

[아, 피하시는군요.]

"네? 제가요? 아닌데요."

그녀는 당황해서 말이 빨라졌다.

[그럼 계신 곳을 말씀해 주시면 제가 지금 가겠습니다.]

"제가 가도 되는데."

[아뇨, 비서인 제가 당연히 가겠습니다. 어디 계십니까?]

"그럼 우리 집 근처에 카페 있는데, 거기서 만나요."

백 비서를 집까지 오게 할 수는 없었기에 그녀도 넥타이 선물을 들고 다시 집을 나섰다. 약속을 잡은 카페가 근처라 차를 두고 걸어갔다.

늦은 시간의 카페는 한산해서 그녀는 조용히 사람을 기다릴 수 있었다. 따뜻한 아메리카노 한 잔을 시켜서 창가 자리에 앉아 백 비서가 오길 기다렸다. 가만히 앉아서 누군가를 기다리고 있으려니 솔솔 졸음이 몰려왔다. 그러고 보니 요즘 이런저런 일이 많아서 통 잠을 못 자기는 했다. 백 비서가 오면 깨우겠지 싶어 팔을 베개로 삼아 얼굴을 괴고 잠시 눈을 감았다.

그리고 졸았던 것 같다. 눈을 뜬 그녀는 카페라는 걸 깨닫고 벌떡 고개를 들었다. 앞자리에 긴 다리를 꼬고 앉아 있는 남자가 눈에 들어오자 그녀의 입이 벌어졌다. 그가 특유의 삐딱한 미소를 지었다.

"이런 데서 자는 건 누가 훔쳐 가 달라는 뜻 아닌가?"

왜 샤넬 비서가 아니라 최권후가 여기 있느냔 말인가!

"백 비서님은요?"

"내가 월급 주니까 우린 한통속이지. 순진하기는."

이런 젠장! 이미 알고 있었는데 이렇게 당하다니.

"어떻게 선물 주는 사람을 속여요!"

"어떻게 선물은 주면서 내 얼굴은 보기 싫을 수 있는데?"

분해서 씩씩대 보았지만 할 말이 없었다. 그녀는 넥타이가 든 종이 가방을 확 밀어서 그에게 주어 버리고는 서둘러 자리에서 일어나 그 자리를 뜨려고 했다.

하지만 한 걸음 반 만에 그에게 손목이 붙잡혔다.

"넥타이라며. 매 주고 가."

"나 매는 법 몰라요. 알아서 매요."

"네가 매 주면 하고는 다닐게."

"그럼 내가 안 매 주면요?"

"슬픈 기억으로 남아 차마 상자 뚜껑을 못 열겠지."

영원히 그녀가 선물한 넥타이가 무슨 색인지도 모른다는 소리였다. 뼈 빠지게 노동해서 번 돈으로 비싼 선물을 사 줘도 순수하게 고맙다는 말을 못 듣는 게 분해서 그녀가 파르르 떠는데, 권후가 멋스럽게 웃으며 물었다.

"매 줄 거지?"

그녀는 권후의 잘난 얼굴을 노려보다가 종이 가방에서 선물 상자를 꺼내 뚜껑을 열었다. 그녀가 선물한 넥타이가 네이비 바탕에 스카이블루 톤 무늬가 찍혀 있다는 걸 그에게 보여 주기 위해서.

"이런 넥타이예요. 똑똑히 잘 봐요."

공개 수업 대신 공개 고백

"봤어."

"그럼 됐어요. 난 최선을 다했어."

그녀가 넥타이만 보여 주고 다시 돌아서려고 하자 권후는 한숨을 내쉬며 다시 그녀의 팔을 잡았다.

"알았어. 내가 내 손으로 맬 테니까, 잘 어울리는지나 봐 줘."

그녀도 선물한 넥타이를 맨 그의 모습이 궁금하기는 했기에 마지못한 척 자리에 다시 앉았다. 권후는 상자에서 넥타이를 꺼내 목에 둘렀다. 아직 제대로 맨 것도 아닌데도 몸에 걸쳐진 넥타이가 그와 퍽 잘 어울려 그녀는 기분이 좋아졌다. 왕지현과 마주쳐서 나빴던 기분이 거의 다 사라졌다.

슥슥, 손을 몇 번 움직여 넥타이를 맨 그는 넥타이에서 손을 떼며 그녀를 보았다.

"어때?"

그녀는 웃지 않으려고 했는데, 그녀가 선물한 넥타이를 맨 그의 멋진 모습에 자꾸만 입꼬리가 위로 올라갔다. 여기서 웃으면 지는 것이었다. 참아야 했다. 은서는 입술에 힘을 꾹 주며 무뚝뚝하게 물었다.

"자주 맬 거예요?"

"특별하게 2월 29일에 맬게."

4년에 한 번만 맨다는 소리에 그녀는 바로 얼굴이 구겨졌고, 그는 웃었다. 은서는 당장 이 카페에서 나가 버리려다가 그의 어린 동생이 떠올라서 한 번 꾹 참았다. 수정이 가정 통신문을 버리라고 했으니 시후의 학교에 갈 사람이 아무도 없었다. 눈앞에 있는 최권후는 시후의 친형이니 학교에 갈 자격이 충분했다.

그녀의 표정이 진지하게 바뀌자 권후도 의아하게 여기고 왼쪽 눈썹이 위로 솟았다.

"시후 공개 수업 있는 거 아세요?"

그녀의 입에서 동생 이름이 나와도 권후는 딱히 놀라지 않았다.

"우리 어머니도 모를걸."

"가족들이 너무 무심한 거 아니에요? 오죽하면 시후가 우리 언니를 찾아왔겠어요."

"그냥 찾아갔을 것 같은데."

지금껏 어머니를 대신해 시후를 키우다시피 한 건 그의 형수이면서 그녀의 언니인 오수정이었으니까. 그러니 어린 시후한테는 두 집안을 원수지간으로 만든 이혼이 그리 중요하지 않았을 거다. 가정 통신문을 받아 줄 사람만 중요했겠지.

은서는 친동생의 일도 가볍게 넘기려고 하는 그를 노려보며 강하게 말했다.

"이번 공개 수업은 무조건 사돈이 가요."

뜻밖의 말에 권후는 헛웃음을 지었다. 피를 나눈 그의 가족도 그한테 절대 하지 않았을 말이었다. 아이 교육 망친다고.

"내가 왜?"

"형이잖아요!"

"시후 형이 나만 있는 거 아니잖아."

"그쪽은 지금 이혼 중이라 정신없으니까."

"아닐걸."

"그냥 간다고 말하면 안 돼요? 왜 자꾸 미꾸라지처럼 빠져나가요."

"그래, 가자."

갑자기 그가 간다고 하니 이번엔 그녀가 움찔했다.

뭐야, 왜 이렇게 쉽게 대답해.

"대신 너도 같이."

그럼 그렇지.

"사돈 동생이니까 사돈이 책임져요!"

은서는 단호하게 말하고 서둘러 카페를 나와 버렸다. 안 그럼 권후가 또 무슨 핑계를 대며 그녀를 엮을지 모를 일이었으니까.

시후의 공개 수업 날짜가 다가올수록 그녀는 조급해졌다.

설마 내가 안 간다고 진짜 안 가겠어. 그래도 친동생인데.

그리 생각하며 무시하자고 마음먹으면서도 진짜 아무도 공개 수업에 안 나가서 시후가 상처 받을 게 걱정되었다. 어릴 때 받은 상처가 오래가는 건 그녀가 겪어 보아서 알았다. 그래서 은서는 일부러 연차까지 써서 몰래 시후의 학교에 가 보기로 했다. 만약 최권후가 끝까지 안 나타나면 그녀라도 시후의 공개 수업에 갈 수 있게.

은서는 학교 정문 근처 돌담 뒤에 숨어서 공개 수업에 온 학부모들의 얼굴을 유심히 관찰하였다. 다들 초등학교 자녀가 있는 점잖은 학부모들이라서 최권후가 나타난다면 단번에 알아볼 수 있을 것 같았지만, 그래도 혹시나 놓칠까 봐 긴장하며 염탐하였다. 공개 수업 시간이 가까워져 와도 최권후가 도통 나타나지 않자 그녀는 혀를 찼다.

"이럴 줄 알았다니까. 하여튼 가족애라고는 쥐똥만큼도 없는 인간."

"누가 쥐똥이라고?"

갑자기 귓가에서 느껴지는 뜨거운 입김과 나긋한 목소리에 은서는 온몸에 소름이 쫙 돋아났다. 비명을 삼키며 고개를 돌렸더니 청바지에 가죽 재킷을 입고 있는 최권후가 서 있었다.

"옷을 그렇게 입고 오면 어떡해요!"

그를 보자마자 옷 지적부터 하는 그녀의 모습을 권후도 찬찬히 훑어보았다. 나이가 열 살은 더 들어 보이는 클래식한 정장 원피스를 입고 있었다.

"너야말로 옷이 참 재미없다."

그녀의 요조숙녀 룩을 보고 권후가 짧게 혀를 차며 무시했고 은서는 그에게 명령했다.

"그 재킷이라도 벗어요."

둘이 나란히 서 있으니 딱 '아가씨와 건달'이었다.

"내가 벗으면 너도 벗을 거야?"

말도 안 되는 소리를 하는 그를 향해 은서는 이를 드러냈다.

"지금 장난할 때 아니거든요. 공개 수업이 금방 시작해요!"

그제야 권후는 재킷을 벗었다. 그나마 안에는 흰 셔츠를 입고 있었다. 셔츠와 청바지를 입고 있으니, 꼭 대학생처럼 보이기도 했다. 그의 대학 시절 모습을 본 적 없는 은서는 잠시 그를 빤히 쳐다보았으나 그가 투덜대는 소리에 바로 환상이 깨졌다.

"벗으니까 춥잖아."

"엄살떨지 말고 빨리 들어가요."

"진짜 추워. 팔짱 껴도 돼?"

권후가 손을 뻗어 오자 은서는 기겁하며 옆으로 피했다. 그녀는 춥다며 다가오는 그를 피해 교실까지 거의 뛰어서 가야 했다.

원래 계획은 권후가 학교에 나타나면 그녀는 조용히 돌아갈 생각이었는데, 권후가 정신을 빼놓는 바람에 그녀까지 공개 수업을 참관하게 되었다. 항상 최권후만 마주치면 그녀의 순탄한 인생이 자꾸 경로를 이탈하는 기분이었다. 그러니 정신을 바짝 차려야 했다. 최권후한테 휘둘려 돌이킬 수 없게 되면 큰일이었으니.

그녀와 권후가 교실로 들어서자 학부모들뿐만 아니라 아이들의 시선까지 모두 그들에게 몰렸다. 초등학교 5학년 학부모라고 하기에는 어리기도 했고, 두 사람의 외모가 워낙 튀었으니까. 중간 자리에 앉아 있는 시후와 눈이 마주치자 은서는 웃으며 손을 흔들었다. 하지만 시후는 온 사람이 수정이 아닌 걸 알고는 바로 고개를 돌려 앞을 보았다.

"거봐, 싫어하잖아. 괜히 왔네."

옆에서 권후까지 소금을 치자 은서는 조용히 하라는 경고로 그의 발을 하이힐로 밟았다. 권후는 얼굴을 찌푸리며 그녀의 어깨를 움켜잡았다. 그의 손을 털어 내려고 그녀가 움직이자, 부스럭대는 소리에 옆에 있던 학부모들이 다시 그들을 쳐다보았다. 이번엔 '이 화상들은 뭐야?'라는 눈빛이었지만 서로기 싸움하느라 둘 다 그 눈빛들을 읽지 못했다.

수업이 끝나고 쉬는 시간에 시후는 그들에게 시크하게 한마디를 던졌다.

"작은형이 왜 왔어?"

권후는 그녀를 쳐다보며 말했다.

"나도 그게 참 궁금하네."

은서는 시후 앞이라 또 권후의 발을 밟지는 못하고, 그를 흘겨보며 나무랐다.

"형제잖아요. 그러니 부모님이 못 오시면 당연히 형이라도 와야죠."

"난 형한테 구박만 당했던 것 같은데."

공개 수업 대신 공개 고백

"그래서 나쁜 것만 배우겠다고요? 유치하게."

"동생, 사돈이 나보고 유치하댄다."

시후는 두 사람을 똑같이 유치한 사람을 보듯 쳐다보고는 다시 교실로 들어가 버렸다. 은서는 안타까운 눈으로 시후의 작은 등을 바라보았다.

"언니가 안 와서 많이 서운한가 봐요."

권후의 눈에는 그냥 평소 모습 그대로였다.

"제발 형답게 동생 좀 챙겨 봐요."

두 사람이 와서 수정 한 명의 빈자리를 못 채운 건 모두 권후의 탓이라는 듯이 은서가 구박하자, 권후는 팔짱을 끼며 그녀를 보았다.

"정말 내가 그러길 원해?"

"네."

"알았어. 기다려 봐."

권후가 다시 교실로 걸어가자, 은서는 미심쩍은 눈으로 그를 보았다.

뭘 기다리라는 거야?

잠시 기다리다 불안해서 권후를 뒤쫓아 다시 교실로 가 보니 권후가 시후를 옆구리에 끼고 데려 나오고 있었다.

"안 돼! 나 수업받아야 한다고!"

시후가 화를 내는 걸 보니 분명 합의된 건 아닌 것 같았다.

"곧 수업 시작인데 애를 왜 데리고 나와요?"

"우리는 수업 대신 소풍이야."

공개 수업에 와서 학생을 교실에서 빼내다니. 사람을 잘못 데려와도 한참 잘못 데려온 것 같아서 그녀는 골이 띵했다.

"안 돼요. 다시 교실로 가요."

시후가 사라진 걸 알고 선생님이 집으로 전화하면 일이 너무 커져 버릴 것이다.

"나 수업받을 거야!"

"학교 하루 빠져도 안 죽어."

"형 나빠!"

권후는 제멋대로 날뛰고, 시후는 울기 직전이고, 그녀는 패닉에 빠지고. 좋은 일 좀 해 보려다 완전히 엉망진창이 되었다. 언니가 가만히 있으라고 했을 때 그럴걸. 인제 와서 후회해 봤자 아무 소용없었다.

오늘 제대로 망했다고 생각했는데, 서울대공원 식물원에 도착하자 시후의 태도가 변했다. 시후는 꽃과 이름 모를 식물들에서 눈을 떼지 못했다.

"좋아하는 거예요?"

은서가 시후의 반응을 살피며 권후에게 조심스럽게 묻자 그는 짧게 말했다.

"집에 저 녀석 화원이 있어. 형수님이랑 같이 만든 거."

어린 시후가 살아 있는 사람보다 식물을 더 좋아한다는 걸 알기에 이곳으로 온 것이었다.

"일곱 살이나 되어서 갑자기 나타난 작은형보다는, 이 말 못 하는 식물들이 시후에게 더 위로가 될 거야."

그의 말이 사실인 듯, 시후는 교실에 앉아 있을 때보다 이곳에 있을 때가 더 표정이 편해 보였다. 제멋대로 날뛰는 망아지 같았던 그가 사실은 시후의 마음을 제대로 알고 있었다고 하니 그녀는 부끄러워졌다. 그녀는 시후에 대해 아무것도 모르면서 어설프게 학부모 흉내를 내려고 했으니까.

권후는 시후를 직접 꽃씨를 심어 볼 수 있는 체험 학습에도 데려갔다. 꽃씨를 심는 데 열중한 시후를 지켜보는 그의 모습에서 처음으로 어른의 의젓함이 느껴져서 은서는 기분이 이상해졌다. 그녀의 시선을 느낀 듯 그가 고개를 돌리자 은서는 바로 다른 곳을 보는 척했다.

권후가 그녀에게 가까이 다가와 은근히 말했다. 마치 암표를 팔 듯이.

"심심해? 좋은 곳 있는데 같이 구경 갈래?"

"가긴 어딜 가요. 시후랑 같이 있어야죠."

은서는 권후를 흘겨보며 나무랐지만, 그도 지지 않고 말했다.

"쟤는 너보다 저 선생을 더 좋아해. 표정만 봐도 모르겠냐?"

"조용히 좀 해요!"

두 사람이 교실에서 그랬던 것처럼 투닥거리자 시후는 못 참고 한마디를 했다.

"둘이 놀다 와요. 난 여기 있을 테니까."

은서가 서둘러 두 손을 내저었다.

"아니야. 우린 시후, 너랑 있는 게 좋아."

그 말에 시후는 전혀 감동하지 않고 솔직하게 말했다.

"두 사람이랑 같이 있으면 제가 부끄러워서 그래요."

권후가 거보라는 듯이 웃더니 그녀의 손을 허락도 없이 덥석 잡고 끌어당겼다.

"제, 제가 알아서 가요. 이 손 좀 놔요."

"놓으면 도망칠 거잖아."

권후는 그녀를 너무 잘 알았다. 그녀는 정말 그가 손만 놓으면 바로 뒤도 안 돌아보고 도망칠 작정이었기에.

그가 시후의 보호자 노릇을 제대로 해서 좀 감동했는데, 역시나 그런 진지함은 하루는커녕 한 시간도 안 갔다. 분명 시후를 위해 온 서울대공원인데, 왜 지금은 두 사람이 데이트하는 것처럼 손잡고 걷고 있는 건가 싶었다. 하필 날씨도 너무 좋았고, 권후한테서 좋은 향기까지 풍겨 왔다.

설마 학부모 대행으로 학교를 오면서 향수를 뿌렸다고?

뭔가 크게 잘못된 걸 직감한 그녀의 심장이 요란하게 뛰어댔다. 이제라도 그의 손을 뿌리치고 도망가는 게 현명한 선택인지도 모른다고 그녀의 안에서 치열하게 갈등하고 있는데, 그녀를 끌고 한참 걸어가던 권후는 장미 덩굴로 만든 터널에서 멈추어 섰다. 꼭 남자가 여자한테 프러포즈하라고 만든 것만 같은 장소였다. 그제야 권후는 잡았던 그녀의 손을 놓아주었다. 군고구마처럼 뜨끈하던 사람의 체온이 사라지니 손이 차갑게 느껴졌다. 그 허전한 느낌을 털어 내기 위해서 은서는 일부러 투덜거렸다.

"오늘 신경 써서 조신한 원피스 입고 왔으니 예의 좀 갖춰 주세요."

"그 옷, 너한테 참 안 어울려."

그의 지적에 그녀는 눈꼬리를 치켜올리며 그를 보았다.

"나 이제 날씬해요."

옷이 안 어울린다고 했지, 뚱뚱하다고 한 게 아닌데 아직도 남아 있는 자격지심에 그 말이 툭 튀어나와 버렸다. 뱉고 나니 창피해져서 그녀는 고개를 휙 돌려 그의 시선을 피했다.

"그러게. 옛날이 더 좋았는데 말이야."

살을 빼기 전 그녀의 모습이 좋았다고 말하는 사람은 분명 세상에서 최권후 한 명뿐일 것이다. 그녀가 살을 빼기 위해 얼마나 개고생을 했는데 말이다.

"이게 어떻게 뺀 살인데. 나 살 빼려고 안 해 본 운동이 없어요. 복싱까지 했으니까 까불지 마요. 진짜 맞을 수 있으니까."

그녀가 두 주먹을 쥐고 복싱 자세를 취하자 권후는 무시하듯이 피식 웃었다. 하지만 그녀의 주먹이 빠르게 날아오자 흠칫 놀라서 아슬아슬하게 그녀의 주먹을 피했다. 복싱을 배웠다는 말은 진짜인 듯했다. 주먹질이 제대로였다.

"진짜 맞을 뻔했잖아!"

"쫄기는."

그가 놀라니 이번엔 그녀가 그를 비웃어 주었다. 좀 시원해지는 기분이었다. 홀가분하게 웃던 은서는 그의 시선을 느끼고 서서히 웃음이 작아졌다. 권후의 암갈색 눈동자를 마주 보고 있자니, 탁 트인 야외에 있는데도 어딘가에 갇힌 듯한 기분이었다. 아까까지는 잘만 깐죽댔으면서 왜 지금은 아무 말도 안 하는 건가 싶었다. 사람 어색하게.

"와! 여기서 사진 찍으면 잘 나오겠다."

마침 여대생으로 보이는 무리가 장미 터널 안으로 걸어 들어와서 어색한 침묵을 깨 주었다. 사진을 찍기 위해 왔던 여대생들은 먼저 와 있는 두 사람을 발견하고 호기심이 어린 눈으로 쳐다보았다.

"커플 맞아? 옷차림이 왜 저리 딴판이지?"

"여자가 남자한테 잘 보이려고 엄청 꾸몄네."

"근데 남자는 여자한테 별로 관심 없나 봐."

"하긴, 남자가 좀 많이 아깝긴 하다."

자기들끼리 하는 이야기라도 귀에 다 들렸기에 은서는 얼굴이 달아올랐다. 동생 학교에 오면서 아무렇게나 입고 온 최권후의 잘못이 더 큰데, 왜 그녀가 후지다는 말을 들어야 하나.

그녀는 더 이상 이곳에 있기 싫어서 장미 터널의 입구 쪽으로 몸을 돌렸다.

"다시 시후한테 가요."

털썩—.

갑자기 뒤에서 무언가 소리가 들리더니, 그 여대생들이 놀란 표정을 지으며 감탄사를 연발했다. 뭔가 불길함을 느낀 은서는 고개를 돌려 뒤를 보았다. 최권후가 한쪽 무릎을 꿇고 앉아 있었다.

이 인간이 지금 뭐 하는 거야?

아직 사태 파악이 안 된 그녀를 향해 권후가 세상 진지한 얼굴로 말했다.

"네가 나를 쥐똥만큼도 안 좋아하는 거 잘 알아. 그래도 난 정말 너한테 진심이야, 은서야."

은서는 몸이 굳어서 아무 말도 할 수가 없었다. 뒤에 있던 여대생들이 뭐라고 하는 것 같았지만 더 이상 그 소리도 귀에 들어오지 않았다. 권후는 장미 덩굴에 있는 장미 한 송이를 거침없이 꺾어서는 그녀에게 내밀었다.

"내 마음을 받아 줄래?"

이건 현실이 아니었다. 이런 일이 그녀의 현실에서 벌어질 리가 없었다. 생겨서도 안 되었다. 이 남자는 다른 사람도 아니고 언니가 이혼할 집안의 아들이었다. 그런데 도대체 이게 무슨 미친 소리인가. 머릿속은 뒤죽박죽이었고, 심장은 폭발 직전이었다.

그때 우렁찬 호통 소리가 들려왔다.

"장미 꺾으면 안 됩니다!"

공원 관리자가 나타나자 권후는 부리나케 일어나서 그녀의 손을 잡고 또 뛰기 시작했다.

권후가 워낙 민첩하게 움직여서 두 사람은 관리자를 피해 도망치는 일에 성공했지만, 결국 관리소로 찾아가서 장미를 꺾은 일을 자수하고 잘못을 빌어야 했다. 시후가 그 장미를 보고 단호히 권후를 책망했기에.

"함부로 꽃을 꺾다니, 형한테 정말 실망이야."

"내가 사돈아가씨 기 살려 주려고 그런 거라니까. 내가 거기서 이걸 안 꺾었으면 그 여자들이 우리 사돈을 대놓고 무시했을 거라고. 너는 사돈의 체면보다 이 꽃이 더 중요해?"

"……."

은서는 입을 꾹 다물었다. 물론 갑자기 그런 게 진심일 것이라고 믿은 건 아니지만, 한껏 농락당한 기분이었다. 체면은 얼어 죽을.

"이왕 꺾은 꽃이니까 받아."

장미를 다시 내미는 권후를 은서는 죽일 듯이 노려보았다. 시후도, 은서도 그한테 매정하게 구니 권후도 마음이 상한 표정을 지으며 억울하게 말했다.

"둘 다 날 이리 막 대하면 나도 상처 받거든."

은서는 그런 권후를 무시하고 시후에게만 말했다.

"배고프지? 밥 먹으러 가자."

약국에서 기억 상실 약을 판다면 아무리 비싸더라도 한 알 사서 먹고 싶었다. 그렇게 아까 권후의 고백을 깨끗이 지워 버릴 것이다. 하다 하다 고백으로 장난질을 치다니. 도대체 미국에서 어떻게 살았기에 사람이 이리 가벼워진 건가 싶었다. 오히려 열여섯 살의 최권후가 더 어른스러웠었다. 그때의 권후는 자신의 꿈에도, 자신의 인생에도 진심으로 진지했었다. 은서는 서른한 살의 권후한테 실망할 때마다 자꾸 열여섯 살의 권후와 비교하게 되었다.

 패밀리 레스토랑에 와서도 두 사람이 계속 그를 투명 인간 취급하자 권후는 메뉴판을 보면서 중얼거렸다.
 "나도 관심 좀 받고 싶네. 내가 먹고 싶은 건 아무도 안 궁금해?"
 주문을 받는 직원만 힐긋 그의 눈치를 보며 떠나지 못했다. 분명 세 사람이 앉아 있는데, 두 사람이 먹을 메뉴만 주문받았기에. 은서는 개의치 않고 시후를 돌아보며 말했다.
 "또 학교에 학부모 방문해야 할 일 생기면, 앞으로는 네 어머니한테 꼭 말씀드려."
 시후는 고개를 숙이며 말했다.
 "그럼 어머니는 비서를 보낼 거예요."
 두 사람이 엄청난 비극의 주인공이 된 것처럼 같이 침울해지는 걸 보고 권후는 웃음을 삼키며 물을 마셨다. 시후야 아직 어리다고 해도, 은서는 그렇게 다른 사람인 것처럼 그의 앞에서 행동했으면서 정작 중학교 때와 달라진 게 별로 없었다.

남의 이야기에 너무 쉽게 공감했고, 너무 쉽게 마음을 주었다.

그런데 그 공감의 대상에 그는 제외라는 게 꽤 억울한 일이었다. 그야말로 위로받을 사연으로 도배된 삶이었으니까. 저 꼬맹이와 비교도 할 수 없다. 그러나 그의 과거에 대해서 은서한테는 단 한마디도 솔직하게 말하지 않았으니 그녀가 몰라 준다고 섭섭해할 수는 없었다. 결국 그녀의 냉정함은 그의 탓이라는 소리였으니까. 당해도 싼 일이었다.

그걸 모르지 않으나 입은 쉬이 떨어지지 않았다. 동정받는 것과 무시받는 것 중 무엇이 더 나은지, 사실 아직도 잘 모르겠다. 선택하기 싫어서 그저 방관하는 건지도. 뭐든 상관없다. 어쨌든 지금 이리 같이 있지 않은가.

"만약 시후가 누굴 때렸다거나, 누구한테 맞았다거나. 그런 일이라면 앞으로 내가 학교로 갈게."

권후가 인심을 쓴다는 듯이 말하자 은서와 시후는 동시에 그를 쳐다보았다.

"둘 다 너무 감격할 필요 없어. 나도 그 정도 인간미는 있으니까."

감격한 게 아니라 떨떠름해하는 것이었다. 꽃과 식물을 좋아하는 시후가 싸움에 끼어들 일이 언제 생기겠나.

그들은 식사를 끝낸 뒤 권후의 차를 타고 귀가하게 되었다.

형제의 본가에 가기 전에 그녀의 자취 집에 먼저 들렀다.

"태워 줘서 고마워요."

예의를 갖추어서 인사하고 차에서 내리는데, 운전석 문이 열리며 권후도 내려섰다.

"내리실 필요 없어요. 여기서부턴 저 혼자 갈 수 있어요."

은서가 말려도 권후는 기어코 그녀 앞까지 걸어왔다.

"이거 가져가."

마지막에 다시 내민 장미를 은서는 말없이 쳐다만 보았다. 그 뜬금없던 고백이 다시 떠오르며 사그라들었던 감정이 다시 끓어올랐다. 그딴 장난이나 치는 남자가 뭐가 좋다고.

"전 필요 없으니까 버리든 말든 맘대로 하세요."

그녀가 차가운 시선으로 쳐다보며 냉정하게 말하자 권후는 눈을 내리깔았다.

"오늘 시후가 상처 받지 않게 그렇게 노력했으면서, 마지막에 시후가 제일 싫어하는 짓을 하라고?"

여기서 아무렇지 않은 얼굴로 시후 핑계를 대니 그녀는 더 울컥했다.

"그럼 사돈은 제가 그렇게 쉬워요? 어떻게 그런 말을 저한테 함부로 할 수 있어요! 아무리 거짓말이라도 사돈끼리 지켜야 할 선이 있잖아요. 이혼하는 사이니까 상관없다는 거예요?"

말할수록 감정이 격해지는 게, 꼭 두 사람이 이혼 직전의 사이 같았다. 은서는 더 큰 실수를 하지 않기 위해서 마음을 억

눌렀다. 이번에도 그냥 참고 넘기면 되었다. 어차피 그랬던 게 한두 번도 아니니까. 앞으로 계속 볼 사이도 아닌데, 온 마음을 다해 화내는 것도 낭비였다. 그대로 돌아서서 집으로 가려고 했는데, 권후가 입을 열었다.

"내가 함부로 꽃을 꺾기는 했지만, 함부로 거짓말한 적은 없는데."

멈칫, 그녀의 움직임이 고장 난 로봇처럼 정지했다. 은서는 커다랗게 떠진 눈으로 바로 앞의 건물만 응시하였다. 권후는 그녀의 등 뒤에 있었지만, 그의 존재감은 아까보다 더 강렬했다. 그래서 감히 돌아볼 수가 없었다.

"너는 나를 오해하는 거야? 아니면, 일부러 날 제대로 안 보려고 하는 거야?"

급습이라도 받은 것처럼 심장이 철렁 내려앉았다. 그녀한테 그의 고백은 당연히 거짓말이어야 했다. 그게 진짜면 그녀가 감당할 수 없는 현실을 끌어안아야 했으니까. 그래서 언니의 결혼이 정해지자마자 은서는 고민 한 번 없이 첫사랑을 포기했었다. 언젠가 꼭 한 번 다시 만나고 싶다는 마음은 앞으로 마주치고 싶지 않다는 외면으로 바뀌었다.

"그러니까, 인간 대 인간으로 좋아한다는 거죠?"

은서는 그의 얼굴을 똑바로 보지 못한 채 물었다. 그리고 그의 대답을 듣지도 않고 분명 그럴 것이라고 확신해 버렸다.

"저도 사돈이 조금만 더 예의를 갖추어 절 대해 준다면 앞으로는 좋아해 드릴게요. 그럼 잘 가요."

은서는 말을 끝내자마자 뒤도 안 돌아보고 건물 안으로 뛰어 들어갔다. 그녀가 안전하게 피신할 수 있는 집으로.

 권후는 은서가 들어간 건물을 올려다보았다. 그녀가 넥타이를 선물했고, 그가 장미를 선물했으니 서로 좀 가까워질 만하건만 죽어도 줄어들지 않는 거리가 이젠 좀 야속하게 느껴졌다. 그가 아무리 진심을 말해도 그녀가 들으려고 하지 않으면 아무 소용이 없었다. 결국 장미는 여전히 그의 손에 있었다.

 어릴 때는 모든 게 단순했는데, 지금은 장미 하나를 주는데도 수많은 이해와 명분이 필요했다. 그녀의 말대로 뒷북이기 때문이라고 생각하면 쓴웃음만 지어졌다. 아무리 후회가 남아도 단 1초도 되돌릴 수 없다는 건, 꼭 인간에게 내려진 형벌처럼 느껴졌다. 그래도 아주 최악은 아니다, 그런 마음으로 이 순간을 넘겼다. 그래야 다음에 다시 만날 용기가 생겼으니까.

 권후가 차에 올라타자 시후가 그에게 잔소리했다.

 "사돈 누나한테 함부로 하지 마. 좋은 사람이야."

 학교에 한 번 가 주었다고 좋은 사람으로 급부상한 걸 보고 권후는 헛웃음을 지었다. 그는 차를 출발시키며 한 소리 했다.

 "네가 태어나기 전부터 알던 사이야. 까불지 마라."

 그건 처음 듣는 말이었지만 시후는 쉽게 인정하지 않았다. 그도 이제 분별력 있는 열두 살이었으니까.

"하지만 형은 가족도 친구도 다 버리고 해외에서 살았잖아. 그러니까 예전에 알았어도 이젠 남이나 마찬가지지."

어린 동생의 팩폭에 권후는 뺨이 뻣뻣하게 굳었다. 감히 반박할 수가 없어서 더 기분이 별로였다.

주식을 사겠다고 연락해 오는 태강 그룹의 임원이 많아서 주식 매도가 순조롭게 이루어질 줄 알았는데, 예상외로 휴먼 인사이드 인터뷰가 빨리 방송되는 바람에 다시 사람들이 그와 거리를 두기 시작했다. 최 회장이 회사에서 그 방송 이야기만 나오면 역정을 낸다나 뭐라나.

그러나 다행히도 절반의 성공을 거두어 그의 손에 100억의 현금이 생겼다. 이 정도면 다른 구단들과 경쟁해서 차승재 영입을 노려볼 만한 자금이었다. 어차피 3, 4년 계약으로 진행될 테니까 당장 150억이 필요한 건 아니었다. 그래서 단장한테 돈은 걱정 말고 차승재 영입에 사활을 걸라고 지시했는데, 그쪽에서 뜻밖의 제의를 해 왔다.

"차승재가 날 만나고 싶어 한다고?"

선수 계약은 단장이 맡아서 해야 할 일이니 계약 전에 구단 주인 그를 굳이 만나겠다고 하는 건 의아한 일이었다. 그것도 피닉스에 오겠다고 확답을 한 것도 아닌 상황에서. 그렇다고 거절할 수는 없었다. 다른 선수도 아니고, 막 메이저 리그에서 돌아온 차승재였으니까.

그래서 권후는 백 비서와 함께 차승재가 묵고 있는 호텔로 향했다. 구단주를 만나겠다고 하는 게 몸값 높은 선수의 허영인지, 아니면 젊은 구단주에 대한 호기심 때문인지, 그것도 아니면 전혀 다른 이유가 있는 건지 차승재를 직접 만나 보면 알게 될 일이었다.

호텔에 도착해서 차에서 내리는데, 호텔에서 나오던 여자 손님이 그를 보고 놀라서 멈추어 섰다.

"어머, 휴먼 인사이드."

실검 1위의 인기는 생각보다 오래갔다. 권후는 진짜 스타처럼 한 번 웃어 주고는 호텔로 걸어가며 백 비서에게 조용히 물었다.

"혹시 회사 프로그래머들이 뭐 조작한 거야?"

그도 설마 그 인터뷰가 실검 1위까지 할 것이라고는 예상 못 했다.

"태강과 해신 직원들이 전부 봐서 그렇지 않을까요?"

그가 방송에 나와 이혼에 대해 언급이라도 할까 봐 호기심에 다 찾아보았나 보다. 분명한 건 야구단 때문에 본 건 아니라는 것이다.

"아! 그러고 보니 이번에 해신 유니온즈도 차승재한테 영입 제의를 했습니다."

프로 야구가 시작될 때 창단된 해신 야구단은 탄탄한 팬층을 보유하고 있는 실력 있는 야구단이었다. 사돈어른이 굉장한 야구팬이라고 알고 있다. 권후는 굉장히 아쉽다는 듯이 말했다.

"내가 해신에서 태어났어야 했는데."

"그럼 오 피디님이랑 사돈이 아니라 남매가 되셨겠군요."

"악담하냐?"

"대표님 입으로 먼저 말씀하신 겁니다."

권후는 백 비서와 말도 섞기 싫다는 듯이 긴 다리로 성큼성큼 앞서 걸어갔다. 온몸으로 '나 기분 별로'라고 티를 내는 대표의 뒷모습을 보고 백 비서는 고개를 절레절레 저었다.

권후는 약속 시각에 정확히 도착했는데, 정작 그 호텔에 묵고 있는 차승재는 늦어서 기다려야 했다.

룸의 문이 열리는 소리에 문 쪽으로 고개를 돌린 권후의 눈에 차승재의 얼굴보다 먼저 들어온 건 차승재가 매고 온 넥타이였다. 네이비 바탕에 스카이블루 무늬. 은서에게는 4년에 한 번씩만 맨다고 해서 속 터지게 했던, 하지만 오늘도 매고 온 그 넥타이와 똑같은 것이었다.

백 비서는 가운데에서 굉장히 난감했다. 그렇게 많고 많은 넥타이 중, 하필 오늘 처음 만나는 두 남자가 같은 넥타이를 하고 오다니. 이보다 더 어색할 수가 없었다.

"차승재입니다."

원래 권후가 먼저 인사를 건넸어야 했는데, 그가 넥타이만 빤히 보고 있으니 차승재가 먼저 손을 내밀었다. 권후는 뒤늦게 차승재의 손을 잡았다.

"라온 피닉스 최권후 구단주입니다."

차승재가 손을 놓으며 말을 이었다.

"휴먼 인사이드 인터뷰 잘 봤습니다. 인상적이라 꼭 만나 뵙고 싶었습니다."

차승재가 먼저 인터뷰 이야기를 꺼내자 권후의 눈빛이 가늘어졌다. 그 말을 할 때 차승재의 눈빛은 분명 호의가 아니라 적의였으니까. 어째서? 두 사람은 오늘 처음 만난 것이었다. 고작 우연히 같은 넥타이 맨 게 기분 나빠서라고 치기에는 거슬리는 눈빛이었다.

"그런데 넥타이가 저랑 같으시네요."

차승재가 그의 넥타이로 시선을 내리며 하는 말에 권후는 받아치듯이 말했다.

"선물 받은 겁니다."

"우연히 겹쳤네요. 저도 선물 받은 건데."

차승재가 딱히 나쁜 말을 한 게 아닌데도 권후는 기분이 나빠지고 있었다. 하지만 권후는 야구 이야기를 하려고 차승재를 만난 것이었기에 넥타이에 관한 관심을 억지로 끊어 냈다.

"얼마를 원하십니까?"

이야기를 빨리 마무리하고 싶어져서 단도직입적으로 희망 연봉을 물었다. 돈 이야기에도 차승재는 계속 여유로운 태도를 보였다. 지금은 피닉스가 그한테 매달려야 하는 상황이었으니까.

"그쪽이 줄 수 있는 돈을 말씀하셔야죠."

"그럼 차승재 선수가 기분 나쁠 것 같아서."

백 비서는 힐긋 권후를 보았다. 어째 말투가 잡으려는 사람이 아니었다.

설마 넥타이 하나 똑같은 거 맸다고, 이렇게 포기하는 건가?

하나는 확실했다. 두 사람은 상극이었다. 결코 친해질 수 없는 부류였다. 어차피 차승재를 영입할 돈도 없으니 차라리 잘된 일인지도.

⸻

은서는 살을 빼기 위해 안 해 본 운동이 없는데, 그중 그녀에게 맞아서 정착한 운동은 복싱이었다. 그래서 방송국에 출근하지 않는 날의 아침에는 꼭 체육관을 갔다. 반복적인 루틴을 게을리하지 않는 것만이 몸을 아끼는 길이라는 걸 이젠 알았다.

운동복으로 갈아입고 나온 은서는 몸을 풀기 위해 줄넘기부터 했다. 몇 년이나 해 오고 있었기에 이젠 누가 가르쳐 주지 않아도 알아서 했다.

글러브를 끼고 선 그녀는 샌드백에 붙여진 사진을 시합 상대인 것처럼 노려보았다. 사진은 그녀가 얼마나 때려 댄 것인지 얼굴이 완전히 뭉개져 누구인지 알 수가 없었다. 이 사진이 완전히 가루가 되어 없어질 때까지 때리겠다는 듯이 그녀는 글러브로 샌드백을 때렸다.

퍽, 퍽, 퍽.

Rrrrrrrrr— Rrrrrrrrr—.

"은서 씨, 전화 울려."

민머리 트레이너가 알려 주었지만 그녀는 안 들리는 척 열심히 샌드백만 때렸다.

그래도 땀 흘리며 운동을 했더니 기분이 한결 개운해져서 집에 돌아올 수 있었다.

출입문 비밀번호를 누르고 있는데, 뜨거운 바람이 그녀의 귓가에 불어왔다. 그건 누군가의 숨결이었다.

"내 전화 왜 피해?"

"엄마야!"

그녀는 귀신이라도 나타난 줄 알고 기겁하며 벽에 붙었다. 그런 그녀를 권후는 팔짱을 끼고 떨떠름한 눈으로 쳐다만 보았다. 귀신이 아니라 진짜 사람인 걸 안 은서는 그제야 화를 냈다.

"미쳤어요! 왜 여기 있어요? 우리 가족한테 걸리면 어쩌려고!"

권후도 이혼 직전의 사돈집에 함부로 드나들 정도로 안하무인은 아니었다. 은서한테 묻고 싶은 게 있어서 전화를 안 받는 그녀를 만나러 일부러 이 집까지 온 거였다. 오늘 기분이 더러운 건 그녀가 아니라 그였다.

"너 혹시 넥타이 선물, 나 말고 다른 사람한테도 했어?"

은서는 그의 질문보다 그 말을 하며 그녀의 코앞까지 다가온 그의 행동에 더 당황했다. 뒤에 벽이 있어서 물러날 수 없자 은서는 옆으로 몸을 피하며 다급하게 말했다.
 "제 월급으로 그런 비싼 넥타이 두 개 사는 건 무리거든요. 무슨 말도 안 되는 소리를 하는 거예요!"
 그녀가 부정하자 권후는 일단 마음이 놓였지만, 그래도 찝찝한 기분은 쉬이 가시지 않았다.
 "너 그럼 혹시 야구 선수 차승재 알아?"
 출입문 쪽으로 슬금슬금 몸을 피하던 은서는 차승재라는 이름에 우뚝 멈추어 섰다. 그녀의 눈동자가 잠시 흔들렸다가 빠르게 얼굴색을 바꾸며 단호히 말했다.
 "메이저 리그에서 뛰는 한국 선수인데, 모르면 간첩이죠!"
 맞는 말이기는 하지만 그녀가 말을 하기 전에 보여 준 표정이 이상했기에 권후는 의심스러운 눈으로 그녀를 쳐다보았다.
 "진짜 그게 다야?"
 은서는 집요한 그의 시선을 피해 어떻게든 도망치려고 했는데, 그녀의 핸드폰이 시끄럽게 울려 댔다.
 "저 전화 받아야 해요."
 은서는 전화 핑계를 대며 그한테서 멀어져 핸드폰을 꺼냈다. 전화를 건 사람은 언니 수정이었다. 은서는 불안한 시선으로 권후를 살피며 통화 버튼을 눌렀다.
 "여보세요."
 [너 지금 집에 있어?]

"아니! 나 집에 없어!"

그녀는 눈앞의 권후 때문에 반사적으로 부정했다.

[그래? 나 지금 너희 집 가는 중이야.]

수정이 이곳으로 오는 중이라는 말에 은서는 기겁해서 권후한테 어서 사라지라고 손짓했다. 권후는 그녀의 손짓, 발짓이 무슨 뜻인지 전혀 모르겠다는 듯이 가만히 서 있을 뿐이었다.

"다, 다음에 와."

[어머니랑 자선 경매 가는 날이야. 오늘은 너도 같이 가야 해.]

언니만 있는 게 아니라 어머니까지 함께라는 말에 은서는 다다다 권후한테 달려가서 그의 등을 힘껏 밀었다. 그가 버티자 앞으로 옮겨서 젖 먹던 힘을 다해 그의 팔을 잡아당겼다. 그러는 중에도 전화로는 두 사람을 막기 위해 필사적으로 말했다.

"난 안 갈 거야! 언니랑 엄마만 가."

[이미 너희 집 다 왔어.]

"벌써 다 왔다고?"

하늘이 노래지고 얼굴에 핏기가 가셨다. 당황해서 얼어붙은 은서의 손을 권후가 움켜잡더니 자신의 차로 뛰었다.

미끄러지듯이 달려온 벤츠는 오피스텔 앞에 멈추어 섰다.

운전기사가 빠르게 운전석에서 내려 뒷문 쪽으로 달려가 차 문을 열자 정 여사가 우아한 동작으로 차에서 내려섰다. 반대편에서는 수정이 직접 차 문을 열고 내렸다. 잠시 수정의 시선이 앞에 세워진 세단으로 향했지만, 어머니가 한탄하는 소리를 듣고 바로 고개를 돌렸다.

"내 딸이 이런 후진 곳에 산다는 걸 누가 알까 봐 정말 무섭다. 얘는 어떻게 내 배 아파서 낳은 자식인데 이렇게 말을 안 듣는다니."

어머니가 그녀를 욕하는 소리가 고스란히 들려왔지만 은서는 입을 꾹 다물고 있을 수밖에 없었다.

두근두근.

그녀의 귀에 닿은 다른 이의 심장 소리는 뜨거운 온도를 지니고 있었다. 정신없이 숨은 거라 그녀까지 그의 차 안에 들어와 버렸다. 차 뒷좌석은 성인 남녀 두 명이 숨기에는 턱없이 좁아서 몸과 몸이 빈틈없이 붙었다. 어느 게 그녀의 몸이고, 어느 게 그의 몸인지 헷갈릴 정도로.

"너 방금 씻었어?"

그가 입을 열자 은서는 바로 손으로 권후의 입을 틀어막았다. 그녀의 손바닥에 닿은 그의 입술이 너무 부드러워서 크게 당황했지만, 이건 불가피한 위급 상황이었다. 밖에 어머니와 언니가 있어서 지금 차 밖으로 나갈 수도 없었다. 그렇다고 이렇게 계속 최권후의 몸을 깔고 누워 있다가는 곧 심장 마비가 올 것 같았다.

"은서한테 다시 전화해 봐. 지금 어디래?"

다시 전화가 오면 핸드폰이 울릴 거라 은서는 낯빛이 창백해졌다. 서둘러 핸드폰 전원을 끄려고 움직이는데, 권후가 낮은 신음을 흘렸다. 밀착된 몸은 작은 움직임에도 큰 자극을 주었기에.

"전원이 꺼져 있어요."

"그럼 일부러 안 받는 거네. 은서, 애 분명 집에 있어. 올라가 보자."

"그런데 집 비번을 모르는데요."

"김 기사, 문 여는 기술자 불러요."

집 문을 억지로 열겠다는 소리에 은서는 발끈해서 고개를 들었는데, 권후의 손이 팔을 세게 움켜잡아서 통증이 밀려왔다.

"아파요. 이거 놔요."

눈가가 붉어진 권후도 지지 않고 말했다.

"그럼 움직이지 마. 너보다 내가 더 참고 있으니까."

이를 꽉 물고 말하는 그의 목소리는 충분히 위협적이었기에 은서는 몸이 굳었다. 그렇다고 지금 차 밖으로 뛰어나갈 수는 없는 노릇이었다. 어머니와 수정이 떠날 때까지는 참아야 했다.

"그럼 제가 옆으로 갈게요."

"가만히 있어."

떨어지려는 그녀의 몸을 그의 팔이 감싸 안았다. 심장 소리가 좀 더 커졌다. 이젠 누구의 심장 소리인지 알 수 없었다.

"후."

그가 내쉬는 숨결이 그녀의 이마에 닿자 배 속에서 뜨거운 것이 피어올라 점점 견디기 힘들어졌다. 이대로 계속 있다가는 정말 무슨 사달이 날 것 같았다. 도저히 참기 힘들어서 은서는 결단을 내렸다.

"내가 운전석 쪽으로……."

몰래 나가겠다고 말하려고 했는데, 그녀의 이마에 숨결과는 다른 무언가가 닿았다. 눈으로 보지 않아서 그게 정확히 무엇인지 알 수가 없었지만, 부드럽고 말캉한 감촉이 꼭…….

"우선 경매장으로 가요, 어머니. 은서는 제가 책임지고 오게 할게요."

"어휴, 하여튼 꼭 필요할 때마다 말썽이지."

어머니가 차에 타는 소리가 들려왔다. 수정이 차에 타기 전에 다시 한번 세단 쪽을 보았지만, 차 안에 있는 두 사람은 알지 못했다.

부웅ㅡ.

벤츠가 부드럽게 출발하여 떠난 뒤, 세단이 들썩이더니 차 문이 벌컥 열리며 은서가 튀어나왔다. 장거리 달리기를 한 것도 아니건만, 은서는 거칠게 숨을 토해 냈다.

그녀가 나가 버리자 밑에 깔려 있던 그도 천천히 몸을 일으켜 앉았는데 구겨진 옷과 헝클어진 머리가 위험했던 순간의 흔적으로 고스란히 남았다. 그런 권후의 흐트러진 모습을 보고 은서의 얼굴이 시뻘겋게 달아올랐다.

"다신 우리 집에 찾아오지 마요!"

은서는 엄포를 놓고는 집으로 뛰어갔다. 서두르느라 출입문에서 나오던 사람과 부딪힌 은서는 허둥지둥 죄송하다고 사과한 뒤 엘리베이터 쪽으로 뛰어갔다.

저번에 바래다주었을 때와 결말이 똑같은 걸 보고 권후는 한숨을 내쉬었다. 이번엔 그도 아슬아슬했다. 그녀를 안고 있을 때 아래로 열이 몰려서 참느라 죽는 줄 알았다. 플라토닉 러브가 에로틱 러브가 되는 건 한 번의 자극으로도 충분했다. 하지만 그가 원하는 건 은서의 몸보다 마음이기에, 마음 없이 몸만 가지는 건 원치 않았다.

고개를 숙인 권후의 눈에 바닥에 떨어진 물건이 들어왔다. '영광체육관'이란 글씨가 박힌 촌스러운 수건이었다.

은서는 집에 들어가자마자 침대 위로 쓰러졌다. 아무래도 이마에 닿았던 게 최권후의 입술 같아서 이마가 계속 근질근질했다. 고의였다면 당연히 화를 낼 일인데, 그의 앞에서 그 이야기를 꺼낼 용기가 없었다. 영혼이 탈탈 털린 기분이었다.

수정에게 전화해야 한다는 생각이 들어서 손을 더듬어 주머니에서 핸드폰을 꺼내 전원을 켰다. 화면이 켜지자 수정이 보낸 문자가 연달아 도착했다.

> 어머니가 네 방에 있는 그림,
> 자선 경매에 기부하셨어.

문자를 확인하자마자 은서는 분노하며 벌떡 몸을 일으켰다.

"안 돼! 그 그림 할머니가 준 거란 말이야!"

그녀가 살쪘다고 어머니한테 항상 구박받던 시절에도 그녀를 한결같이 예뻐해 준 사람은 할머니뿐이었다. 그래서 그녀는 할머니한테 받은 복주머니 같은 물건을 가장 아꼈다. 이젠 할머니가 돌아가셔서 유품이나 마찬가지였다.

귀한 물건이라서 집에 두었던 건데, 그걸 팔아넘기려고 하다니!

은서는 할머니의 그림을 지켜 내기 위해서 서둘러 경매장으로 향했다. 그녀는 경매장에 있는 어머니 정 여사를 보자마자 화를 냈다.

"내 그림 내놔요!"

정 여사는 주위에 사람들이 있어서 화를 내지는 못하고 억지로 웃으며 그녀한테 경고했다.

"좋은 자리니까 교양 있게 굴어야지."

"엄마야말로 왜 내 물건을 내 동의도 없이 팔아요!"

"누가 팔았다는 거야, 기부한 거지!"

"난 몰라요. 당장 내 그림 돌려달라고 할 거야."

은서가 기부한 그림을 찾아오겠다고 하자 정 여사는 살벌하게 눈을 뜨며 경고했다.

"그러기만 해 봐. 너 방송국 다니는 것도 당장 끝이니까."

어머니의 협박은 확실히 효과가 있었다. 은서는 세상 억울한 얼굴로 정 여사를 쳐다보았다. 두 사람의 다툼을 보고만 있던 수정이 조용한 목소리로 은서에게 말했다.

"네 그림 경매에 나올 테니까, 정 포기를 못 하겠으면 다시 사."

그녀의 것인데 그녀가 돈을 주고 사야 한다는 게 너무 억울했다. 그리고 그럴 돈도 없었다.

"그럼 엄마가 돈 줘요."

정 여사는 어림도 없다는 듯이 휙 고개를 돌려 외면했다. 결국 그림을 살 돈은 수정이 빌려주기로 약속을 받고 그녀는 경매에 참석하게 되었다. 어머니랑 언니와 나란히 앉아서 그림이 나오길 기다리며 초조하게 손톱만 물어뜯다 어머니에게 또 한 번 꾸중을 들었다.

"다음은 화가 남명호 작가님의 유작 '봄날'입니다."

스포트라이트를 받으며 경매대에 오른 그림을 보니 은서는 집 나간 아이를 보는 것처럼 마음이 미어졌다.

"오백만 원부터 시작하겠습니다. 오백만 원, 계십니까?"

경매사가 낮은 가격에서 응찰을 시작하자마자 패들 경쟁은 시작되었다. 가격은 순식간에 치솟았다. 덩달아 그녀의 심장도 내달렸다.

"사천오백 나왔습니다. 오천 계십니까?"

그녀가 선물 받을 때는 이천만 원이었을 뿐인 그림이었다. 그런데 화가가 죽었다고 몇 배로 뛰는 걸 보니 기분이 좋은 게 아니라 심장이 튀김기에 바싹 튀겨지는 것 같았다.

저 돈이 다 그녀가 내야 할 돈이었으니까.

언니한테 돈을 빌려서 그림을 되찾을 수 있다고 해도, 나중에는 다 갚아야 할 돈이었다. 도대체 방송국에서 몇 년을 **뼈 빠지게** 일해야 다 갚을 수 있을지 계산해 보니 하늘이 노래지는 것 같았다.

제발 더 이상 아무도 손을 들지 않기를 바랐는데…….

"칠천."

갑자기 가격 상승 폭이 높아지자 사람들의 시선이 일제히 패들을 든 남자를 향했다. 그녀도 돌아보았다가 입찰자를 보고 그대로 눈빛이 굳었다.

"저 젊은 남자 누구니?"

어머니의 물음에 대답한 건 언니 수정이었다.

"야구 선수네요."

누구네 집 아들이 아니라 그냥 운동선수라는 말에 어머니는 바로 관심을 접었다.

은서는 패들을 들고 있는 차승재한테서 눈을 떼지 못했다.

"칠천 나왔습니다. 칠천오백 계십니까?"

더 이상 손을 드는 사람은 없었다. 다들 예상했던 그림의 최고가는 오천만 원이었기에, 이미 배팅 가능한 가격을 넘어서 버렸다. 수정도 그리 생각했기에 은서에게 말했다.

"저 정도의 가치가 있는 그림은 아냐. 그냥 포기하자."

이대로 차승재에게 저 그림이 넘어갈 수도 있다고 생각하니 그녀의 머릿속이 새하얗게 변했다.

"5초 세겠습니다. 더 없으십니까?"

그때 차승재가 정확하게 그녀 쪽을 보았다. 그게 그녀를 참을 수 없게 만들었다. 다른 사람도 아니고 차승재가 저 그림을 가져가는 걸 그냥 보고만 있을 수는 없었다.

"없으시면 마감하겠습니다. 칠천에 낙······."

"1억이요!"

그녀가 손을 번쩍 들며 외친 가격에 어머니와 수정은 놀란 눈으로 쳐다보았다. 본인의 그림을 다섯 배나 주고 되찾아오는 건 정말 바보 같은 짓이었다.

Chapter 6
메이저 리거 차승재

 호기롭게 그림을 1억에 살 때까지는 좋았으나 불똥은 그녀가 경매장을 벗어나기도 전에 떨어졌다. 수정이 그림값으로 오천만 원만 빌려줄 수 있다고 선을 그었다.
 "언니! 돈 빌려주겠다고 했잖아."
 "아무리 내가 빌려준다고 했어도, 그런 말도 안 되는 가격에 그림을 사라는 뜻은 아니었어. 네가 벌인 짓이니 너도 책임을 져야지. 그러니까 나머지 오천은 네가 알아서 해결해."
 수정한테 돈이 없다고 매달렸지만 수정은 동정심도 없이 그녀를 뿌리치고 먼저 떠나 버렸다. 갑자기 오천만 원이라는 거금을 구해야 하는 은서는 넋이 나갔는데, 어머니가 그런 그녀한테 기름을 부었다.
 "네가 맞선 나가면 내가 그 돈 줄게."
 그녀는 도저히 참을 수가 없어서 빽 소리를 질렀다.
 "엄마가 처음부터 그림을 멋대로 기부만 안 했어도 이런 일은 없었잖아!"

어머니는 교양이 없다고 질색을 하며 그녀를 피해 또 먼저 떠나 버렸다. 혼자 남겨진 은서는 몸이 축 처졌다. 이제 오천만 원은 어디 가서 구해야 한단 말인가. 전세금 대출받은 것 때문에 직장인 대출도 힘들 것 같은데.

"오은서."

이름을 부르는 허스키한 목소리에 그녀의 몸이 얼음처럼 굳었다. 그녀가 움직이지 않자 뚜벅뚜벅 남자 구둣발 소리가 그녀에게 점점 가까이 다가왔다.

"난 분명!"

그녀의 외침에 발걸음 소리가 멈추었다.

"두 번 다시 얼굴 보기 싫다고 했어."

그녀는 주먹을 꽉 쥐었다. 대학 때 이후로 처음 보는 건데도 그가 나타나자 꼭 바로 어제 일어난 일인 것처럼 생생해졌다. 그 모욕감, 배신감, 분노. 최권후를 통해 사랑을 알게 되었다면 차승재를 통해서는 그런 감정들을 알게 되었다.

"이렇게 시간이 많이 흘렀는데, 넌 그때와 똑같이 내가 밉다고?"

마치 시간이 많이 흐르면 모든 게 없던 일인 듯 옅어질 것이라 믿고 있는 듯한 차승재의 말이 그녀를 더 화나게 하였다.

"시간 따위는 상관없어. 난 날 속이고 기만한 사람 용서할 정도로 속이 넓지 못하니까."

은서는 말을 마치자마자 앞으로 뛰어가 버렸다. 차승재는 그녀한테 지우고 싶은 과거의 얼룩이었다. 그런 과거가 그녀의 현재까지 얼룩지게 하는 걸 참을 수 없었다. 잘못한 게 없는 것 같은데 사람들은 왜 자꾸 그녀를 괴롭히는 건가 싶었다. 억울함이 치솟으니 배고픔만 지독해졌다.

　

차 단장이 가져온 차승재 계약서를 권후가 빤히 쳐다보기만 하자 차 단장은 불안해져서 물었다.

"대표님이 돈 걱정 말고 계약서 작성하라고 하셔서 그리한 건데, 아무래도 무리인가요?"

"……."

대기업 해신과 똑같은 가격에 맞추었으니 확실히 게임 회사 라온한테는 큰 부담일 수밖에 없었다. 야구단 자금의 30%를 최권후 대표 혼자 떠안은 걸 모르는 차 단장은 그저 회사 걱정만 했다.

권후는 차승재를 직접 만나고 난 뒤 사실 적극적으로 그를 야구단에 영입하는 것에 조금 브레이크가 걸리긴 했다. 차승재라는 인간이 영 마음에 안 들었다.

은서는 자기가 산 넥타이는 하나뿐이라고 말했지만, 권후는 아무래도 차승재의 넥타이가 신경이 쓰여서 백 비서한테 차승재 넥타이의 출처를 알아보라고 지시했다. 넥타이가 무시할 수 없는 암시처럼 느껴졌다. 마치 함부로 그에게 날아든 경고장처럼.

그러나 야구 선수 차승재는 지금 피닉스에 꼭 필요했다. 스타플레이어 한 명이 시합에 얼마나 큰 영향을 끼치는지는 이미 수치로도 증명되었다. 분명 다른 선수들의 사기에도 영향을 미칠 것이었다. 그런데 차승재가 팀원들과 잘 어울릴 수 있는지는 미지수였다. 권후가 만난 차승재는 전혀 그럴 분위기가 아니었다.

"계약을 4년이 아니라 1년만 하죠."

권후의 제안에 차 단장은 놀라서 눈이 커졌다.

"네? 왜요?"

차승재 쪽이 먼저 그렇게 제안한다면 고려해 볼 상황이지만, 굳이 구단에서 먼저 그럴 필요는 없었다. 이런 좋은 선수는 3년 이상 데리고 있는 게 이득일 수밖에 없었다.

"대신 1년에 35억. 그럼 평균 냈을 때 연봉은 우리가 제일 높을 겁니다."

"그렇긴 하지만, 그래도 1년은 너무 짧지 않습니까?"

"아예 못 데려오는 것보다는 그래도 1년이라도 같이 뛰는 게 낫지 않겠습니까?"

그건 또 그랬다. 다른 구단에 빼앗길 바에야 무슨 수를 쓰든 잡는 게 먼저였다.

권후는 계약서를 다시 차 단장 쪽으로 밀어내며 확신했다.

"분명 1년 계약 제안하는 구단은 우리뿐일 겁니다. 그리고 차승재는 높은 연봉보다 그걸 더 마음에 들어 할 거고요."

"어떻게 확신하십니까?"

권후는 쉽게 대답했다.

"그 인간 눈에서 욕망을 봤거든요."

그런 인간이라면 메이저 리그에 대한 미련을 절대 놓지 못할 것이다. 방출되어서 어쩔 수 없이 귀국한 게 아니니까 더더욱.

그녀는 방송국 1층에 있는 은행을 찾아갔다. 그래도 혹시나 하는 희망을 품고서.

"죄송합니다. 이미 전세 대출을 받으셔서 또 대출을 받으시려면 담보가 필요하십니다."

은서는 바로 가방에서 성인식 때 받은 목걸이를 꺼냈다.

"혹시 이것도 담보가 되나요?"

은행 직원은 난감한 표정을 지었다.

"죄송합니다. 우리 은행에서는 보석 담보 대출은 하지 않습니다. 대신 차는 가능한데……"

그녀의 차는 명의가 언니로 되어 있었다. 결국 차 담보도 불가능했다.

"조, 조금만 더 생각하고 올게요."

그녀는 손에 대출 서류를 꽉 움켜쥔 채 힘없는 걸음으로 은행에서 나왔다. 방송국에 취직할 때보다 은행 대출받으면서 현실의 벽을 더 확실히 느낀 것 같았다.

그녀에게 묻지도 따지지도 않고 돈을 빌려줄 사람이 도대체 누가 있을까. 그래도 재벌 집 딸로 태어나서 그런 사람 한 명 정도는 알고 있어야 하는 거 아닌가. 그리 속으로 부르짖는데 딱 떠오른 사람의 얼굴은 최권후였다. '이런 젠장!'이었다.

그건 은행에서 담보 대출을 하는 것보다 몇 배나 더 위험한 일이었다. 최권후가 그 빚을 핑계로 무얼 요구할지 알 수 없었다. 그러니까 절대 최권후한테 먼저 손을 벌려서는 안 되었다.

터벅터벅, 차로 걸어가는데 배가 너무 고팠다.

"엄청 맛있는 걸 먹어야 기분이 좀 좋아질 것 같은데."

오랜만에 뷔페나 갈까. 다이어트한 뒤로 뷔페에 간 기억이 거의 없었다. 무한정 먹을 수 있는 음식들은 다이어트의 적이었으니까. 그러니 오늘 가면 기분 전환은 확실히 될 것 같았다. 하지만 뷔페는 혼자 가서 밥 먹기에 편한 곳은 아니었다. 두 명은 가야 다른 사람들의 눈치를 안 보고 밥을 먹을 수 있었다.

"누구랑 같이 가지?"

손가락으로 핸들을 툭툭 두드리며 같이 갈 만한 사람을 생각해 보았다. 살을 뺀 후에 만난 사람들은 많이 먹는 모습 보이는 게 부담스럽고, 살을 빼기 전에 만난 사람들은 너무 오래 연락을 안 해서 갑자기 전화하기가 부담스럽다.

"하아, 뷔페 가는 것도 내 마음대로 안 되네."

쉽게 떠오르는 사람이 없자 그녀는 머리를 헤드레스트에 기대며 한숨을 푹 내쉬었다.

Rrrrrrrrr— Rrrrrrrrr—.

그녀가 간절히 한 명을 기다리고 있는 걸 아는 듯 전화벨이 울렸다. 이 전화를 건 사람과 뷔페를 가자. 그렇게 결심하며 핸드폰을 집어 들었다. 최권후라도 같이 간다. 그녀는 엄청 진심이었다. 뷔페에.

"여보세요."

[오은서 씨 맞으시죠? 이란주 대표님 비서입니다.]

이런, 오늘 뷔페는 글렀나 보다.

[이란주 대표님이 오은서 씨를 만나 뵙고 싶어 하십니다. 시간 괜찮으십니까?]

적의 우두머리가 해신가에서 가장 힘이 없는 그녀를 불렀다. 은서는 감히 거절할 수가 없었다.

보안 때문인지 이란주 대표는 약속 장소를 호텔 룸으로 잡았다. 태강 소유의 호텔이었기에 그녀는 꼭 적의 영토에 발을 들인 기분이었다. 안내받고 룸까지 가니 이란주 대표는 먼저 와서 그녀를 기다리고 있었다. 그녀는 문 앞에 서서 고개를 깊이 숙여 인사부터 했다.

"오랜만에 뵙겠습니다."

"그러네. 권후 인터뷰는 잘 봤어요."

권후의 이름이 이란주 대표의 입에서 나오자 은서의 심장이 철렁 내려앉았다. 그녀가 형부의 어머니일 뿐만 아니라 권후의 어머니라는 걸 처음으로 제대로 실감하는 순간이었다.

"고개 들고 와서 앉아요. 안 잡아먹으니까."

그녀는 삐걱거리는 로봇처럼 움직여 소파로 걸어갔다. 권후의 이름을 들은 순간부터 머릿속이 백지장이 되었다. 아무 생각도 할 수 없었다.

그녀가 겁먹은 걸 어려운 사돈어른을 만나서 그런 것이라 여기고 이란주 대표는 크게 개의치 않았다. 상견례 자리에서 봤을 때도 수줍음이 많은 성격이긴 했다.

"수정이나 사부인은 나랑 제대로 대화를 하려고 하지 않아서. 그래도 은서 양이라면 내 이야기를 잘 들어줄 수 있지 않을까 해서 만나자고 한 거예요."

결국 이혼이 조정으로 끝나지 않고 재판으로 넘어갈 가능성이 커졌기에 강후의 엄마로서 이란주 대표는 가만히 앉아만 있을 수가 없었다. 이 이혼을 막을 수 없다지만 태강의 이미지를 생각했을 때 재판까지는 안 하는 게 좋았다.

"재판 가면 여자인 수정이 더 힘들 거예요. 방송국에서 일하니까 잘 알겠네. 여론이 어떻게 남자와 여자를 다루는지."

은서는 힘겹게 숨을 넘겼다. 그녀도 입을 열어 말을 해야 했다. 이란주 대표의 말이 다 맞는 것처럼 듣고만 있을 수는 없었다.

"우리 강후가 도덕적으로 크게 잘못해서 하는 이혼도 아냐. 그건 은서 양 언니도 인정하고 있어요. 그럼 여론은 이혼을 먼저 제기한 언니한테 잘못을 찾을 거예요. 결국 억측 기사들이 난무할 테고. 나한테 내 아들이 더 중요하지만, 은서 양도 언니가 그런 식으로 상처 받는 거 원하지 않을 거잖아요."

아직 벌어지지 않은 일에 대해 걱정하는 이란주 대표의 말을 듣고 있으려니 몸이 한없이 무거워졌다.

뭐라도 좀 먹고 올걸.

권후가 은서가 떨어뜨리고 간 수건 속 영광체육관을 찾는 건 그리 어려운 일이 아니었다. 은서라면 분명 집 근처 체육관을 이용했을 테니까. 그런데 이렇게 낡고 오래된 곳일 줄은 몰랐기에 권후는 못마땅한 눈으로 체육관 실내를 둘러보았다.

"여기 회원 중에 오은서 있습니까?"

관장이라는 남자는 형사 같은 눈빛으로 그를 보며 투박하게 물었다.

"그건 왜 묻는데?"

여기가 맞나 보다.

"사돈입니다."

"진짜 사돈 맞아?"

권후는 핸드폰에 등록된 은서의 전화번호를 보여 주고는 통화 버튼을 눌렀다.

전화벨이 가는 동안 관장은 여전히 그를 수상한 사람을 보듯 쳐다보았고, 그는 여유롭게 웃고 있었다.

Rrrrrrrrr— Rrrrrrrrr—.

어려운 자리에서 갑자기 전화벨이 크게 울리자 은서는 소스라치게 놀라며 핸드폰을 찾아 허둥거렸다. 서둘러 전화를 끄려고 했던 그녀는 발신자를 보고 움찔했다. 하필 이 순간 전화를 건 사람이 권후였다. 그 반응을 이상하게 여긴 이란주 대표는 슬쩍 발신자를 보았다가, 아들 이름을 보고 눈매가 가늘어졌다.

"왜 인터뷰도 끝났는데 권후가 은서 양한테 전화한 거죠?"

그녀의 어깨가 크게 떨렸다.

"그게……."

뭐라고 대답을 해야 하는데 머릿속이 하얗게 변하며 아무것도 생각나지 않았다.

이란주 대표가 손을 내밀었다.

"내가 대신 받을게요."

이 상황에서 안 된다고 할 수도 없어서 은서는 핸드폰을 이란주 대표의 손 위에 올려 주었다. 이란주 대표는 망설임 없이 바로 통화 버튼을 눌렀다.

"권후 너, 사돈아가씨랑 통화하는 사이야?"

그녀한테 물은 것도 아닌데 심장이 철렁 내려앉았다.

[어머니야말로 엉뚱한 사람 붙잡고 괴롭히고 계시네요.]

이 순간만은 권후가 뻔뻔한 게 얼마나 다행인지 몰랐다. 그까지 그녀처럼 당황했다면 정말 낭패였다.

"누가 누굴 괴롭혔다는 거야. 너야말로 왜 사돈아가씨한테 전화한 거야?"

[체육관 관장님 때문에 전화했습니다.]

"뭐? 누구?"

그녀도 누구지 싶었다.

[안녕하십니까. 영광체육관 관장 장만철입니다.]

그런데 그녀가 아는 체육관 관장님 목소리가 전화에서 흘러나오자 그녀의 눈이 커졌다. 이란주 대표는 낯선 사람의 목소리에 눈썹이 찌푸려졌다.

[아드님의 허약한 몸은 제가 책임지고 건강하게 만들어 드릴 테니까 걱정하지 마십시오.]

[나 안 허약합니다.]

두 사람의 하찮은 대화에 한없이 부끄러워지는 건 은서였다. 그녀는 이란주 대표의 표정을 살피며 어쩔 줄 몰라 했다.

"너 설마 다시 운동 시작하려는 거야?"

이란주 대표가 권후에게 묻는 말에 그녀의 심장이 천장까지 튀어 오를 듯 크게 뛰었다.

[아뇨, 여긴 여자 때문에 왔어요. 걱정 마세요, 어머니.]

권후가 체육관에 간 이유를 말한 순간, 더 이상 그녀의 심장이 뛰지 않는 것 같았다. 이 자리에 그녀의 무덤을 파야겠다. '여자'라는 권후의 말에 은서는 패닉 상태가 되어서 아무 생각도 할 수 없었는데, 이란주 대표는 '쯧' 혀를 차며 전화를 끊어 버렸다.

"이 녀석은 언제쯤 철이 들려는지."

설마 아무것도 눈치채지 못한 건가? 그런 거겠지? 그래야 하는데.

권후가 너무 아무렇지 않게 말해서 이란주 대표가 전혀 의심하지 않았나 보다.

"응? 그런데 자기 체육관 등록하는데 왜 은서 양한테 전화한 거지?"

이란주 대표가 뒤늦게야 의구심을 품자 은서는 빠르게 해명했다.

"인터뷰할 때 제가 소개해 준 체육관이에요. 하하하하. 거기 관장님이 엄청 잘 가르쳐 주시거든요. 거기 갔다가 예쁜 여자라도 만났나 봐요. 저도 누군지 엄청 궁금하네요."

당황해서 말이 많아졌다. 적당히 멈추어야 한다고 생각했지만 입이 말을 듣지 않았다.

그녀가 소개했다는 말에 이란주 대표는 탐탁잖은 표정을 지으며 말했다.

"권후한테는 가능한 한 운동에 관한 거 말하지 말아 줘요."

은서는 무조건 알았다고 고개를 끄덕였다.

"하긴. 앞으로 서로 만날 일도 없을 테니 내가 괜한 말을 덧붙였네."

누가 그녀의 가슴을 바늘로 마구 찔러 대는 듯 따끔거렸다.

어떻게 이란주 대표에게 마지막 인사를 하고 호텔을 빠져나왔는지 기억도 잘 나지 않았다. 아무래도 최권후 때문에 그녀가 제명에 못 살 것 같았다. 만약 체육관에서 마주치게 된다면 절대 용서하지 않으리라.

오천만 원도 못 구했고, 다음 휴먼 인사이드 인터뷰이도 결정하지 못해 방송국에 출근할 때면 발이 너무 무거웠다. 그런데 사무실에서 작가가 모르는 젊은 남자와 나란히 앉아서 '하하', '호호' 웃으며 썸을 타고 있었다. 신성한 직장에서 이게 무슨 짓이란 말인가.

탁—.

그녀가 나무라는 뜻으로 들고 있던 다이어리로 책상을 세게 내려치자 작가가 오히려 웃으며 그녀를 반겼다.

"피디님, 우리랑 같이 일할 조연출이시래요."

배송이 늦다고 독촉 메일을 보내려고 했더니 어찌 알고 그 전에 당도한 택배처럼, 새로 온 조연출이 그녀를 보고 싱긋 웃으며 인사했다.

"반갑습니다, 피디님. 양성재입니다."

왜 하필 그녀가 싫어하는 양 피디의 양씨이며, 그녀가 미워하는 차승재와 이름이 비슷하고, 그녀가 부담스러워하는 최권후처럼 웃는 놈이 조연출로 온 건가 싶었다. 그녀의 속도 모르고 작가가 그녀의 옆에 와서 좋아 죽겠는 목소리로 속삭였다.

"완전 상큼하죠? 저랑 동갑이래요."
그녀는 완전 끔찍했다. 쓰리 콤보 종합 세트도 아니고.

양 피디가 데드라인을 정해 버렸기에, 그날 휴먼 인사이드 제작 회의로 다음 인터뷰이를 최종 결정하기로 했다.

"이번에 제인 리 영화 홍보 맡은 영화사 쪽에 몇 번이나 연락했는데, 다른 언론사와 똑같이 30분 이상은 절대 내줄 수 없답니다."

그러니까 제인 리를 휴먼 인사이드에 출연시키려면 직접 미국에 있는 제인 리한테 연락을 넣어야 한다는 뜻이었다.

"제인 리 매니저 전화번호 알아낼 수 있을까요?"

은서의 질문에 회의실은 조용해졌다. 한국이라면 어찌어찌 사돈에 팔촌까지 동원해서 알아내겠지만, 바다 건너 미국이었다. 쉬운 일이 아니었다.

새로 와서 조용히 회의 내용을 듣고만 있던 쓰리 콤보 조연출이 한마디를 거들었다.

"내가 누구한테 들었는데 제인 리가 한국에 친한 사람이 있다던데. 이번에 내한하면 그 사람 꼭 만나지 않을까요? 그러니까 그 친한 사람이 누군지만 찾아내면 바로 제인 리랑 연결될 수 있을 것 같은데."

이 순간 그 사람이 세상에서 제일 부러워졌다.

"누군지 아세요?"

"알아볼 수는 있습니다."

방송을 지라시 같은 정보에만 매달릴 수는 없었다. 은서는 쓰리 콤보 조연출한테 믿을 만한 정보를 알아내면 바로 보고해 달라고 지시하고 회의를 끝냈다.

오늘은 집에 가서 무조건 치킨을 시켜서 스트레스를 풀자고 마음먹었는데, 쓰리 콤보 조연출이 갑자기 회식을 제안했다.

"그런데 저 환영회 안 해 주시나요?"

아무래도 그녀는 양 씨랑 안 맞는 것 같았다. 너무 상극이다. 분명 회식에서 치킨을 먹자고 하면 쓰리 콤보가 제일 먼저 거부할 것 같았다.

백 비서는 그가 지시한 차승재 넥타이의 출처를 빠르게 조사해서 보고했다.

"오은서 피디가 넥타이를 산 백화점에서 같은 날 그 넥타이는 두 개가 팔렸습니다."

아무나 쉽게 살 수 없는 명품 브랜드였기에 같은 넥타이가 여러 개 팔렸을 가능성은 거의 없었다. 둘 중 하나가 차승재한테 갔을 가능성이 더 커졌다.

백 비서의 보고에 권후는 절로 얼굴이 찌푸려졌다. 그날 이후 권후는 은서에게 선물로 받은 넥타이를 못 하고 있었다. 이젠 그 넥타이를 보면 은서가 아니라 차승재가 생각나서. 고약한 일이었다.

"판매 기록을 보면 오은서 피디가 사자마자 바로 하나가 더 팔렸습니다."

"은서 말고 누가 구매한 거야?"

권후는 물어보며 주먹을 꽉 움켜쥐었다. 누군지 알아내면 복수라도 할 사람처럼.

백 비서는 차분하게 보고했다.

"한국재단 손녀 왕지현입니다. 오은서 피디와는 중고등학교, 대학교 동창입니다."

하필 같은 넥타이를 산 두 사람이 잘 아는 사이라는 것도 거슬렸다. 어쩐지 왕지현이 우연히 은서가 산 넥타이를 산 게 아닌 것 같다는 예감이 들었다. 비슷한 시간대에 넥타이를 구매했다면 두 사람이 백화점에서 마주쳤다는 소리니까. 그럼 왕지현은 왜 굳이 오은서가 산 것과 똑같은 넥타이를 구매해서 차승재에게 보낸 건가?

"세 사람의 관계를 더 캐 볼까요?"

"됐어. 그건 오은서한테 직접 들어야 할 일이지."

말은 그리 폼 나게 했지만, 차승재와 오은서 사이에 무슨 과거가 있을지 짐작하는 것만으로도 속이 울렁거렸다. 그는 은서의 옆에 다른 남자가 있는 모습은 한 번도 상상조차 안 해 봤다. 은서의 나이를 생각하면 너무도 당연한 일인데도. 오히려 지금껏 아무도 없는 게 이상한 일이었다.

"만약 차승재와 오은서 사이에 깊은 과거가 있다고 해도, 차승재 영입에 전력을 다하실 겁니까?"

권후는 주먹을 꽉 움켜쥐었다. 얼마나 힘을 주었는지 힘줄이 피부를 뚫고 튀어나올 것만 같았다.

"계약서 쓰기 전에 내가 차승재를 만나 봐야겠어."

그가 직접 확인해야 할 게 있었다. 이대로 무조건 계약을 하면 후회하게 될 것 같았으니까.

"그럼 차승재를 포기하실 수도 있다는 말씀입니까?"

차승재 때문에 급하게 보유하고 있던 태강 주식까지 매도했다. 권후한테 차승재는 구단주로서의 성공적인 데뷔 트로피나 마찬가지였다.

"내가 야구단을 인수하자마자 차승재가 메이저 리그에서 돌아왔어. 이게 정말 우연일까?"

권후는 아무리 생각해도 이게 행운처럼 느껴지지 않았다. 백 비서도 단호히 우연이라고 대답할 수 없었다. 그리고 그 답은 차승재가 가지고 있었다.

잘 놀 것 같은 조연출은 역시 회식에서 빛을 발했다. 황금 비율의 소맥을 말아서 팀원들의 마음을 1차로 빼앗고, 회식의 블랙홀인 양 피디를 전담해서 살짝 그녀의 마음에도 들려고 했다. 쓰리 콤보는 일할 때보다 회식에서 더 필요한 존재인 것 같았다. 그것도 능력이라면 능력이겠지.

"2차는 근사한 곳으로 가죠."

한 번의 회식으로 완전히 팀에 적응한 듯 회식 장소까지 제안했다.

"청담에 근사한 바를 제가 알고 있거든요."

"청담 바? 그럼 엄청 비싸지 않아?"

"제가 거기서 일하는 바텐더 형을 잘 알거든요. 저랑 가면 싸게 먹을 수 있어요."

"오! 인맥 죽이는데."

비싼 바에서 싸게 술을 마실 수 있다는 조연출의 말에 홀려 모두 택시에 올라탔다. 2차를 택시까지 타고 이동하는 건 처음 있는 일이었다.

그녀는 발언권이 없었기에 그냥 조용히 따라갔다가 택시에서 내릴 때 '헉' 소리가 절로 나올 뻔했다. 조연출이 말했던 청담 바는 '루카스'였다. 그녀의 사돈이 사장인 곳. 조연출이 말할 때 이곳인 줄 알았다면 결사반대했을 것이다. 택시를 타고 여기까지 와서 이곳만은 절대 안 된다고 반대할 수 없었기에 그녀는 갑자기 취한 척을 했다.

"아, 나 벌써 많이 취한 것 같은데. 아무래도 집에 가는 게 좋을 것 같아."

은근슬쩍 작가에게 도움을 청하며 쳐다보았더니 이 작가는 전혀 이해가 안 된다는 표정을 지었다.

"네? 피디님도 취하세요? 저 피디님 술 먹고 취한 거 본 적이 없는데."

뭐든 잘 먹는 몸은 술까지 잘 받았다. 사실 엄청 멀쩡했다.

"몸이 안 좋아서인지 술이 취하네."

비틀비틀, 게걸음으로 앞이 아니라 옆으로 걸어가는데 툭 무언가에 부딪혔다. 거기까진 그러려니 했는데 누군가의 팔이 허리를 감싸는 걸 느낀 그녀는 소스라치게 놀라 고개를 휙 들었다.

"사돈, 술 많이 마셨나 봐?"

권후의 얼굴이 시야에 들어오자 마셨던 술도 확 깨는 기분이었다.

권후와 인터뷰를 했던 팀원들은 모두 권후의 등장에 반가운 인사를 건넸다.

"와, 권 대표님을 이런 곳에서 다 만나네요."

"역시 양 피디 말대로 여기가 핫한 곳이긴 한가 봐."

"그렇다니까요. 여기에 유명 연예인들도 자주 온대요."

"진짜?"

사람들이 한마디씩 할 동안 그녀는 몸을 비틀어 그의 손에서 벗어나 서둘러 거리감을 두었다. 그녀의 민첩한 행동을 보고 권후가 눈을 가늘게 뜨며 물었다.

"취한 거 아니었어?"

은서는 일부러 웃으며 대답했다.

"하하. 취했었는데, 사돈 보자마자 깨네요. 신기해라."

"그럼 나랑 마주치기 싫어서 취한 척한 거네."

정곡을 찔리자 뜨끔했지만 애써 부정하진 않았다.

"그런데 어쩌나, 이리 딱 마주쳐서. 역시 운명이란 건 사람 의지로 피할 수가 없나 봐."

'운명'이란 말에 그녀는 기겁했다.

"이상한 소리 하지 마세요!"

"좋아서 하는 말이야. 하마터면 그냥 갈 뻔했네."

그녀의 입장에서는 그가 그냥 갔어야 했다. 그래야 그녀도 취한 척 집에 갈 수 있었다.

권후는 자연스럽게 방송국 일행들에게 말했다.

"제가 제일 좋은 자리로 안내해 드릴 테니까 따라오시죠."

따라오라는 말에 사람들은 의아한 표정을 지었다. 권후가 루카스의 사장인 줄은 몰랐으니까. 그래도 그들은 군말 없이 선생님을 따라가는 유치원생들처럼 권후의 뒤를 쫓아갔다. 실검 1위의 스타 구단주가 설마 그들을 후진 곳으로 안내하겠는가. 그리고 집에 가고 싶어 했던 그녀는 제일 앞장서게 되었다. 권후가 그녀의 등을 자꾸 밀었으니까.

권후가 방송국팀을 데리고 간 곳은 루카스 건물 옥상 루프탑이었다.

"우와, 여기 풍경 죽인다."

"우리만 있으니까 더 좋네."

권후는 고개를 숙여 그녀의 귓가에 대고 속삭였다.

"내가 사돈이라 특별히 신경 썼어."

은서는 손으로 황급히 귀를 가리며 옆으로 피했다.

"제발 귓속말 좀 하지 마요!"

"왜? 흥분돼?"

말로는 당할 수가 없어서 은서는 두 주먹을 불끈 쥐어 올렸지만 사람들 앞이라 대놓고 싸울 수는 없었다.

곧 고급 술이 서빙되자 사람들은 럭셔리하게 2차를 즐겼다.

"우와, 권 대표님 덕에 이런 곳에서 술도 마셔 보고. 대박이다, 진짜."

"진짜로. 완전 대단한 사람 된 것 같은 기분이에요."

이곳에 사람들을 데려온 것은 조연출 양성재였는데 칭찬은 굴러온 돌인 권후가 다 받자 양성재는 언짢은 눈으로 권후를 쳐다보았다. 권후는 사람들의 그런 칭찬을 아주 당연하다는 듯이 받아들이고 있었다. 양성재가 딱 싫어하는 인종이었다. 금수저를 물고 태어나서 노력도 없이 다 가지는 인간.

양성재는 구석에 앉아 있는 오 피디의 옆으로 자리를 옮겨서 그녀에게 빈 술잔을 내밀었다.

"피디님, 저 환영하면 술 좀 따라 주세요."

권후가 사람들과 이야기하면서도 이쪽을 쳐다보는 걸 느낀 양성재는 일부러 더 친근하게 은서에게 밀착해서 앉았다. 두 남자의 기 싸움을 알 리 없는 은서는 탐탁잖은 얼굴로 그를 쳐다보았다.

"나 그쪽 부담되는데."

이렇게나 솔직한 것도 기분이 좋은 건 아니다.

"왜요? 저 일 엄청 잘해요."

"내가 양 씨랑 별로 안 맞는 게 있어서."

"그럼 이름 부르세요. 성재라고."

"그건 더 싫어요."

그녀가 질색하는 표정을 짓자 양성재도 오기가 생겼다. 지금껏 그가 여자를 꼬시겠다고 마음먹고 실패한 적은 없었다.

"아, 제가 뺀질거릴 것 같아서 그러시는 거죠? 저 안 그래요. 믿어 주세요."

얼굴을 웃음으로 꽉 채우고 다가가자 은서는 그만큼 몸을 뒤로 뺐다.

"굳이 나한테 잘 보이려고 애쓸 필요 없어요. 어차피 양 피디님한테 인정받아야 출세하니까."

"전 오 피디님한테 인정받고 싶은데요."

"내 코가 석 자인데 내가 누굴 인정해."

상사인 피디가 권위를 전혀 드러내지 않으니 그게 좀 사랑스럽게 보이는 것 같기도 했다.

"아, 여기 머리카락."

자연스러운 터치를 시도하려 그녀의 어깨로 손을 뻗는데, '탁!' 거칠게 술잔이 테이블을 때리는 소리가 그 손을 막았다.

"전 그만 가 봐야겠네요."

권후가 일어나자 모두의 시선이 자연스럽게 그에게 쏠렸다. 은서도 놀란 눈으로 권후를 쳐다보았다. 양성재만 못마땅한 눈으로 최권후를 쳐다보았다. 사람들의 관심을 제습기처럼 흡수하는 그의 모습이 꼴 보기 싫다는 듯이.

"벌써 가시게요?"

"좀 더 있다 가시지."

사람들은 진심으로 권후를 붙잡았지만 권후는 새로 온 조연출이라는 놈이 은서에게 집적이는 걸 보고 별로 있고 싶은 마음이 없어졌다. 뭐 저런 양아치 같은 놈이 들어왔나 싶었다.

"오 피디님. 잠깐 나 좀 보죠."

권후가 부르자 은서는 반사적으로 고개를 저었다. 그가 부르면 우선 거절하고 봐야 했다. 그래야 덜 위험했다.

"그럼 계산 오 피디님이 다 할 겁니까?"

사악한 인간. 부탁도 안 했는데 자기가 먼저 잘 대접해 줬으면서 이용할 때는 돈을 내놓으라고 하다니.

"오 피디님, 저희 신경 쓰지 말고 가 보세요."

"네, 권 대표님이 중요하게 할 말이 있으신가 보네."

그 말은 다분히 그녀보다 회식비를 걱정하는 말로 들렸다. 당당하게 이 술값, 다 내겠다고 말하고 싶지만 아직 대출금도 다 못 갚은 비루한 처지였다. 은서는 루카스의 술값을 감당할 수 없는 지갑 사정에 떠밀려 권후를 따라갔다.

"왜요?"

권후는 찌를 듯한 시선으로 그녀를 내려다보았다. 마치 그녀가 큰 잘못이라도 한 듯이.

"너 그 조연출 싫어하지?"

그의 질문에 은서는 흠칫 놀랐다.

"티 났어요?"

온몸으로 보여 주는데 어떻게 모르나.

그는 노골적인 조연출의 태도보다 그걸 제대로 피하지 못하는 그녀의 태도가 더 신경에 거슬렸었다.

"그런데 왜 싫은 사람을 상대하고 있어? 너 호구야?"

그 말을 권후한테 처음 들은 게 아닌 은서는 화내기보다 약점을 들킨 사람처럼 크게 움찔했다. 돈을 뺏겨야만 호구인 줄 알았더니 그런 것도 아닌가 보다.

"내 일은 내가 알아서 해요. 신경 끄세요."

"나한테 그렇게 말하듯이 다른 사람들한테는 왜 못 하는데?"

은서는 너무하다는 눈으로 권후를 노려보았다. 함부로 군 건 쓰리 콤보 조연출인데, 왜 그녀가 이런 취급을 받아야 하나 싶었다.

그녀가 온 얼굴에 억울하다는 티를 내자 권후도 마음이 약해졌다. 그는 그저 그녀가 사람한테 이용당해 상처 받는 일이 없었으면 하는 것이었다. 그래도 어릴 때는 힘들면 울기라도 했는데, 이젠 어른이라고 참기만 하면 그는 모르잖나. 그녀가 힘들다는 걸. 왕지현이든, 조연출이든 누구든 그녀가 강하게 이겨 나가길 바랐다. 세상에 무서운 게 없는 사람처럼.

"복싱을 살 뺄 때만 하지 말고, 사람 공격할 때도 쓰라고. 자기방어를 위한 공격은 사람의 기본 본능이야. 나쁜 짓이 아니라."

복싱이라는 말에 이란주 대표 앞에서 걸려 왔던 그의 전화가 떠올라서 은서는 버럭 화를 냈다.

"좋은 체육관 다 놔두고 하필이면 왜 영광체육관에 온 거예요? 당장 옮기세요."

"이미 1년치 수강료 냈어. 환불은 절대 안 된다고 하던데."

장 관장이 들어온 돈 다시 토해 낼 리가 없으니 그건 거짓말이 아닌 게 분명했다.

"그 돈 제가 드릴게요."

"돈 많은가 봐?"

은서는 그 말에 서러워졌다. 당장 오천만 원도 빌려야 하는데, 최권후의 체육관비까지 대신 토해 내야 한다고 생각하니 인생이 너무 고단했다. 그래서 그녀는 세상 진지한 목소리로 권후에게 제안했다.

"체육관비, 그 반지로 대신 드릴게요."

그 말을 듣고 권후가 피식 웃자 은서도 같이 웃으며 엄청 행운이라고 어필했다.

"2억이나 되는 반지를 이렇게 돌려받는 거니 사돈한테는 완전 남는 장사잖아요. 안 그래요? 와! 내가 당장 돈이 급하지만 않았어도 그 반지, 체육관비 대신 절대 안 돌려줬어요."

"아! 돈 필요한 일 있나 봐?"

은서는 움찔했다. 체육관비를 해결하려다가 그녀의 허물 하나를 최권후한테 알려 준 꼴이었다. 그녀는 서둘러 말을 돌렸다.

"별일 아니에요. 반지는 제가 퀵서비스로 보내 드릴게요."

어물쩍 넘기듯 말하며 빠져나가려고 했는데, 권후가 그녀의 팔을 잡아채고는 다시 원래 자리로 끌고 왔다. 그가 코앞에서 눈에 힘을 주며 취조하듯이 물었다.

"어디에 쓸 돈인데?"

은서는 입을 꾹 다물었다. 절대 그한테 알려 주기 싫었다. 차승재와 연관이 있어서 더더욱 꺼려졌다.

그녀가 대답을 회피하니 권후는 마음속에서 번갯불이 타오르듯이 차승재와 왕지현이 번갈아 떠오르며 거북해졌다. 야구선수 차승재를 아느냐고 물었을 때 흔들리던 눈빛, 백화점에서 마주친 왕지현. 차라리 지금 물어볼까. 그 두 사람과 어떤 사이냐고.

그녀가 그의 미국 생활을 전혀 모르니, 그가 그녀에 대해 모르는 게 있는 것도 당연한 일인데도 그게 못 견디게 참을 수 없어졌다. 그건 단절이었다. 평행 세계처럼 결코 닿을 수 없는. 그래서 어떤 의미로는 공포심까지 느껴졌다.

남성적인 그의 목울대가 크게 요동치는 걸 은서는 멍하니 바라보았다. 그의 조용한 눈빛은 차분했지만, 허벅지를 규칙적으로 두드리는 단단한 손가락에서는 초조함이 묻어 나왔다. 그는 아무 말도 안 했는데 꼭 무슨 말을 들은 것만 같은 기분이었다. 그녀가 어디에 돈이 필요한지도 모르면서 그는 왜 이리 안절부절못하고 있는 건가 싶었다.

설마 내가 돈을 나쁘게 쓴 줄 아는 건가?

은서는 미간을 좁히며 말했다.

"도박이나 사채 아니니까 이상한 생각은 하지 마세요."

그녀의 경고에 권후는 마른 미소를 지었다. 이래서 사람은 대화가 필요한 건가 보다. 갑자기 피곤해졌다. 굳이 물어봐서 뭐 하나 싶었다. 차승재와 친했다고 하면 기분만 나쁠 것이고, 왕지현과 안 좋은 사이라고 해도 대신 복수해 줄 수 있는 것도 아닌데. 젠장. 넥타이만 버렸다.

"머리가 좀 아프네."

그가 손으로 이마를 감싸며 고개를 숙이자 은서는 놀라서 그에게 먼저 다가갔다.

"괜찮아요? 두통이요? 아니면 현기증이요?"

걱정하듯 올려다보는 은서의 눈빛이 진심으로 그를 걱정하는 것 같아서 날카롭게 일어섰던 신경이 좀 느슨해졌다. 그리고 충동은 갑자기 몰아쳤다. 권후는 그녀의 입술을 향해 고개를 숙였다. 은서는 가까워진 그의 얼굴을 느끼고 화들짝 놀라서 뒤로 물러났다.

권후의 눈매가 일그러졌다. 술기운에 본능대로 움직인 그가 경솔했지만, 은서한테 서운한 마음이 생겼다. 그 정도로 그를 거부하는 건가 싶어서. 왜 남한테는 그렇게도 무르게 굴면서 그한테만 이리 모질까 싶었다.

은서는 믿을 수 없다는 듯이 그를 쳐다보며 화를 냈다.

"아프다면서 뭐 하는 짓에요!"

그도 지금 알았다. 그가 양아치라는 걸. 순간 그냥 내키는 대로 하고 싶었다. 어차피 성공도 못 했기에 딱히 사과하고 싶은 마음도 안 들었다. 그녀도 그한테 솔직하게 말하지 않았으니까.

"사과할까?"

삐딱한 그의 태도에 은서는 더 뚜껑이 열렸다. 그녀는 타는 듯이 달아오른 얼굴로 목소리를 높였다.

"사과하지 마요! 그냥 내 앞에 다시는 나타나지 마요! 또 마주치면 그 얼굴에 진짜 주먹을 날릴 거예요!"

복싱 배운 김에 아낌없이 이용하라고 했더니, 그 샌드백 상대가 그일 줄은 몰랐다. 씩씩대면서 방송국 동료들한테 돌아가는 그녀의 뒷모습을 지켜보며 권후는 우울하게 중얼거렸다.

"머리는 진짜 아프다고."

꾀병이 아니었다. 생각을 너무 많이 했더니 뇌가 조이는 듯한 기분이었다. 그는 몸을 쓰며 살아야 숨을 쉬는 사람인데 머리만 굴리고 있으니 몸 어딘가가 썩어 가는 기분이었다. 아무래도 진짜 땀을 흘리는 운동이 필요한 듯했다.

원래 회식에서 실컷 먹고 마신 다음 날은 꼭 운동을 갔다. 안 그럼 다이어트로 뺀 살은 금방 불어나니까. 다이어트는 순간일지 몰라도 관리는 평생이었다. 그러니 그녀는 그냥 지금 이 상태를 유지하며 사는 것만으로도 노력이 필요한 피곤한 인생이었다. 그리고 최권후가 술김에 한 무례한 짓 때문에라도 속이 풀릴 때까지 샌드백을 때리고 싶었다. 확실한 건 그녀가 좋아서 그런 건 아니었다. 그러니까 허락도 없이, 마음도 없이 몸부터 들이밀었겠지. 그래도 첫사랑이라고 그 상황에 심장이 반응한 게 더 자존심이 상했다.

체육관으로 연결된 계단을 올라가 문을 열고 들어갔더니 이 체육관에서 제일 어린 트레이너가 바닥 청소를 하고 있었다. 운동하는 사람이 없어서 빨리 문을 닫으려고 했나 보다.

"끝났어요?"

"아직 한 명 있습니다."

"네?"

운동하는 사람이 한 명 있다는 소리인 것 같은데 그녀의 눈에는 청소하는 트레이너밖에 안 보였다.

"운동하러 와서는 잠만 잡니다."

도대체 누구를 말하는 건가 싶었다.

"누가요?"

"사돈이요."

사돈이 꼭 사탄으로 들렸다. 그녀는 갑자기 오싹해지는데 트레이너가 마대 자루를 들고 화장실로 가면서 사무실 쪽을 가리켰다.

"아직도 자고 있을 겁니다."

그녀는 트레이너가 가리킨 사무실을 보았다. 불이 꺼져 있어서 안에 사람이 있는지 확인할 수 없었다.

끼이익―.

사무실 문을 조금 열고 열린 문틈으로 안을 보았다. 소파에 누워 있는 사람의 긴 다리가 보였다. 분명한 건 키가 겨우 170cm인 관장님의 다리는 아니라는 것이다. 그렇다고 하기에는 다리가 길어도 너무 길었다.

벌컥―.

그녀는 아예 문을 활짝 열었다. 그러자 소파에 누워 자는 남자의 얼굴이 보였다. 마치 잠자는 체육관의 왕자와 같은 자태였다. 기가 막혀서 웃음도 나오다가 꺾어졌다.

그녀가 2억짜리 반지도 돌려주겠다고 했는데, 다시 마주치면 얼굴에 주먹을 날려 주겠다고 했는데 기어코 여길 나오다니. 그녀의 말은 우습다는 거다. 아주 만만하다는 거지.

최권후가 자는 소파로 다가갈수록 은서는 감정이 격해졌다. 당장 후려쳐서 깨우려고 주먹을 치켜올렸지만, 편안하게 자는 얼굴이 눈에 들어오자 차마 때릴 수가 없었다. 은서는 주먹을 부르르 떨며 그의 자는 얼굴만 뚫어져라 쳐다보았다. 그녀가 이 남자에게 약하다는 게 너무 싫었다. 그게 그한테 빌미가 되는 것 같았으니까. 그녀를 마음껏 가지고 놀.

"보면 볼수록 잘생겼지?"

갑자기 들린 권후의 목소리에 그녀는 화들짝 놀라서 뒤로 물러났다. 자는 줄 알았던 그의 눈이 스르륵 떠졌다. 그녀는 그 자리에서 도망치기 위해 몸을 휙 돌렸다. 그런데 발을 딛는 순간, 무언가 발에 걸리며 몸이 뒤로 넘어갔다.

쿵―.

그녀가 엉덩방아를 찧으며 넘어진 곳은 그의 다리 위였다. 놀라 고개를 빠르게 돌렸더니 코앞에 권후의 얼굴이 있었다. 어둠 속에서도 선명한 눈빛이 그녀를 당황하게 하였다.

"어둡고 우리 둘뿐이네."

또 시작이다. 역시 주먹으로 얼굴을 때렸어야 했다고 후회했다.

쿵쿵—.

심장이 발등까지 떨어졌다가 위로 정신없이 솟구쳐 올랐다.

"저도 있습니다."

트레이너의 목소리가 사무실 입구 쪽에서 들리며 전구 인간 같은 그림자가 길게 드리워졌다. 그녀는 그의 무릎 위에서 일어나 서둘러 사무실 밖으로 달려 나갔다. 엄청난 스피드라 권후가 잡을 새도 없었다. 그가 허탈해하는데 민머리 트레이너는 비실 웃으며 그에게 말했다.

"일어났으면 운동하십시오."

그는 민머리 트레이너의 얼굴을 죽일 듯이 노려만 보았다.

일어난 김에 권후는 그만 집에 돌아가려고 사무실을 나왔는데, 미사일처럼 튀어나가 그대로 집까지 날아간 줄 알았던 은서가 체육관 문을 박차고 다시 돌아왔다.

"내가 지금 당장 반지 가져올 테니까, 그거 받고 사돈이 여기 그만둬요."

"됐어. 나 여기 좋아."

"왜 하필 여긴데요? 여기 엄청 별로라고요."

"저기, 그 말은 관장님이 들으면 슬퍼하시겠네요."

권후가 그녀의 사돈인 걸 알고도 회원으로 받은 관장이 이 자리에 있었다면 그녀는 관장의 멱살을 잡고 화를 냈을 거다. 그녀가 이 체육관에 얼마나 성실하게 다녔는데 어떻게 이럴 수 있냐고.

"트레이너님이 선택해요. 나예요? 사돈이에요?"

갑자기 그녀가 선택권을 넘기자 트레이너는 당황했다.

"네? 제가 왜 그런 선택을?"

그런 강요가 부질없다는 것을 알려 주기 위해 권후가 말했다.

"나 이미 3년 치 회비 다 냈어."

"어제는 1년이라면서요!"

"오늘 와서 2년 치 더 냈지."

3년 완납은 이 체육관이 생긴 이래 그가 처음이라면서 사은품도 받았다. 영광체육관 로고가 박힌 촌스러운 운동복.

그녀는 3년 회비에 '내가 졌다.'고 물러날 수는 없었다. 이 자리에서 끝장을 봐야 했다. 안 그럼 잠자는 체육관의 왕자를 쭉 봐야 할 테니까.

"그럼 누가 여기 다닐 자격 있나 스파링으로 정해요."

그녀가 잠자는 체육관의 왕자에게 키스 대신 주먹을 날리려고 하자 권후는 굉장히 피곤해졌다. 돈을 내고 체육관에 다니는데 굳이 그렇게까지 해야 한단 말인가.

트레이너가 옆에서 그의 편을 들어 주었다.

"사돈은 여기 와서 글러브 한 번도 안 꼈습니다."

잠만 잤으니까.

"그럼 그냥 피하기만 해요. 나만 때릴 테니까."

그 말은 인간 샌드백이 되라는 소리 같았기에 권후는 민머리 트레이너의 뒤에 조심스럽게 몸을 숨기며 고개를 저었다.

"난 맞는 거 싫어해."

"그럼 체육관을 그만두던가요. 복싱 체육관 와서 복싱도 안 할 거면 왜 와요?"

"내 말이 그 말."

동의하던 트레이너는 그와 눈이 마주치자 입을 꾹 다물었다.

권후는 그녀와 스파링하기 싫었지만, 이 장소에서 은서가 그와 함께하길 원하는 게 그것뿐이라서 링 위에 올라갈 수밖에 없었다. 네가 날 때리고 싶다면 기꺼이 이 몸도 내주겠다는 살신성인의 마음을 과연 그녀가 알까 싶었다.

막상 링 위에 올라선 권후는 탐탁지 않은 눈으로 주위를 둘러보았다.

"꼭 투견장 속 개가 된 기분이네."

벽은 없는데 사방이 막힌 것 같은 느낌에 폐소 공포증이 올 것 같았다. 퍽퍽, 은서가 글러브를 세게 두드리는 소리에 그는 움찔하며 링의 코너로 몸을 뺐다. 인제 보니 그는 투견장 개보다 못한 상황이었다. 그는 맨손이라 때릴 수도 없으니까.

"이제라도 글러브 낄래요?"

그녀가 선심을 쓰듯이 묻는 말에 그는 퉁명스럽게 거절했다.

"됐어."

그녀는 이미 그를 때리기로 마음먹은 것 같으니 맞아 주면 그만이었다. 여자가 때려 봤자 얼마나 아프겠나. 그가 운동을 그만둔 지는 꽤 되었지만, 그렇다고 맷집까지 어디 사라지는 건 아니었다. 권후는 자신 있었다. 그녀한테 얻어맞는 것에.

민머리 트레이너가 심판이 되어 시작을 알려 주었다.

"3분입니다. 시작!"

시작하자마자 그녀가 돌진해 오자 권후는 휙 몸을 돌리며 트레이너에게 외쳤다.

"잠깐만, 나…… 악!"

그녀는 상관하지 않고 그의 등을 사정없이 때리기 시작했다.

퍽퍽―.

사람을 때리는 소리가 샌드백을 때리는 소리보다 더 찰졌다.

"좀 피해 봐요. 발도 쓸 수 있습니다."

트레이너가 보다 못해 권후에게 충고했지만 소용없었다. 등을 내주고 얼굴을 지키는 작전인지 꼼짝도 하지 않았다. 그리고 그녀는 쉬지 않고 그의 등을 때렸다. 샌드백에 달린 사진만 때리다가 진짜 사람을 때리니까 신명이 난 것처럼.

"3분!"

그가 더 이상 참을 수 없었는지 트레이너에게 외쳤다. 3분이 안 되었어도 무조건 3분이라고 해야 된다는 듯이.

하지만 트레이너는 정직한 심판이었다.

"아직 1분 30초 남았습니다."

"야이씨!"

권후가 운동 대신 욕을 하기 시작했다.

Chapter 7
1초의 입맞춤

 지옥의 3분이 지난 후, 권후는 차가운 나무 의자 위에 뻗었다. 이 체육관은 3년 완납 우수 회원에게 조금은 더 친절해야 했다.
 탁―.
 그의 앞에 파스 한 봉지가 떨어졌다.
 "자기 전에 붙이고 자요."
 병 주고 약 주는 그녀였다.
 "넌 정말 내가 미운가 보다."
 그가 착한 사람은 아니라도 이렇게 때리고 싶을 만큼 미운 짓을 한 것 같지는 않은데 말이다.
 "그냥 운동이었어요."
 "그래. 내 등은 엄청 아프지만 운동이었다고 치자."
 투덜대며 일어나 앉는 권후를 말없이 바라보던 은서는 몸을 돌려 체육관 입구로 걸어갔다. 설마 이렇게 얻어맞고도 그가 또 여기에 올 리가 없다고 생각했다. 그한테는 그럴 이유가 없었고, 자존심은 있을 테니까.

"같이 가."

권후의 말에 은서의 걸음이 움찔하며 멈추어 섰다. 설마 그녀에게 그렇게 맞고 같이 가자고 할 줄은 몰랐다.

"진심이에요?"

은서의 물음에 권후는 차 키를 그녀에게 던졌다.

"그래. 등 아파서 운전 못 하겠으니까, 네가 대신 운전해."

그녀는 그가 던진 차 키를 두 손으로 받고 찌푸린 눈으로 그를 쳐다보았다. 그가 이러는 이유를 그녀는 정말 모르겠다. 미련이 남아서 매달리는 것이라면, 그가 아니라 그의 형이 그녀의 언니에게 해야 하는 것이었다.

차 키를 손에 꽉 쥔 채 움직이지 않는 그녀의 옆으로 권후가 걸어왔다.

"집에 가자."

다른 사람들은 아무 짓 안 해도 그녀를 쉽게 구박하고, 쉽게 상처 주고, 쉽게 비난하는데 그한테는 그녀가 작정하고 못되게 굴었는데도 아무 일도 없었다는 듯이 평소와 똑같았다. 그 태도에 그녀는 순간 울컥했다. 이 순간 호구는 그녀가 아니라 그였다. 그래서 그녀는 그에게 약해졌다. 호구는 호구끼리 통하는 법이니까.

"그럼 나랑……."

긴장한 듯 올라간 어깨, 심박수 증가로 홍조를 띤 뺨, 정말 중요한 말을 꺼내기 전에 나타나는 침을 삼키는 행동.

"너랑 뭐?"

권후는 살아온 경험으로 확신했다.

이 분위기는 분명······.

"뷔페 갈래요?"

고백 타이밍이다.

"······."

"······."

그녀는 그의 대답을 기다리느라, 그는 방금 그녀가 한 말을 도저히 믿을 수 없어서 잠시 정적이 흘렀다.

"뷔페?"

젠장. 설레서 손해 봤다.

그녀의 입에서 그가 예상했던 말이 안 나오고 전혀 엉뚱한 말이 나왔다. 권후는 손가락으로 미간을 짚고 심각한 표정으로 입을 열었다.

"정말 궁금해서 묻는 건데."

'좋다', '싫다'로 짧게 대답하면 될 것을, 권후의 말이 길어지자 상기되었던 그녀의 표정이 빠르게 식었다.

"여기서 중요한 게 뷔페야, 나야?"

"싫으면 됐어요."

그녀가 바로 돌아서자 권후는 손을 뻗어 팔을 잡았다.

"이것만 대답해 주면 뷔페 같이 가 줄게."

"됐어요. 다른 사람 찾을 거야."

그러니까 다른 사람과도 같이 갈 수 있는 곳이 뷔페라면 역시 중요한 건 그가 아니라 뷔페라는 뜻이 되었다. 사람도 아니라 뷔페에 밀리다니. 그의 인생 최고의 굴욕이었다. 그래도 그는 거절할 수 없었다.

"뷔페 같이 가 줄게. 내가 가 준다니까."

"억지로 같이 갈 필요 없어요."

"아니야. 나 너무 뷔페가 가고 싶네. 막 진심이야."

도대체 뷔페가 뭐길래, 그는 이리 사정하고 있나. 어쩔 수 없었다. 다시 만나고 난 뒤 그를 피하기 바빴던 그녀가 먼저 어디를 같이 가자고 한 건 처음이었으니까. 그러니까 이건 꼭 같이 가야 했다. 무조건이다.

빌딩 숲을 지나 방송국에 출근하면 이젠 가족보다 더 자주 얼굴을 보며 살게 된 직장 동료들이 그녀를 반겨 주었다.

"좋은 아침."

밝게 인사하는 그녀를 보고 작가가 웃으며 물었다.

"좋은 일 있으신가 봐요?"

"네? 아닌데."

그냥 보통의 평범한 아침이었다.

"아닌데. 웃는 게 달라요. 주말에 데이트 약속이라도 있는 얼굴이야."

'데이트'라는 말에 그녀는 눈을 크게 뜨며 손사래를 쳤다.

"데이트라니, 말도 안 돼."

그냥 뷔페에 가는 거였다. 그녀는 뷔페에 설렌 거다. 최권후가 아니라.

"무슨 약속이 있긴 있나 봐요. 남자죠?"

"아니에요."

은서는 강하게 부정했다. 사돈은 남자가 아니었다. 그냥 사돈이지.

"오 피디님은 너무 벽을 치니까 문제예요. 연애, 별거 아니에요. 그러니까 서른 되기 전에 이 남자 저 남자 만나면서 실컷 하세요."

그래도 사돈은 아니라고 생각하며 그녀는 고개를 저었다. 차라리 맞선을 봐서 남자를 만나겠다. 그게 마음은 떳떳할 것이었다.

"제인 리가 한국에 친한 사람, 누구인지 알아봤어요?"

회의 시간에 조연출에게 물었더니 양성재는 우선 자신이 얼마나 힘들게 알아봤는지 나열하기 시작했다. 이러고 결국 못 알아냈다는 말로 끝낸다면 그녀는 정말 혼내 줄 생각이었다. 그녀도 양 피디처럼 악독한 상사가 될 수 있었다.

"그래서 알아낸 거예요, 못 알아낸 거예요?"

"당연히 알아냈죠. 저 일 잘한다니까요."

그나마 다행이었다. 이 정도면 같이 일해도 괜찮을 것 같다고 생각했는데, 너무 섣부른 안심이었다.

"차승재요."

양성재가 말한 이름에 그녀의 표정이 굳었다.

"누구?"

"야구 선수 모르세요? 엄청 유명한데."

젠장. 욕밖에 안 나왔다. 제인 리를 섭외할 방법이 차승재뿐이라면 이제라도 이란주 대표로 바꾸고 싶어질 정도였다.

한쪽은 이혼 직전 사부인, 한쪽은 배신자. 도대체 그녀보고 누굴 선택하라고. 그냥 사표를 쓰는 게 제일 마음이 편한 일처럼 느껴졌다.

그런데 인터뷰이 결정보다 급한 일이 있었다. 옥션에서 1억이나 주고 산 그림값 지불 기한이 오늘까지였다. 은서는 수정에게 빌린 오천만 원만 들고 옥션으로 향했다. 우선 이 돈을 주면서 빌어 볼 생각이었다. 나머지 오천만 원은 할부로 납부해도 되느냐고.

만약 어머니가 그 사실을 알게 되면 집안 망신시킨다고 노발대발하실 게 뻔하지만, 어쩌겠는가. 그녀의 능력이 그 정도뿐인데.

그녀는 얼굴에 철판을 깔고 당당하게 옥션 사무실로 들어갔다가 황당한 소리를 듣게 되었다.

"네? 이미 제 이름으로 그림값이 지불되었다고요?"

"네. 그래서 그림은 오은서 씨 집으로 배송되었습니다."

은서는 얼떨떨한 눈으로 직원을 쳐다보기만 했다. 순간 그녀의 머릿속에 떠오르는 얼굴이 딱 하나 있었다.

200만 원을 2억 반지로 갚는 황당한 짓을 아무렇지 않게 저

지르는 인간. 낡은 체육관에서 잠이나 자려고 3년치 회비를 완납하는 인간. 아무래도 루카스에서 그녀가 돈 필요한 일이 있는 걸 알게 되자 뒤에서 몰래 그림값을 냈나 보다. 혼자 멋진 척하려고.

"무슨 문제가 있습니까?"

"아뇨, 아니에요."

은서는 서둘러 직원에게 인사하고 밖으로 나와 방송국으로 돌아가는데 자꾸 실없는 웃음이 흘러나왔다. 우렁각시도 아니고 뭐야. 3분이나 그의 등짝을 신나게 때려 댄 게 이제야 좀 미안해졌다.

호텔은 바쁘게 돌아가는 서울 거리와 달리 느긋하게 시간이 흐르는 듯한 느낌의 공간이었다. 그녀는 숙박이 아니라 뷔페 때문에 몇 번 온 적 있는 호텔이었다. 아주 가끔 먹을 수 있는 뷔페이니만큼 믿을 수 있는 곳에서 먹어야 한다는 게 그녀의 철칙이었다. 새로운 식당에 대한 모험은 절대 이런 때 하면 안 되었다.

뷔페를 위해 일부러 아침도 안 먹었기에 배가 많이 고팠지만 아직 오지 않은 권후를 기다려야 했다. 그를 기다리는 일이 처음이라서인지 뭔가 굉장히 낯설고 신기했다. 그녀가 최권후를 기다리고 있다니.

로미오와 줄리엣 정도는 아니더라도 만나지 말아야 할 사람을 기다린다는 배덕감에 심장이 쫄깃했다. 그녀에게 중요한 건 뷔페였다. 최권후가 아니었다. 호텔 뷔페가 혼밥하기에는 너무 부담이라 최권후를 액세서리처럼 달고 가는 것뿐이었다. 편하게 식사하기 위해서.

그런데 눈은 최권후가 들어올 호텔 정문에서 떨어지지 않았다. 기다림에 너무 집중하니 허기도 느껴지지 않는 것 같았다. 안 되는데. 엄청 배고파야 했다. 그래야 뷔페를 맛있게 먹을 수 있었다. 이게 얼마만의 뷔페인데.

나는 배고프다. 나는 배고프다. 나는 배고프다. 그녀는 허기를 유지하기 위해서 배고프다는 말을 계속 뇌로 전달했다.

두근두근.

위가 꼬르륵거려야 하는데 심장이 두근댔다.

그래, 심장도 고플 수 있지. 전화라도 한번 해 볼까? 언제 오는지. 은서는 바로 고개를 저었다. 아니야. 그럼 엄청 기다리는 것 같잖아. 난 그냥 배고플 뿐이야.

은서는 두 눈을 꾹 감았다. 중학교 운동장에서 야구 배트를 던지며 뛰어나가는 선배 최권후의 모습과 응원하던 여학생들의 목소리까지 선명하게 떠올라서 그녀는 두 눈을 번쩍 떴다.

그때 호텔 정문을 통해 들어오는 권후가 그녀의 눈에 들어왔다. 어린 소녀가 그를 향해 손을 흔들자 그도 똑같이 손을 흔들어 주었다. 그때도 지금도 사람들은 최권후를 참 좋아했다. 이유도 없이, 대가도 없이. 그녀도 어느새 그한테 속수무

책으로 넋이 빼앗겼다.

그녀가 앉아 있는 곳까지 걸어온 권후는 말이 없는 그녀의 상태를 이상하게 여기고 고개를 옆으로 꺾었다.

"뭐야? 내가 너보다 늦었다고 화난 거야?"

은서는 바로 벌떡 일어나서 뷔페 입구로 걸어갔다. 인사도 없는 그녀의 태도에 권후는 역시 기분이 안 좋다고 생각하고 코를 찡그렸다.

오늘 그가 그녀보다 조금 늦은 건 입고 나올 옷을 신경 써서 고르느라 시간이 평소보다 좀 더 걸렸기 때문이다. 그녀한테 중요한 건 그보다 뷔페라도, 그는 최선을 다해 빛나는 존재감을 드러내야만 했다. 그런데 은서한테는 도통 안 통하는 것 같았다.

"예약하셨습니까?"

직원이 서비스업의 표본 같은 미소를 지으며 은서가 아니라 그녀의 뒤에 서 있는 권후의 얼굴을 보고 물었다. 그녀는 퉁명스럽게 대답했다.

"오은서 이름으로 두 명 예약이요."

"네. 안내해 드리겠습니다."

그렇게 뷔페를 애지중지했으면서 정작 뷔페에 와서도 은서가 전혀 기분이 안 좋은 것 같아서 권후는 그녀의 작은 뒤통수를 보며 오늘 어찌해야 할지 고민했다. 아무래도 말조심을 해야 할 것 같았다. 그녀는 주로 그의 말에 잘 흥분하고 감정 기복이 심해지니까.

직원의 안내로 자리에 도착하자 권후는 의자를 빼서 그녀를 쳐다보았다.

"여기 앉아."

은서는 부담스러운 눈으로 그와 의자를 바라보다가 그냥 맞은편 자리로 가서 앉았다.

"전 여기 앉을게요."

직원이 오히려 당황한 눈으로 권후를 쳐다보았다. 이리 멋있는데도 여자한테 퇴짜를 맞다니. 하지만 권후는 방금 아무 일도 없었다는 듯이 자연스럽게 그 의자에 앉았다.

"오늘 너……."

"전 음식 가져올게요."

권후가 다 묻기도 전에 은서는 일어나서 뷔페 음식이 있는 곳으로 걸어갔다.

그는 아직 떠나지 않은 직원에게 진심으로 물었다.

"제가 방금 무슨 실수했나요?"

직원은 절대 아니라고 고개를 저었다. 그럴 시간조차 없었으니까.

권후가 접시에 몇 가지 음식을 골라 담아 자리로 돌아왔을 때, 은서는 샐러드와 연어가 담긴 접시를 앞에 두고 가만히 앉아 있었다.

"왜 안 먹어?"

그는 그냥 장식이고, 오로지 음식을 위해 온 것이면서.

"사돈 올 때까지 기다리고 있었어요."

그래도 그를 조금은 신경 쓰는 것 같아서 권후는 피식 입꼬리가 올라갔다.

그가 자리에 앉자 은서는 바로 연어 샐러드를 포크로 찍어서 입에 가득 담고 씹었다. 포동포동하던 살은 다 없어졌지만 먹는 건 여전히 복스러웠다.

"배고팠어?"

"아침도 안 먹었어요."

어쩐지. 기분이 안 좋았던 게 아니라, 배고팠던 거군.

권후는 가져온 새우 껍질을 깠다. 긴 손가락으로 말끔하게 새우 속살만 발라내는 동작이 한참 지속되어서 은서는 샐러드를 먹으면서 쳐다보게 되었다.

새우를 좋아했나?

건너편 테이블에 앉아 있는 여자가 새우 껍질을 까는 권후를 자꾸 훔쳐보는 게 확실히 새우를 좋아해서가 아니라는 건 알 수 있었다. 만약 그녀와 함께 있는 게 아니었다면 저 여자는 그한테 전화번호를 물었을 거다. 그녀가 함께 있는데도 쳐다보는 여자도 불편하고, 그게 별일 아니라는 듯이 새우 껍질이나 까고 있는 최권후의 무심함도 짜증 났다.

은서는 씹던 샐러드를 꿀꺽 삼키며 충동적으로 물었다.

"사돈은 왜 연애 안 해요?"

멈칫, 새우를 까던 그의 손이 멈추었다. 그의 암갈색 눈동자가 그녀를 향하자 덩달아 그녀의 심장도 멈추었다. 절대 하지 말아야 했을 질문이었다. 이젠 그가 무슨 대답을 할지 더럭 겁이 났다.

권후가 다 깐 새우를 접시째 그녀의 앞에 놓으며 대답했다.

"해야지. 한 살이라도 어릴 때."

전혀 망설이지 않는 그의 대답에 은서는 마음이 시큰해졌다. 그가 연애할 여자가 누구든 그녀는 아닐 테니까.

그녀는 새우 접시를 밀어서 다시 그의 앞에 돌려주었다.

"그럼 새우 껍질은 나중에 연애할 여자한테만 까 줘요."

권후는 접시를 다시 그녀의 앞으로 밀었다.

"네가 사 주는 뷔페잖아. 이건 내 성의야."

그러고 보니 오늘 그녀가 돈을 내는 건 맞았다. 호텔 뷔페를 사 주는데 새우 몇 개 받아먹는 게 그리 큰 뇌물은 아닌 듯해서 은서는 새우 한 마리를 포크로 찍어서 입에 가져갔다. 막 새우를 먹기 전에 건너편 그 여자와 시선이 딱 마주쳤다. 은서는 보란 듯이 새우를 한입에 먹어 버렸다.

그녀가 잘 먹는 걸 보고 권후가 웃으며 물었다.

"맛있어?"

은서는 고개를 끄덕이며 새우 다섯 마리를 다 먹어 버렸다. 그녀도 나중에 남자랑 연애하게 되면 꼭 새우를 까 달라고 해야겠다. 남이 까 준 새우가 더 맛있는 것 같았다. 은서는 마음껏 먹고 싶어서 온 뷔페였기에 권후를 신경 쓰지 않고 많이 먹었다. 어차피 그는 그녀가 뚱뚱했던 모습도 다 봤으니 그녀가 잘 먹는다고 이상한 사람을 보듯 할 리도 없었다.

권후는 옛날 치킨집 이후 그녀가 잘 먹는 모습을 처음 보았다. 가족끼리 식사하는 자리에서 그녀는 조금만 먹고 거의 남기곤 했다. 방송국 사람들과 회식하던 자리에서도 마찬가지였던 것 같다. 그런데 지금 모습은 예전과 전혀 다르지 않아서 권후는 기분이 좋았다.

"왜 이렇게 못 먹어요?"

오히려 오늘은 그가 못 먹는다고 그녀한테 타박을 당했다.

"그래서, 내가 잘 먹으면 다음에도 뷔페 같이 올 거야?"

그의 질문에 은서는 움찔했다. 그와 다시 만날 약속을 잡는 건 너무 위험한 일이었다. 은서는 화제를 돌리기 위해서 가방을 열어 지갑을 꺼냈다. 그녀의 지갑에서 나온 건 오천만 원짜리 수표였다.

"우선 오천만 원 드릴게요. 나머지 오천은 천천히 갚아도 될까요?"

그녀가 내민 돈을 보고 권후는 눈을 가늘게 떴다.

"갑자기 나한테 이 돈을 왜 주는 거야?"

그의 질문에 은서는 의아해졌다. 당연히 알 것이라고 생각했으니까.

"제 그림값, 대신 내줬잖아요."

"……"

권후는 말없이 은서가 내민 수표를 바라만 보았다.

그의 반응이 이상해서 은서는 눈치를 보며 물었다.

"혹시 제가 돈 돌려줘서 기분 상한 거예요?"

그제야 권후는 웃으며 수표를 그녀의 앞으로 밀어 넣었다.

"그래. 내가 고작 그림 한 점 너한테 못 사 줄 정도로 남은 아니잖아."

"하지만……"

"그럼 이번엔 네가 나한테 차용 증서 쓰든가."

'차용 증서'라는 말에 은서는 심장이 쿵 내려앉았다. 그녀가 가지고 있던 차용 증서 덕분에 인터뷰하게 되었지만, 그로 인해 두 사람도 자꾸 부딪히게 되었다. 만나면 안 되는 사람을 자꾸 만나게 되니 그녀의 배덕감도 점점 옅어져 버렸다. 이러다 큰코다칠 거라는 위기감은 언제나 느끼고 있었다. 지금 이 순간도. 그녀가 그에게 차용 증서를 주면 그건 또 두 사람 사이에 어떤 영향을 끼칠지 불안했다.

"난 화장실 다녀올 테니까, 넌 차용 증서나 쓰고 있어."

권후는 그녀가 거절할 틈을 주지 않고 자리를 떠나 화장실로 향했다.

권후는 화장실 앞에서 백 비서에게 전화를 걸었다.

"당장 오은서가 산 그림값을 누가 냈는지 알아봐."

그림값을 낸 사람은 그가 아니었다. 그는 은서가 그림을 산 줄도 몰랐다. 권후는 기분이 거지 같았다. 이리 황당한 경험을 전에도 한 번 당했었다. 바로 그 넥타이. 느닷없이 맞은 따귀처럼 예고도 없이 평범한 일상을 망쳐 버리는 게 그때와 똑같았다. 만약 이번에도 차승재의 이름이 나온다면, 이건 우연이 아니라 악연이었다. 권후는 핸드폰을 꽉 움켜잡았다.

　

　은서는 차용 중서를 쓰지 못 했지만 돈을 다시 권후에게 돌려주지도 못했다. 그럼 분위기가 정말 안 좋아질 것 같았으니까. 오랜만에 기분 좋은 뷔페였다. 끝까지 좋은 자리로 남기고 싶었다. 그래서 돈 문제는 다음에 해결하기로 했다.
"진짜 이걸 다 먹겠다고?"
　이제 두 사람 앞에는 다섯 개의 케이크가 놓였다. 케이크를 보는 권후의 표정이 악마를 보는 듯한 표정이었다.
"식사의 마무리는 디저트잖아요. 먹으면 당 충전이 되어서 기분이 좋아져요."
　그는 정말 더 먹을 수 없을 것 같았지만, 못 먹겠다는 말을 할 수도 없었다. 은서가 지금 돈 갚겠다는 말을 못 하는 것과 같은 이유였다. 오래간만에 좋은 자리를 그의 속 좁은 위장 때문에 망칠 수는 없었다. 먹기 벅찰 때는 일부러 대화를 시도했다.
"넌 다음 인터뷰 누구 하는데?"
　그의 질문에 은서는 절로 얼굴이 찌푸려졌다. 그녀의 얼굴에 속마음이 다 드러나서 권후는 짧게 웃으며 말했다.
"우리 어머니만 아니면 되지."

지나가는 투로 한 말에 그녀의 씹는 동작이 멈추고 눈이 커진 걸 보고 그도 같이 놀랐다.

"진짜 우리 어머니라고? 너 간이 배 밖으로 나왔구나."

"안 해요! 딴 사람 할 거야."

그렇게 인터뷰이는 제인 리로 순식간에 정해져 버렸다. 그녀도 놀랄 만큼. 양 피디가 시켜서 어쩔 수 없이 한다는 마음이 아니라 꼭 제인 리 인터뷰를 성공시키고 싶었다. 그래야 권후에게 한 말이 거짓말이 안 될 테니까.

그는 지나친 당 섭취로 속이 거북했지만 꾹 참으며 말했다.

"네가 밥을 샀으니까 내가 선물을 줄게. 뭐 가지고 싶어?"

"괜찮아요. 내가 꼭 뷔페 오고 싶어서 온 거니까."

혼자 오기 부끄러워서 그를 데려온 것이었기에 은서는 양심상 그한테 선물을 받을 수 없었다. 그녀가 단박에 선물을 거절하자 최권후는 그럴 줄 알았다는 표정을 지었다. 어느새 웃음의 흔적이 말끔히 사라진 무표정이 그녀의 심장을 예리하게 찔러 댔다.

"내가 주는 걸 받기 무서운 게 아니라?"

같이 잘 먹어 놓고 왜 그녀를 공격하는 건가 싶었다. 마치 그녀가 큰 실수라도 한 것처럼. 그가 그녀를 물끄러미 쳐다보며 압박해 왔다. 그녀의 입에서 뭘 받을지 듣고야 말겠다는 듯이. 아마도 그녀가 또다시 그한테 뷔페를 같이 가자는 말은 하지 않을 걸 알기에 이러는 것 같았다. 그래서 은서는 일부러 지금 그가 절대 줄 수 없는 선물을 말했다.

"그럼 첫눈을 내려 줘요. 나 눈 내리는 걸 보고 싶으니까."

그녀도 심술이었다. 그가 웃어 주지 않는 것에 대한. 오늘은 웃으며 헤어지고 싶었으니까.

첫눈이란 말에 그의 눈이 살짝 커졌다가 가늘어졌다. 권후는 그건 불가능하다고 말하는 대신 천천히 고개를 돌려 창밖을 보았다. 달은 밝았고, 눈이 올 만큼 추운 날씨도 아니었다.

은서는 그의 대답을 딱히 기대하지 않았다. 그저 그가 불가능한 걸 인정하면 마지막으로 부탁만 할 생각이었다. 두 사람의 관계를 곤란하게 만드는 행동은 앞으로 자제하라고.

"그래. 알았어."

그런데 그가 선선히 선물로 첫눈을 주겠다고 하자 은서는 당황했다. 만약 그녀가 별을 따 달라고 했어도 그는 똑같이 말했을 것 같았다. 허세가 분명했다. 기껏해야 유치하게 눈 스프레이를 뿌리겠지. 은서는 그의 자신감을 깎아내렸다. 결코 그가 멋지게 첫눈을 선물로 주길 바라지 않았다.

은서는 권후가 데려온 곳을 말없이 올려다보았다. 정말 상상도 못 한 곳이기는 했다.

"왜 저를 회사로 데려온 거예요?"

권후가 그녀를 데려온 곳은 판교에 있는 라온 본사였다.

"들어가 보면 알아."

"눈 내리게 한다고 회사 직원들 동원한 거면 그거 정말 갑질이에요. 저 노동청에 신고할 거예요!"

그녀의 경고에도 권후는 개의치 않고 회사 건물 안으로 성큼성큼 걸어 들어갔다. 은서는 이제 그가 무슨 짓을 벌일지 걱정이 되어서 서둘러 그의 뒤를 쫓아갔다. 그녀의 말 때문에 벌어진 일이니까 그녀가 막아야 했다.

"안녕하십니까! 대표님."

권후가 그녀를 데리고 간 곳에 라온 직원이 있기는 했는데, 프로그래머 두 명과 샤넬 비서뿐이었다. 그리고 주위에 눈 스프레이나 조설기 같은 건 보이지 않았기에 은서는 이상하게 생각하며 둘러보았다. 눈이 될 만한 건 전혀 보이지 않고 컴퓨터와 기계들뿐이었는데, 권후가 그녀에게 직원들을 소개했다.

"우리 회사 VR 개발팀이야."

VR이라는 말에 은서는 한 대 얻어맞은 표정으로 권후를 쳐다보았다. 그러고 보니 이 인간이 게임 회사 대표였지.

"그러니까, 보여 준다는 첫눈이……."

"요즘 같은 인공 지능 시대에 안 될 게 뭐가 있겠어."

권후는 그리 말하며 다짜고짜 그녀의 얼굴에 VR 기기를 씌워 주었다.

"시작해요."

권후의 지시가 떨어지자 프로그래머들은 기기를 조작하기 시작했고, 곧 VR 화면이 시작되었다.

은서는 어느새 펑펑 눈이 쏟아지는 설원 위에 서 있었다. 높게 솟아오른 침엽수들과 광활한 벌판이 모두 하얀 눈에 뒤덮여 있었다. 새하얀 세상은 아름다우면서도 쓸쓸했고, 고요하면서 청아했다. 그녀는 고개를 들어 하늘을 올려다보았다. 눈이 끝도 없이 그녀의 얼굴 위로 쏟아져 내렸다. 이대로 그녀까지 덮어 버릴 것처럼. 끝없이 더러운 걸 씻겨 내는 것처럼.

은서는 저도 모르게 손을 뻗어 눈을 잡으려고 했다. 이게 VR이라는 걸 망각할 정도로 모든 것이 너무 생생했다.

"어때? 진짜 같지?"

권후의 목소리가 들리자 은서는 고개를 내려 뒤를 보았다. 건장한 체격의 게임 캐릭터가 서 있었다.

"이게 우리가 처음으로 같이 보는 첫눈이네."

권후가 아닌 얼굴이 권후의 목소리로 말했다.

"너도 그 말 믿어?"

저벅, 그가 가까이 다가왔지만 그의 얼굴이 아니기 때문인지 물러나야 한다는 위기감이 안 생겼다.

"사랑하는 사람과 첫눈을 같이 맞으면 안 헤어진다는 말."

하지만 이 눈은 가짜다. 진짜가 아니다.

그녀의 생각을 읽은 듯이 그가 더 낮아진 목소리로 물었다.

"뭐가 걸리는 거야? 이 눈이 가짜인 거? 아니면, 내가 사랑하는 사람이 아닌 거?"

은서는 도둑질하다 들킨 사람처럼 심장이 무섭게 뛰어 댔다. 눈이 가짜인 것만 신경 쓰고 사랑하는 사람에 대해서는 조금의 의심도 안 했다는 걸 그한테 들키기 싫어서 은서는 서둘러 말을 돌렸다.

"그, 그런데 무슨 게임이 계속 눈만 내려요."

눈이 내리는 걸 보고 싶다는 그녀를 위해서 게임의 배경만 재생한 것이었다.

"아! 이거 좀비 게임인데, 아마 저기쯤에서 곧 좀비가……."

좀비라는 말을 듣자마자 은서는 권후의 팔을 움켜잡으며 그 등 뒤에 숨었다.

"좀비가 어디 있는데요?"

무서워서 떨어지지 못하는 그녀를 보고 권후는 웃음을 삼켰다. 5년 전에는 그를 피해 형의 뒤에 숨었는데, 이제 다시 그한테 돌아왔다고 생각하니 만족감에 전율하게 되었다. 눈이 그녀를 위한 아름다운 것이었다면, 이건 그를 위한 사랑스러운 것인가 보다. 여기까지 데려온 보람이 있었다. 이대로 계속 이 눈 속에서 함께 있고 싶은 기분이었다. 이곳이 가짜 세상이라는 걸 그가 가장 잘 알고 있건만.

"아마 이 근처에 숨어 있을 거야."

그리 말하며 권후는 슬쩍 팔을 들어 그녀의 어깨를 감싸 안았다. 팔 안에 들어오는 작은 몸이 지금은 그한테 속해 있다는 느낌이 만족스러웠다.

은서는 어딘가에 숨어 있다는 좀비를 신경 쓰느라 그가 안은 것도 의식하지 못하는 듯했다.

"내가 옆에 있으니 안심하고 눈 구경이나 해."

은서는 그의 말에 정말 안심이 되었다. 바로 옆에 있으니 무엇이 나타나든 그가 그녀를 지켜 줄 것이란 믿음이 있었다. 평소에는 자기 마음대로 행동하는 그 때문에 곤란한 일이 많지만, 정말 위험한 일이 닥치면 그는 믿고 의지할 수 있는 사람이었다.

중학교 때 그가 친 야구공에 맞고 기절했을 때도 다들 구경만 했는데 그가 그녀를 안아 들고 의무실로 뛰었었다. 지금보다 더 몸무게가 나가서 무거웠을 텐데도 의무실에 도착할 때까지 한 번도 멈추지 않았다고 했다. 그리고 의무실에서 병원까지 따라와 그녀가 깨어날 때까지 옆에 있어 주었다. 그가 그렇게 책임감 있게 행동하지 않았다면 그녀가 눈을 떠서 제일 먼저 보게 된 그의 얼굴에 반하는 일도 없었을 거다.

그의 말과 달리 끝까지 좀비가 나타나지 않자 은서는 그가 농담했단 걸 깨달았다. 그리고 그제야 그의 팔이 그녀를 안고 있는 걸 알아챘다. 이 상황이 싫지 않다는 게 제일 난감했다. VR 게임 속 모든 게 가짜였지만, 단 하나만 진짜였다. 그녀를 안아 준 사람의 온기.

쿵쿵쿵, 고동치는 심장 소리가 변방에 퍼지는 북소리처럼 울렸다.

"그래서 좀비는 언제 나와요?"

또 묻자 권후의 낮은 웃음소리가 그녀의 머리 위에서 들려왔다. 그리고 그가 어깨를 안은 팔을 풀며 그녀한테서 떨어졌다. 온기가 사라진 곳에 자리를 잡은 허전함이 생각보다 커서 은서는 당황했다.

"이제 집에 가자."

그 말은 이제 정신을 차려야 할 시간이라고 그녀의 귀에 들려왔다.

잠깐 꿈을 꾸다 나온 것 같았다. 하지만 이제 다시 현실이었기에 은서는 깍듯하게 작별 인사를 하기로 했다.

"집은 각자 알아서 가요."

볼일이 끝났다고 그녀가 쌩하니 가 버리려고 해서 권후는 평소보다 더 서운했다. 그래도 VR 룸에서는 꽤 가까워진 느낌이었으니까. 그가 안고 있어도 그녀는 뿌리치지 않았다.

설마 그걸 끝까지 몰랐다고?

캐물어 봤자 은서가 솔직하게 말할 것 같지 않았기에 권후는 다른 방법을 쓰기로 했다. 그는 손으로 배를 만지며 시든 목소리로 말했다.

"케이크 먹은 게 소화가 안 되는 것 같아."

자신이 사 준 뷔페 때문에 그가 속이 안 좋다고 하자 은서는 움찔했다.

"그럼 소화제 사 줄게요."

"그래도 당장 운전하는 게 힘들겠어."

"그래서 저보고 어쩌라고요?"

권후가 원하는 건 간단했다.

"내 집까지 운전해 줘."

좀 더 같이 있고 싶다는 순수한 마음을 권후는 대리운전으로 표현했다. 그녀는 마음이 약해서 그가 아프다고 하면 거절 못 할 걸 알았기에. 역시나 은서는 거절하지 못했다.

조수석에 탄 권후가 의자를 뒤로 젖히고 아예 자려고 하자 은서는 경고했다.

"자지 마요."

내가 운전하는 차가 호텔이냐.

"소화시키는 거야."

소화 잘되라고 확 가속하고 싶다.

"그러게 누가 억지로 먹으래."

그녀가 투덜거리는 소리를 들은 권후가 한쪽 눈을 떠 운전하는 그녀를 보았다.

"방금 뭐?"

"아무 말도 안 했어요."

입을 꾹 다무는 그녀의 옆얼굴을 보고 권후는 웃음을 삼켰다. 그녀는 단순했다. 그래서 쉬워 보이지만 전혀 그렇지 않았다. 은서는 단순했기에, 자신이 하지 말아야 할 것에 대한 구분도 명확했다. 그 하지 말아야 할 선 안에 재수 없게도 그가 들어가 있었다. 어쩌면 그가 꿈만 좇느라 그녀를 잡을 기회를 놓친 건지도 몰랐다.

이렇게 어려운 상황이 되어 버린 게 그가 너무 늦은 탓이라면, 그는 누구도 원망할 수 없었다. 그러니 그녀한테는 더더욱 억울한 티를 낼 수가 없다. 지금으로써는 그녀를 방심하게 만드는 방법밖에 없었다. 그게 그녀를 해치는 일은 아니었으니 권후는 더더욱 뻔뻔해지기로 했다.

그의 집은 회사가 있는 판교에 있어서 금방 도착했다.

"여기 맞죠?"

그가 혼자 사는 아파트는 처음 와 보는 은서는 그에게 확인했다.

"맞아. 너 처음이지?"

당연히 처음이다. 그녀가 여길 왜 와 보겠나. 언니의 결혼생활 내내 그녀는 그를 피해 다니기 바빴는데.

"내려요."

"들어갔다 갈래?"

그녀의 말과 그의 말이 동시에 나왔다. 그녀는 놀라 눈이 커졌다. 늦은 밤에 사돈에게 들을 수 있는 말이 절대 아니었으니까. 그녀는 거세게 고개를 저었다.

"싫어요."

두 눈에 거부의 뜻을 명확하게 뿜어내고 있는 그녀의 얼굴을 보고도 권후는 웃으며 그녀를 꼬셨다.

"너한테 줄 물건이 있어."

"또 선물은 필요 없어요."

"아니라, 원래 네 물건."

그한테 있는 그녀의 물건이 무엇인지 은서는 쉽게 짐작할 수 없었다.

"그럼 택배로 보내 주세요."

"그러다 분실되면 너한테 미안하지."

"우리나라 택배 회사가 그리 허술하지 않아요."

"넌 택배 회사는 믿으면서, 난 안 믿어?"

권후가 너무한 거 아니냐는 눈으로 쳐다보자 은서는 조금 마음이 쓰여서 다른 대안을 내놓았다.

"그럼 전 집에 들어가지는 않고, 문밖에서 기다리고 있을 테니까 물건 가지고 나와 주세요."

더 이상 타협은 힘들 것 같아서 권후도 알았다고 고개를 끄덕였다. 그제야 두 사람은 함께 차에서 내려 권후가 사는 집으로 같이 올라갔다. 엘리베이터 안에서 은서는 엘리베이터 계기판만 쳐다보았다. 집에는 안 들어가기로 했지만 그래도 그가 사는 곳이라서인지 굉장히 신경 쓰였다.

권후는 손가락을 톡톡 두드리며 그녀를 쳐다보았지만, 별말을 하지는 않았다. 여기서는 그녀가 못 참고 도망치고 싶어도 도망칠 구석이 없으니까. 그가 그 정도로 잔인하지는 않았다.

땡―.

18층에서 멈춘 엘리베이터가 열렸다. 그의 집은 엘리베이터에서 다섯 걸음만 걸어가면 있었다.

"잠깐만 기다려."

그녀가 들어가지 않겠다고 했기에, 권후는 그녀를 집 앞에 세워 두고 혼자 문을 열고 들어갔다. 그가 일부러 문을 열어 두고 갔기에 문틈 사이로 실내가 조금 보였지만, 은서는 등을

지고 서서 안 보려고 했다. 그의 집이 어떻게 생겼는지 그녀는 전혀 궁금하지 않았다. 그렇게 세뇌하고 있는데, 갑자기 앞집에서 인기척이 들려서 은서는 움찔했다.

뭐야. 설마 나오는 건 아니겠지?

여기 있는 걸 아무한테도 들키고 싶지 않았다. 은서는 안절부절못했다.

덜컹—.

앞집 문이 열리는 순간, 은서는 빠르게 권후의 집 안으로 들어가서 현관문을 닫아 버렸다. 그리고 현관문에 달라붙어 작은 외시경으로 밖을 살폈다. 패션업에 종사하는 것 같은 멋진 여자가 앞집 문을 열고 걸어 나왔다. 앞집 여자가 엘리베이터로 걸어가는 것까지 지켜보고 있는데, 누군가 그녀를 쳐다보는 기운이 느껴졌다. 눈동자를 움직여 옆을 보니 권후의 얼굴이 바로 앞에 있었다.

"뭐 하는 거야?"

은서는 어깨를 움츠리며 변명했다.

"제가 집에 들어오고 싶어서 들어온 게 아니라, 앞집 사람 때문에……."

그녀를 탓하려던 게 아니었기에 권후는 손에 들고 있던 물건을 그녀에게 내밀었다. 그건 그녀의 눈에 너무 익숙한 물건이었다. 권후에게 돈을 빌려줄 때, 그녀는 복주머니까지 같이 줘 버렸었다. 그녀한테 있었을 때는 어린 시절의 행복이었고, 권후한테 주었을 때는 러브레터 대신 준 그녀의 마음이었다.

은서는 믿을 수 없다는 눈으로 복주머니를 쳐다보며 물었다.

"이걸 어떻게 아직도 가지고 있어요?"

말하는 그녀의 목소리가 떨렸다. 그가 짧게 웃으며 말했다.

"너도 내가 써 준 차용 증서 가지고 있었잖아."

그거야 그녀는 빌려준 돈을 받아야 했으니까. 은서는 복주머니를 돌려받고 뭐라고 말해야 할지 알 수 없었다. 원래 그녀의 물건이었으니 그한테 고맙다고 말하는 것도 이상했다.

"그럼 전 물건 받았으니 갈게요."

이대로 간다는 그녀가 서운하기는 했지만, 권후는 억지로 그녀를 붙잡지는 않았다.

"그래. 잘 가."

은서는 복주머니를 손에 쥐고 현관문을 열었다. 그의 집에서 나오는 순간, 꼭 그에게 못다 한 말이 있는 듯이 자꾸 돌아보고 싶어졌지만 그녀는 그러지 않았다.

은서는 엘리베이터로 걸어가 버튼을 꾹 눌렀다. 그리고 다시 복주머니를 보는데 끝에 살짝 탄 자국이 있었다. 물건을 제대로 보관하지 않았다고 그에게 성을 내야 하나. 차마 그럴 수도 없어서 머리가 복잡했다.

땡ㅡ.

엘리베이터는 금방 열렸다. 은서는 엘리베이터 안으로 걸어 들어갔다. 1층 버튼을 누르는데 현관문을 열고 나오는 권후가 보였다. 은서는 멍하니 걸어오는 그를 쳐다보았다. 엘리베이터 앞까지 온 그가 그녀의 얼굴을 보며 물었다.

"사실 너도 알고 있잖아."

뭐를?

"내가 결혼식에서 널 다시 만났을 때 얼마나 반가워했는지."

그녀의 눈동자가 크게 일렁였다. 그때 엘리베이터 문이 닫히기 시작했다. 그리고 엘리베이터 밖에 있던 권후가 순식간에 닫히는 문 사이로 들어와 그녀의 입술에 입을 맞추고 다시 원래 자리로 돌아갔다. 그녀가 무슨 일이 벌어졌는지 깨달았을 때 이미 엘리베이터 문은 굳게 닫혀 있었다.

털썩, 그녀의 몸이 바닥으로 무너져 내렸다. 몸이 너무 떨려서 똑바로 서 있을 수가 없었다. 은서는 손을 들어 입술을 만졌다. 꽃잎이 떨어진 흔적처럼 그의 체온이 남아 있었다.

그녀가 야구공에 맞고 기절했다가 눈을 떴을 때, 그의 청량한 얼굴을 보자마자 마음을 훅 빼앗겼던 것처럼 1초면 충분했다. 그가 그녀의 마음을 마음대로 휘저어 놓은 데는 고작 1초가 필요했을 뿐이다. 그와 거리를 두기 위해서 5년이나 그렇게 노력했는데도 단 1초 만에 그는 그 모든 걸 무용지물로 만들어 놨다.

입맞춤은 찰나였지만, 떨림은 오래 지속되었다. 어쩌면 반칙이었는지도 몰랐다. 그러나 이젠 은서가 그한테 다가오기를 기다릴 수만은 없다는 걸 깨달았다. 은서한테 그건 가족에 대한 배신이었으니. 차라리 그가 나쁜 놈이 되는 게 더 나았다.

엘리베이터는 이미 1층으로 내려가고 있었지만, 권후는 엘리베이터에서 눈을 떼지 못했다. 방금 여인에게 따뜻한 입맞춤을 한 남자치고는 표정이 딱딱하게 굳어 있었다. 판도라의 상자가 열린 것처럼 생각이 나 버려서.

그녀한테 입을 맞춘 건 전혀 후회하지 않지만, 그녀의 관심을 끌기 위해 복주머니를 꺼낸 건 좀 후회가 되었다. 그녀한테 돌려준 복주머니 때문에 아주 오랜만에 생각나 버렸다. 미국에서 있었던 일이. 이제는 더 이상 생각하고 싶지 않았건만, 과거의 물건은 이래서 위험한 건가 보다.

8년 전.
"리차드. 그건 뭐야? 지갑이 아주 독특하네."

그가 돈을 꺼내는 복주머니를 처음 본 같은 팀 동료가 신기해하며 물었다. 권후는 빌렸던 돈을 돌려주며 간단명료하게 대답했다.

"내 행운의 부적."

한국을 떠날 때 유일하게 들고 왔던 은서의 복주머니는 이제 그와 가장 오래 동고동락한 물건이 되었다. 힘들 때도, 좋은 일이 있을 때도 권후는 습관처럼 이 복주머니를 손에 쥐었다. 중학생이었던 소녀는 이제 대학생이 되었을 것이다. 어쩌면 근사한 남자 친구가 생겼을지도 모른다고 생각하니 입 안이 썼다.

그의 미국 생활은 하루하루가 치열하게 흘러가고 있었다. 그래서 어느새 보통의 행복은 생각하지 않게 되었다. 팔자 늘어졌던 부잣집 도련님은 버린 지 오래였다.

트리플A 리그까지 오는 것도 힘들었지만, 목표로 삼은 메이저 리그는 여전히 꿈의 무대였다. 메이저 리그는 야구를 하는 모두가 욕심내는 자리였기에, 메이저 리그 문턱 앞이 가장 치열할 수밖에 없었다.

"메이저 리그 스카우트팀이 선수를 뽑으려고 이번 경기 보러 온다는 소문이 있어."

이동하는 차 안에서 쿠마르가 그의 귀에 대고 정보를 알려주었다.

"진짜야?"

"주전 타자 한 명이 어깨 부상이 심해졌나 봐. 그래서 이번엔 타자를 보강하려고 한대."

쿠마르는 고개를 돌려 버스 가장 뒷자리에 앉아 있는 덩치 큰 흑인 선수를 보았다. 그는 살벌한 눈빛으로 권후의 뒤통수를 노려보고 있었다.

"쿠퍼가 모델 여자친구 너한테 뺏긴 일로 호시탐탐 노리고 있으니까 조심해. 이런 중요한 시기에 사고 치면 안 돼."

"나랑 아무 일 없었어."

"그 모델이 너한테 꽂힌 거 자체가 쿠퍼한테는 눈 돌아가는 일이야. 그러니까 그냥 무조건 피해."

그도 어리석게 싸움에 휘말려서 7년의 노력을 물거품으로 만들고 싶지 않았기에, 쿠퍼가 어떤 식으로 도발해도 참을 생각이었다.

쿠마르의 말이 사실이었는지 버스에서 내리자 크리스토퍼 코치가 그를 불렀다. 권후는 쿠마르에게 가방을 맡기고 코치를 따라갔다.

"오늘 시합에서는 무조건 홈런을 쳐. 할 수 있겠지?"

"정말 메이저 리그에서 왔나요?"

그토록 바라는 기회를 오늘 얻을 수도 있을지 모른다고 생각하니 온몸이 아드레날린으로 가득 차는 기분이었다.

"네가 하기에 달린 거야. 난 널 믿는다."

A 리그에서부터 그를 눈여겨본 크리스토퍼 코치는 권후가 야구 이외의 문제로 많은 시간을 허비한 것을 알기에, 이번에 반드시 기회를 잡기를 바랐다. 그가 빅 리그에 설 수만 있다면 리차드 최라는 이름은 금방 전 세계 사람이 알게 될 것이었다. 그때부터가 진짜였다.

코치와 이야기를 끝내고 들뜬 기분으로 로커 룸으로 간 권후는 쿠마르가 두 명의 선수한테 양팔을 붙잡혀 있는 걸 발견하고 멈추어 섰다.

"뭐 하는 거야? 당장 놔줘!"

그때 쿠퍼가 유유히 그의 앞으로 걸어 나왔다. 쿠퍼의 손에는 익숙한 물건이 들려 있었다.

"이게 네 행운의 부적이라면서?"

권후는 그 말을 팀원 중 한 명한테밖에 한 적이 없었기에 고개를 돌려 자신에게 돈을 빌려준 적 있는 앤드류를 쳐다보았다. 그는 고개를 돌려 권후의 시선을 피했다.

쿠퍼가 그를 조롱하는 목소리가 들려왔다.

"그럼 이게 없으면 넌 오늘 시합에서 홈런을 못 치는 건가?"

권후는 주먹을 꽉 움켜쥐며 쿠퍼를 노려보았다.

"내 물건, 당장 돌려줘."

분노를 참으며 말로 해결하려는 그를 쿠퍼는 가소롭다는 듯이 쳐다보며 복주머니를 흔들었다.

"돌려받고 싶으면 무릎 꿇어."

쿠마르가 그에게 외쳤다.

"리차드. 말려들지 마! 그냥 무시해."

그도 그러려고 했다. 오늘만은 어떤 일이 생겨도 참고 시합에만 집중할 생각이었다. 그런데 쿠퍼의 손에 들려 있는 복주머니를 보니 참기가 너무 힘들었다. 소중한 그의 마음이 모욕당한 기분이었다.

─ 네가 하기에 달린 거야. 난 널 믿는다.

크리스토퍼 코치의 말이 겨우 그의 이성을 붙잡아 주었다. 권후는 천천히 몸을 돌렸다. 그의 꿈이 이루어질 순간이 바로 코앞에 있었다. 은서도 그의 꿈을 응원해 주며 저 복주머니를 준 것이니 이해해 줄 것이다.

"쯧. 이건 필요 없나 보네."

그가 도발에 쉽게 넘어오지 않자 쿠퍼도 신경질적인 표정을 지으며 라이터를 꺼냈다.

"그럼 태워 버려도 상관없겠군."

라이터의 불이 켜지며 복주머니의 끝을 까맣게 태웠다.

쾅!

권후가 발로 의자를 걷어차 쿠퍼에게 날린 것도 순식간에 일어난 일이었다.

로커 룸에서의 싸움은 바로 감독과 코치에게 전해졌다.

"시합하러 와서 싸움질을 해! 너희가 그러고도 야구 선수 자격이 있어!"

감독은 그 자리에서 싸움을 주도한 쿠퍼와 권후를 주전에서 빼 버렸다. 크리스토퍼 코치의 실망한 눈과 마주친 권후는 어떤 변명도 할 수가 없었다.

"그럴 가치가 있는 물건이었어?"

사실 권후도 잘 모르겠다. 처음엔 무조건 야구를 위해서 참아야 한다고 생각했다. 그것이야말로 가치 있는 일이라고.

그런데 복주머니가 타는 걸 본 순간 가치는 그가 선택할 수 있는 게 아니게 됐다. 그가 한국을 떠나 미국으로 오는 걸 선택해 최권후란 이름을 버리고 리차드 최로 살고 있지만, 여전히 그의 안에 한국인 최권후가 남아 있는 것처럼. 그가 버리려고 해도 결코 버릴 수 없는 게 있었다.

제대로 잠을 설쳤다. 이젠 '권후'라는 이름은 떠올리기만 해도 그녀를 끝없는 혼란으로 끌어들였다. 그러니 제인 리 인터뷰를 성공할 때까지는 일에만 집중하기로 했다. 그녀가 해결할 수 없는 관계에 매달리기보다 그녀가 할 수 있는 일을 잘 해내고 싶었다.

"아직 시간 있으니까 차승재 말고 다른 연락책을 더 찾아봐요."

어렵게 제인 리의 한국 지인이 차승재라는 걸 알아 왔는데 담당 피디가 그걸 배제하겠다고 하자 조연출은 황당하다는 표정을 지었다. 이게 무슨 개고생인가 싶었다.

은서도 알았다. 차승재가 가장 성공 확률이 높은 선택이라는 걸. 하지만 인터뷰하는데 그녀의 자존심까지 내팽개칠 수는 없었다. 이건 차승재 인터뷰가 아니라 제인 리 인터뷰였다. 그러니 반드시 차승재가 필요한 건 아니었다.

"할리우드에 있는 제인 리 기획사로 연락했더니, 한국 영화사를 통해서 스케줄을 잡으라는 답변이 왔고요. 매니저 연락처는 끝까지 안 알려 주더라고요."

"SNS를 통해서 뭔가 정보를 알아낼 수도 있을 거예요. 그러니까 이 작가는 매니저 SNS도 확인해 봐요. 난 제인 리 SNS 볼게요."

"하아. 그냥 확 할리우드까지 비행기 타고 날아가고 싶네요."

 한국이었다면 발로 뛰어서 어떻게든 마주칠 기회를 만들었을 텐데, 지금은 그게 안 되니까 더 답답한 일이었다. 은서도 그러고 싶은 마음이 굴뚝 같았지만, 그것도 제인 리를 어디서 만날 수 있는지 알아내야만 실현할 수 있는 작전이었다.

 그녀는 자리에서 햄버거로 끼니를 때우며 제인 리의 SNS를 하나하나 확인했다. 유명 스타는 만나는 사람이 많고, 가는 곳들도 화려했다. 마치 딴 세상 사람 같은 느낌이었다.

 언어와 국적이 다르니 딴 세상이 맞긴 하군.

 Rrrrrrrrr— Rrrrrrrrr—.

 전화가 울리자 은서는 움찔했다. 권후의 전화였다. 그녀는 감히 받을 용기가 생기지 않았다. 아무렇지 않은 얼굴로 만날 수 없다면 안 만나는 방법밖에 없었다. 무슨 이야기를 나눌지 모르겠다면 전화도 안 받는 게 나았다.

 왜 인제 와서 이렇게 흔들리고 바보처럼 굴고 있는 걸까. 아마도 사람들이 이런 걸 미련이라고 말하나 보다. 첫사랑의 잔해 같은.

[고객님이 전화를 받지 않아서 소리샘으로 연결됩니다.]

 은서가 전화를 받지 않았다. 그럴 수도 있겠다 생각은 했는데, 진짜 당하고 보니 기분이 역시 별로였다.

그렇다고 그가 성급했다고는 절대 생각하지 않았다. 무려 15년이었다. 서로 만나지 못했던 10년의 세월 속에서도 그는 은서를 잊지 않고 기억했다. 그랬기에 그 복주머니를 끝까지 포기할 수 없던 것이었다. 그러니 결코 성급했던 게 아니었다. 충동도 아니었다. 장난은 더더욱 말도 안 되었다. 설마 은서가 그걸 모를까. 그가 아무리 가볍게 굴었어도, 그런 짓까지 가볍게 할 못된 놈이라고 생각했을까.

상대방이 응답이 없으니 그의 마음만 까맣게 타들어 갔다. 이대로 은서가 연락해 올 때까지 기다릴 수는 없었다. 그럼 또 얼마나 많은 시간을 허비해야 할지 몰랐다.

너는 버틸 수 있을지 몰라도, 나는 아냐.

이미 폭발 직전이었다.

톡톡, 성마르게 손가락을 두드리던 권후는 핸드폰을 다시 들어 올려 누군가의 전화번호를 찾았다.

형수님

그의 형의 전부인, 그리고 은서의 언니.

그래도 가족 중에 가장 써 볼 만한 패였다. 수정이 보기와 달리 정이 많은 건, 시후를 대하는 것만 봐도 알 수 있었다.

권후는 마음을 정하고 통화 버튼을 눌렀다. 통화 연결음이 가는 동안 수정과 했던 마지막 대화가 무엇이었는지 떠올려 보았다. 태강 주식 매도 때문에 전화했었다.

— 이혼 축하하는 의미로 제가 싸게 드릴게요.

그가 좀 재수 없게 말했던 것 같기도 하다.

― 그럼 저도 도련님이 이혼할 때 꼭 축하해 드릴게요.

수정이 했던 말이 떠오르자 권후는 아무래도 안 되겠다 싶어서 그냥 통화 종료 버튼을 누르려고 했는데, 그의 손가락보다 저쪽이 한발 빨랐다.

달칵―.

[결국 전화를 하셨네요, 도련님.]

수정의 첫 마디가 의미심장해서 권후는 우선 그녀를 안심시켰다.

"이번엔 주식 사 달라고 전화한 게 아닙니다, 형수님."

[알아요. 아버님이랑 사진 한 장 찍고 주식 파셨잖아요.]

"하하. 저에 대해 잘 아시네요."

[은서 집 앞에 있던 도련님 차도 봤어요.]

권후는 갑자기 뒤통수가 추워졌다. 도움을 청하려고 전화했다가 뒷덜미를 붙잡힌 기분이었다.

"그런데 왜 지금까지 아무 말씀 없으셨어요?"

[그냥 그러다 말겠지 싶었죠.]

"동생에 대해 잘 아시네요."

[네. 가족이잖아요.]

권후는 수정을 설득하는 게 쉽지 않다는 걸 느꼈지만, 여기서 포기할 수는 없었다.

"사돈이 법적으로 문제 있는 사이는 아니잖아요."

[하지만 두 집안 어른들이 절대 허락할 리 없겠죠.]

"저는 어른들은 안 무서워요. 답답한 건 은서죠."

[도련님은 자기 욕심이 먼저인 거고, 은서는 다른 사람들의 시선이 먼저인 거예요.]

수정의 말만 들으면 참 별거 없는 사이였다. 그냥 이대로 포기해도 아쉬울 거 없는. 그런데 그게 아니니까 놓을 수 없는 거였다. 무려 15년이라고 주장해도, 두 사람 사이의 추억은 미미했다. 특별한 사이였던 적도 없다. 사랑이라고 고집하면 은서는 펄쩍 뛰며 부정하기 바쁠 거다. 그래도 딱 하나 떳떳하게 말할 수 있는 게 있었다.

"저는 욕심이 아닙니다."

[그럼 뭔데요?]

"꿈이요."

원래 그의 꿈은 야구였다. 당연히 그 꿈을 이룰 것이라고 굳게 믿으며 앞만 보고 달렸지만, 결국 실패하고 무너졌었다. 그리고 인생에 더 이상의 행복은 없으리라 생각했었다. 그런데 돌아온 고국에서 은서를 다시 만났다. 그의 꿈을 처음으로 믿어 주고 힘껏 지지해 주었던 아이.

"이젠 은서가 내 꿈이에요."

그는 꿈을 좇을 때, 가장 살아 있는 기분이었다. 심장이 뜨겁게 뛰었고, 매 순간이 가치 있었다.

그러니 은서를 사랑하는 게, 그를 사랑하는 것이었다.

나는 이제 너를 나의 꿈으로 정했으니.

1초의 입맞춤

Chapter 8
이별서

　세 시간이나 남의 SNS를 보고 있으려니 눈이 뻑뻑했다. 은서는 눈에 안약을 넣으며 이 작가에게 물었다.
　"조연출이 안 보이는데 어디 갔어요?"
　"자기가 알아서 한다면서 나갔는데, 그냥 농땡이 피우는 것 같아요."
　그녀가 차승재는 안 된다고 했더니 심통이 나서 시위하는 것 같았다. 하여튼 쓰리 콤보는 결코 대인배가 될 수 없는 인간이었다.
　은서는 스크롤을 내리며 중얼거렸다.
　"내 말 안 듣고 차승재 만나러 가진 않았겠지?"
　작가는 모니터 너머로 힐끗 은서를 보았지만 굳이 말을 보태지 않았다. 그런 것 같았으니까. 이 작가도 차승재를 통해 제인 리와 연락하는 게 가장 빠르고 확실한 해결책이라고 생각했지만, 은서와의 의리 때문에 입을 다물고 있었을 뿐이었다. 은서가 안 된다고 하면 분명 안 되는 이유가 있을 테니까.

"어? 어어. 나 이 사람 아는데. 이 얼굴 분명 아는데. 누구지? 누구?"

제인 리의 SNS를 보던 은서가 갑자기 버퍼링에 걸린 듯이 누구라는 말만 반복하자 이 작가가 자리에서 일어나 은서의 자리로 왔다. 은서가 보고 있는 SNS 사진은 제인 리가 옷을 협찬해 준 디자이너와 함께 찍은 것이었다.

"디자이너니까 잡지에서 본 거 아니세요?"

"저 패션 잡지 안 봐요."

"그럼 해외 토픽?"

은서는 절대 아니라고 고개를 세차게 저었다.

"내가 직접 만난 적 있는 사람이에요."

"진짜요? 이런 명품 브랜드 디자이너를 어디서?"

"악! 생각났어!"

드디어 기억이 떠오른 은서는 흥분해서 자리를 박차고 일어났다. 언니의 친구였다. 은서는 바로 언니 수정에게 전화를 걸었다.

[데이비드 장? 갑자기 그 사람 전화번호는 왜 물어봐?]

"전화번호 있는지만 빨리 말해 줘. 나 지금 엄청 급해."

[있을 거야. 그런데 결혼 전에 받았던 거라 전화번호 바뀌었을 수도 있어.]

그래도 모래사장에 숨겨져 있던 실 한 올을 찾은 거나 마찬가지였다.

"내가 제인 리 인터뷰해야 하는데, 그 디자이너랑 찍은 사진이 제인 리 SNS에 있어. 그러니까 데이비드 장한테 전화해서 제인 리나 매니저 전화번호 아는지 좀 물어봐 줘."

[5년 만에 갑자기 전화해서 그런 걸 물으라고?]

남한테 민폐를 끼치기 싫어하는 수정이 바로 싫은 내색을 하자 은서는 매달리기 시작했다.

"언니, 제발! 나 이거 못 하면 방송국 피디 못 해. 내가 방송국 잘리면 언니처럼 맞선 봐서 결혼해야 하는데, 언니도 그런 걸 원하는 건 아니잖아."

결혼 이야기가 나오자 수정도 마음이 약해졌는지 마지못해 대답했다.

[알았어. 전화해 볼게.]

언니와의 전화를 끊고 은서는 이 작가와 손을 꼭 붙잡고 핸드폰만 뚫어져라 쳐다보고 있었다.

"언니분이 정말 알아낼까요?"

"우리 언니는 한다면 해요."

오죽하면 태강 그룹 후계자와도 이혼하겠나.

그런데 10분이 지나고, 30분이 지나도 수정한테서 연락이 없자 속이 바짝 타들어 갔다.

삑삑—.

문자가 도착하자 은서는 서둘러 내용을 확인했다. 수정이 보낸 문자였다.

> 제인 리 매니저 연락처 알려 줄 테니까 지금 한강으로 와.

드디어 연락처를 얻어 낸 은서와 이 작가는 얼싸안고 환호했다. 아직 인터뷰를 따낸 것도 아니지만 반은 성공한 기분이었다.

"그런데 왜 한강으로 오라는 거죠?"

"나도 몰라요."

그게 중요한가. 정말 중요한 건 제인 리와 연락할 길을 찾았다는 거다.

은서는 곧장 택시를 타고 수정이 보내 준 장소로 향했다. 아마 이혼 때문에 답답해서 한강에 산책을 나온 것 같아서, 오늘은 언니와 시간을 보내야겠다고 생각했다. 제인 리 매니저의 전화번호를 알아내 준 것도 고마우니 정말 맛있는 저녁도 대접하고.

택시에서 내린 은서는 수정을 찾아서 두리번거렸는데 쉽게 찾을 수 없었다. 안 되겠다 싶어서 핸드폰을 꺼내 언니에게 전화하려고 했는데, 수정이 아닌 다른 사람이 그녀의 시야에 들어왔다. 널찍한 어깨에 시원시원한 기럭지, 부드럽게 바람에 날리는 머리카락, 웃고 있지만 짓궂어 보이는 얼굴. 권후였다. 그리고 그는 혼자가 아니었다. 대학생으로 보이는 젊고 예쁜 여자 세 명이 그를 에워싸고 즐겁게 이야기하고 있었다.

은서는 핸드폰을 꽉 움켜잡으며 그 모습을 뚫어져라 보다가 휙 몸을 돌려 반대편으로 걸어갔다. 언니 수정을 찾으러 여기까지 왔다는 것도 순간 까먹을 정도로 기분이 엉망이었다. 저런 인간 때문에 그녀가 잠도 못 잘 정도로 고민했다는 게 억울해지다가 그가 멋대로 먼저 입맞춤한 게 떠오르자 분노가 치밀었다.

은서는 이대로 모른 척하는 건 그만 좋은 일이라는 걸 깨닫고, 휙 방향을 바꾸어 권후와 여자들이 있는 곳으로 돌진했다. 얼굴에 대고 욕을 한바탕 퍼부어 주려고 했는데, 먼저 그녀를 발견한 권후가 반갑게 손을 들어 인사했다.

"은서야. 이 학생들이 날 방송에서 봤대."

삐끗, 은서는 다리에 힘이 풀리며 하마터면 꼴사납게 무릎을 꿇을 뻔했다. 여대생들의 시선이 그녀에게 향하자 은서는 긴장해서 어깨가 굳었다.

"이쪽이 그 방송 만든 PD예요."

권후가 그녀를 소개까지 하니 여대생들은 대단하다고 입으로 칭찬했지만, 도대체 최권후 구단주랑 무슨 사이인지 궁금해 죽겠다는 눈빛이었다. 은서는 위기감을 느끼고 서둘러 말했다.

"아! 저는 언니를 찾아야 해서 먼저 실례할게요."

욕도 한 번 못 하고 바로 몸을 돌려 도망치듯이 그곳을 벗어났다. 그리고 바보 같은 행동을 한 자신을 자책하고 있는데, 어느새 쫓아온 권후가 그녀의 옆에서 걸었다.

"네 방송 때문에 붙잡힌 건데 안 구해 주고 그냥 가냐?"

은서는 그를 흘겨보았다.

"여자들이랑 즐거워 보이던데 제가 왜 구해 줘요."

"명색이 구단주인데 이미지 관리를 해야지. 억지로 웃은 거야."

"웃기고 있네."

은서는 더 빨리 걸으며 그한테 경고했다.

"쫓아오지 마요. 전 언니한테 가는 거예요."

그를 피해 앞서가는 그녀의 등에 대고 권후는 말했다.

"그렇게 걸어서 어느 세월에 찾겠어. 자전거 탈래?"

은서는 그의 말을 무시하며 핸드폰을 꺼냈다. 수정에게 전화를 걸었는데 어찌 된 일인지 전화를 받지 않았다. 은서는 불안한 눈으로 핸드폰과 권후의 얼굴을 번갈아 보았다.

"언니가 절 여기로 불렀는데, 전화를 안 받아요."

그리고 하필 이곳에 권후가 나타났다. 은서는 의심이 생겨서 그에게 물었다.

"혹시 언니랑 연락했어요?"

권후는 솔직하게 고개를 끄덕였다.

"네가 먼저 내 전화 안 받았잖아."

"그렇다고 언니한테 전화하면 어떡해요!"

은서는 당황해서 목소리가 커졌다.

"형수님은 걱정할 거 없어. 너 여기로 불러내서 나 만나게 해 준 것만 봐도 알잖아."

그녀도 언니가 얼마나 이성적이고 총명한 사람인지 잘 알고 있었다. 다른 사람의 시선 때문에 일방적으로 그녀를 비난할 리 없었다. 오늘 권후를 따로 만나게 한 것도 그녀가 직접 정리하라는 뜻일 것이다. 어른답게, 책임감 있게.

"언니한테 뭐라고 했어요?"

"너 없이 못 산다고 했지."

"네? 미쳤어요?"

그녀는 확신했다. 최권후는 제정신이 아니라고.

그의 입맞춤에 설렌 건 부정할 수 없다고 해도 그와 똑같이 행동할 수는 없었다. 남의 시선 따위는 상관없이 오로지 자기 기분이 내키는 대로. 그녀한테 그건 불가능한 일이었다.

"저 갈래요. 앞으로 전화도 하지 마세요!"

그녀가 냉정하게 끊어 내며 가 버리려고 하자 권후는 핸드폰을 꺼내며 말했다.

"그래, 이번엔 형한테 전화해서 부탁해야겠네."

이번엔 명백한 협박이었다. 은서는 서둘러 달려와서 그의 손에서 핸드폰을 빼앗으려고 했다.

"하지 마요!"

권후가 핸드폰을 든 손을 머리 위로 뻗어서, 그녀는 그의 팔에 매달리며 어떻게든 빼앗으려고 안간힘을 썼지만 핸드폰을 만질 수도 없었다.

"진짜 저한테 왜 이래요!"

그녀가 온통 붉어진 얼굴로 원망을 쏟아 내니 권후도 얼굴에서 표정이 사라졌다.

"그걸 네가 아직도 모르면, 너야말로 그냥 날 무시하는 거지."

똑같이 돌아온 그의 원망에 은서는 심장이 바스러지는 것 같았다.

풀썩, 은서가 힘이 빠져 바닥에 주저앉자 권후도 몸을 숙여 그녀의 앞에 앉았다. 은서는 멍하니 그의 얼굴만 쳐다보았다.

더 이상 무슨 말을 해야 할지 모르겠다. 정말 아무것도 모르겠다.

그의 인터뷰를 하지 말았어야 했던 건가. 아니, 그 차용 증서를 꺼내어서는 안 되었나. 아니, 그가 준 반지를 받으면 안 되었다. 모든 게 꼬리에 꼬리를 물고 이어져서 이 순간까지 왔다.

권후는 언제 정색했냐는 듯이 또 가볍게 입꼬리를 올리며 말했다.

"자전거 탈래?"

아까부터 왜 자전거 타령인가.

중학교 때 그가 자전거를 타고 등하교하는 모습을 자주 봤었다. 그를 따라서 학생들 사이에 자전거를 타는 붐이 일기도 했었다. 그래서 그녀도 자전거를 타고 싶었지만, 어머니가 허락하지 않았었다. 위험하다고.

할 수 없이 운전기사가 운전하는 차를 타고 등교하다가도 그가 탄 자전거를 발견하면 창문에 매달려 끝까지 눈을 떼지 못했었다.

— 띠링띠링—.

그가 그녀한테 인사하듯이 울렸던 자전거 벨 소리가 듣기 좋았다. 그렇지만 그 시절로 다시 돌아갈 수 없다는 걸 알기에 은서는 입술을 깨물었다가 뗐다.

"우린 이제 중학생이 아니잖아요."

지금 두 사람이 함께할 수 없는 이유가 그것이라는 게 권후는 우스웠다.

"그땐 나도 너 여자로 안 봤어."

그 말에 은서는 화난 눈으로 그를 쳐다보았다.

"내가 뚱뚱해서요?"

"아니, 내가 야구만 알던 또라이라서."

그의 말에 은서는 더 화를 낼 수가 없었다. 그가 행복한 또라이였다는 걸 알기에. 그래서 그를 보면 그녀도 덩달아 행복해졌었다. 온 세상이 환해지는 기분이었다.

"그러니까 같이 자전거 타자."

"왜 자꾸 자전거 타자고 하는 거예요!"

"너 꼬시는 거야."

"……."

그녀의 얼굴은 삶은 고구마처럼 점점 달아올랐다. 어찌할 바를 모르는 그녀의 모습이 중학교 때와 닮아서 권후는 저절로 입꼬리가 올라갔다. 그때 은서는 그를 볼 때마다 두 뺨이 복숭아처럼 예쁜 빛깔로 익어서 표정을 숨기지 못했었다. 딱 지금처럼.

은서는 자신이 이럴 때가 아니라는 걸 깨닫고 퍼뜩 정신을 차렸다. 그녀는 고개를 저으며 단호히 거절했다.

"저 자전거 못 타요."

"괜찮아. 뒤에 타면 돼."

최권후의 혓바닥은 도통 수그러지지 않았다. 또 무슨 말이 튀어나올까 두려웠다. 그의 앞에서 그녀의 의지가 그리 강하지 않다는 게 특히 더 불안했다. 은서는 계속 고개를 저었다.

"뒤에 탔다가 떨어지면 어떡해요."

"너보다 어린애도 멀쩡히 잘만 타……."

말하던 권후가 갑자기 말을 멈추어서 은서는 의아한 눈으로 그를 쳐다보았다. 그는 가만히 서 있을 뿐이었다. 주먹 쥔 손에 뼈마디가 하얗게 솟아날 정도로 힘이 들어가는 걸 보지 못했다면, 아무 일도 아닌 줄 알았을 것이다. 은서는 그의 표정을 살피며 물었다.

"어린애 누구요? 설마 시후요?"

권후는 벌떡 일어나서 혼자서 걸어가 버렸다.

"사……."

은서는 놀라서 그를 부르려다가 멈칫했다. 자전거를 타기 싫다고 먼저 거절한 사람은 그녀였으니까. 그런데 그녀만 두고 혼자 자전거를 타러 간다고 화내는 건 앞뒤가 맞지 않았다.

"어차피 안 타려고 했어."

말은 그렇게 해도 서운한 마음이 들어서 은서는 눈꼬리가 아래로 처졌다. 자기 멋대로 꼬신다고 하고서, 버리고 가는 것

이별서

도 자기 멋대로였다. 그러니 그녀가 어떻게 그의 앞에서 마음을 놓겠나.

따릉따릉—.

이제라도 언니를 만나러 가야 할 것 같아서 택시를 잡을 수 있는 곳으로 걸어가는데, 예전에 들었던 그 소리와 똑같은 자전거 벨 소리가 들려오자 심장이 덜컹거렸다. 은서는 걸음을 멈추고 뒤를 돌아보았다.

끼이익—.

권후가 탄 자전거가 그녀의 앞까지 달려와서 멈추었다. 그는 자전거를 빌리러 갔던 것이었다.

"진짜 안 탈 거야?"

권후가 다시 은서에게 물었다. 그녀는 입을 꾹 다물고 그의 얼굴을 쳐다보았다. 그녀가 대답하지 않자 그가 먼저 입을 열었다.

"형수님이 그러더라."

권후가 또 언니 수정을 입에 올리니, 은서는 긴장했다.

"네가 날 선택하지 않는 건, 내가 너한테 하찮은 존재라서라고."

그녀의 눈동자가 크게 흔들렸다. 언니가 그런 말까지 했을 줄은 몰랐다.

"나도 차마 부정하지 못하겠더라. 네가 날 멀리하려고 하는 건 사실이니까."

그가 긍정까지 하니 은서는 마음이 고통스러워졌다. 그런

게 아니라는 건 누구보다 그녀 자신이 가장 잘 알았다.

"그런 거 아니에요."

은서가 들릴 듯 말 듯한 목소리로 말하자 권후는 눈을 좁히며 되물었다.

"응? 뭐라고?"

은서는 주먹을 꽉 쥐었다가 펴며 앞으로 걸어가 자전거 뒷자리에 털썩 앉았다. 권후가 고개를 돌려 그녀를 쳐다보았다. 그녀가 고개를 숙이고 있어서 그의 시선에는 그녀의 정수리만 보였다. 은서는 무뚝뚝하게 말했다.

"택시 타는 곳까지만 태워 줘요. 언니한테 가야 해요."

그녀의 방식으로 대답한 것 같아서 권후는 짧게 입꼬리를 올렸다.

"떨어지지 않게 꽉 잡아."

은서는 절대 그한테 손끝 하나 안 댈 거라고 다짐하고 있었는데, 자전거가 출발하는 순간 진짜 떨어질 것 같아서 그의 옷을 두 손으로 꽉 움켜잡았다.

그가 페달을 밟자 자전거는 시원하게 앞으로 나아갔다. 처음 자전거를 타 보는 은서는 입이 저절로 벌어졌다. 바람이 부드럽게 얼굴을 스치고 지나갔다. 그리고 권후한테서 나는 시원하고 청량한 스킨향이 그 바람에 실려 와서 그녀의 코끝을 간지럽혔다.

은서는 고개를 들어 넓은 어깨 너머 그의 얼굴을 보았다. 바람에 날리는 머리카락은 부드러웠고, 살짝 핑크빛을 띠는 귓

이별서

불은 연하게 느껴졌다. 그와 반대로 언뜻 보이는 높은 콧날과 날렵하게 뻗은 턱선이 강인한 남자였다. 눈에 닿는 모든 게 매력적이라서 은서는 쉽게 시선을 뗄 수 없었다.

그라면 어떤 여자한테도 사랑받을 것이다. 누가 감히 그를 거부하겠는가. 그러니 하찮은 건 그가 아니라 그녀의 마음이었다. 겁 많고 소심한 그녀의 마음이 감히 그를 품지 못하는 거다.

"은서야."

권후가 부르는 이름이 다정하고 포근해서 은서는 심장이 쿵 내려앉았다.

"자전거 타니까 꼭 중학교 때로 돌아간 것 같지 않아?"

권후가 그렇게 말한 순간, 앞에서 자전거를 운전하는 그는 중학교 선배가 되고, 그녀는 포동포동 살이 오르고 소심한 그 소녀가 된 것만 같았다. 그때의 그녀한테 최권후는 세상에서 가장 빛나는 사람이었다. 학교에서 그를 보는 것만으로도 행복했다. 다시는 돌아오지 않을 그 시절이 꼭 꿈같아서 은서는 눈시울이 붉어졌다.

"난 네가 그냥 날 선배로 대해 줬으면 좋겠어."

중학교 때 헤어진 선배와 후배가 어른이 되어서 야구단 구단주와 방송국 피디로 재회한 것이었다면 얼마나 좋았을까. 그랬다면 그녀는 그를 만난 순간에 반가운 마음을 숨기지 못했을 것이다. 다시 만나게 되어 너무 행복하다고 솔직하게 말할 수 있었을 텐데.

끼이익—.

자전거가 멈추어 섰다. 그래서 그녀도 더 이상 옛날 생각에 빠져 있을 수는 없었다. 어느새 택시를 타는 곳에 도착해 있었다. 은서는 자전거에서 내리면서 그한테 인사했다.

"태워 줘서 고마워요."

선배라고 부르지 않았지만, 사돈이라고도 부르지 못하는 그녀를 권후는 지그시 쳐다보았다. 더 이상 통통한 볼살도 없고, 복숭앗빛으로 익은 수줍음도 없었지만 말간 눈동자는 그때와 별로 다르지 않았다. 앞으로 살면서 그녀처럼 순수하게 좋아할 수 있는 사람을 다시 만날 순 없으리라 생각했다. 그건 축복이면서 족쇄가 되었다.

분명 가족들은 반대할 것이고, 그녀는 겁이 나서 물러날 것이고, 행복한 순간보다 골치 아픈 순간이 더 많을 것 같지만, 그래도 어쩌겠는가. 나는 네가 아니면 안 되겠는데.

"계속 나 피할 거야?"

그의 물음에 그녀는 입술을 감쳐물었다. 자전거를 탈 때 붉게 달아올랐던 그녀의 눈은 어느새 촉촉하게 물기가 번져 반짝였다. 어릴 때의 그녀는 눈물을 참지 못하고 그의 앞에서 엉엉 울었었는데, 어른이 된 그녀는 잘 참았다. 그게 안타깝고 야속했다.

— 그래서 은서한테도 도련님이 꿈일까요?

사실 수정은 그를 하찮은 존재라고 말한 적이 없었다. 그저 물었을 뿐이었다. 그리고 그가 멋대로 그렇게 답을 내렸다.

"그럼 너도 언니처럼 맞선 봐서 정략결혼 하게?"

그가 무심하게 던진 말이 그녀의 가슴을 제대로 때렸다. 속이 쓰리다 못해 아렸다.

"전 결혼 안 할 거예요."

그녀의 말에 권후는 '쿡' 소리를 내어 웃었다. 그는 받아 줄 수 없고, 다른 남자와도 결혼하지 않겠다는 말을 도대체 어떻게 받아들여야 하는가.

은서는 결국 모두가 상처 받지 않는 방법을 선택한 거다. 왜 그처럼 이기적이게 너만 생각하지 못하냐고 타박해도 바뀔 수 없겠지. 그가 아무리 외롭고 슬프다고 해도. 그래도 그는 절대 아니라고 부정하지 않아 준 건 고마웠다.

"미련스럽기는."

그의 타박에 은서는 억울한 표정을 지었다. 하지만 그는 앞으로 그녀가 당하게 될 현실을 잘 알고 있었다. 그녀가 서른 살이 되어도 결혼하지 않으면 그녀의 어머니는 모든 수단을 동원해서 그녀를 맞선 시장으로 끌고 갈 테고, 그녀가 서른다섯이 되어도 결혼하지 않으면 그땐 그녀의 아버지까지 나서서 그녀가 다니는 방송국에 압박을 넣을 것이다. 그녀가 결혼하지 않는 이유가 일이라고 생각할 테니까.

결국 그녀는 그녀의 뜻대로 살 수 없었다. 그런데 은서는 오로지 그만 없어지면 그녀의 인생이 다 괜찮아질 것이라고 믿고 있으니, 미련하다고 말한 것이다.

"오늘 같이 자전거 타면 네가 옛정을 떠올려서 마음을 돌릴 줄 알았는데, 옛정이라는 게 별거 없었나 보네."

그가 한탄하며 하는 말에 은서는 심장이 따끔거렸다.

"그래, 잘 가라. 진짜 미련한 건 나였다."

권후는 그 말을 끝내자마자 자전거를 타고 먼저 떠나 버렸다. 은서는 멀어지는 그의 뒷모습을 멍하니 쳐다보았다. 갑자기 저리 쉽게 물러나니 그녀가 당황스러울 정도였다.

더 이상 자전거를 탄 그의 모습이 보이지 않게 되자, 은서는 그제야 핸드폰을 꺼내 수정에게 전화를 걸었다. 제인 리 매니저의 전화번호도 받아야 했고, 오늘 권후를 만난 일도 보고해야 할 것 같았으니까.

달칵ㅡ.

수정이 전화를 받자 은서는 먼저 말했다.

"언니, 지금 집이야? 내가 거기로 갈게."

[올 필요 없어. 매니저 전화번호는 문자로 보내 줄게.]

"⋯⋯내가 사돈 만난 거 안 물어봐?"

먼저 말을 꺼내는데 마음에 돌이라도 매단 듯이 묵직했다.

[그건 두 사람 일이잖아. 둘이 해결해.]

수정의 말은 간단명료했지만, 그만큼 더 날카롭게 그녀에게 박혀 왔다.

"걱정 마. 언니 문제 더 복잡하게 안 만들 거야."

그녀의 다짐을 듣고 수정이 낮게 웃었다. 아까 권후가 그랬던 것처럼.

[이혼은 원래 복잡한 거야. 네가 날 염려할 필요는 없어. 내

선택이었으니까.]

 문득 집까지 찾아온 시후를 끝까지 안 만나려고 했던 수정이 떠올랐다. 그때 수정이 시후에게 냉정할 수 있었던 건 수정이 이미 선택을 했기 때문일까? 그럼 은서는 아직도 선택을 못 한 것이다. 그러니까 권후 앞에서 이러지도 저러지도 못하는 거겠지.

 "사돈이 나보고 미련하대. 언니도 그렇게 생각해?"

 [그럼 너도 똑같이 욕해 주지 그랬어. 나 결혼 전에만 나타났어도 이렇게 사서 고생하는 일은 없었을 거 아니냐고.]

 수정이 그녀의 편을 들어 주니 갑갑했던 마음이 조금은 풀어졌다.

 "선배도 미국에서 무슨 일이 있었던 것 같아. 그래서 말을 안 하나 봐."

 은서가 권후의 편을 드는 걸 듣고 수정은 한숨을 삼키며 말했다.

 [더 할 말 없으면 그만 끊자.]

 "응. 오늘 고마워, 언니."

 [뭐가 고마운 건데?]

 제인 리 매니저의 전화번호를 알아낸 것, 아니면 권후를 만나게 해 준 것.

 "전부 다."

 수정과의 전화를 끊고 은서는 한동안 그 자리에서 움직일 수 없었다. 택시가 몇 대나 앞을 지나갔지만, 은서는 물끄러미 밤하늘만 쳐다보고 있었다.

삐뽀삐뽀삐뽀—.

그때, 구급차 한 대가 시끄럽게 사이렌을 울리며 그녀의 앞을 지나쳐 한강 공원 쪽으로 향했다. 그녀도 이제 방송국으로 돌아가야 할 것 같아서 몸을 움직이는데, 이쪽으로 걸어오는 사람들의 대화가 들려왔다.

"저 구급차 아까 자전거 타다 사고 난 남자 때문에 온 것 같네. 많이 다쳤나?"

"엄청 세게 부딪혔으니 멀쩡하진 않겠지."

자전거를 타던 남자가 다쳤다는 말을 듣는 순간 그녀의 머릿속이 하얗게 변했다. 어느새 그녀는 구급차가 향한 방향으로 정신없이 달려가고 있었다. 은서는 구급차가 보일 때까지 멈추지 않고 달렸다. 매일 아침 러닝 머신 위에서 뛰기는 했지만, 그래도 정신없이 뛰다 보니 숨이 차 왔다.

"헉헉."

점점 숨쉬기가 괴로워졌지만, 단 한 가지 생각만 했다.

제발 아니기를.

정말 아닐 수도 있었다. 한강에서 자전거를 타는 사람이 그만 있던 게 아니었으니까. 당장 전화를 걸어 보는 게 가장 빠른 확인법이었지만, 그러다가 구급차를 놓칠까 봐 은서는 달리는 걸 멈출 수가 없었다.

드디어 저 멀리 구급차가 보였다. 그 주위에는 사람들이 몰려 있었다. 그녀는 이미 체력이 바닥을 치고 있었지만 더 속도를 높였다. 순간 무리한 다리 근육이 떨리면서 몸이 크게 휘청했다. 앞으로 넘어질 것처럼 상체가 쏠리는데, 누군가 뒤에서 그녀의 팔을 강하게 잡아당겼다. 그녀의 몸이 단번에 뒤로 넘어갔다.

"오은서!"

은서는 여기서 멈출 수 없었기에 있는 힘을 다해 손을 뿌리치려고 했는데, 이름을 부르는 익숙한 목소리에 멈칫했다.

지잉, 귀에서 이명이 울리고, 팽창된 눈동자 안으로 권후의 얼굴이 들어왔다. 그는 멀쩡하게 서서 오히려 그녀를 이상한 듯 쳐다보고 있었다.

"형수님 만나러 간다며. 왜 한강에서 달리고 있어?"

"헉헉헉헉헉헉."

그녀는 끊어질 것처럼 숨을 내쉬며 그의 얼굴을 멍하니 쳐다보았다. 그녀의 이마에 맺힌 땀을 보고 권후는 헛웃음을 지었다.

"도대체 얼마나 뛰었기에 겨울에 땀까지 흘려?"

말하기 힘들 정도로 숨은 여전히 가빴지만, 천천히 그녀의 이성이 돌아왔다. 권후는 멀쩡했다. 자전거를 타다 다친 사람은 그가 아니었다. 은서는 더 버틸 수가 없어서 그대로 바닥에 주저앉았다. 다행이라고 안도한 순간, 몸의 고통이 그녀를 덮쳤다. 끊어질 듯이 숨을 내쉬며 일어나지도 못하는 그녀를 복잡한 눈으로 내려다보던 권후는 몸을 돌렸다.

"기다려. 물 사 올 테니까."

이번엔 권후가 편의점 쪽으로 빠르게 뛰어갔다.

권후가 물을 사 왔을 때, 그녀는 몸도 마음도 어느 정도 진정이 된 상태였다.

"자! 마셔."

은서는 민망한 표정을 지으며 그가 내미는 물병을 받았다. 권후는 팔짱을 끼고 물을 마시는 그녀를 쳐다보다가 결국 못 참고 물었다.

"도대체 왜 그렇게 열심히 뛴 거야?"

은서는 입 안의 물을 꿀꺽 삼키며 까칠하게 대답했다.

"운동한 거예요."

죽어도 사실대로 말할 수 없었다.

"평소에도 운동을 그렇게 격렬하게 해?"

그가 붙잡아 주지 않았다면 그녀는 달리다가 넘어져서 다쳤을 것이다. 처음 전속력으로 달려가는 그녀를 발견했을 때 권후는 자기 눈을 의심했다. 뭔가 큰일이라도 생긴 줄 알았다. 그런데 막상 그가 붙잡으니 그녀는 멈추어 섰다. 그의 얼굴을 넋 놓고 쳐다보기는 했지만, 그 외에는 별다른 게 없었다.

"가끔이요."

대답이 성에 차지 않아서 권후는 그녀의 옆자리에 앉고 여전히 의구심이 남은 눈으로 그녀의 얼굴을 쳐다보았다.

이별서 289

은서는 그의 시선을 피해 고개를 돌리며 다시 물을 마셨다. 어느새 물 한 병이 바닥났다. 권후는 남은 한 병을 또 그녀에게 내밀었지만, 은서는 괜찮다고 고개를 저었다.

"너, 눈이 빨개."

그의 지적에 은서는 서둘러 손으로 눈을 가렸다.

"피곤해서 그래요. 금방 괜찮아져요."

아까부터 계속 숨기기에 급급한 은서의 행동에 권후는 미간을 좁혔다가 폈다. 의자에서 일어나는 줄 알았던 그는 그녀의 몸을 두 팔로 번쩍 안아 들었다. 갑자기 몸이 공중에 뜨자 은서는 화들짝 놀라서 절로 목소리가 커졌다.

"꺄악! 뭐 하는 거예요!"

"무식하게 달려서 다리에 힘도 없잖아. 집까지 데려다줄게."

"됐어요! 당장 내려 줘요!"

권후는 개의치 않고 그녀를 안은 채 앞으로 걸어갔다. 은서는 그한테서 벗어나려고 몇 번 버둥거렸지만 금방 몸에 힘이 빠졌다. 그의 말대로 무식하게 달려서 몸이 방전 상태였다.

은서의 머리가 그의 어깨 위로 떨어졌다. 그녀는 숨을 느리게 내쉬면서 권후의 옆얼굴을 보았다. 물먹은 솜처럼 늘어진 그녀의 몸을 안고도 권후는 힘든 내색 없이 걸어갔다. 그한테 이리 안겨서 가는 게 처음이 아니었지만, 중학교 때는 그녀가 기절한 상태였기에 기억이 없었다. 아마 지금과 비슷한 모습이었을 것 같아서 기분이 이상해졌다.

그러나 처음과 오늘 사이에는 15년이란 기나긴 시간이 있었다. 그 사이에 그가 이리 안아 준 여자가 설마 그녀 하나뿐이겠나. 여러 명이라고 해도 이상할 것 없었다.

"이렇게 안아 주면 여자들이 좋아했어요?"

그녀는 속마음에 있는 말을 꺼낸 순간 아차 했다. 쓸데없는 걸 물어봤다. 권후가 곁눈으로 그녀를 쳐다보았다. 어이없어하는 눈빛이라서 은서는 쥐구멍에 숨고 싶어졌다.

"싫어할 여자는 없을 것 같은데."

그의 대답에 은서는 기운이 더 빠졌다.

그녀가 두 눈을 꽉 감는 걸 보고 권후는 다시 앞을 보았다. 무슨 오해를 한 건지는 알겠는데, 딱히 해명하지는 않았다. 그도 그녀가 죽기 살기로 달린 이유를 알고 싶었지만 그녀가 말해 주지 않았으니까. 아마도 그와 연관이 있을 것 같았다. 그게 추측인지 희망인지, 그도 잘 모르겠다.

차에 도착한 권후는 그녀를 조수석에 태우고 의자를 완전히 뒤로 젖혔다.

"저 아픈 거 아니에요."

"알아. 미련하게 탈진한 거."

또 미련하다고 하자 울컥해서 은서의 입이 벌어졌다가 다시 다물어졌다. 사실대로 말해서 뭐하겠는가. 또 그녀를 미련하

이별서 291

다고 할 게 뻔했다. 세상 억울한 표정을 짓고 있는 그녀의 얼굴을 힐긋 보고 권후는 몸을 세우며 물었다.

"배는 안 고파?"

"괜찮아요."

"내가 고프다. 오늘 먹은 게 없거든."

벌써 밤이었는데, 온종일 아무것도 안 먹었다는 말에 은서는 마음이 안 좋았다.

"왜요?"

"네가 내 전화 피했잖아."

고작 그런 일로 밥을 안 먹었다니, 은서로서는 상상도 할 수 없는 일이다.

"그래도 밥은 먹어야죠. 밥 안 먹으면……."

은서는 잠시 멈칫했다. 그녀가 그래 본 적이 없어서 잘 모르겠다.

"왜? 넌 굶어 본 적이 없어서 모르겠어?"

은서는 솔직하게 고개를 끄덕였다.

"살 뺄 때도 배고픈 건 못 참았어요."

권후는 피식 웃으며 손을 뻗어 그녀의 머리를 쓰다듬었다.

"하여튼 귀엽다니까."

너무 오랜만에 듣는 말에 은서는 멍해졌다. 아주 부드러운 솜사탕으로 사정없이 얻어맞은 느낌이다. 그녀가 정신을 못 차리는 사이, 권후는 조수석 문을 닫고 운전석에 올라탔다.

차가 출발하자 은서는 자꾸 그가 배고픈 게 신경 쓰였다. 어른이니 자기 식사는 알아서 챙겨 먹어야 하는데 말이다. 같이 밥을 먹자고 할 수는 없었기에 은서는 말로 그에게 당부했다.

"집에 가서 꼭 밥 챙겨 먹어요."

"우리 집에 밥 없어."

은서는 세상 답답한 표정을 지으며 창밖을 보았다. 아무래도 그가 전화를 무시한 걸 이런 식으로 갚는 것 같았다. 그녀가 미련하다면 그는 유치한 것이었다. 은서는 이 정도에서 포기할 수 없어서 그에게 다시 물었다.

"집에 라면도 없어요?"

"없어."

어떻게 혼자 사는 집에 라면도 없나. 은서는 정말 이해가 안 되었다.

"우리 집에 유통 기한 얼마 안 남은 라면 있어요. 그거 줄게요. 버리면 아까우니까 집에 가서 꼭 먹어요."

권후는 입술을 깨물며 웃음을 참았다. 라면도 그냥 라면이 아니라 유통 기한이 얼마 안 남은 라면이라니. 죽어도 밥을 같이 먹자는 소리는 안 하는 게 얄미우면서도, 어떻게든 그를 먹게 하려는 게 웃겼다.

"그래, 네가 라면 주면 먹을게."

권후의 웃음을 억지로 참으며 이야기하는 얼굴이 은서가 보기에는 괴로워하는 표정으로 느껴졌다. 그가 그녀 때문에 힘들어하는 것 같아서 은서는 마음이 안 좋았다. 그래도 배가 부르면 좀 괜찮아질 것이다. 사람은 원래 배가 고프면 더 비관

이별서

적인 마음이 되는 법이다.

차가 그녀의 집 앞에 도착하자 은서는 안전벨트를 풀며 말했다.

"제가 라면 가져다드릴게요."

"너 다리 아프잖아. 내가 올라가서 받을게."

"네?"

그가 같이 집까지 올라간다는 말에 은서는 경악했다.

"안 돼요. 우리 엄마가 또 언제 올지 모르는데."

"앞으로 절대 안 오셔. 이 집 꼴만 보면 울화통이 터질 테니까."

그의 확신에 은서는 오히려 기분이 나빠졌다.

집 꼴이라니! 내 집이 어디가 어때서!

권후가 먼저 차에서 내리자 은서는 당황해서 서둘러 따라 내렸다.

"차에서 기다리라니까요."

"네 다리는 오늘 더 쓰면 내일 안 움직일 거야."

그가 멋대로 다리에 사망 선고를 내리자 은서는 소름이 돋아났다.

"그 정도는 아니거든요!"

"도대체 한강에서는 왜 그렇게 달린 거야? 혹시 10년 전 헤어진 첫사랑이라도 봤어?"

권후가 다시 그 이야기를 꺼내자 은서는 심장이 오그라들었다. 그녀가 서둘러 앞서가려고 하자 그가 팔을 부축했다. 필요 없다고 뿌리치려다가 포기했다. 한강에서는 공주님 안기까지 당했는데, 이 정도에 펄쩍 뛰는 것도 웃긴 노릇이었으니까.

결국 두 사람은 그녀의 집이 있는 12층까지 같이 올라갔다. 은서는 단호한 표정으로 그에게 당부했다.

"여기서 기다리세요."

어쩔 수 없이 여기까지 왔지만, 절대로 집에 같이 들어갈 수는 없었다. 권후는 순순히 알았다고 고개를 끄덕였다. 그리고 그녀가 문을 여는 순간 어딘가를 향해 인사했다.

"안녕하세요."

은서는 이웃 사람이 온 줄 알고 당황해서 서둘러 그의 팔을 잡아당겨 같이 집 안으로 들어가 문을 '쾅' 닫았다. 그녀가 문에 달라붙어 집 밖을 살피는 동안 그는 유유히 집 안으로 들어갔다.

"아무도 없잖아요!"

뒤늦게 권후한테 속은 걸 안 은서는 버럭 성을 내며 몸을 돌렸다. 그는 거실에 서서 소파 쪽을 쳐다보고 있었다. 그리고 거기에는 그녀가 어제 벗어 던진 브래지어가 전시하듯이 걸려 있었다. 청소는 주말에만 했기에, 평일에 그녀의 집은 개판이었다.

은서는 한강에서 달릴 때보다 더 빠르게 소파로 달려가서 브래지어를 서둘러 옷 안에 감추었다. 그리고 휙 몸을 돌려 그를 노려보았다.

"봤죠?"

이별서

권후는 고개를 저으며 다른 곳으로 시선을 돌렸다. 그가 처음으로 그녀의 눈을 똑바로 바라보지 못했다. 당장 나가라고 소리치려다가 은서는 꾹 눌러 참으며 그한테 지시했다.

"전 청소할 테니까, 사돈은 부엌에서 라면을 끓여요."

그한테 뭐라도 먹이려고 하다가 이 사달이 난 것이었으니, 이젠 그가 먹는 모습을 그녀의 눈으로 직접 확인해야겠다. 그래야 덜 억울할 것 같았다.

"뭐? 나보고 여기서 라면을 끓이라고?"

"왜요? 문제 있어요?"

고압적으로 변한 그녀의 태도를 보아 여기서 밉보이면 아예 수신 차단을 당할 것 같아서 권후는 조용히 부엌으로 향했다.

그가 말을 고분고분 들으니 은서도 마음이 좀 진정되어서 집 안 정리를 시작했다. 바구니를 끌고 와서 널브러져 있는 옷들을 전부 바구니 안에 집어넣었다. 대충 어질러져 있는 물건들만 안 보이게 치운 은서는 그가 시킨 일을 잘하고 있는지 감시하기 위해서 부엌으로 갔다. 권후는 별 무리 없이 라면을 끓이고 있었다. 인제 보니 평소에도 해 먹었나 보다.

"달걀도 넣어요. 단백질 보충하게."

은서는 냉장고에서 달걀을 직접 꺼내서 권후에게 내밀었다. 그가 피식 웃으며 그녀를 보았다.

"꼭 내 마누라처럼 말하네."

은서는 당황해서 손에 들고 있던 달걀을 놓쳐 버렸다. 달걀은 그대로 바닥으로 낙하했는데, 권후가 순식간에 손을 뻗어 달걀이 깨지기 전에 잡았다. 그는 허리를 펴고 멀쩡한 달걀을 그녀에게 보여 주며 자랑하듯 웃었다.

"봤지? 내 놀라운 반사 신경."

그가 한 말 때문이라고 화를 내야 할 타이밍이었지만, 그가 너무 소년처럼 해맑게 웃어서 은서는 아무 말도 못 하고 그의 얼굴만 쳐다보았다.

권후는 지켜 낸 달걀을 바로 깨서 라면에 넣었다.

보글보글, 라면이 익고, 그녀의 얼굴도 같이 익어 갔다.

그의 웃는 얼굴이 쉽게 잊히지 않았다. 정말 기쁜 듯이 느껴졌기에. 무엇이 그를 그렇게 행복하게 만든 걸까? 달걀이? 훌륭한 반사 신경이? 아니면, 설마 내가? 은서는 그의 옆얼굴을 힐끔거리며 복숭앗빛으로 익은 뺨을 손으로 꾹 눌렀다.

은서는 라면과 같이 먹을 수 있는 반찬들을 꺼내서 먼저 식탁 위에 세팅했다. 권후가 다 끓인 라면을 냄비째 식탁 위에 올려놓으며 그녀에게 물었다.

"술 있어?"

"네?"

그녀가 기겁하자 권후는 짓궂은 표정을 지었다.

"왜? 내가 술 마시고 개처럼 굴까 봐 겁나?"

"그게 아니라, 밥 먹는데 술은 왜 찾아요?"

"한잔 마시고 싶어서. 원래 라면엔 소주야."

그건 나쁜 습관이라고 잔소리하려다가, 그럼 또 마누라처럼 군다고 할 것 같아서 은서는 퉁명스럽게 말했다.

"와인밖에 없어요."

"그럼 그거라도 가져 와."

어차피 와인은 한두 잔 마셔도 취하지 않을 것 같아서 은서는 자리에서 일어나 와인과 와인 잔을 가져왔다.

"딱 한 잔만 마셔요."

그녀는 마시기 전에 그에게 경고했다. 권후는 알았다고 고개를 끄덕이며 와인의 코르크를 시원하게 뺐다.

또르르르.

와인 잔을 채우는 붉은색이 탐스러웠다.

"미국에서는 소주보다 와인이 싸서 마셨는데, 여기서 너랑 마실 줄은 몰랐네."

그가 먼저 미국 이야기를 하자 은서는 고개를 들어 권후의 얼굴을 쳐다보았다.

"그러고 보니 돌려준 복주머니 끝이 탔던데, 아무 데나 막 놔둔 거예요?"

"미안. 내 실수야."

장황하게 변명이라도 할 줄 알았던 권후가 바로 사과하고 와인을 마시자 은서는 조금 의아했다. 뭔가 평소의 그와 다른 느낌이었다.

그는 와인을 마시고 바로 라면을 먹었다. 어쨌든 그가 먹는 걸 눈으로 확인했으니 그녀는 목적을 달성했다. 그런데 마음이 왜 이리 허한 걸까 싶었다. 아무래도 미국 이야기 때문인 것 같았다. 그녀는 아무것도 모르는 그의 10년. 은서는 서운하다는 말 대신 와인을 꿀꺽꿀꺽 마셨다.

그녀가 그보다 더 마시자 권후는 놀란 눈으로 쳐다보았다.

"술은 내가 마시자고 한 건데, 왜 네가 달려?"

은서는 그를 한번 흘겨보고는 남은 와인도 꿀꺽 마셨다.

탁, 빈 잔을 내려놓은 은서는 그한테 턱짓으로 지시했다.

"한 잔 더 따라요."

아무래도 속옷 사건 때문에 여전히 그한테 마음이 상한 것 같아서 권후는 고분고분 와인을 또 그녀의 잔에 따라 주었다. 어차피 그녀의 집이니까 취해도 아무 곳에나 쓰러져 자면 되었다.

은서는 두 번째 잔을 마시기 전에 그한테 경고했다.

"분명히 말하는데, 이건 우리의 이별주예요. 진짜 마지막이니까 앞으로 연락하지 마세요."

은서의 단호함에 권후는 씁쓸한 미소를 지었다. 소심해서 항상 조심하는 그녀가 유일하게 강단 있게 구는 게 그와의 관계를 정리하는 일이라 생각하니 기분이 좋을 리가 없었다. 이게 정말 두 사람의 마지막이라면 물어볼 시간도 지금뿐이라는 것이었기에, 권후는 진지한 눈빛으로 그녀를 바라보며 물었다.

"너는 말이지, 단 한 번도 내가 남자로 안 느껴졌어?"

그리 묻는 그의 초콜릿빛 눈동자는 자신이 남자라는 걸 여과 없이 드러냈다. 당황스럽게도.

은서는 두 손으로 와인 잔을 꽉 움켜잡았다.

"단 1초도?"

그녀는 눈에 힘을 주었다. 안 그럼 떨림을 들킬 것 같았으니까. 단 1초 만에 속수무책으로 무너진 적이 있긴 있었다. 만약 엘리베이터가 두 사람 사이를 갈라놓지 않았다면 그 자리에서 오랫동안 숨겨 왔던 그녀의 마음을 들켰을 것이다. 그러지 않은 게 얼마나 다행인가.

은서는 애써 태연한 목소리로 그에게 말했다.

"라면이나 빨리 드세요. 면 불면 맛없어요."

권후는 그의 질문에 일부러 대답하지 않는 그녀를 말없이 쳐다보다가 젓가락을 집어 들어 라면을 먹었다.

그가 라면을 먹는 동안 은서는 와인을 홀짝였다. 이게 마지막이라고 생각하니 그녀도 마음이 울적해졌다. 하지만 그래야 했다. 그게 맞았다. 은서도 물어볼 기회가 지금뿐일 수도 있다고 생각하자 말이 나왔다.

"야구는 다시 할 생각 없어요?"

"하고 있잖아. 라온 피닉스가 내 야구단이야."

"구단주 말고 선수요."

"쿡."

그의 입에서 웃음소리가 흘러나왔는데, 즐거워서 웃는 소리가 아니라 꼭 비웃는 듯한 소리처럼 느껴졌다.

설마 마지막이라고 해 놓고 이런 걸 묻는 그녀를 비웃는 건가?

그녀의 낯빛이 어두워졌다. 하지만 그녀를 보는 그의 눈빛은 평소와 똑같았다. 조롱의 눈빛은 전혀 없었다.

"네가 날 거절하는 건 내가 자격이 없어서잖아."

그가 담담하게 하는 말이 그녀의 심장을 가장 잔인하게 찔러 왔다.

"야구도 마찬가지야. 자격이 안 돼. 그래서 돈으로라도 야구를 하려는 거야."

은서는 그의 말을 쉽게 납득할 수가 없었다.

"무슨 뜻인지 모르겠어요. 왜 자격이 없는데요?"

권후는 젓가락으로 마지막 남은 라면을 뜨면서 입꼬리를 올렸다. 말 그대로 그저 입술이 웃는 모양을 그렸다.

"네 성격을 아니까 말하지 않는 거야. 굳이 마음 쓰지 말라고. 어쨌든 나 지금 이렇게 구단주로 폼 나게 살고 있잖아. 얼마나 멋있어."

은서는 혼란스러운 눈으로 그를 쳐다보았다. 그가 가볍게 말하는 건 그가 고민 없이 태평하게 사는 증거라고 여겼었다. 그런데 지금은 꼭 무언가를 감추려고 일부러 그리 말하는 것처럼 느껴졌다.

설마 내내 그랬던 건데 그녀가 바보처럼 눈치채지 못했던 건가?

"저 이젠 그렇게 아둔하지 않아요. 말하면 다 알아들어요.

그러니까 말해도 괜찮아요."

권후는 미간을 찌푸리며 그녀를 쳐다보았다.

"네가 아둔하다는 뜻이 아니었어. 넌 내 말을 가장 잘 들어 주었고, 누구보다 공감해 주었으니까. 이번에도 그럴 거라는 뜻이었어."

은서는 눈을 여러 번 깜빡였다. 그의 말이 도통 무슨 뜻인지 모르겠다는 듯이. 아니, 사실은 다 알겠는데 이번에도 모른 척하려니까 몸이 고장 난 것처럼 작동했다.

권후는 와인을 자기 잔에 따랐다.

"미안한데 한 잔 더 마셔야겠다."

은서는 안 된다고 막는 대신 그녀의 잔도 앞으로 내밀었다. 성난 파도처럼 일렁이는 마음을 잠재우려면 술의 힘이 필요할 듯했다.

은서는 세 번째 잔을 마시기 전에 그한테 또 당부했다.

"어쨌든 오늘이 마지막이에요. 약속 꼭 지키세요."

권후는 와인 잔을 입에 가져가며 중얼거렸다.

"난 약속한 적 없어. 네가 멋대로 한 말이지."

은서가 갑자기 벌떡 일어나자 권후는 움찔하며 몸을 뒤로 뺐다. 한 대 치는 줄 알았다. 그녀는 방 쪽으로 성큼성큼 걸어서 들어가 버리더니 나올 때는 손에 종이와 펜을 들고 있었다. 권후는 그녀의 의도가 영 짐작이 안 가 눈을 가늘게 떴다.

은서는 그의 앞에 종이와 펜을 놓으며 비장하게 말했다.

"우리 이별서를 써요."

권후는 표정이 일그러졌다. 슬퍼서가 아니라, 웃음을 참느라. 도대체 애는 왜 이런 순간에도 귀여운 짓만 할까 싶었다.

그녀의 안에는 예쁘고 귀여운 것만 잔뜩 들어 있을 것 같았다. 그러니까 남을 괴롭히지도 못 하고, 남을 힘들게 하는 일도 못 해서 두 사람만 이리 생고생 중인 것이다. 이 희생을 누가 알아주겠는가. 분명 아무도 모를 텐데, 그녀는 너무 열심히 그를 밀어냈다. 꼭 열녀문 하나 가문에 바치려고 평생 수절한 과부들처럼.

"너 와인 석 잔에 취했어?"

"부부도 헤어지면 이혼 합의서에 사인하잖아요."

권후는 그녀가 억지를 부리고 있다고 생각했지만, 딱히 반대하지 않고 순순히 펜을 손에 잡았다.

"그래, 써 줄게. 그것도 형이 쓴 이혼 합의서보다 끝내주게."

"장난치지 말고요! 진지하게!"

은서는 본인이 술주정하고 있으면서, 오히려 권후를 타박했다. 그는 알았다고 고개를 끄덕이고는 종이 상단에 '이별서'라고 크게 썼다. 그 글을 보자 은서는 갑자기 슬퍼져서 와인 잔을 두 손으로 잡고 꿀꺽꿀꺽 마셨다. 그녀가 술을 마시는 동안 그는 생각나는 대로 아무렇게나 썼다. 그가 열심히 쓰니 그녀도 뭐라고 하지 않았다. 그러면 된 것이었다.

탁, 이별서를 다 쓰고 펜을 내려놓은 권후는 쿨하게 말했다.

"그럼 먹을 거 다 먹고, 마실 거 다 마시고, 쓸 거 다 썼으니 난 이만 간다."

분명 마지막이라고 한 건 자신인데, 이렇게 쿨하게 떠나려는 그가 너무 냉정하게 느껴져서 은서는 일그러진 눈으로 그를 쳐다보았다. 권후는 정말 뒤도 안 돌아보고 떠났다.

쾅—.

문이 닫히자 은서는 몸 안에 퍼지는 눈물 기운을 꾹 참으며 그가 쓴 이별서를 끌어왔다. 물기로 흐려진 눈으로 이별서를 읽었다.

> 남자와 여자가 완전히 이별하려면 아쉬움이 남지 말아야 해.
> 그런데 제대로 시작도 못 해 본 우리에게 어떻게 만족이란 게 있겠어.
> 모든 게 아쉬움이지. 우리한테는 이별이라는 말이 허락되지 않아.
> 그런데도 네가 나랑 이별하고 싶다면 우선은 날 사랑하고,
> 날 안아 주고, 날 아껴 주어야지. 그 뒤에 이별이 오는 거야.
> 지금 헤어지는 건 그냥 네가 나를 버리는 거지.
> 그래도 난 너를 미워하지 않을게.
> 네 말대로 난 지금 뒷북치고 있는 거니까 그 정도는 감수해야지.
> 기꺼이 버려지고, 기꺼이 비참할게.

은서는 이별서에서 눈을 뗄 수가 없었다. 눈앞이 흐려지며 점점 글씨가 흐릿하게 보였다. 아이처럼 울고 싶은 날이다.

'엉엉' 울면 괜찮아질까. 아니다. 사랑은 운다고 사라지지 않았다. 울면 울수록 더 애틋해질 뿐이었다.

Chapter 9
되돌아온 반지

 담당 피디와의 미팅 약속을 미루어야겠다는 조연출의 전화를 받은 차승재는 배려 있게 대답했다.
 "괜찮습니다. 기다리죠."
 차승재가 짜증 내지 않고 배려심 있게 말해 주자 조연출은 정말 고마워서 차승재의 팬이 될 것 같았다. 이렇게 인성까지 좋은 야구 선수가 흔하겠나. 그런데 피디는 차승재 이름만 나오면 화내고. 누가 보면 과거에 사귀다가 더럽게 헤어진 줄 알겠다.
 [그런데 혹시 저희 피디님이랑 개인적으로 아는 사이세요?]
 오 피디의 반응도 그렇고, 차승재 같은 선수가 이리 선뜻 도와주는 것도 흔한 일은 아니라서 조연출은 조심스럽게 물어보았다. 차승재는 머뭇거림 없이 대답했다.
 "제가 휴먼 인사이드 오랜 애청자입니다. 그래서 도와주고 싶네요."
 [아! 네.]

조연출은 차승재의 대답이 좀 구색 맞추기인 것 같았지만, 굳이 따져 묻지 않았다.

[제가 피디님 금방 모시고 가겠습니다. 조금만 기다려 주십시오.]

조연출은 무슨 수를 써서라도 은서를 데려오겠다고 말했다. 그가 오히려 조연출을 이용하는 줄도 모른 채.

딱 은서가 싫어할 스타일이었다. 자기 출세를 위해서는 뭐든 할 인간. 그도 그랬기에 그런 부류를 잘 알았다. 하지만 누군들 안 그럴까. 사람이라면 밟히는 쪽보다는 밟고 올라가는 쪽이 되고 싶을 거다. 오은서가 특이 케이스였다. 재벌 집에 태어나서 오히려 밟히는 쪽을 선택하다니.

뚜벅뚜벅—.

카페 안에 걸어 들어오는 장신의 남자가 눈에 들어오자 차승재의 눈빛이 차게 빛났다. 그리고 저기, 완벽히 어긋나는 인간이 또 하나 있다. 밟히는 쪽도 아니고, 밟고 올라서는 쪽도 아니고, 혼자 날아다니는 인간. 그래서 재수 없는.

"단장님만 오실 줄 알았는데, 구단주님도 같이 오실 줄은 몰랐군요."

또다시 만나게 된 차승재를 권후는 차가운 눈으로 내려다보았다. 권후가 내려다보는 게 싫어서 차승재는 자리를 권했다.

"앉으세요."

권후는 차승재의 앞자리에 털썩 앉아 긴 다리를 꼬았다. 마주 앉은 두 남자는 완벽하게 대비되는 이미지였다. 한 명은 태어날 때부터 축복받은 듯이 귀티가 흘렀고, 한 명은 치열하게 살아온 듯 눈빛이 예리했다. 그래서 차 단장은 두 사람의 눈치를 보며 먼저 입을 열지 못했다. 권후가 먼저 자신이 직접 온 이유를 말했다.

"차승재 선수한테 계약서 주기 전에 꼭 확인하고 싶은 일이 있어서 저도 같이 왔습니다."

"그 말은 꼭 계약하기 전에 절 면접 보겠다는 뜻으로 들리네요. 그래서 최 대표님 마음에 안 드는 대답을 하면 제가 아웃되는 건가요?"

차승재의 말이 공격적으로 들렸기에 차 단장은 서둘러 권후 대신 변명했다.

"그런 뜻이 아닙니다. 대표님이 이리 직접 나오신 건 차승재 선수를 피닉스가 굉장히 원한다는 뜻입니다."

"그럼 계약서부터 내미셔야죠. 계약서 조건을 보고 마음에 들면 제가 선택을 하는 거고, 마음에 안 들면 거절하는 게 맞는 것 같은데."

계약서를 손에 쥔 채 차 단장은 당황한 눈으로 차승재와 최권후를 번갈아 보았다. 도대체 누구의 말을 들어야 하는 건지 혼란스러운 순간이었다.

권후는 건조한 눈으로 자신만만한 차승재를 쳐다보다가 질문했다.

"메이저 리그에서 왜 돌아온 겁니까?"

차승재는 말없이 권후의 얼굴을 쳐다만 보았다. 권후는 그런 차승재의 얼굴을 살피며 그의 생각을 말했다.

"내가 메이저 리그에서 뛸 자격이 있다면 난 절대 한국 안 돌아올 거다."

그의 말을 듣고 차승재는 차가운 비소를 지었다.

"결국 당신한테 은서는 그 정도밖에 안 되는 존재였나 보네요."

차승재의 입에서 기어코 은서의 이름이 나오자 권후의 눈빛이 사나워졌다.

"너야말로 은서한테서 떨어져. 개수작 부리지 말고."

갑자기 두 남자가 한 여자 이름을 말하며 치정극을 찍자 차 단장은 중간에서 얼어붙었다.

이게 무슨 상황이란 말인가. 은서는 도대체 누구야?

"내게 왜 메이저 리그에서 돌아왔냐고 물었습니까? 인터넷에서 당신이 야구단을 샀다는 기사를 봤거든. 당신 이름 보자마자 알았어. 은서가 입에 달고 살던 바로 그 최권후라는 걸."

열 개 구단이 어떻게 하면 차승재를 잡을 수 있을지 치열하게 경쟁하고 있는데, 차승재가 한국에 온 이유가 최권후 구단주라는 말을 듣고 차 단장은 입이 쩍 벌어졌다.

뭐야? 그럼 처음부터 우리 구단 올 생각이었던 거야? 그럼 돈 때문에 고민할 필요 없었잖아!

"내가 야구단 산 거랑 너랑 뭔 상관인데?"

하지만 그 말에도 최권후는 전혀 기뻐하지 않았다. 최권후가 사납게 차승재에게 묻는 말을 듣고 차 단장은 그러지 말라고 세차게 고개를 저었다. 이제 차승재가 피닉스에 올 것 같은데, 왜 구단주가 나서서 쫓아 버리려고 하는가.

차승재는 허울 좋은 도련님을 보며 냉소를 지었다.

"은서는 항상 당신이 야구로 성공하기를 원했어요. 당신이 메이저 리그에서 사고치고 불명예 퇴출당한 것도 모르고. 그래서 난 내 커리어까지 희생하면서 당신 야구단이 꼴찌 탈출하는 걸 도울 겁니다. 그게 은서가 바라는 일이니까. 내가 당신을 도우면 은서도 날 용서하겠죠. 은서는 착한 사람이니까, 절대 내 희생을 모른 척하지 않을 겁니다."

쾅―!

최권후가 주먹으로 테이블을 세게 내려치자 어딘가 부서지는 소리가 났다. 그리고 무서운 정적이 주위에 퍼졌다.

차 단장은 두 손으로 계약서를 꽉 움켜잡은 채 망했구나, 생각하며 두 눈을 감았다. 이젠 구단주가 작정하고 차승재를 막을 것 같았으니까. 그 은서인지 뭔지 하는 여자 때문에. 도대체 누구인지 나중에 꼭 얼굴이나 한번 보고 싶었다. 당신 때문에 우리 피닉스가 다음 시즌에 또 꼴찌 할 것 같다고 원망이라도 하게.

"단장님, 계약서 주세요."

최권후 대표가 무섭게 말했다. 이 자리에서 계약서를 갈기갈기 찢어 버리며 마무리라도 하려는 건지. 차 단장은 착잡한 마음으로 최권후 대표의 손에 계약서를 올려 주었다. 돈 내는 사람이 구단주이니 어쩌겠나.

되돌아온 반지

권후의 손에서 계약서는 꾸깃 구겨지는 것 같더니, 그대로 차승재의 앞에 내밀어졌다.

"1년 계약에 35억. 다른 구단 계약과 비교해서 기간은 가장 짧고, 연봉은 가장 높습니다."

권후가 차승재에게 계약서를 준 걸 보고 차 단장도 깜짝 놀랐고, 차승재도 눈매를 찌푸렸다.

그 말을 다 듣고도 계약을 하겠다고?

"1년 계약이면 다시 메이저 리그 돌아갈 기회도 생기겠죠. 그게 차승재 선수가 가장 바라는 거 아닌가?"

정곡을 찔린 차승재가 대답하지 않고 쳐다만 보자 권후는 마른 미소를 지었다.

"여기 사인하면 나랑 같이 야구하는 거고, 사인 안 하면 죽을 때까지 만나지 맙시다."

역시 그는 차승재란 인간이 정말 싫었다. 차승재가 피닉스에 들어오려는 이유도 너무 거지 같았다. 그러나 야구를 위해서는 그런 차승재와도 손잡을 수 있었다. 이런 그를 은서는 잘했다고 응원해 줄까? 나쁘다고 욕을 할까?

은서는 권후가 휘저어 놓고 간 마음 때문에 싱숭생숭했지만, 그렇다고 일을 손에 놓고 있을 수는 없었다.

"이 작가 기획사에 보냈던 휴먼 인사이드 PPT, 매니저한테 보낼 수 있게 더 짧게 정리해 줘요. 난 매니저한테 연락해 볼게요."

은서는 수정이 알려 준 번호로 전화를 걸었다. 신호음이 가는 동안 심장이 빠르게 뛰었다. 최권후 때와는 또 다른 느낌으로 엄청 긴장되었다.

달칵―.

[여보세요.]

상대방이 전화를 받자 은서는 빠르게 자신을 소개했다.

"안녕하세요. 전 대한민국 ZBS 방송국 휴먼 인사이드 담당 피디 오은서라고 합니다."

[네?]

미국도 아니고 멀고 먼 아시아의 나라에서 갑자기 전화가 걸려 와서 매니저도 황당했는지 되물었다.

"다름이 아니라, 이번에 제인 리가 방한했을 때 휴먼 인사이드 인터뷰를 했으면 해서 연락드렸습니다."

[인터뷰는 홍보 담당하고 있는 한국 영화사와 연락하세요.]

매니저가 그대로 전화를 끊으려고 하자 은서는 다급하게 말했다.

"야구 선수 차승재 씨가 제인 리와 친하다고 들었습니다."

급한 마음에 먼저 차승재의 이름을 꺼낸 은서는 환멸감이 몰려와서 두 눈을 질끈 감았다. 조연출의 앞에서는 센 척하며 필요 없다고 하고서는 먼저 이 이름을 꺼내다니. 사람이 궁지에 몰리면 무슨 짓이든 한다는 걸 깨닫는 순간이었다.

차승재와 친한 사이인 척하는 게 찜찜했지만, 차승재가 그녀한테 한 짓에 비하면 이 정도는 애교였다. 그래도 효과는 있어서 제인 리와 이야기해 보고 다시 연락하겠다는 매니저의 대답을 받아 낼 수 있었다. 이 정도면 되었다고 생각하며 은서는 핸드폰을 내려놓고 긴 한숨을 내쉬었다.

제인 리의 매니저와 전화를 끊은 뒤, 은서는 뭐라도 하지 않으면 못 참겠기에 주말에만 가는 체육관으로 향했다. 혹시나 또 권후가 체육관에서 자고 있을까 봐 미리 전화했다가 권후는 그녀한테 얻어터진 이후 안 왔다는 말에 맥이 빠졌다. 그녀한테 또 맞을까 봐 안 오는 건가 보다. 차라리 잘된 거였다.

은서는 투덜거리며 체육관으로 향했다. 처음 왔을 때부터 낡아 있던 계단을 올라 2층 체육관 문을 열고 들어가려던 은서는 안에서 들리는 강렬한 타격음에 놀라 멈추어 섰다.

퍽! 퍽퍽!

그녀가 애용하는 샌드백을 남자가 쓰고 있었는데, 샌드백이 들썩일 정도로 빠르게 펀치를 날리는 남자가 권후라는 것에 은서는 믿을 수 없다는 표정을 지었다.

그녀를 발견한 트레이너가 달려와 설명했다.

"피디님 전화한 뒤에 오셨어요. 진짜예요. 저 거짓말 안 했어요."

그녀는 권후가 운동하고 있는 모습에 놀라 그건 전혀 생각도 못 했다.

"사돈이 운동하고 있네요."

"아! 저도 깜짝 놀랐습니다. 제가 시키지도 않았는데 오자마자 글러브를 끼더라고요. 사돈이 운동에 소질이 있나 봅니다. 처음 하는데도 완전 선수 같습니다."

권후가 운동에 소질이 있는 걸 15년 전부터 알고 있던 그녀에게는 놀라운 사실도 아니었다.

퍽! 퍽퍽퍽!

권후는 그녀가 온 줄도 모르고 계속 샌드백을 향해 주먹을 날렸다. 링 위에서 꼼짝없이 그녀에게 얻어맞던 사람과는 완전 다른 사람이었다. 지치지 않고 쉴 새 없이 움직이는 주먹은 사나워서 꼭 성난 것처럼 보이기도 했다.

그런 권후의 모습은 처음이라 은서는 본인이 운동하는 것도 잊고 권후가 운동하는 모습을 지켜보았다. 거친 바람이 그녀의 몸을 때려 대는 듯이 심장이 욱신거렸다. 이별서까지 쓴 그를 어떤 얼굴로 마주해야 하는지 도저히 모르겠다.

"무서워서 도망가?"

결국 발걸음을 돌려 체육관 입구로 걸어가려는데, 뒤에서 권후의 목소리가 발목을 잡아챘다. 은서는 잠시 숨을 멈추었다. 지금 돌아보려면 꽤 많은 용기가 필요했다. 흔들리는 모습을 보여 주기 싫었다. 그녀는 그한테 이별서까지 쓰게 강요했으니까.

기를 모으듯이 꾹 주먹을 움켜쥐는데 뒤에서 다가오는 발소리가 들려왔다. 은서는 그가 가까이 오지 못하게 힘주어 말했다.

"전 이별서, 취소하지 않을 거예요."

그게 설령 그의 말대로 그를 버리는 것이라고 해도.

"그래, 알았어."

시큰둥하게 받아친 권후는 그녀가 있는 곳이 아니라 샤워실 쪽으로 가고 있었다. 그의 등이 땀으로 흥건하게 젖어 있었다. 거친 그의 심장 박동이 들리는 듯한 착각이 일었다.

그녀는 그대로 떠나지 못하고 그가 샤워를 끝내고 나올 때까지 남자 탈의실 앞에서 버티고 서서 기다렸다. 오늘 그한테 무슨 일이 있는 것 같다는 생각을 지울 수가 없었다.

달칵—.

탈의실 문이 열리자 은서는 고개를 돌려 걸어 나오는 그를 쳐다보았다. 금방 씻고 나와서인지 젖은 눈의 색이 더 짙었다. 끝을 알 수 없을 정도로. 마주치지 말아야 할 사람을 마주친 듯 찌푸려지는 그의 눈매가 은서는 마음에 안 들었다.

"왜 안 갔어?"

그 말이 꼭 밀어내는 것처럼 들려서 은서는 심장이 쿵 내려앉았다. 그녀가 뜨거워진 눈만 끔벅거리자 권후는 그녀의 옆을 스쳐 지나갔다.

탁, 은서의 손이 저도 모르게 그의 팔을 붙잡았다. 내려다보는 그의 서늘한 눈빛을 보고 그녀는 흔들리는 눈빛을 숨길 수 없었다.

"혹시 나한테 화났어요?"

억지로 이별서를 쓰게 해서.

"그게 아니라……."

오늘 그녀와 함께 있으면 분명 차승재에 관해 물어볼 것 같아서. 그러기 싫었다. 그는 정말 아무것도 알고 싶지 않았다. 여기서 질투까지 하면 얼마나 꼴불견이겠나. 알고 보면 그도 자존심이란 게 있는 사람이었다.

"배고파서 그래."

결국 그의 입에서 나온 핑계는 초라했다. 은서는 허탈한 표정을 지었다. 그가 이런 식인 걸 뻔히 알면서 왜 긴장한 건가 싶었다. 그래서 다시 나온 목소리는 퉁명스러웠다.

"운동하고 먹으면 살쪄요."

권후가 그녀를 짠하게 보는 그 눈빛이 영 마음에 들지 않았다.

"왜 그렇게 봐요?"

"지금껏 너한테 들은 말 중 제일 슬프다."

권후는 손으로 눈을 가리고 우는 척까지 했다. 이제야 좀 평소의 최권후로 돌아왔다. 거기에 안도하는 자신이 은서는 너무 마음에 안 들었다.

결국 두 사람은 체육관을 나와 식당으로 갔다. 체육관에 올 때까지만 해도 절대 이럴 생각이 없었는데, 운명의 흐름처럼 거스를 수가 없었다. 최권후와 밥을 먹는 일을.

권후는 식당 간판을 보더니 한마디를 했다.

"난 치킨 먹고 싶은데."

"운동 뒤에 튀긴 건 제일 안 좋아요."

"그래도 치킨 먹고 싶은데."

"아이예요? 왜 자꾸 치킨 타령이에요!"

그녀가 짜증을 내자 그는 오히려 '쿡' 소리 내어 웃었다.

"하긴. 그때 네가 어리긴 했구나."

그녀가 혼자 치킨 한 마리를 다 먹을 때를 말하는 것 같아서 그녀는 얼굴이 붉게 달아올랐다. 화가 나서.

"이젠 그렇게 안 먹어요!"

"그래, 살찌니까."

그게 사실이지만 그가 말하니까 놀림을 받은 것 같아서 기분이 별로였다.

당신이 요요를 알아? 다이어트의 고통을 아냐고!

권후는 더 고집하지 않고 먼저 식당으로 걸어갔다. 식사 시간이 지난 식당은 한 테이블만 손님이 식사하고 있었다. 권후와 그녀는 문에 가까운 자리에 앉았다. TV를 보며 쉬시던 식당 아줌마가 주문을 받기 위해 다가와서 노골적으로 권후를 위아래로 훑었다.

"아휴, 총각이 엄청 잘생겼네. 연예인 해도 되겠어."

"제가 부끄러움이 많아서."

굳이 거기에 한마디를 보탠다. 그녀는 마음에 안 들었지만 식당 아줌마는 엄청 좋아하셨다.

"둘이 애인 사이?"

"아닙니다!"

이번엔 그녀가 강력하게 부정했다. 식당 아줌마는 그 말에 더 좋아하셨다.

"어쩐지. 둘이 좀 안 어울리더라."

도대체 주문은 언제 받는 건가. 그냥 확 나가 버리고 싶은 충동까지 들었다.

"제육볶음 주세요."

권후가 정색하며 주문하자 식당 아줌마의 웃음도 멈추었다.

"넌 뭐 먹을 거야?"

그가 그녀한테도 정색하며 물으니 눈치를 보며 주문하게 되었다.

"떡만둣국."

식당 아줌마가 주문을 받고 자리를 뜨자 은서는 그를 타박했다.

"갑자기 왜 정색을 해요? 사람 무안하게."

"나라고 뭐든 다 좋은 건 아니니까."

'나 꽤 까다로운 남자'라는 투로 말하고는 물을 마시는 그를 은서는 어이없다는 눈으로 쳐다보았다.

주문 과정은 썩 깔끔하지 않았지만, 식당의 음식은 굉장히 맛있었다. 어쩌다 걸린 맛집이었다. 그래서 배고프다고 분위기를 잡던 그보다 그녀가 더 잘 먹었다.

그릇째 들어서 떡만둣국을 국물까지 다 마시는 그녀를 보

되돌아온 반지 317

고 권후는 피식 웃었다. 그녀는 여전히 잘 먹는 모습이 제일 좋았다. 본인은 살찐다고 싫어하는 것 같지만.

은서가 국물까지 다 마신 빈 그릇을 내려놓았을 때, 권후는 그녀가 먹는 걸 구경하느라 밥을 겨우 반밖에 못 먹었다. 아직도 많이 남은 그의 밥그릇을 보고 은서가 또 타박했다.

"어떻게 남자가 여자보다 밥을 더 늦게 먹어요?"

"남녀 차별적 발언."

그의 지적에 그녀가 바로 그를 흘겨보았다. 옛날에는 그가 무슨 말만 해도 눈을 반짝이며 반한 눈으로 쳐다보더니, 이젠 그가 무슨 말만 하면 저런 눈이다.

부담되는 존재. 그게 사돈 사이의 한계라는 걸 절실히 느끼고 있었다. 이대로는 안 되었다. 차승재 같은 놈이 훼방을 놓기 전에 변화가 시급했다.

"형이랑 형수님 이혼하면 나 영원히 안 볼 거야?"

물을 마시던 그녀가 굳은 눈으로 그를 쳐다보았다. 이런 반응일 걸 알기에 이혼이란 말은 가능한 피하고 싶었던 것이다. 분위기 망치기 딱 좋은 단어였다. 이혼이란 말은.

"그냥 사돈 아니라 선배, 후배로 돌아가도 되지 않나?"

적어도 '선배'가 '사돈'보다는 나았다. 사방이 꽉 막힌 사돈과 달리 발전 가능성이 무궁무진했으니까.

은서는 심각한 표정으로 진지하게 말했다.

"사돈. 앞으로는 제가 같이 놀아 드릴 시간이 정말 없을 것 같으니까, 이제라도 친구를 만드세요."

그녀는 앞으로 정말 그를 멀리할 생각이었다. 이렇게 계속 그를 만나게 되면 하지 말아야 할 짓을 할 것만 같았으니까. 아니, 이미 한 건지도 몰랐다. 그래서 그걸 가족들이 알게 될까 봐 너무 무서웠다.

"내가 설마 친구 없어서 널 만나겠어?"

"그럼 지금 당장 친구 이름 다섯 명만 대세요."

"너도 나한테 말하지 않는데, 나는 왜 말해야 하는데."

권후가 갑자기 짜증을 내자 은서는 표정이 굳었다. 그는 의자에 등을 기대며 고개를 돌렸다. 그의 목울대가 크게 움직였다.

"저는 친구 없어요. 그래서 말할 이름이 없다고요."

그녀가 억울하다는 듯이 말했다. 그런 걸로 그가 그녀한테 화내는 건 부당하다는 듯이.

"그래도 학교 다닐 땐 있었겠지."

권후는 그녀의 입에서 차승재가 단지 친구였을 뿐이라는 말을 듣고 싶을 뿐이었다. 특별한 사이가 아니었다고.

그러나 은서는 독심술을 할 수 없었기에 그의 의도를 알 수가 없었다. 그저 학교 다닐 때 내내 그녀를 괴롭혔던 왕지현만 떠오르며 기분이 나빠질 뿐이다.

"어차피 그땐 선배가 한국에 없었는데, 무슨 상관인데요?"

이번엔 그녀의 말에 권후가 상처 받았다. 그 말이 사실이라서 더 쓰라렸다. 그래도 그의 입꼬리는 착실하게 위로 올라갔다.

"이야. 이제야 선배라고 하네."

이딴 식으로, 사람 열받게.

그가 비꼬는 걸 알았기에 은서는 자리에서 벌떡 일어났다.

"저 먼저 갈게요."

그녀는 화난 게 아니라 권후와 싸우기 싫을 뿐이었다. 그래서 그냥 가려고 했는데, 그가 그녀의 손목을 붙잡았다.

"미안해."

그리고 순순히 사과까지 한다.

"뭐가 미안한데요?"

따지고 보면 오늘 이 자리에서 그가 뭘 잘못한 건지 그녀도 모르겠다. 과연 그는 알까 싶었다.

"……"

권후는 그녀를 말없이 응시하였다. 더 이상 짜증도 안 났고, 그저 마음이 돌로 가득 찬 듯이 무거웠다.

그녀를 위해 메이저 리그까지 포기하는 차승재가 솔직히 권후는 너무 무서웠다. 그는 그렇게 할 수 없었기에.

그가 한국에 돌아온 건 야구를 할 수 없게 되어서였다. 은서 때문이 아니었다. 은서가 그의 꿈이 된 건 야구가 더 이상 그의 꿈이 아니기 때문이었다. 결국 그가 은서를 위해 포기한 건 아무것도 없었다. 오히려 은서한테 그를 위해 가족들을 포기하라고 강요하고 있는 꼴이었다.

도대체 둘이 어떤 사이였기에 차승재는 그렇게까지 할 수 있는 건가 싶었다.

가족들 때문에 그녀가 그를 밀어낸다고만 생각했지, 누군가에게 빼앗길 수 있다는 생각은 한 번도 해 본 적이 없기에 그는 이 낯선 공포가 감당이 안 되었다.

그래도 그녀한테 책임을 물으면 안 된다는 걸 알았다. 그리고 늦기 전에 그녀에게 알려 주어야 했다. 기사를 통해 알게 되면 더 충격일 테니까. 어쩔 수 없이 그의 입이 열렸다.

"나 차승재랑 계약했어."

그의 입에서 차승재의 이름이 나오자 그녀의 눈빛이 얼어붙었다. 이혼보다 그 이름이 더 충격인 듯이. 충격받은 모습을 숨기지 못하는 그녀를 보며 권후도 심장이 말라비틀어져 갔다. 그 이름이 뭐라고, 이리 온몸으로 떨고 있나.

"네? 제인 리 매니저랑 인터뷰 조율 중이라고요?"

출근한 조연출은 은서가 이미 제인 리의 매니저와 연락해서 일을 진행한 걸 알고 믿을 수 없다는 표정을 지었다.

아직 차승재와 만나지도 않았는데 그게 어떻게 가능하단 말인가?

제인 리 측에 연락할 방법도 찾지 못해서 헛발질만 하는 걸 분명 이 두 눈으로 보고 답답해서 뛰쳐나가 차승재에게 연락한 것이었는데.

"도대체 어떻게요?"

양성재가 책상 위에 거의 다이빙한 자세로 따져 묻자 이 작가는 은서를 쳐다보았고, 은서는 시선을 피했다.

"이것 봐. 대답 못 하네. 뻥친 거죠?"

양성재가 거짓말쟁이 취급하자 은서는 발끈해서 말했다.

"그래요. 나 차승재 이름 팔아서 약속 받아 냈어요."

"와! 나보고는 차승재 이름 꺼내지도 말라고 하더니."

쓰리 콤보가 이런 식으로 그녀를 비웃을 줄 알았기에 별로 말하고 싶지 않았던 거다. 그래도 직접 차승재한테 사정한 게 아니라 그녀가 어떻게든 직접 제인 리의 인터뷰를 따내려고 했다는 것에 만족하고 싶었지만, 그게 마음대로 되지 않았다. 차승재를 이용했다는 건 계속 그녀의 마음을 무겁게 했다. 그래서 처음엔 불가능할 것 같았던 제인 리 인터뷰를 하게 될 가능성이 커졌어도 전혀 기쁘지 않았다.

은서는 무거운 목소리로 양성재에게 물었다.

"차승재 전화번호 알죠? 나한테 알려 줘요."

"왜요? 어차피 차승재 이름 이용했으니까, 이젠 대놓고 도와 달라고 하려고요?"

쓰리 콤보한테 이런 소리를 듣고도 참아야 하는 게 정말 굴욕이었다.

조연출에게 차승재의 전화번호를 받은 그녀는 익숙한 전화번호를 보고 헛웃음을 지었다. 그녀가 대학 때 알던 번호와 똑같았다.

"이 자식이 이런 걸로도 사람 열받게 하네."

그냥 과거의 안 좋은 인연으로 끝내 버릴 수 있다면 그녀도 이렇게 화내지 않았다. 차승재가 그녀의 현재에까지 영향을 끼치려고 해서 참을 수가 없는 것이다.

도대체 왜 잘나가는 구단을 놔두고 꼴찌 야구단과 계약을 하는가. 그 의도가 너무 명확해서 속이 거북했다.

은서는 차승재의 전화번호를 노려보다 통화 버튼을 눌렀다. 제인 리 인터뷰 때문에 전화하는 게 아니었다. 피닉스와의 계약 때문에 해야만 했다.

달칵—.

전화는 금방 연결되었다.

[생각보다 빨리 전화했네.]

그녀의 전화를 자연스럽게 받는 차승재의 목소리에 그녀는 울컥했다.

"피닉스랑 계약한 거 들었어. 만약 우리 사돈 괴롭힐 생각이라면 내가 가만 안 둬. 그거 말하려고 전화했어."

[사돈? 아, 최권후. 그쪽인 줄은 몰랐네. 난 제인 리 때문에 전화한 줄 알았는데. 너한테 여전히 그 남자가 중요한가 보지?]

"이상한 소리 하지 마!"

[이상한 건 너랑 최권후지. 사돈이잖아. 거의 친척이나 마찬가지 아닌가?]

그녀의 눈가가 파르르 떨렸다. 마치 숨겨 놓았던 비밀을 들킨 듯이 속이 빨갛게 달아올라 뜨거워졌다.

되돌아온 반지 323

[사람들은 그렇게 함부로 말할 거라고. 너 사람 시선 엄청 신경 쓰잖아. 비난받는 거 힘들어하고.]

차승재는 너무도 쉽게 그녀의 가장 아픈 곳을 찔러 왔다. 그녀는 쥐어짜듯이 말했다.

"난 비난받을 짓 아무것도 안 했어."

[왕지현은 네가 나쁜 짓 해서 괴롭혔어?]

"너도 왕지현이랑 똑같이 나빠!"

신경질적으로 외치고는 핸드폰을 집어 던져 버렸다. 숨이 턱까지 차올랐고, 감정이 어지럽게 엉켰다.

그녀는 두 손에 얼굴을 묻었다.

사실 너무 무서웠다. 그녀가 사돈을 좋아하는 걸 알면 가족들이 무슨 말을 할까, 사람들이 어떤 눈으로 쳐다볼까. 상상만으로도 발가벗겨진 듯 괴로웠다.

차승재에 관해 쏟아진 기사 중 당연하게도 피닉스의 이름을 적은 기사는 단 하나도 없었다. 단 한 곳이라도 피닉스를 믿고 지지한 곳이 있었다면 그곳에 피닉스의 차승재 영입을 단독 뉴스로 주었을 텐데 말이다. 아깝도다. 아까워.

"기자 회견은 원하는 날짜에 원하는 장소에서 하고 싶다고 차승재 쪽에서 요구했습니다."

"까다롭게 굴기는."

쿨하게 차승재와 계약하고 와서는 투덜대는 권후를 보고 백 비서는 물었다.

"차승재와 계약한 거, 후회하십니까?"

권후는 구단에서 보내온 방출 선수 명단을 보며 한숨을 내쉬었다.

"또 꼴찌 하면 내년에는 더 많은 방출 선수가 나올 거고, 회사 이사들도 야구단을 왜 샀냐고 원성이 높아질 거야."

그러니까 차승재는 필요악이었다. 차승재가 그한테 독이라는 걸 알면서도 야구단에는 약이 되길 바라는 마음으로 계약했다.

그가 야구 선수일 때는 그저 공만 잘 치면 되었다. 얼마나 많이, 더 멀리 공을 치느냐만이 중요했다. 구단주의 자리에 앉아서 수많은 셈을 하게 되니 그 단순한 세계가 그립기도 했다.

권후는 방출 선수 명단을 손가락으로 두드리며 백 비서에게 지시했다.

"이 중에 정말 아쉬운 선수 한 명은 구제하겠다고 단장한테 전해."

"네? 이미 결정된 사항인데 굳이 왜?"

"내가 구단주니까! 그런 것도 내 마음대로 못 해?"

권후는 차승재와 계약한 것보다 방출 선수 한 명을 다시 살리는 게 더 기분이 좋았다.

그의 지시를 차 단장에게 전하러 나갔던 백 비서는 작은 택배 상자를 들고 다시 들어왔다.

"퀵서비스가 왔습니다, 대표님."

백 비서가 들고 오는 작은 상자에 권후의 시선이 고정되었다.

"누가 보낸 건데?"

"오은서 피디입니다."

권후는 백 비서가 책상에 내려놓는 작은 상자를 말없이 빤히 쳐다보았다.

"안 열어 보십니까?"

"열어 보나 마나 반지겠지."

그녀가 몇 번이나 반지 돌려주겠다고 말했지만, 진짜로 돌려줄 줄은 몰랐다. 그것도 이런 식으로, 하필 이 타이밍에.

"아! 그 반지요."

상자의 내용물이 궁금했던 백 비서는 깨달음의 표정을 지었다. 하지만 그래도 풀리지 않는 궁금증이 있었다.

"왜 받자마자 안 돌려주고 이제야 돌려보낸 거죠?"

"걔는 겁이 많거든."

"네?"

반지를 돌려주는 것과 겁이 많은 게 무슨 상관인가 싶어서 백 비서는 잠시 의아한 표정을 지었다.

권후는 상자를 집어 들었다. 가벼웠다. 비워 낸 그녀의 마음처럼. 그런데 15년이란 긴 세월로 이어진 마음을 고작 이 반지 하나 돌려주는 걸로 과연 깨끗이 비워 낼 수 있는 건가? 권후는 자신 있게 말할 수 있었다. 그건 불가능했다. 그가 할 수 없는 걸, 어떻게 그녀처럼 정이 많은 사람이 하겠는가. 그녀는 자기 마음이 마음대로 안 되니까, 행동으로라도 보여 주어야 했던 거다. 이 반지로 선을 그으며 그한테 더 다가오지 말라고 경고하고 있었다. 그런 그녀의 마음이 너무 잘 읽혀서 권후는 오히려 애틋해졌다.

그런데 넌 정말 날 위해 단 한 번이라도 용기를 낼 수는 없는 거니. 그게 그렇게 힘들어?

"그럼 이제 사돈과는 정리하시는 겁니까?"

슬픈 표정을 지어야 할 권후가 오히려 웃자 백 비서는 불안해졌다.

"역시 물질적인 것보다 진심이 더 값어치 있지. 안 그래?"

사돈아가씨가 겁이 많다면, 최권후는 포기를 몰랐다. 둘 중 누가 더 문제인지 백 비서는 판단하기 싫어졌다.

은서는 마음을 제대로 정리하기 위해 반지를 권후에게 보내 버렸다. 그걸 그녀가 가지고 있는 것 자체가 그와의 관계에 대한 미련이었다. 이별서를 쓰는 것보다 반지를 돌려주는 게 더 확실한 방법이었다.

언니가 이혼하면 그녀의 집안과 권후의 집안은 더욱 나쁜 사이가 될 것이었다. 이미 야구 때문에 한번 집안의 눈 밖에 난 적이 있는 권후를 또 그녀 때문에 내놓은 자식이 되게 할 수는 없었다. 그러니 반지를 보내고 나면 마음이 후련해야 하는데, 그렇지도 않았다. 오히려 더 우울했고 불안했다.

"피디님. 제인 리 매니저 아직 연락 없죠?"

이 작가가 걱정하며 물었다. 제인 리와 상의해 보고 다시 연락하겠다고 했는데, 시간이 흘러도 무소식이니 또다시 걱정이 늘어갈 수밖에 없었다. 이때가 자신이 나설 때라는 듯이 조연출이 벌떡 일어나며 자신 있게 말했다.

"제가 차승재 선수 찾아가서 제대로 확답 듣고 오겠습니다."

차승재 인터뷰하는 것도 아닌데, 뭔 헛소리인가 싶었다.

"아직 시간 있으니까 걱정 말고 기다려요. 난 두통약 좀 사 올게요."

"아! 두통약이요? 제가 사다 드릴까요?"

"됐어요. 내가 가요."

여전히 할 말이 많아 보이는 조연출을 뒤로하고 사무실을 나왔다. 걸을 때마다 머리가 지끈거리는 게 지진이라도 난 것 같았다. 손으로 관자놀이를 꾹 누르며 방송국 계단을 내려가던 은서는 밑에서 올라오는 남자를 발견하고 멈추어 섰다. 처음엔 두통 때문에 잘못 본 건가 싶었다. 아무리 생각해도 그가 방송국까지 올 일은 없었으니까. 그녀가 이미 반지까지 돌려보냈으니 완전히 끝이었다.

그의 입으로 한 말이었다. 그녀가 반지를 빼면 끝이라고. 반지를 손가락에서 뺀 건 한참 전이고, 직접 돌려보내기까지 했으니 끝이라고 선언한 것이나 마찬가지다.

그런데 계단을 올라 점점 가까이 다가오는 저 남자는 분명 그녀의 사돈이면서 그녀의 선배이기도 한 최권후였다.

은서는 두려움을 느끼고 그가 계단을 올라올 때마다 뒷걸음질로 계단을 올라갔다. 그런데도 거리는 점점 좁혀져서, 어느새 권후가 그녀의 앞까지 왔다. 창문으로 들어온 빛이 그의 수려한 얼굴 위로 쏟아져서 눈부시기까지 했다.

그녀는 더 이상 올라갈 계단이 없자 발을 헛디뎌서 풀썩 그 자리에 주저앉고 말았다. 권후가 일어나지 못하는 그녀를 내려다보며 입꼬리를 올렸다.

"귀신이라도 본 표정이다."

여전히 귀신보다 무서운 사돈이다.

"왜, 왜 온 거예요? 반지 돌려줬잖아요."

"반지 받았으니까 나도 줄 게 있어서."

"아뇨, 됐어요. 이젠 아무것도 필요 없어요."

그녀는 손사래까지 치며 필사적으로 거부했다. 그를 만날 때마다 조금씩 흔들렸던 걸 부정할 수는 없었다.

권후가 그녀에게 입 맞추었을 때, 사실 너무 떨렸다. 그 짧은 순간이 더 길었으면 좋겠다고 바랄 정도로.

그녀도 그가 그냥 선배였으면 좋겠다. 그럼 아무런 고민도 없이 좋아한다고 고백할 수 있을 테니까. 원래 첫사랑은 쉽게 잊을 수 없다고 했다. 그래서 그런 것이었다. 지금 그와 무언가 하고 싶은 건 절대 아니었다. 여기서 끝내야 했다. 안 그럼 정말 그녀가 두려워하는 일이 벌어질 것 같았으니까.

그런데 권후가 무릎을 굽히더니 주저앉아 있는 그녀와 눈높이를 맞추었다. 가까워진 그의 초콜릿빛 시선에 그녀는 도망치지 못하고 갇혀 버렸다. 매번 이러는 자신이 정말 지긋지긋했다. 학습 능력이 전혀 없다. 이럴수록 더 궁지에 몰릴 걸 뻔히 알면서.

"나도 진짜 마지막이야."

마지막이라는 그 말이 사정없이 그녀의 심장을 때렸다. 그녀가 반지를 돌려보내면서 먼저 끝낸 것이었다. 그런데 그의 입에서 나온 마지막이라는 말에 충격을 받다니 정말 바보 같았다. 그걸 머리로는 잘 아는데 마음은 자기 멋대로 상처 받았다.

힘없이 무너지는 그녀의 눈동자를 가만히 들여다보며 권후는 담담하게 말했다.

"한 달만."

한 달?

"너의 가족, 우리 가족, 그리고 주위의 다른 사람들 아무도 생각하지 않고 나만 봐 주라."

그는 1초의 시간을 단숨에 한 달로 늘렸다. 그의 말에 그녀의 눈동자가 크게 흔들렸다.

"그래도 네가 용기가 안 생기면, 그땐 내가 포기할게."

떨림은 그녀의 전신으로 퍼졌다.

"지금 무슨 말 하는지 알기나 하는 거예요?"

물어보는 그녀의 목소리가 파르르 떨려서 나왔다. 지금 권후는 말 한마디로 평화로운 그녀의 세상에 쓰나미를 일으키고 태풍을 몰고 온 꼴이었다.

"그럼 넌 그 반지 하나 보낸 걸로 내가 깨끗하게 정리가 돼? 너한테 난 그 정도 존재였어?"

그렇지 않다는 걸 그녀가 알기에 너무 무서운 것이다.

"그렇다고 사돈 말대로 하면 더 엉망진창이 될 거예요."

그녀가 겨우 한 말에 그가 차가운 눈빛으로 입매만 웃었다.

"몰랐어? 이미 지금도 엉망진창이야."

그의 말이 맞을지도 모르겠다. 그녀의 인생에 그가 다시 나타난 순간부터 그녀는 평온할 수 없었다. 그래도 안 그런 척 멀쩡히 살아가고 싶었는데, 그가 자꾸 그녀의 어깨를 잡아 돌려세웠다. 이젠 그녀가 떠는 게 무서워서 떠는 건지, 설레서 떠는 건지도 분간이 안 되었다.

"저는 못 해요."

"그럼 나도 이대로는 절대 포기 못 해."

그리 말하며 그가 웃지도 않으니 은서는 심장이 바닥으로 곤두박질치는 것 같았다. 이 남자, 진심이다. 그리고 그 진심의 정체가 무엇인지 아는 게 은서는 너무 두려웠다.

권후는 그녀가 돌려보낸 반지 케이스를 꺼내었다. 은서는 절대 안 받으려고 했지만, 그는 억지로 그녀의 손에 쥐여 주었다.

"내 말대로 할 거면 그때 돌려주고, 아니면 계속 네가 가지고 있어야 해."

그게 무슨 억지란 말인가!

은서는 그에게 화를 내고 싶었지만, 입이 떨어지지 않았다.

자리에서 일어난 권후는 그녀에게 등을 보이고 계단을 뚜벅뚜벅 내려갔다.

은서는 멀어지는 그의 뒷모습에서 눈을 떼지 못했다. 분명 아까까지는 두통 때문에 머리가 깨어질 것 같았는데, 지금은 심장이 더 아팠다. 권후가 떠난 자리는 마치 폭풍이 지나간 것처럼 마음의 잔해가 너저분하게 남았다.

그가 그녀를 괴롭힌 것도 같고, 그녀를 격려한 것도 같고.

은서는 쉽게 마음의 갈피를 잡을 수 없었다.

한 달만 눈 딱 감고 그리 살면, 정말 모든 게 변할 수 있을까?

그의 무모함에 중독이라도 된 건지 그녀는 감히 그런 생각까지 하게 되었다.

그러나 그녀는 오래 혼란스러워할 수도 없었다. 근무 중이었다. 오늘 내로 반드시 제인 리 인터뷰의 결과를 내야 했다. 만약 제인 리 쪽에서 인터뷰를 최종적으로 반려할 경우까지 고려해서 대체할 인터뷰도 미리 서치해 놓아야 했다.

권후와 마주친 것 때문에 두통약을 사 오는 것도 잊어버리고 터벅터벅 다시 사무실로 돌아가는데, 저 멀리서 조연출과 작가가 같이 뛰어왔다.

"피디님! 연락 왔어요!"

은서는 기다리던 제인 리 매니저의 연락이라는 걸 눈치채고 서둘러 뛰어갔다. 쏟아지는 햇살 같은 최권후도, 드리우는 그림자 같은 차승재도 지금은 제인 리보다 중요하지 않았다. 은서는 바로 이 작가의 손에서 핸드폰을 받아서 귀에 가져갔다.

"네, 전화 바꿨습니다. 오은서 피디입니다."

[네, 오 피디. 제인 리가 휴먼 인사이드 인터뷰 수락해서 다시 전화했어요.]

제인 리가 휴먼 인사이드 인터뷰를 수락했다는 말을 듣자마자 은서는 주먹을 불끈 쥐어 올려서 흔들었다. 이 작가와 조연출은 이야기가 긍정적으로 흘러가는 걸 눈치채고 서로 얼싸안고 기뻐하다가 상대방이 누군지 깨닫고 바로 떨어졌.

사무실에서 나오던 양수창 피디는 휴먼 인사이드팀이 복도에서 단체로 난리부르스를 추는 걸 보고 멈추어 서서 수상하다는 듯이 쳐다보았다.

[가능한 한 저희 스케줄에 맞추어 주는 게 조건입니다. 만약 중간에 제인 리가 컨디션이 나빠지면 중간에 인터뷰가 중단될 수도 있어요. 그럴 때는 추가 촬영이 힘들 겁니다. 한국의 1박 2일 일정이 끝나면 바로 일본으로 떠나야 해서요.]

제인 리가 내한하는 1박 2일 동안의 밀착 취재를 휴먼 인사이드에만 허락해 주었다. 제인 리의 해외 스케줄에 영향을 주지 않고 휴먼 인사이드 촬영분도 채울 수 있는 유일한 방법이라, 제인 리의 한국 방문을 24시간 밀착 취재하기로 했다.

"네, 저희도 최대한 제인 리 씨한테 맞추어 촬영하겠습니다. 인터뷰에서 하게 될 질문들은 미리 메일로 보내 드리겠습니다. 그럼 한국에 오시는 날 뵙겠습니다."

그녀가 정중하게 인사까지 한 뒤 전화를 끊자 꾹 참고 있던 조연출이 서둘러 몸을 돌리며 방금 양수창 피디가 사라진 방향으로 뛰어갔다.

"제가 지금 바로 양 피디님한테 말씀드릴게요. 제인 리 인터뷰 성공했다고."

"야! 그걸 왜 네가 말해! 오 피디님이 해야지!"

이 작가가 공을 가로채려고 하는 얄팍한 양성재를 쫓아서 덩달아 뛰어갔다.

은서는 전화가 끊긴 핸드폰을 들고 고개를 돌려 뒤를 보았다. 권후는 이미 가고 없었지만, 이렇게 소란스럽고 분주한 와중에도 그의 목소리가 여전히 귓가에 선명했다. 앞으로도 그녀는 그의 말에 계속 흔들릴 것 같아서 맥이 빠졌다.

은서가 제인 리 인터뷰를 하는 날, 권후는 차승재와 함께 기자 회견이 잡혀 있었다. 차승재가 원한 날짜였으니 우연은 아니었지만, 은서와 권후는 서로의 일정을 몰랐기에 눈치채지 못했다.

라온 피닉스의 첫 기자 회견 현장의 분위기는 펄펄 끓는 가마솥처럼 뜨거웠다. 지금 가장 잘나가는 야구 선수 차승재뿐만 아니라 가장 젊은 구단주가 된 최권후에 대한 언론의 관심이 높았기에 소식을 듣고 구름처럼 몰려왔다.

뜨거운 관심을 모아서 기자 회견은 성공적이었지만 권후는 처음부터 딱히 기분이 좋지 않았다. 망할 차승재가 오늘도 그 넥타이를 하고 왔다. 고의가 분명했다. 할 수만 있다면 가위를 가져와서 저 넥타이를 잘라 버리고 싶은 심정이었지만, 오늘 그의 주위에는 너무 많은 카메라가 있어서 진짜 행동으로 옮길 수는 없었다. 사람들 앞에서 충동을 참지 못하면 어떤 파멸을 겪는지 이미 지독하게 겪었기에.

비주얼까지 완벽한 두 남자가 투 샷으로 있는 사진은 분명 이슈를 장악할 것이기에 하나라도 좋은 사진을 찍기 위해서 다들 열을 올렸다. 사방에서 플래시가 터졌고, 기자들은 쉬지 않고 질문을 쏟아 냈다.

"차승재 선수. 수많은 구단에서 러브 콜을 보낸 걸로 알고 있는데, 꼴찌 팀을 고르신 이유는 무엇입니까?"

"최권후 구단주님. 피닉스가 그동안 자금난을 겪은 걸로 알고 있는데, 이번 차승재 선수의 영입은 태강 그룹의 도움을 받은 겁니까?"

"차승재 선수, 피닉스에서 얼마에 연봉 협상하신 겁니까?"

"최권후 구단주님. 차승재 선수의 영입으로 다음 시즌 목표 순위는 몇 위입니까?"

언론의 관심을 가장 많이 받는 차승재와 최권후에게 질문이 몰려서 쏟아졌다. 권후가 마이크를 잡고 말했다.

"피닉스에서 차승재 선수를 적극적으로 영입한 건 피닉스가 더 이상 꼴찌 팀으로 남지 않을 것이기 때문입니다. 저는 지는 게임에 배팅하지 않습니다."

차승재의 계약 기간이 단 1년이라는 말을 듣고 기자들은 차승재의 말을 듣고 싶어 했다.

"한국 야구든 메이저 리그든 저한테는 야구를 할 수 있다는 게 가장 중요합니다. 저 역시 최권후 구단주님처럼 지는 게임은 하고 싶지 않습니다."

그 말을 할 때 차승재는 노골적으로 권후를 쳐다보았다. 그의 목에 걸린 넥타이의 푸른색이 눈을 찌르는 것 같았지만, 권후는 여유롭게 웃어 주었다.

기자들이 타이핑을 치는 속도가 빨라졌다. 한국 야구에 돌풍을 몰고 올 두 사람이 함께 있는 모습을 대한민국의 모든 사람이 보게 되면서 피닉스의 새로운 시작을 모두가 알게 되었다.

인정하기 싫지만, 오늘은 차승재가 그의 옆에 있어서 더욱 찬란할 수 있었다.

Chapter 10

취중 키스

  슬로푸드처럼 촬영하는 기존 휴먼 인사이드 촬영과는 달리 정해진 시간에 민첩하게 촬영해야 하는 이번 밀착 취재 인터뷰에 모두 긴장해 있었다.
  "감독님, 잘 찍어 주세요."
  쉴 시간 없이 무거운 카메라 들고 계속 제인 리를 촬영해야 하는 촬영 감독이 제일 힘들 것이라 은서는 촬영 감독에게 진심으로 부탁했다.
  "나야 그냥 보이는 거 찍기만 하면 되는데, 내용이 잘 나올지 모르겠네. 연예 뉴스처럼 나오면 안 되는데 말이야."
  휴먼 인사이드라는 타이틀에 맞는 인터뷰를 제인 리한테서 끌어내야 했다. 대한민국의 모든 연예 기자가 달려드는 틈에서 말이다.
  "잘될 거예요. 불가능할 줄 알았던 제인 리 인터뷰를 따낸 것만으로도 우린 이미 성공한 거나 마찬가지라니까요."
  자신의 공이 제일 크다고 생각하는 조연출이 큰 소리로 자신했다.

"피디님, 양 피디님한테 잘 말씀해 주서야 해요."

자기 어필도 잊지 않고 그녀에게 부탁했다.

그녀는 출세보다 당장 찍어야 하는 인터뷰가 더 걱정이라 공항에 가는 동안에도 작가와 계속 인터뷰 원고를 보며 수정했다. 조금이라도 제인 리의 속마음을 끌어낼 수 있는 질문을 던져야 했다.

그들이 인천 공항에 도착했을 때, 그곳은 이미 처음 내한하는 제인 리를 찍기 위한 카메라들로 가득했다. 사람이 많은 걸 싫어하는 그녀는 벌써 피곤해졌다. 예상은 했었지만 설마 이렇게 많을 줄은 몰랐다.

"저희가 좀 늦긴 했네요. 공항 장면은 좋은 거 따기 힘들겠는데요."

그래도 공항에서 이동하는 차량에서는 제인 리와 동석할 수 있으니까, 그때부터는 단독 촬영이 가능했다.

제인 리가 입국장 문을 통과해서 나오는 순간 수백 대의 카메라 플래시가 터지며 햇빛보다 더 눈이 부셨다. 이래서 스타라고 하나 보다. 어딜 가나 빛을 몰고 다니니까.

제인 리는 작은 체구지만 수천 명 앞에서도 기죽지 않는 당당함이 그녀를 커 보이게 했다.

조각 같은 미인이라기보다는 외국인들이 좋아하는 전형적인 동양인상이었다. 쌍꺼풀 없는 긴 눈매가 웃음을 지으니, 굉장한 매력이 뿜어져 나왔다.

공항 촬영은 항상 조용히 촬영했던 휴먼 인사이드팀에게는 정말 극한 현장이었다. 자꾸 다른 촬영팀에 밀리는 촬영 감독을 지켜 내려고 팀원들은 몸으로 방어했다.

촬영 전쟁으로 치열해진 사람들에게 밀리다 팔로 얼굴을 얻어맞은 작가가 울면서 그녀에게 말했다.

"다음에는 절에 가서 스님 해요. 꼭이요."

그녀도 진짜 그러고 싶었다. 월드 스타는 한 번도 많았다. 전쟁터 같은 공항을 벗어나 차에 올라탄 뒤에야 그녀는 제인 리와 얼굴을 마주 보며 제대로 인사를 나눌 수 있었다.

"반갑습니다. ZBS 휴먼 인사이드, 오은서 피디입니다."

제인 리는 그녀의 인사에 보일 듯 말 듯 고개만 살짝 까닥이고는 창밖으로 시선을 돌려 서울을 구경했다. 그 순간, 24시간 인터뷰가 쉽지 않을 것 같다는 예감이 꽉 들었다.

원래는 박 아나가 인터뷰 진행을 했지만 인원을 최소화하라는 제인 리 쪽의 요구에 이번 인터뷰는 호텔 인터뷰 외에는 모두 피디인 그녀가 직접 제인 리와 소통해야 했다. 무심한 제인 리의 태도에 등에서 땀이 흐르는 듯했다.

어떻게든 제인 리의 관심을 끌어서 이야기를 이어 가야 하는데, 그녀는 원래 성격이 수줍음이 많았다. 박 아나처럼 자연스럽게 대화를 유도하는 게 쉽지 않았다. 이 자리에 없는 박 아나의 소중함을 느끼니 앞으로 진짜 잘해 줘야 할 것 같았다. 여우 같다고 뒤에서 욕하지 말고.

보통의 해외 스타였다면 가장 처음엔 한국에 대한 느낌을 물었을 테지만, 제인 리는 해외 입양아였다. 자신을 버린 나라가 어떤지 묻는 건 생략하기로 했다.

"한국 사람들이 제인 리를 많이 좋아하는데, 알고 계셨나요?"

제인 리의 무심한 시선이 은서를 향했다. 첫 질문이라서 제인 리가 무슨 대답을 할지 그녀는 긴장했다.

"저도 케이팝 많이 들어요."

제인 리가 케이팝을 좋아한다는 말에 은서는 안도한 표정을 지었다. 서로 통하는 게 있다는 건 인터뷰에 좋은 신호였다. 제인 리가 출연한 영화에 대한 질문은 호텔에 도착해서 박 아나가 할 테니까 은서는 제인 리라는 사람에만 집중했다.

차승재 영입에 관련한 기자 회견을 끝낸 뒤 권후는 지쳐서 소파 위에 쓰러졌다. 고작 30분이었을 뿐인데도 영혼까지 탈탈 털린 기분이었다. 아무래도 그 수많은 카메라 앞에서 억지로 계속 웃고 있어서 그런 듯했다.

백 비서가 목을 축이라고 물을 가져다주었지만 권후는 손도 대지 않았다. 그러나 백 비서에게 지시를 내리는 건 잊지 않았다.

"차승재 넥타이 훔쳐 와."

말도 안 되는 명령이었기에 백 비서는 못 들은 척 나갔다.

권후가 몇 번이나 불러도 백 비서는 돌아오지 않았다. 그는 포기하고 눈을 감았다.

이제야 사람들이 꼴찌 야구단 피닉스에게 관심을 보이기 시작했는데, 권후는 아무 느낌이 없었다.

배트로 공을 칠 때의 그 뜨거운 감각을 잊어버린 지 너무 오래였다. 그런데도 여전히 야구장을 떠나지 못했다는 게 순간 우스워서 마른 웃음이 잇새로 흘러나왔다. 그마저도 금방 사라졌다.

핸드폰을 집어 들어 확인했으나 역시나 은서한테는 아무런 연락이 없었다. 기자 회견을 봤을까 궁금했지만, 먼저 연락할 마음은 안 생겼다.

지금껏 자존심 따위 없다는 듯, 끝없이 나 좀 봐 달라고 그녀 앞에서 꼬리를 흔들었다. 마치 먹이를 구하는 개처럼. 그런데 오늘은 도저히 그러지 못 하겠다. 차승재와 은서를 분리해서 생각할 작정이었다. 그러지 않으면 그가 버틸 수 없을 것 같았다.

차승재를 이용해서 야구단에게 승리를 안겨 줄 것이다. 그건 그의 열망이었다. 은서한테 어떻게든 한 달의 약속을 받아 낼 것이다. 그건 그의 욕망이었다.

둘 다 반드시 이루어야 하는 일이라고 권후는 차가운 머리로 생각하고 또 생각했다. 아직 아무것도 이루지 못했는데 지쳤다. 몸이 아니라 마음이.

지끈거리는 머리가 영 불쾌했다. 권후는 눈을 감고 억지로 잠을 청했다. 자고 일어나면 좀 잠잠해져 있겠지. 아무것도 해결되지 않았더라도, 적어도 의지는 다시 살아나 있을 것이다.

권후는 답답한 넥타이를 풀어내어 아무렇게나 던져 버렸다.

"그 넥타이를 불태워 버리고 말겠어."

혼곤한 의식 아래로 가라앉기 전까지도 넥타이에 대한 집착만은 버리지 못했다.

실시간으로 제인 리에 대한 대중의 반응을 살피기 위해 틈틈이 인터넷 검색어를 확인하던 작가의 눈이 커졌다.

"어? 대박!"

작가의 '대박' 소리가 그녀한테는 전혀 좋은 신호가 아니었다. 마지막으로 저 소리를 들은 게 분명 최권후 인터뷰 방송의 직후였으니까.

"지금 차승재 라온 피닉스가 제인 리를 제치고 실검 1위예요. 우와. 최권후 대표님 진짜 짱이다. 어떻게 꼴찌 팀에서 1등 선수를 잡았지?"

차승재는 제인 리도 아는 이였기에 작가는 제인 리에게도 그 소식을 알렸다. 제인 리는 작가가 보여 준 실시간 검색어 순위를 보며 짧게 입꼬리를 올렸다. 한국에 도착해서 처음 웃는 것이었다. 그녀의 화제성을 빼앗아 갔는데도 화내지 않는 걸 보니 정말 차승재와 친한 사이인 듯했다.

은서한테는 정말 최악의 뉴스였다. 차승재와 최권후가 나란히 서 있는 것만 생각해도 현기증이 올라왔다. 결국 차승재는 권후가 구단주로 있는 라온 피닉스로 갔다.

혹시라도 차승재가 그녀의 이야기를 권후한테 할까 봐 조바심이 났다. 그녀의 못나고 멍청했던 과거를 권후가 알게 될까 봐. 그건 정말 끔찍했다. 당장 차승재를 찾아가 비밀을 지켜 달라고 빌고 싶을 정도로.

"……디님. 피디님."

그녀를 부르는 목소리에 은서는 퍼뜩 정신을 차렸다. 모두가 그녀를 쳐다보고 있었다. 피가 차갑게 식는 기분이었다. 인터뷰 중에 뭘 하는 건가. 정신 똑바로 차려야 했다. 은서는 제인 리에게 다시 질문을 던졌다. 질문지를 볼 정신까지는 없어서 머릿속에 떠오르는 질문을 했다.

"차승재 씨와 친하시니까 라온 피닉스를 응원하실 건가요?"

제인 리는 심드렁한 표정으로 대답했다.

"전 야구 안 좋아해요."

그럼 차승재와는 어떻게 친해진 건가 싶었다. 그녀조차 차승재와 친해지게 된 계기는 야구 때문이었다.

"오 피디님, 저 대신 인터뷰 잘하셨어요?"

미리 호텔에 도착해 있던 박 아나가 나타났을 때, 은서는 그녀를 끌어안고 통곡할 뻔했다. 오늘은 그녀가 눈물이 날만큼 반가웠다.

"역시 인터뷰는 박 아나가 최고죠. 잘 부탁합니다."

그녀가 두 손을 꼭 잡고 부탁하자 박 아나는 부담스러워서 힘껏 손을 빼냈다.

"굳이 그런 말 안 하셔도 전 원래 잘해요."

이동하는 제인 리를 따라가며 같이 탄 엘리베이터는 멈추지 않고 11층까지 올라갔다.

오늘 제인 리가 소화해야 하는 인터뷰가 휴먼 인사이드를 빼고도 수십 건이었기에 가능한 필요한 것만 뽑아내야 했다. 그 강박 때문인지 그녀는 계속 머릿속이 복잡했다. 일은 복잡하게 생각할수록 망칠 확률이 높았기에 마음이 편하지 않았다.

진짜 다음엔 스님을 섭외해서 인터뷰 핑계로 마음의 평화를 얻어야겠다. 그녀가 제인 리 인터뷰까지 해냈는데 양 피디가 또 안 된다고 하면 목이라도 조를지도 몰랐다.

띵—.

11층에 도착한 엘리베이터 문이 열렸을 때, 그녀뿐만 아니라 제인 리도 깜짝 놀란 표정을 지었다.

"승재!"

차승재와 눈이 마주치자 은서는 얼굴이 굳었다.

차승재는 그녀를 향해 웃었다. 10년 전과 똑같이.

10년 전.

탕—!

공을 치는 소리가 시원하게 울렸다. 은서는 하늘 높이 날아오른 야구공을 눈으로 좇았다. 그녀는 방과 후에 버스까지 타고 이 고등학교로 와서 야구부가 훈련하는 걸 구경하곤 했다.

권후 선배가 떠난 지 벌써 5년이나 지났다. 그런데 그녀는 한 번도 그의 소식을 들어 본 적이 없었다. 이럴 줄 알았으면 편지하라고 그녀의 집 주소라도 알려 줄 걸 그랬다. 아니, 메일 주소라도. 그걸 알고 있다고 그녀한테 편지를 써 줄지는 모르겠지만.

은서는 주머니에서 초콜릿을 꺼내 입에 넣었다.

"조심해!"

그때 누군가 소리치는 목소리를 듣고 고개를 들었는데, 그녀를 향해 빠르게 날아오는 야구공이 보였다. 설마 살면서 이런 일을 두 번이나 겪을 줄은 몰랐다.

탁!

이대로 저 공에 맞고 또 기절하겠구나, 생각하고 있는데, 야구 글러브를 낀 손이 그 공을 받아 냈다. 은서는 고개를 돌려 공을 잡아 준 이를 보았다.

"괜찮아?"

야구부 유니폼을 입고 있는 남학생은 야구부 연습을 구경

할 때 자주 본 적이 있었다. 그의 이름은 차승재였고, 야구부 투수였다.

그날 이후 그녀가 야구부 연습할 때 구경 가면 차승재는 먼저 그녀를 아는 척해 주었다.

"혹시 미국에서 야구하는 최권후라는 선수 이름 들어 본 적 있어?"

은서가 차승재를 알게 되었을 때, 제일 먼저 물어본 건 권후에 대한 소식이었다. 하지만 그는 고개를 저었다.

"모르겠는데."

그녀가 실망하자 차승재가 말했다.

"내 목표가 메이저 리그야. 만약 거기 가게 되면 알아봐 줄게."

은서는 진심으로 기뻐하며 차승재에게 고마워했다.

은서가 차승재와 친해져서 좋았던 건 권후에 대해 이야기할 사람이 생겼다는 것이었다. 그전에는 아무한테도 이야기할 수가 없었다.

차승재는 고등학교를 졸업하자마자 프로 팀으로 드래프트되어 갔고, 그녀도 대학에 입학했다. 그리고 차승재는 처음 선발투수로 던진 야구공을 그녀한테 선물로 주었다.

"만약 내가 그 최권후랑 시합하게 되면 은서, 너는 누구를 응원할 거야?"

차승재가 그런 질문을 해서 매우 난감했던 적도 있었다. 그녀가 처음 응원했던 사람은 권후였지만, 더 오랜 시간을 함께 보낸 건 이제 차승재가 되었다.

"난 그냥 둘이 친하게 지냈으면 좋겠는데."

"그건 불가능할걸."

"왜?"

"스포츠 경기는 반드시 승자와 패자가 있어야 하는 거니까."

차승재는 욕심이 많았다. 그래서 지는 걸 못 참았다. 그게 야구를 즐기면서 했던 권후와는 다르다고 생각했었다.

그저 성격 차이 정도로 여겼었는데, 왕지현이 그녀를 찾아왔을 때 모든 게 발가벗겨졌다.

"차승재가 진짜 널 좋아해서 만난다고 생각해? 너처럼 뚱뚱한 여자를 차승재 같은 남자가 그럴 리가 있겠어. 주제 파악 좀 해. 널 꼬셔서 가지고 놀다가 버리라는 내 말을 듣고 처음부터 너한테 의도적으로 접근한 거야."

은서는 왕지현의 말을 믿지 않았다. 왕지현은 처음부터 끝까지 그녀를 괴롭히고 무시하기만 했으니까.

"그런데 차승재가 이제 내 말을 듣지 않더라. 왜 그런 줄 알아? 네가 해신 그룹 회장 딸이라는 걸 알았으니까. 걔가 돈 있는 집 딸한테 환장하거든."

"그만해! 네 말 하나도 안 믿어! 도대체 나한테 왜 이러는 거야! 내가 너한테 뭘 잘못했다고!"

"넌 그냥 존재 자체가 짜증이야. 뚱뚱하고 못났으면 그냥 안 보이는 곳에 찌그러져 있어야지, 왜 거슬리게 내 눈앞에서 설쳐 대!"

왕지현은 핸드폰에 저장된 음성 파일을 그녀 앞에서 재생했다.

[오은서가 너네 학교 야구부 구경 가면 걔한테 야구공을 던져서 맞혀. 네가 구해 주면 또 너한테 바로 반할 테니까.]

[또?]

[걔가 주제 파악 못 하고 잘난 남자만 골라서 좋아해.]

[그래서 걔가 날 좋아하게만 만들면 되는 거야?]

[그건 준비 단계고, 가장 중요한 건 사람들 앞에서 비참하게 차 줘야지. 그래야 걔가 주제 파악을 제대로 하고 다신 안 설칠 거 아냐.]

[알았어. 돈이나 준비해.]

핸드폰에서 흘러나오는 왕지현과 차승재의 대화를 듣는 동안 그녀의 영혼이 짓밟히고 파괴되는 기분이었다. 그녀는 정말 친구라고 여겼었는데, 그래서 거짓 없이 모든 걸 말했었는데 진짜 친구가 아니었다. 그녀는 기만당했고, 웃음거리가 되었다. 그렇게 차승재는 그녀한테 씻을 수 없는 얼룩으로 남아 버렸다.

은서의 시선은 차승재가 매고 있는 넥타이로 향했다. 그녀가 최권후한테 선물한 넥타이와 똑같은 것이었다. 백화점에서 마주쳤던 왕지현이 떠오르며 속이 메스꺼웠다. 두 사람은 여전히 그녀를 함부로 희롱하고 있었다.

제인 리와 반갑게 인사하던 차승재의 시선이 그녀한테 향했지만, 은서는 고개를 돌려 외면했다.

인터뷰는 제인 리의 할리우드 성공기에 집중했다. 불쌍한 입양아 이야기보다는 그게 더 지금의 제인 리에게 어울리기도 했으니까.

"본인이 할리우드에서 성공할 거라는 걸 예상했나요?"

"물론."

"어떻게?"

"난 누구보다 빛나는 존재니까."

제인 리가 말하고 있는 걸 듣다 보면 그녀가 어떻게 자신의 어둠을 극복하고 성공했는지 알 수 있었다. 그녀는 그 무엇보다 자기 자신을 믿고 있었다.

은서는 그녀보다 몇 배는 더 좋은 환경에서 태어나 부족함 없이 자랐으면서도 그런 신념을 한 번도 가져 보지 못했기에 그녀의 인터뷰가 더 인상적이었다.

제인 리가 한국에 있는 시간은 짧았기에 밤늦게까지 스케줄이 이어졌다. 열몇 시간 비행기를 타고 온 제인 리가 소화하기엔 힘든 스케줄일 텐데도 한 번도 피곤해하거나 조는 모습을 보이지 않는 걸 보니, 그녀의 성공 비결에 분명 체력도 있는 것 같았다.

"전 어릴 때 우울하면 꼭 몰래 집에서 나가 치킨을 먹었어요. 제인 리에게도 그런 음식이 있나요?"

질문에 정답을 맞히듯이 대답만 하던 제인 리는 그녀의 질문에 관심을 보이며 오히려 그녀에게 물었다.

"어릴 때? 그럼 지금은 안 먹어요?"

"살찌니까. 다이어트로 엄청 뺐어요."

"아! 다이어트. 진짜 힘들죠."

배우에게 다이어트는 필수였기에 제인 리는 얼굴을 잔뜩 찌푸리며 공감했다. 그리고 제인 리는 스케줄에 없던 제안을 처음으로 했다.

"나 지금 좀 힘들어서 그 치킨 먹어 보고 싶은데."

그녀가 매니저를 보자 매니저는 곤란한 표정을 지으며 말했다.

"시간이 별로 없는데."

하지만 대한민국에서 가장 빨리, 언제든지 먹을 수 있는 게 치킨이었다.

"지금 차 세워서 바로 먹을 수 있어요."

시간이 별로 안 걸린다는 그녀의 말에 매니저는 마지못해 허락했다. 그렇게 할리우드 스타 제인 리의 대한민국 치킨집 방문이 갑자기 이루어졌다.

어디에나 있는 흔한 프랜차이즈 치킨집에 들어가 치킨 한 마리를 시키고 제인 리와 그녀는 마주 앉았다. 미리 계획한 인터뷰 장면이 아니었기에 그냥 자연스럽게 말이 나오는 대로 할 수밖에 없었다.

"전 어릴 때 이거 한 마리를 저 혼자 다 먹었어요."

그녀의 말에 제인 리는 믿을 수 없다는 표정을 지었다.

"거짓말."

"사실 지금도 다 먹을 수 있지만 참는 거예요."

그녀는 아주 오랜만에 갓 튀긴 닭 다리를 집어 들어서 직접 먹는 방법을 알려 주었다.

"여기 있는 뼈를 먼저 뽑아내면 먹기가 쉬워요."

그녀가 순식간에 닭 다리를 발골하는 걸 신기한 눈으로 쳐다보던 제인 리는 본인이 직접 닭 다리를 들고 먹어 보았다.

당연히 치킨은 맛있었다. 맛없을 수가 없는 맛이었다.

"와. 나 한국 치킨 너무 좋아."

"그죠? 나도 제일 좋아해요."

그녀도 너무 오랜만에 먹어 보는 치킨이라 좋아하는 표정을 숨길 수 없었다.

"참, 제인 리의 소울푸드는 아직 대답 안 했는데."

그녀의 질문에 제인 리는 발골한 닭 뼈를 들고 대답했다.

"우리 양어머니가 끓여 주신 치킨 수프."

힘이 되는 요리가 하나라도 있다면 그 사람에게는 희망이 있는 것이었다. 제인 리는 치킨 수프로 그걸 증명해 주었다. 그리고 그녀의 치킨은 그냥 맛있었다.

권후는 원하는 선수를 데려왔으니, 이번에는 감독 차례였다.

"이창범 감독이요?"

백 비서는 그가 원하는 감독의 이름을 듣고 뜻밖이라는 표정을 지었다. 이창범 감독은 차봉주 단장이 반대한 감독 후보였다. 결국 피닉스 코치단에서 새로운 감독을 뽑는 방향을 제시했다.

소극적으로 야구단 일을 처리하던 차봉주 단장이 이창범 감독에 대해서는 그리 적극적으로 반대한 게 아무래도 개인적인 이유인 것 같아서 권후는 직접 확인해 볼 생각이었다.

"그리고 보니 차승재가 메이저 리그 가기 전에 이창범 감독 밑에서 뛰었네요. 그거까지 생각하시고 차승재 데려오신 겁니까?"

그가 생각 못한 건 차승재와 은서의 관계뿐이었다.

"감독 문제는 차차 해결해야지."

오늘은 기자 회견의 여파가 커서 뭘 해도 피곤하다는 생각뿐이었다. 그만 집에나 가야겠다. 다행히 회사와 집이 가까워서 돌아가는 데 그리 오래 걸리지 않았다.

운전기사가 운전해 주는 차를 타고 집으로 가는 동안 뒷좌석에서 눈을 감고 있었다. 부드럽게 달리던 차가 멈추고 운전기사가 먼저 차에서 내려 뒷좌석 문을 열어 주었다.

"도착했습니다. 대표님."

권후는 천천히 눈을 떠서 습관처럼 운전기사에게 고맙다고 인사하고 차에서 내렸다. 집이 있는 건물 출입구로 걸어가려던 그의 걸음이 느릿하게 이어지다가 멈추었다. 이곳에 있으리라 상상도 못 한 이가 지금 그의 눈앞에 있었다.

왜 여기 있지? 권후는 먹먹한 뇌로 그리 생각했다. 한 달만 그한테 용기를 내 달라고 했던 그 말 때문은 아닐거다. 오은서가 이리 쉽게 그의 말을 받아들였을 리가 없다. 그래서 정말 모르겠다. 그녀가 왜 여기 그의 집 앞에 있는 건지.

은서가 가만히 쳐다만 보는 그를 향해 말했다.

"그 넥타이, 제가 차승재한테 선물한 거 아니에요."

그 말을 그녀의 입으로 꼭 해야만 할 것 같아서 제인 리 인터뷰를 끝내자마자 방송국 편집실이 아니라 이곳으로 왔다.

그가 여전히 말이 없는 게 안 믿어서 그렇다고 생각한 은서는 초조해져서 앞으로 한 발 내디디며 다시 말했다.

"정말 아니에요. 그때 선배가 우리 집까지 찾아와서 물어봤을 때도 전 정말 모르는······."

뚜벅, 갑자기 권후가 움직였다. 순식간에 그녀의 앞까지 온 그가 커다란 손으로 그녀의 뺨을 감싸 위로 들어 올렸다.

"너 방금 나 선배라고 불렀어."

지금 그게 중요한가. 그녀는 정신없이 말한 것이라 뭐라고 부른지도 의식하지 못했다.

"다시 불러 봐."

일렁이는 그의 눈동자를 보고 있으려니 속이 울렁거렸다.

취중 키스

그렇게 대놓고 부르라고 하면 그녀가 어떻게 말하겠나.

"어서."

그의 얼굴이 너무 가까운 게 은서는 더 신경이 쓰였다. 피부에 닿은 그의 숨결이 따가울 정도로 뜨거웠다.

"제발."

그가 여리게 사정하니 그녀의 마음 한구석이 와르르 무너져 내렸다.

"우, 우선 이 손 좀 놔주시면 안 돼요?"

그녀도 사정했다. 숨도 마음대로 못 쉴 정도로 갑갑했기에.

권후의 긴 눈매가 가늘게 일그러졌다. 고작 그것도 못 참냐고 그녀를 원망하듯이. 그래도 다행히 권후는 그녀의 얼굴을 잡고 있던 손을 떼고 뒤로 물러났다. 그와의 거리가 생기자 은서는 그제야 숨을 제대로 쉴 수 있었다. 이미 그녀의 두 뺨은 복숭앗빛으로 따끈따끈하게 달아올라 있었다.

"제가 아직 인터뷰 촬영이 안 끝나서 그만 가 봐야 해요."

은서는 술렁이는 마음이 쉽게 진정이 안 되자 우선은 이 자리를 떠나는 게 좋을 것 같아서 인터뷰 핑계를 대고 벗어나려고 했다.

"은서야."

그가 느닷없이 부른 이름에 은서는 다리에 힘이 빠져 잠시 휘청했다. 그녀는 당황해서 돌아보았다. 그는 생전 처음 보는 얼굴로 그녀를 쳐다보고 있었다. 부드러운 눈웃음이 사람의 인상을 바꾸어 놓았다. '누구세요?' 물어보고 싶을 정도로.

"네가 먼저 나 찾아온 거 처음이야."

"아닌데, 그때 루카스 갔잖아요."

"그건 인터뷰 때문에 내가 필요해서 그런 거고."

은서는 심장이 욱신거렸다. 그의 말대로라면 그녀가 참 나쁜 것 같아서. 남한테 당하고만 살던 순진한 오은서는 사회생활을 시작하고 홀로서기를 하면서 좀 영악해졌다. 그래서 이젠 손해를 입는 걸 가장 큰 수치로 여기게 되었다. 아마 지금 최권후를 처음 만났다면 그에게 아무 조건 없이 200만 원은 절대 안 빌려주었을 것이다.

"선배, 전 예전의 오은서가 아니에요."

그래서 은서는 그한테 솔직하게 말했다. 어쩌면 그가 옛 추억에 빠져 착각하고 있는 건지도 모른다고. 지금의 그녀를 더 깊이 알게 되면 분명 실망할 거라고.

"상관없어. 나도 마찬가지니까."

권후는 물러난 거리만큼 다시 다가왔다. 마치 그녀가 그를 끌어당기기라도 하는 것처럼. 반짝이는 그의 눈동자는 한시도 그녀한테서 벗어나지 않았다.

은서는 그의 눈에 담긴 선명한 갈망을 읽고 무력해지는 걸 느꼈다. 오늘 여기 오지 말았어야 했던 건가. 그 어느 때보다 그의 시야에서 벗어나는 게 쉽지 않았다. 어쩌면 그와 이대로 끝내고 싶지 않다는 그녀의 미련한 마음 때문인지도 모른다.

"이제 좀 용기가 생겨?"

용기는커녕 어찌할 바를 모르겠다.

취중 키스　355

"저 진짜 가야 해요."

은서는 목소리를 쥐어짜서 말했다. 지금은 무엇보다 제인 리 인터뷰를 무사히 끝마치는 게 중요했다. 그러니 여기서 사고를 칠 때가 아니었다.

"은서야."

그가 그녀의 이름을 두 번째로 부른 순간, 여기 계속 있으면 진짜 큰일이 나겠구나 싶어서 은서는 택시를 향해 뛰어갔다. 다행히 붙잡는 손길은 없었다.

그러나 이름을 부르는 목소리는 그 밤 내내 그녀를 괴롭혔다. 잠을 설친 은서는 거울 앞에 섰다. 오늘까지 제인 리 인터뷰였기에 아무리 컨디션이 안 좋아도 방송국을 쉴 수는 없었다. 밤새 한숨도 못 잔 얼굴은 까슬했고, 눈 밑은 다크서클이 생겨 칙칙했다. 속이 울렁거렸고, 머리가 묵직했다.

그녀는 정신을 차리기 위해서 찬물로 세수했다. 겨울이라 손이 아릴 정도로 물이 차가웠다. 씻으면 씻을수록 어젯밤의 기억은 더 선명해질 뿐이었다.

공항으로 가는 차 안에서 제인 리는 핸드폰으로 차승재의 기사를 그녀에게도 보여 주었다.

"승재의 새로운 구단주가 정말 멋있네요. 안 그래요?"

은서는 억지로 웃었다. 제인 리 앞에서 욕을 할 수는 없었으니까.

"승재가 이번 인터뷰 부탁했을 때, 내가 왜 허락했는지 알아요?"

그녀가 매니저와의 전화에서 차승재의 이름을 꺼낸 순간, 이 인터뷰는 차승재의 도움을 받은 것이나 마찬가지였다. 결국 제인 리는 차승재에게 전화해서 그녀와의 관계를 물어봤으니까. 그렇게 차승재의 도움을 받게 되었다는 게 거북했다. 가능한 한 빨리 이 빚을 그한테 갚아서 홀가분해지고 싶었다.

"용서받고 싶은 여자라고 하더라고요."

그녀의 미간이 굳었다. 용서라는 말이 굉장히 거슬렸으니까.

"용서라는 거 나도 해 봐서 얼마나 힘든지 아니까."

제인 리의 친엄마를 말하는 것이라 느낀 은서는 제인 리의 얼굴을 말없이 쳐다보았다. 이건 꼭 인터뷰에 넣어야 한다는 생각을 할 수도 없이, 그냥 제인 리의 이야기를 듣게 되었다.

"그러니까 쉽게 용서하지 말라고요. 그럼 용서가 다시 상처가 될 테니까."

승재의 부탁을 받고 온 사람이 그녀를 위해 말해 주니 은서는 마음이 말로 표현할 수 없이 울컥했다.

"하지만 내가 용서해야 할 일은 제인 리가 용서해야 했던 일과는 비교도 안 되게 작은 일이에요."

그랬다. 그녀에게는 너무 힘든 일이었어도, 어머니에게 버림받은 제인 리의 고통에 어떻게 감히 비교하겠는가. 절대 그럴 수 없다.

"마음이 아팠다면 다 똑같아요."

그녀가 할리우드에서 성공할 수밖에 없었던 건 아마도 자기 자신을 이겨 냈기 때문이 아닌가 싶었다. 그녀는 분명 성공할 자격이 있는 사람이었다.

"그래서 제인 리는 마음 아프게 한 그 사람 용서했어요?"

그녀의 질문에 제인 리는 말없이 창밖으로 고개를 돌렸다. 노을 지는 서울이 제인 리와 어우러져 완벽한 엔딩 장면을 이루었다.

제인 리의 대답은 없었지만 그녀는 들은 것만 같았다. 그리고 아마도 그녀는 인터뷰에 이 장면을 넣을 수 없을 거다. 양 피디는 인터뷰의 포인트를 모른다고 또 그녀를 야단치겠지만, 그녀는 그럴 수밖에 없었다. 그게 그녀다운 것이었으니까.

은서는 공항에서 제인 리와 헤어지고 방송국으로 돌아왔다. 이제는 편집의 시간이었으니까. 1박 2일 동안 찍은 제인 리의 영상을 보며 자르고 붙이기를 반복해야 했다. 제인 리 인터뷰를 못 잡아서 전전긍긍하던 때와 비교하면 이건 꽤 속 편한 작업이었다.

내가 기계인지 기계가 나인지 모를 지경이 될 때까지 편집 작업을 이어 갔다. 일에 몰두하다 보니 자연히 최권후는 생각나지 않았다.

그러나 손을 놓고 잠시 쉬게 되면 어김없이 들숨과 날숨 사이로, 감각과 감각 사이로, 기억과 기억 사이로 최권후가 파고 들어 와 그녀를 괴롭혔다. 그래도 이전에는 이렇게 지독하게 생각나지는 않았었는데, 몸 안에서 뭐가 고장 나기라도 한 것처럼 그에 관한 생각을 그녀의 의지로 제어할 수 없었다. 마치 또다시 사랑에라도 빠진 것처럼. 그건 정말 오싹한 일이었다.

은서는 절대 아니라고 고개를 저으며 부정했다. 반지까지 돌려주며 끝내겠다고 했으면서, 인제 와서 이러면 어쩌겠다는 건가.

─ 이제 좀 용기가 생겨?

은서는 두 눈을 질끈 감았다.

그녀는 겁쟁이였다. 그의 말대로 그녀의 가족, 그의 가족, 다른 사람들의 시선을 신경 쓰지 않고 그만 볼 용기가 도저히 안 생겼다. 온 세상이 그녀를 감시하고 있는 것만 같은 기분이었다. 결국 그녀가 아무리 최권후에게 끌려도 당당하게 그 마음을 말할 수조차 없었다. 그러니 무슨 소용인가 싶다. 생각할수록 더 괴롭기만 하지.

Rrrrrrrrr─ Rrrrrrrrr─.

전화벨이 울리자 은서는 힘없이 고개를 들었다. 늦은 밤에 전화한 사람은 뜻밖에도 샤넬 비서였다. 은서는 혹시 권후한테 무슨 일이 생긴 건가 싶어서 바로 전화를 받았다.

"여보세요."

[늦은 시간에 죄송합니다. 최권후 대표님 비서입니다.]

"알아요. 무슨 일로 전화하셨어요?"

[아! 부탁드릴 일이 하나 있는데 괜찮을까요?]

최권후가 루카스에서 술에 취해 잠들었다고 하고, 샤넬 비서는 집안일 때문에 지방에 있다고 했다. 그래서 그녀한테 최권후를 집까지 데려다줄 수 있는지 부탁했다.

"술을 왜 그렇게 많이 마신 건데요?"

비서도 없이 마신 거면 공적인 미팅은 아니었다.

[저도 궁금해서 오 피디님께 물어보고 싶었습니다.]

그녀의 탓을 하는 말인 듯 들려서 목구멍이 조여 왔다.

그녀가 루카스에 도착하자 이제는 얼굴이 익숙한 매니저가 바로 달려왔다. 그리고 그녀는 묻지도 않았는데 사장님이 인사불성이 될 정도로 취해서 정말 곤란했다고 늘어놓았다. 사장님이 취하는 일이 한 번도 없었기에 사장님의 집을 아는 사람도 백 비서뿐이었다고.

달칵, 룸의 문을 직접 열고 들어가자 긴 소파에 늘어져 있는 최권후가 보였다. 넥타이도 없이 셔츠 단추는 세 개나 풀어져 있었고, 머리를 깊게 숙이고 있어서 얼굴은 잘 보이지 않았다. 그녀가 가까이 다가가도 그는 미동도 없었다.

설마 잠들었나?

은서는 몸을 낮추어 권후의 얼굴을 살펴보았다. 눈꺼풀이 아래로 내려가 감겨 있었다. 많이 취했다더니 취해서 잠든 것 같았다. 만취한 채 자는 최권후의 모습에 그녀는 속상하기만 했다. 그를 집에 데려가기 위해서라도 그를 깨워야 한다는 걸 깨닫고 그의 어깨를 손으로 잡고 흔들었다.

"눈 좀 떠 봐요."

권후는 깊게 잠이 들었는지 바로 깨지 않았다.

"선배. 집에 가야죠. 눈 떠요."

그녀가 몇 번이나 부르며 몸을 흔들자 그의 긴 속눈썹이 가늘게 떨리는가 싶더니 조금 위로 올라갔다. 술에 취한 듯, 잠에 취한 듯 나른한 그의 표정이 낯설어서 그녀는 숨을 죽이고 그를 쳐다보았다. 나른하게 길게 뻗은 눈빛이, 공기를 베어 물듯이 살짝 벌어진 입술이, 풀어헤친 셔츠 사이로 보이는 날렵한 쇄골이 그녀를 긴장하게 하였다.

"나 알아보겠어요?"

그가 눈을 떠서 쉽게 선배라고 부르지 못했다. 그렇다고 사돈이라고 하지도 못했다. 그 무엇으로도 부를 수 없었다. 그녀를 본 그의 눈빛이 밤하늘의 초승달처럼 매끄럽게 휘었다.

"은서."

그가 부르는 이름이 꿀을 바른 듯 너무 달콤해서 그녀는 당황했다.

"너무 늦었어요. 집에 가요."

많이 취해서 몸을 가누기 힘들 것 같아 그의 팔에 팔짱을 끼고 부축해 주려는데, 그의 앞 머리카락이 그녀의 뺨에 스쳐 간지러웠다.

그가 머리를 그녀의 어깨에 기댄 건 줄 알았는데 거기서 끝나지 않고 그가 내쉬는 숨결이 그녀의 얼굴에 닿았다. 어깨에 기댄 것치고 그의 얼굴이 지나치게 가깝다고 생각한 순간, 코끝이 스치며 따뜻하고 젖은 살결이 그녀의 입술에 닿았다. 그게 그의 입술인 걸 깨닫고 그녀는 그대로 굳어 버렸다.

권후는 차승재를 루카스로 불렀다. 명목은 피닉스 입단 기념으로 술을 사 주겠다는 것이었지만, 실상은 그한테 물어볼 게 있어서였다.

매니저의 안내를 받고 룸 안으로 들어선 차승재는 테이블에 가득한 술과 혼자 있는 권후를 보고 문 앞에서 움직이지 않았다. 권후가 삐딱하게 물었다.

"아, 혹시 술이 약하신가?"

차승재는 비릿한 미소를 지었다. 혹시라도 그의 친모가 술집 여자라는 걸 알고 일부러 이러는 건가 싶어 속이 뒤틀렸을 뿐이다. 물론 권후는 차승재가 야구를 잘하는 것 말고는 아무것도 몰랐다. 심지어 은서와의 관계조차 몰라서 속이 타는 중이었다. 권후는 술잔에 술을 따르며 차승재에게 물었다.

"이창범 감독이 이끈 팀에 있었으니 이 감독에 대해 잘 알 것 같은데."

최권후가 감독까지 자기 손으로 새로 뽑으려 한다는 걸 알고 차승재는 헛웃음을 지었다. 이럴 거면 단장까지 자기가 다 해 먹지. 그러나 피닉스의 경기력을 높이려고 이러는 걸 알기에 차승재는 걸어와서 소파에 앉으며 대답했다.

"능력 있는 분이죠. 하지만 이 감독의 독설을 못 견디고 야구 그만둔 선수도 많습니다."

이창범 감독이 문제가 있을 건 그도 짐작하고 있었다. 그러니까 단장이 그렇게 반대했겠지.

"그럼 이창범 감독이 우리 팀에 오면 오히려 마이너스라고 생각하나?"

"아예 팀이 해체될 확률과 우승할 확률이 같이 높아진다고 보면 되겠네요."

차승재가 그의 얼굴을 보며 차갑게 비웃었다.

"폭탄 같은 게 딱 당신이랑 똑같네요."

권후는 화내지 않고 오히려 웃었다. 그 말을 들으니 이창범 감독을 만나지도 않았는데 내적 친밀감이 들었다.

"그럼 내가 꼭 만나 봐야겠네."

그리 말하며 권후는 차승재의 잔에 자신의 잔을 부딪치고 먼저 한 잔을 비워 냈다. 독한 술이 몸 안으로 들어가니 잠시 모든 감각이 마비되는 느낌이 나쁘지 않았다. 요즘 그는 지나치게 감정 낭비를 하고 있었으니까. 은서는 모래알 같았다. 잡았다고 생각할 때마다 손 틈으로 모래알처럼 빠져나갔다. 그

취중 키스 363

게 반복되니 그도 지쳤다.

그가 빈 잔에 스스로 술을 또 따르는 걸 보고 차승재는 미간을 좁혔다.

"지금 술 세다고 자랑이라도 하는 겁니까?"

"뭐든 센 게 좋은 거 아닌가?"

권후가 빙글거리며 그리 말하자 차승재는 열받아서 술잔을 들어 마셨다. 그렇게 두 남자의 무모한 술 배틀이 시작되었다. 마음에 안 드는 두 사람이 같이 취할 때까지 술을 마셨으니 결과가 좋을 리가 없었다.

"당신은 재벌 집에서 태어나지 않았으면 아무것도 아니었어."

차승재의 공격에 권후는 콧방귀를 꼈다.

"내가 보통 가정집에서 태어나 야구했으면 지금 너보다 더 유명한 야구 선수가 되었어."

"웃기지 마. 야구에 있어서만은 절대 너한테 안 져."

"아! 은서에 대해서는 진 걸 이미 인정하는 건가?"

그건 처음부터 싸움이 안 되는 일이었다. 은서는 최권후 때문에 차승재의 야구부를 찾아왔던 것이었고, 그녀와 함께 있으면서 들은 이야기의 대부분이 최권후에 대한 것이었다.

차승재는 최권후의 얼굴을 무섭게 노려보다가 먼저 룸을 나가 버렸다.

탁—.

차승재가 떠나고 혼자 남아서도 권후는 계속 술을 마셨다.

잠이 올 때까지. 그래서 아무 생각도 하지 않을 수 있게. 이렇게 어중간하게 취해서는 먼저 찾아가서 추태를 부릴 게 분명했으니까. 이젠 그도 자신이 무슨 짓을 할지 두려웠으니 조심해서 나쁠 것 없었다. 그렇게 그의 바람대로 술에 취해 얌전히 잠이 들었다.

그리고 꿈을 꿨다. 꿈에 은서가 나왔다. 커다란 눈망울에 그에 대한 걱정이 뚝뚝 떨어지는 게 보기 좋았다.

말로는 계속 아니라고 하면서 그녀의 눈은 항상 그가 좋다고 말하고 있었다. 그가 바보도 아니고 그걸 모르겠나.

그녀한테 말해 주고 싶은 게 있었다.

내가 얼마나 너를……

그녀가 듣기 싫다고 해도 꼭 말해 주고 싶었다. 그래서 다른 놈한테 시집가는 건 꿈도 꿀 수 없게.

은서야. 내가 말이지, 너를 진짜…….

은서는 갑자기 당한 키스에 두 눈이 크게 떠졌다. 저번처럼 1초에 끝나는 꽃잎 같은 입맞춤이 아니었다. 아랫입술을 삼키고 바로 윗입술을 물고 빠는 행위가 지독히도 노골적이었다. 이런 키스는 처음인 은서는 그의 입 안으로 영혼이 뽑혀 나가는 것만 같았다. 입술과 입술이 함부로 비벼지고 뒤엉켰다.

그런데 그녀의 입술을 마음껏 훔친 뒤, 그는 아무 일 없었다는 듯이 그녀의 어깨에 머리를 기대고 편하게 눈을 감았다. 이 상황에 다시 잠이 든 것이다.

야이씨! 이젠 그녀가 그에게 화를 내야 할 상황이었지만, 은서는 기대 오는 권후를 밀어내지도 못하고 몸만 부르르 떨었다. 입술이 불이 붙은 듯이 뜨겁고 온몸이 솜털이 빳빳하게 일어난 채 굳어 버렸다. 그와의 첫키스에서는 쓴 위스키 맛이 났다. 그런데 내일 술이 깬 그가 과연 이 키스를 기억이나 할까? 그녀의 입으로 먼저 말하지는 않을 거다. 죽어도!

은서는 혼자 있다가 또 봉변당할까 봐 매니저에게 도움을 요청해서 그를 차까지 옮겼다.

"마스크 있으면 좀 주시겠어요."

매니저는 그녀의 요청이 꽤 황당하다고 생각하다, 퍼뜩 깨달은 듯 고개를 끄덕였다.

"아! 술 냄새를 싫어하시는군요. 바로 가져다드리겠습니다."

그게 아니라 그가 또 잠결에 이상한 짓을 할까 봐서 대비하려는 거였다.

머리는 그냥 매니저에게 집 주소를 알려 준 뒤 내팽개치고 가라고 했지만, 몸은 착실하게 취한 권후를 챙겼다.

권후는 술에 취해서 한 짓이라지만, 그녀는 멀쩡한 정신으로도 머리와 몸이 따로 노는 모순적인 행동을 하고 있었다.

그의 옆에 있으면 제정신을 차릴 수 없는 무서운 현상은 비단 오늘만 그런 게 아니었다. 그런데 아직도 도망치지 않았다니. 설마 그건 그녀의 의지로 불가능한 일이었나.

권후가 그녀를 놓아주어야 가능하다면 정말 암담했다. 은서는 술에 취해 잠든 권후와 함께 그의 집으로 향했다. 머리와 마음이 엉망진창이었다.

운전기사의 도움으로 권후를 집까지 데리고 올라갈 수 있었다. 그녀도 권후의 집은 현관까지밖에 안 들어갔었기에 문을 열고 집에 들어서자 잠시 당황했다. 어디가 침실인지 알 수 없었으니까. 그래서 눈에 보이는 커다란 소파를 가리키며 운전기사에게 부탁했다.

"소파에 내려놔 주세요."

"네? 침대가 아니라요?"

"상관없어요."

길에 안 버리고 집까지 데려다준 것만으로도 그는 감지덕지해야 했다. 운전기사는 찝찝한 표정을 지었지만, 지시대로 권후를 소파에 내려놓았다. 권후는 그대로 소파에 쓰러졌다.

"감사합니다."

은서는 도와준 운전기사에게 인사하고 바로 보냈다. 그녀는 그제야 침실을 찾아서 이불과 베개를 가지고 나왔다.

소파에 누운 권후는 아침까지는 죽어도 깨지 않을 듯 시체처럼 자고 있었다. 이 기회에 한 대 때릴까. 순간 그런 충동이 일었지만 은서는 참았다. 때리려면 체육관 링 위에서 정정당당하게 때리자. 안 때리겠다는 마음은 절대 안 생겼다.

속에서는 그런 비뚤어진 생각을 하면서도 은서는 그가 자면서 불편하지 않게 베개를 머리 아래 받쳐주고, 감기가 들지 않게 이불도 꼼꼼하게 덮어 주었다.

은서는 할 일을 끝내고 떠나기 전에 그의 얼굴을 감상하듯이 물끄러미 바라보았다. 성인이 된 그의 얼굴을 이리 자세히 보는 건 처음인 듯했다. 항상 그녀가 먼저 피하기 바빴으니까.

열여섯의 그보다 성숙하고, 더 이상 순수하지 않은 그 얼굴이 그녀의 시야를 어지럽혔다.

"우리는 앞으로 어떻게 될까요? 선배."

작은 목소리로 물어봤는데, 역시나 돌아오는 대답은 없었다. 그가 답을 알고 있었다면 이리 술이 떡이 될 때까지 마시지도 않았을 것 같았다. 그러니 그녀한테만 답을 강요하지 말았으면 했다. 그녀가 용기만 내면 모든 게 다 해결될 거라는 듯이. 마치 두 사람이 행복할 수 없는 게 그녀의 탓인 듯이. 그런데 그의 탓도 하고 싶지 않았다. 그럴 수 없었다. 그의 솔직한 모습을 그녀는 좋아했으니까, 어떻게 미워할 수 있겠나.

은서는 더 이상 미련을 두지 않고 몸을 돌려 그 집에서 나왔다.

탁—.

밤그림자가 두 사람 사이에 길게 드리워지며 둘을 갈라놓았다.

Chapter 11
가지 마요

 권후가 난생처음 숙취라는 걸 느끼며 괴롭게 눈을 떴을 때, 가장 처음 보게 된 건 무미건조한 표정의 백 비서였다. 권후는 두통 때문에 얼굴을 구기며 물었다.

 "집에 간다고 하지 않았어?"

 백 비서의 집은 생전 들어 본 적도 없는 시골 깡촌이었다. 저렇게 세련된 얼굴을 하고서 본투비 촌놈이라는 게 여간 신기한 게 아니었다.

 "네. 갔었는데, 대표님이 만취했다는 루카스 매니저의 전화를 받고 바로 올라왔습니다."

 다 너 때문이라는 원망이었지만 권후는 들은 척도 하지 않고 힘겹게 몸을 일으켰다. 잠든 곳이 소파라는 걸 알고 권후는 바로 못마땅한 표정을 지었다. 옷도 재킷까지 전부 다 입고 있었다.

 "재우려면 침대에 눕혔어야지. 옷도 다 구겨졌잖아. 일 정말 못 하네, 백 비서."

백 비서가 술에 취한 보스 때문에 오랜만에 돌아간 집에서 제대로 쉬지도 못한 채 다섯 시간이나 차를 타고 온 건 생각도 하지 않고 권후는 그를 타박했다.

"제가 한 거 아닙니다."

"네가 한 게 아니면 누가 해!"

백 비서가 입을 꾹 다물고 그의 얼굴을 쳐다만 보자 권후는 뭔가 굉장히 찝찝해졌다. 은서 꿈을 꾸긴 했는데, 꿈꾼 김에 그가 좀 멋대로 만지기도 하긴 했는데.

권후는 엉망인 꼴에 어울리지 않는 심각한 표정으로 백 비서에게 경고했다.

"만약 오은서라고 하면 나 너 죽일 거다."

그 순간에도 백 비서는 무미건조한 얼굴이었지만, 사실 속으로 굉장히 쫄았다. 이번엔 보스가 진심인 것 같았으니까.

제인 리 인터뷰 영상을 본 양 피디는 처음으로 칭찬 비슷한 말을 해 주었다.

"둘이 잘 맞나 봐. 이번 인터뷰가 우연이 아니길 바란다."

쓰리 콤보와 환상의 콤비라는 말에 은서는 절로 얼굴이 구겨졌다. 반대로 조연출은 올림픽 금메달이라도 딴 선수처럼 자신감에 차서 말했다.

"다음에 더 멋진 인터뷰 만들어 오겠습니다. 자신 있습니다."

그 옆에서 그녀는 입을 꾹 다물고 서 있어서 꼭 조연출이 담당 피디 같았고, 그녀가 조연출 같았다.

양 피디가 그런 그녀에게 시선을 주며 시니컬하게 말했다.

"이런 건 좀 보고 배워. 허풍도 잘 쓰면 실력이야."

조연출은 허풍쟁이고, 그녀는 말도 잘 못하는 피디라고 일타쌍피로 먹이고 있었다. 역시 양 피디다웠다.

양 피디가 편집실을 떠나자마자 조연출은 신이 나서 그녀에게 말했다.

"다음 인터뷰는 누구 하실 거예요? 제인 리 다음이니까 진짜 센 사람 해야 할 텐데."

"오늘은 좀 쉬죠. 편집 방금 끝냈어요."

"그럼 피디님은 쉬세요. 제가 찾아볼게요. 무조건 최고의 조건을 가진 사람으로."

아무래도 이놈은 방송국 사장이 목표인가 보다. 의욕이 너무 넘쳤다. 이름뿐만 아니라 욕심이 많은 것조차 차승재를 닮아서 역시 좋아할 수 없는 인간이라고 다시 확신하게 되었다.

"여자 만날 때도 그래요?"

그녀가 불편한 얼굴을 하고 던진 질문에 조연출은 무슨 소리냐는 눈으로 그녀를 쳐다보았다.

"무조건 최고의 조건을 가진 여자, 그러냐고요."

"그게 나빠요?"

조연출이 너무 당당하게 물어오니 그녀가 당황스러웠다.

"그런 걸 원하는데 안 그런 척 구는 게 저는 더 나쁜 것 같은데."

이 자식이 아무것도 모르면서 그녀의 뼈를 때리고 있었다.

그래, 내가 잘못했다. 닥쳐라.

그녀는 조연출을 피해 편집실을 떠나려고 했는데 뒤에서 조연출이 그녀에게 말했다.

"피디님이 저 싫어하셔도 전 피디님 옆에 껌딱지처럼 붙어 있을 겁니다."

소름 돋는 대사에 은서는 질색하는 눈빛으로 조연출을 돌아보았다.

"전 딱 감 왔어요. 피디님이 제 성공의 지름길이라는 걸."

그녀도 처음 본 순간 딱 감이 왔다. 재수 없음의 쓰리 콤보라는 게.

왜 그녀의 주위에는 이렇게 그녀를 불편하게 하는 사람들만 있는가. 설마 그 사람들이 문제가 아니라 내 성격이 더 문제인 건가? 그리 생각하니 우울해졌다.

그녀가 성공적으로 방송국 피디가 되면 가장 먼저 하고 싶었던 일은 대학교 은사님을 찾아가는 것이었다. 원래는 최권 후 인터뷰를 끝내고 갔어야 하는 게 맞지만, 그땐 어쩐지 떳떳하게 문종우 교수님을 만날 마음이 안 생겼다. 문 교수님이 인터뷰에 대해 물어보면 분명 바보처럼 버벅거리게 될 것 같았으니까. 그래서 그녀는 제인 리 인터뷰를 끝내고 나서야 비로소 학교에 찾아가게 되었다.

오랜만에 온 캠퍼스는 여전히 여유가 넘쳤고, 게시판에는 동아리를 홍보하는 전단지들이 오색찬란하게 붙어 있었고, 오랜 세월과 학문을 간직한 대학 건물은 고풍스러웠다.

은서는 다시 어려진 기분을 느끼고 싶어서 일부러 차에서 내려 캠퍼스를 걸었다. 항상 시간에 쫓기고, 사람들에게 시달리며 살다가 갑자기 그 모든 게 사라진 공간에 오니 꼭 이상한 나라에 온 앨리스가 된 기분이었다. 그리고 잊었다고 생각했던 말이 불쑥 그녀의 머릿속으로 침입해 들어왔다.

— 한 달만. 너의 가족, 우리 가족, 그리고 주위의 다른 사람들 아무도 생각하지 않고 나만 봐 주라.

은서는 몸을 떨며 그 자리에서 멈추어 섰다. 그 말과 더불어 뜨겁게 닿았던 입술의 감촉까지 진득하게 달라붙으며 순식간에 그녀의 평화는 엉망이 되었다.

은서는 두 손으로 뺨을 때리며 악귀를 쫓듯이 그녀의 머릿속에서 그 낯 뜨거운 기억을 쫓아내려고 애썼다. 어차피 그 말은 실현 가능성이 없는 허무맹랑한 말이었고, 키스도 그가 술에 취해서 술주정으로 한 것이었다. 분명 본인은 기억도 못 할 거다. 그러니까 지금까지 전화 한 통도 없는 거다.

아무래도 몸이 편해지면 최권후가 그 틈을 노려서 공격하는 것 같았기에 그녀는 몸을 혹사하기 위해서 언론학과가 있는 인문대 쪽으로 뛰었다.

　대학 캠퍼스에서 열심히 달리기하는 그녀한테 학생들의 시선이 잠시 닿았다가 떨어지기를 반복했다. 아무도 그리 신경을 쓰지 않는다는 것도 역시 캠퍼스다웠다. 이곳에서는 그녀도 조금은 더 자유로울 수 있을 것 같았다. 아주 찰나라고 해도 자유의 향기는 달콤했다.

　그녀가 인문대 쪽으로 사라진 뒤 캠퍼스 안으로 들어오는 고급 세단이 있었다. 달리는 여자보다 비싸 보이는 차에 학생들의 시선이 더 많이, 더 오래 따라붙었다. 세단은 부드럽게 달려 야구장 쪽으로 향했다.

　차 뒷좌석에 앉아 있는 권후는 창밖을 구경하다가 저 멀리 엄지손가락만 하게 보이는 여자의 등짝을 보고 한숨을 내쉬었다. 이젠 아무나 다 오은서로 보이는 걸 보니 아무래도 중증 같았다.

　백 비서와 루카스 매니저는 입을 모아 그날 그를 집까지 데리고 간 건 루카스 직원이라고 말했지만, 권후는 영 찝찝했다. 아무래도 그가 죽여 버린다고 협박해서 몸을 사리는 낌새였다. 이럴 줄 알았으면 우선은 웃으면서 물어본 뒤 그렇다고 하면 죽여 버릴걸.

　그래도 차마 은서한테 전화해서 직접 물어볼 수는 없었다. 그가 예의는 좀 없을지 몰라도 염치는 있는 인간이었다. 술 마시고 그런 짓을 정말 했다면 무슨 낯짝으로 은서한테 용서를 바라겠나. 쓰레기라고 욕해도 할 말이 없었다.

그래도 억울한 건 어땠는지 정확하게 기억도 안 난다는 것이다. 그게 인생 마지막 키스가 된다면 그는 망한 것이었다.

한 1년은 잠적해 있다가 찾아가면 좀 용서해 주려나.

권후가 궁상맞게 그런 생각을 하고 있는데 어느새 차가 멈추었다.

탕—!

배트가 야구공을 때리는 소리가 시원하게 들려왔다. 권후는 그 소리에 이끌려 차 문을 열고 내려섰다.

이창범 감독을 직접 만나 보려고 한국대 야구팀을 찾아온 길이었다. 프로 팀에서 퇴출된 감독은 아직도 야구의 끈을 놓지 못하고 대학 팀에서 감독을 하고 있었다. 그런 행보가 꼭 그와 비슷해서 권후는 어쩌면 더 이창범 감독에게 애착이 생긴 건지도 몰랐다.

그래도 이창범 감독이 그보다는 나았다. 현역으로 감독 일을 하고 있긴 했으니까. 하긴 창창한 나이에 스스로 야구 배트를 놓아야 했던 그의 고통과 이창범의 고통이 어떻게 같겠나.

펜스 앞에 선 권후는 그라운드 위에서 연습 시합을 하고 있는 대학 팀 선수들의 움직임을 바라보았다.

부족한 실력을 힘으로 밀고 나가는 건 저 나이만이 할 수 있는 특권 같은 것이라서, 프로 팀 경기를 보는 것과는 또 다른 맛이 있었다. 그도 저들처럼 무엇이든 해낼 수 있을 것이라 믿었던 시기가 있었다는 게 믿기지 않았다.

그저 구경꾼일 뿐인 그한테 사람들의 시선이 따라붙기 시작했다. 미디어의 힘은 무시할 수 없었다. 한 번의 인터뷰로 그는 꽤 유명인이 된 듯했다. 더그아웃에 앉아 있던 이창범 감독이 일어나서 그가 있는 쪽을 쳐다보았다. 그래도 권후는 계속 야구 경기를 관람했다. 오늘 그가 여기 온 목적이 꼭 이창범 감독이 아니라 선수들의 경기였다는 듯이.

"라온 피닉스 구단주 인터뷰한 건 봤단다."

문종우 교수가 웃으면서 한 말에 은서는 부끄러움이 몰려왔다. 제인 리 인터뷰가 아직 방송되지 않았으니 어쩔 수 없었다. 그녀는 이 곤란한 감정에서 벗어나기 위해서 서둘러 덧붙였다.

"다음은 제인 리 인터뷰예요. 첫 번째보다 두 번째가 더 어려웠던 것 같아요."

'제인 리'라는 말에 문종우 교수는 꽤 놀란 표정을 지었다.

"베테랑 피디도 성공하기 어려운 인터뷰를 했구나."

문종우 교수는 그녀가 차승재 때문에 힘들어서 다 포기하려고 했을 때 그녀를 붙잡아 준 사람이었다.

"어쩌다 보니 대학 때 악연이었던 사람이 이번에는 도움을 줬어요. 둘이 지인이더라고요."

문종우 교수 앞이었기에 솔직하게 할 수 있는 말이었다. 꼭 교회에서 고해 성사라도 하는 기분이었다.

"그래서 화해했니?"

은서는 고개를 저었다.

"저는 속이 좁아서 용서가 쉽게 안 돼요."

그냥 안 불편하게 평생 얼굴 안 보고 살았으면 좋겠다.

"원래 용서라는 게 쉬운 게 아냐. 그래서 네가 진심으로 용서할 마음이 생기면 더 성장할 수 있을 거야. 그걸 위해 억지로 하라는 뜻은 아니고. 그 사람과 부딪치는 걸 겁내지는 말라는 소리야."

은서는 아직 그럴 자신이 없었지만 문종우 교수 앞에서는 미소를 지어 보였다. 그리고 두 사람은 함께 식사하기 위해서 교수실을 나와 교직원 식당으로 향했다. 마주치는 학생들이 문종우 교수한테 인사하며 그 옆에 있는 그녀를 호기심 어린 시선으로 쳐다보았다.

"휴먼 인사이드 피디 하고 있는 너희 선배야."

문종우 교수가 자랑스럽다는 듯이 그녀를 후배들에게 소개해서 은서는 얼굴이 뜨거워졌다. 아직은 그렇게 대견해할 만한 일을 한 게 없었으니까. 중간에 포기하지 않고 여기까지 겨우 버틴 것만으로도 감지덕지였다.

"와! 휴먼 인사이드 피디요? 그럼 라온 피닉스 구단주 인터뷰 직접 찍으신 거예요?"

아무래도 그녀의 입봉작은 영원히 그녀를 쫓아다닐 듯했다. 정말 애증의 최권후였다. 흑역사는 아니었기에 친절한 얼굴로 맞다고 대답했더니 학생들은 자기들끼리 난리가 났다.

가지 마요 377

"대박. 지금 야구팀에 라온 피닉스 구단주 왔다고 난리 났는데, 인터뷰 찍은 피디님까지 우리 학교에 있네. 오늘 우리 학교 완전 핵 인싸 파티다."

최권후가 지금 그녀와 같은 공간에 있다는 말을 듣자마자 은서는 머릿속이 새하얗게 변했다. 이렇게 느닷없이 그를 마주칠 마음의 준비가 안 되었다. 그한테 그녀의 소식이 전해지기 전에 어서 빨리 학교를 떠나야 한다는 조바심이 그녀를 집어삼켰다. 은서는 당황한 마음을 얼굴에 티 내지 않기 위해 노력하며 문종우 교수한테 양해를 구했다.

"교수님, 죄송해요. 제가 급하게 돌아가 봐야 할 것 같아요."

같이 밥을 먹으러 나왔는데 그녀가 갑자기 가야 한다고 하자 문종우 교수는 의아한 표정을 지었다.

"무슨 일 있어?"

"그게, 지금은 말씀드리기 그렇고, 다음에 따로 연락드릴게요."

라온 피닉스 구단주 이야기가 나오자마자 그녀의 태도가 변한 걸 문종우 교수는 느꼈지만 굳이 지적하지 않고 그러라고 선선히 말했다.

은서는 문종우 교수와 헤어지고 서둘러 차를 세워 놓은 정문으로 향했다. 캠퍼스 분위기를 내겠다고 차를 멀리 주차한 행동을 뼈저리게 후회했다.

쿵쿵쿵, 발로 땅을 디딜 때마다 심장이 요란하게 울려 댔다.

마치 지진이라도 난 듯이. 점점 심장 소리가 그녀의 몸을 가득 채우다가 어느 순간 빵 터져 버릴 것만 같았다.

"와아아아아."

야구장이 있는 쪽에서 함성이 들려왔다. 소리에 이끌려 고개가 돌아갔다. 사람의 얼굴을 분간할 수 없을 정도로 아주 먼 거리였고. 그곳에는 정말 많은 사람이 있었고, 뒷모습만 보였을 뿐이지만 은서의 눈은 단번에 최권후의 존재를 골라낼 수 있었다. 뇌가 그걸 인지하자마자 마치 독이 퍼진 듯이 몸이 말을 안 들었다. 그녀는 그 자리에 우뚝 선 채 야구장 쪽을 쳐다보았다. 거친 숨소리가 귀 안에서 울렸다.

―그래도 네가 용기가 안 생기면, 그땐 내가 포기할게.

결국 그는 아무것도 포기하지 않을 것이다. 그녀만 죽어라 사람들 틈에서 힘들게 뻗했다. 그런데도 그의 말에 갇혀 이게 뭐 하는 꼴인가 싶다. 이젠 그가 손끝으로 툭 건들기만 해도 그녀는 무너질 것이다.

그래서 최권후는 그녀의 사랑인가, 시련인가?

권후는 야구 경기가 끝난 뒤에야 이창범 감독을 만날 수 있었다.

"라온 피닉스 구단주 최권후라고 합니다."

반듯한 외모로 정중하게 인사하는 그를 이창범 감독은 불청객을 보는 시선으로 바라보았다.

"야구단보다 더 유명한 구단주께서 여기까지는 무슨 일로 왔소?"

타협을 모르는 그의 외골수 성격 때문에 퇴출당한 걸 알기에 권후는 딱히 신경을 쓰지 않았다.

"감독님 소문을 듣고 구경 왔습니다. 얼마나 대단한 성격이기에 프로 팀에서 쫓겨나셨나 해서."

그가 웃으며 하는 모욕에 이창범 감독의 얼굴은 대놓고 구겨졌다. 그의 태도는 이창범 감독을 스카웃하러 왔다기보다는 오히려 조롱하러 온 사람 같긴 했지만, 권후는 태도를 바꾸지 않았다. 이대로 계약하면 라온 피닉스 안에서도 또 똑같은 일의 반복일 뿐이었으니까.

차봉주 단장도 그걸 알기에 강력하게 반대한 것이고, 권후는 반박할 명분이 전혀 없었다. 라온 피닉스가 변하려면 이창범 감독이 필요했지만, 이창범 감독이 다시 프로 팀 감독을 하기 위해서는 이창범 감독도 변화가 필요했다.

그래서 우선은 이창범 감독을 그가 상대해 볼 생각이었다. 과연 이창범 감독이 야구를 위해 자신을 내려놓고 변할 수 있는 사람일까. 하지만 그의 나이를 생각했을 때, 그리 희망적이지는 않았다. 사람은 나이만큼 고집이 세질 수밖에 없었으니까. 역시나 이창범 감독은 바로 그를 쫓아내었다. 구단주한테도 이렇게 막 하는 사람이니 선수들한테 어땠는지는 안 봐도 뻔했다.

권후는 백 비서에게 전화해서 지시했다.

"이창범 감독 신상 좀 자세히 알아봐 줘."

[약점이 될 만한 것으로요?]

"나 사람 협박하는 거 아니거든."

[그래서 약점은 필요 없으시다고요?]

"······그냥 다 알아봐."

자존심이 그렇게 센 사람이라면 프로 팀에서 쫓겨났을 때 바로 야구를 그만두는 게 맞았다. 그런데 그는 대학 야구팀에서 일하고 있었다. 사람이 전혀 변하지 않은 걸 보니 거기에 분명 무슨 사연이 있을 것이라고 권후는 짐작했다.

차로 걸어가는 그한테 여대생들이 몰려와 소란스럽게 아는 척을 했다.

"휴먼 인사이드 인터뷰에서 봤어요. 구단주님. 너무 멋있으세요."

"전화번호 좀 알려 주시면 안 돼요?"

"여자친구 있으세요?"

이제야 백 비서를 놔두고 혼자 온 걸 후회했다. 이런 상황에 백 비서를 미끼로 던지면 그는 편하게 빠져나갈 수 있었을 텐데. 친절한 미소를 지으며 빠져나가려고 했지만, 여대생들이 그를 쉽게 놔주지 않았다.

권후는 어렵게 차에 올라타자마자 운전기사를 독촉했다.

"어서 출발하세요."

조금이라도 머뭇거리면 차 문까지 벌컥 열 것 같았다. 운전

가지 마요　381

기사가 그의 지시대로 급하게 차를 출발했다. 그를 태운 세단은 도망치듯이 대학 캠퍼스를 빠져나갔다. 아무래도 대학 캠퍼스의 낭만은 그와 인연이 전혀 없는 듯했다.

끼이익―. 쾅!

캠퍼스 정문을 정신없이 빠져나오던 은서가 앞에 있는 차를 인식해서 서둘러 브레이크를 밟았을 때는 이미 늦어서 중형차에 앞 범퍼가 부딪치고 말았다.

최권후를 피하려고 하다가 교통사고를 내다니. 뭐가 이리 재수가 없을까 한탄스러웠다.

앞차에서 중년 남자가 손으로 목을 부여잡고 내려서 차가 얼마나 부서졌나 확인하고는 바로 성난 얼굴이 되어 그녀가 타고 있는 차로 걸어왔다. 교통사고를 낸 게 처음인 은서는 몸이 굳었다.

"당신 운전을 왜 이따위로 하는 거야!"

쾅쾅―.

남자의 투박한 손이 창문을 거세게 두드리며 그녀를 위협했다.

"당장 내려!"

은서는 창문을 내리고 남자에게 사과했다.

"죄송합니다. 우선 보험사 부르시죠."

사고 처리를 하려면 보험사를 불러야 하는데 남자는 있는 대로 성만 내었다.

"여자가 운전을 못 하면 집에서 밥이나 할 것이지 왜 기어 나와서, 재수 없게."

그 말에는 그녀도 화가 났다. 책임을 안 지겠다는 것도 아닌데 그녀가 왜 저런 모욕적인 말까지 참아야 하는가.

"말 함부로 하지 마세요."

그녀가 말대꾸하자 남자가 더 부리부리하게 눈을 뜨며 목소리를 높였다.

"남의 차 박은 주제에 뭘 잘했다고 눈을 그렇게 떠! 내가 집에 너만 한 딸이 있어!"

"그래서 집에서도 딸한테 그렇게 막말하세요?"

"뭐라고! 이게 진짜!"

남자가 갑자기 차 문을 벌컥 열더니 그녀를 차에서 끌어 내리려고 거칠게 손을 뻗었다. 그녀는 남자의 힘을 도저히 이길 수 없을 것 같아서 본능적으로 두 눈을 질끈 감았다. 하지만 그녀를 억압하는 힘은 느껴지지 않았다. 대신 남자의 비명이 들려왔다.

"악! 넌 뭐야!"

은서는 눈을 떠 앞을 보았다가 남자의 팔목을 뒤로 비틀어 붙잡고 있는 최권후를 발견하고 얼어붙었다.

창백하게 질리는 그녀의 표정 변화를 빠짐없이 지켜보던 최권후는 남자 운전자의 팔을 던지듯이 놓고는 품에서 명함을 꺼내 내밀었다. 남자는 명함에 찍힌 회사 대표 직함을 보고 잠시 멈칫했다.

"누가 보면 강도 살인이라도 난 줄 알겠습니다. 그렇게 억울하면 경찰 부를까요?"

그의 기세에 밀린 남자는 주눅이 들어서 더 이상 욕을 하지 못했다.

최권후를 피해 서둘러 대학교를 빠져나가다가 접촉 사고를 냈는데, 그 사고의 처리를 최권후가 해 주는 이 웃픈 상황이 은서는 가시방석이 따로 없었다. 차라리 문 교수와 밥을 먹고 대학교를 떠났으면 사고가 나는 일도 없었고, 최권후한테 이런 수치스러운 모습 보일 일도 없었을 거다. 그녀의 인생은 아무리 생각해도 운이 좋은 편이 아니었다. 아니, 그녀의 선택이 언제나 최악인 건가?

"급하게 차를 몰았나 본데. 당장 가 봐야 할 일 있어?"

그의 질문에 은서는 대답하지 못하고 입술을 감쳐물었다. 차마 그를 피해 급하게 떠나던 중이었다는 소리는 못 하겠다.

"설마 학교에 나 왔다는 소리 듣고 도망치던 중은 아니었지?"

은서의 얼굴에 숨기지 못한 당혹감이 드러났다. 그녀의 표정을 보고 마음을 읽은 최권후는 '피식' 웃었다. 그 가벼운 웃음소리가 꼭 그녀를 조롱하는 듯했다. 넌 왜 그리 못나게 구냐고. 최권후가 직접 그리 말한 게 아니라 그저 자격지심일 뿐인데도, 그녀는 얼굴이 뜨거워지고 속이 따가웠다.

"내가 못났다고 생각하죠?"

얼굴을 쳐다보는 최권후의 시선이 느껴졌지만 은서는 고개를 돌릴 수가 없었다. 지금 그의 얼굴을 보면 엉망인 마음을 다 들킬 것만 같았다.

"네가 날 보기 싫어하는 건 네 잘못이 아니야. 그건 내가 못난 거지."

눈시울이 타는 듯이 뜨거워졌다. 15년 전 그녀는 그를 세상에서 가장 빛나는 사람이라고 생각했었다. 그리고 지금 그는 그녀 때문에 못난 사람이 되었다. 그게 견딜 수가 없다. 그녀가 못난 것보다 더 참기 힘들었다.

그가 그녀를 원망했다면 차라리 나았을 것 같았다. 하지만 최권후는 끝까지 그녀의 탓을 단 한마디도 하지 않았다. 그게 꼭 그녀에게 주는 형벌처럼 느껴졌다.

은서는 가시를 삼키듯이 숨을 들이켠 뒤 힘겹게 입을 뗐다.

"선배는 하나도 못나지 않았어요."

그녀의 목소리는 기어가듯이 작았지만 권후는 눈이 커져서 그녀를 다시 쳐다보았다.

"너 방금 날 선배라고 한 거야?"

그동안 꾹꾹 눌러 숨기기 바빴던 마음이 그 부름 한 번에 쏟아져 나온 듯이 속이 울렁였다. 고작 사돈이 아니라 선배라

가지 마요 385

고 불렀을 뿐인데, 눈앞의 사람이 성큼 가까워졌다. 감당이 안 될 정도로.

은서는 쏟아지는 감정을 모조리 토해 내듯이 말했다.

"제가 못난 거예요."

왕지현과 차승재한테 모욕당했을 때 그녀는 세상에서 가장 못난 사람이 된 것 같아서 견딜 수가 없었다. 아무리 씻어도 지워지지 않는 굴욕감에서 아주 오래 벗어날 수가 없었다.

살을 빼기 시작한 건 그 굴욕감에서 벗어나고 싶은 발버둥에서였다. 살이 1kg씩 빠질 때마다 그녀의 못난 기억이 그만큼 사라졌다. 그래서 수십 킬로그램이 빠질 때까지 멈추지 않았다. 그 이후로 그녀는 두 번 다시 못난 사람이 되는 일은 절대 안 당할 거라고 다짐하며 섣불리 사람을 믿지 못했었다.

그런데 권후가 그녀 때문에 못난 사람이 되는 건 그녀가 못난 사람이 되는 것보다 더 괴로웠다. 아무리 살을 빼도, 죽어라 몸부림을 쳐도 이건 도저히 감당할 수 없을 것 같았다.

생살이 찢긴 듯이 붉어진 그녀의 눈이 고통스러워 보여서 권후는 마음이 안 좋았다. 그녀가 이렇게 힘들다면 그는 더 이상 강요하지 말아야 했다. 사실 처음부터 그의 욕심인 걸 알았다. 은서는 한 번도 그와 재회한 걸 반기지 않았으니까. 멀쩡히 잘 사는 그녀의 인생에 그가 갑자기 재등장해서 돌을 던진 것이나 마찬가지였다. 이 얼마나 이기적인 꿈인가. 그녀의 동의는 구하지 않고 오로지 그의 욕망만을 먹고살았으니.

권후는 손을 뻗어서 그녀의 뺨을 감싸 안았다. 그녀의 몸이 긴장하는 게 느껴졌지만, 그의 손을 피하지는 않았다.

"네가 정말 날 보고 싶지 않다면 다시 사라져 줄게."

그녀의 갈색 눈동자가 커진 채 얼어붙었다. 미소를 짓는 그의 얼굴이 그녀의 망막에 박혔다.

"이번에는 죽을 때까지 돌아오지 않을 테니까 안심해."

그의 손이 그녀의 얼굴에서 떨어져 나갔다. 그가 정말 이대로 사라져 버릴까 겁이 난 은서는 서둘러 말했다.

"하지만 야구단……."

이 상황에서 그녀가 그를 붙잡을 수 있는 건 그것뿐이었다. 그런데도 최권후는 그것조차 별거 아니라는 듯이 대답했다.

"구단주는 돈만 주면 되는 일이니까 내가 지구상 어디에 있든 상관없어."

최권후는 몸을 돌렸다. 정말 이대로 홀연히 떠나 버릴 사람처럼. 야구단도, 가족도, 회사도, 그 무엇도 그를 붙잡을 수 없다는 듯이.

"선배!"

그녀가 붙잡듯이 부른 외침에 그가 시원하게 웃었다. 하지만 돌아보지 않고 계속 멀어졌다. 최권후는 다가오는 것도 거침없었는데, 떠나는 것조차 마찬가지였다. 그는 언제나 자신의 마음이 시키는 대로 행동했기에 절대 머뭇거림이 없었다.

이대로 그가 또다시 그녀의 세상에서 사라진다고 생각하니 아득해졌다.

은서는 그가 사라진 10년 동안 계속 그의 흔적을 찾아 헤맸었다. 겨우 다시 만나서는 가족들의 눈치를 보느라고 단 한 번도 반갑다는 말을 솔직하게 못 했었다. 이번에 그를 놓치게 되면 그건 온전히 그녀의 탓이었다. 그녀가 못나서였다.

그래서 이젠 차승재를 경멸하듯이 날 경멸하며 살 거야? 그가 보고 싶을 때마다 자신을 경멸하며.

"가지 마요!"

그녀의 외침이 터져 나왔다. 처음으로 토해 낸 진심은 아주 새빨간 색이었다.

권후는 걸음을 멈추고 고개를 돌려 은서를 쳐다보았다. 사실 사라져 준다는 말은 반은 진심이었고, 반은 도박이었다. 이렇게까지 했는데도 은서가 반응이 없으면 정말 가망이 없는 것이었으니까.

드디어 은서한테서 원하는 말을 들었지만, 사색이 된 그녀의 얼굴을 보니 마음 놓고 좋아할 수도 없었다. 저러다 쓰러지는 게 아닌가 걱정이 되어서 그는 다시 그녀한테 다가갔다. 그러나 원망하는 눈으로 쳐다보는 은서의 눈빛에 찔려 우뚝 걸음이 멈추었다.

"떠난다는 말이 그렇게 쉬워요?"

중학교 때는 그가 떠나는 걸 유일하게 응원해 주었던 사람이 이제는 그가 떠난다는 말에 누구보다 화를 내고 있었다.

"그럼 넌 내가 안 떠났으면 좋겠어?"

그의 질문에 은서의 눈빛이 형편없이 흔들렸다. 심장이 불안하게 뛰어 대고 숨이 가빠 왔다. 그녀는 더 이상 그를 피해

도망칠 수 없다는 걸 직감했다.

"가면 안 돼요."

눈꺼풀 안이 뜨겁게 아렸다. 눈물보다 더 지독한 게 맺힌 듯. 그렇게 거리를 두려고 노력했으면서 결국 이리 매달리고 있는 자신이 한없이 초라했다.

뚜벅, 그가 가까이 다가왔지만 은서는 움직일 수 없었다. 유리알처럼 반질거리는 그의 눈동자에 오로지 그녀만 담겨 있는 게 보일 정도로 가까워졌다. 그가 그녀에게 숨결을 불어넣듯이 나긋이 속삭였다.

"나도 네가 내 옆에 있었으면 좋겠어."

그 말을 품은 심장은 뜨거웠고, 그러기 위해 무엇을 감수해야 할지 계산하는 머리는 지끈거렸다.

"한번 생각해 볼게요."

그녀가 힘겹게 뱉은 말에 그의 긴 눈매가 요염하게 휘어졌다. 드디어 그녀의 항복을 얻어 내서 만족한 듯이.

"생각해 보고 전화할게요."

오늘은 짧은 시간 안에 너무 큰 사고와 감정이 오가서 한계였다. 차분하게 생각을 정리할 시간이 필요했다. 그래서 전화한다는 말로 겨우 시간을 벌었다. 지금은 이게 최선이었다.

백 비서는 최권후 대표한테 거짓말한 것에 대해 양심의 가

책을 느끼지는 않았다. 죽인다고 하는데 어떻게 솔직하게 말하겠나. 거짓말은 백 비서가 선택한 정당방위였다. 돈 받고 하는 일에 목숨까지 바칠 수는 없었으니까.

그런데 시간이 지나도 그의 거짓말에 화내지 않는 걸 보니 그동안 오온서와 대화를 한 적이 없나 보다. 다행이기도 했고, 불안하기도 했다. 마치 언제든지 터질 수 있는 시한폭탄을 보는 심정이었다.

"이창범 감독에 대해 알아본 내용입니다."

지시한 걸 보고해도 최권후 대표는 별 반응이 없었다. 그를 의심의 눈으로 쳐다보는 것도 곤란했지만, 이건 이것대로 안 괜찮게 느껴졌다. 의욕이 없는 최권후는 매우 이상했으니까.

"이창범 감독 아들이 사채를 끌어다 써서 돈 문제가 생겼습니다. 그 돈을 갚아야 해서 대학 팀 감독 일을 받아들인 것 같습니다."

꽤 자극적인 이야기에도 최권후 대표는 표정의 변화가 전혀 없었다.

"듣고 계십니까?"

"응. 그 돈 내가 갚아 준다고 하면 이창범 감독은 그 성격에 거절하겠지. 차라리 그 아들 쪽을 만나 보는 게 낫겠네."

다 들었으면서도 이리 반응이 무미건조하다니 정말 그답지 않았다.

"혹시 몸이 불편하신 것이라면, 오늘은 집에 들어가서 쉬시는 게……."

"집에 나 혼자 있으면 더 답답해."

답답함을 느끼는 최권후라니 정말 기이한 일이었다. 왜냐하면 그는 집에서 운동을 하느라 답답함을 느낄 새도 없었으니까. 최권후한테 운동은 숨을 쉬는 것과 같은 행동이었다. 그걸 하지 않는다는 건 분명 커다란 문제였다.

"그럼 정신과 상담을……."

"뭐?"

그제야 최권후 대표는 험악한 표정으로 그를 노려보았다. 백 비서는 그의 반응이 정상인 걸 느끼고 오히려 안도했다.

그때 최권후 대표의 핸드폰이 울리자 그는 또 이상 반응을 보였다. 빠르게 핸드폰을 확인하더니 바로 실망한 표정을 지으며 고개를 숙였다. 뭘까? 이 찐따 같은 반응은?

"기다리는 전화 있으십니까?"

"내가 대답하면 백 비서가 해결해 줄 수 있어?"

순식간에 세상에 불만이 많은 형님처럼 거칠어진 그를 보고 백 비서는 조용히 뒤로 물러났다.

그냥 알아서 조심하는 게 상책일 것 같았다. 지금 그의 보스는 정상이 아닌 것 같으니.

3일이 걸렸다. 혼란스러웠던 마음을 정리하는데.

지금 당장 그녀가 해야 할 일은 최권후가 한국을 떠나는 걸 무조건 막는 것이다. 그것만 해내도 괜찮을 거다.

은서는 해야 할 일이 정해지자 마음을 굳게 먹고 최권후에게 전화했다. 늦게 전화할수록 그는 그녀의 말을 의심하게 될 테니까 오래 망설이는 건 오히려 역효과였다.

Rrrrrrrrr— Rrrrrrrrr—.

전화벨이 울릴 때마다 그녀의 심장도 같이 울렸다. 권후는 잠든 건지 전화를 받지 않았다. 그래도 전화를 끊지 않고 기다려 보았는데 전화벨이 안내양의 목소리로 넘어가기 직전에 달칵, 전화가 연결되었다.

우당탕—.

[윽.]

핸드폰 안에서 권후의 목소리 대신 무언가 크게 부딪히는 소리와 고통에 찬 신음이 들려오자 은서는 놀라서 물었다.

"왜 그래요? 무슨 일 있어요?"

휴대폰 안에서 권후가 신음을 삼키는 목소리로 말했다.

[넘어졌어.]

"어딘데요?"

[우리 집.]

"그럼 일어나요."

[못 일어나.]

"네?"

[바닥이 대리석이라 허리가 나갔나 봐.]

접시 물에 코를 박고 죽는 사람이 누군가 했더니 바로 여기 있었다.

"어떻게 집에서 그렇게 다쳐요?"

그녀는 너무 기가 막혀서 걱정보다 야단을 먼저 치게 되었다.

[더 큰 문제가 뭔 줄 알아?]

그녀는 본능적으로 듣기를 거부하고 싶었다. 분명 달갑지 않은 상황을 마주하게 될 것 같았으니까.

[씻던 중이라 119도 못 불러. 어떻게 책임질래?]

그녀야말로 묻고 싶다. 세상에 누가 샤워하던 중 나와서 전화를 받느냐고. 씻는 중에 전화벨 소리를 들은 게 더 용했다. 도대체 청력이 얼마나 좋은 거야.

"그럼 비서 불러요."

허리를 다쳐 못 움직인다니까 모른 척할 수는 없고, 그렇다고 다 벗고 있다는데 그녀가 갈 수도 없는 노릇이었다.

[나 대신 전화 좀 해 줘.]

그녀를 놀라게 하려고 장난친 것이었다면 비서한테 떠넘기는 그녀를 매정하다고 몰아갔을 텐데. 이렇게 나오는 걸 보니 진짜 크게 다친 건가 싶어서 불안해졌다.

"알았어요. 잠깐만 기다려요."

전화를 끊은 그녀는 서둘러 샤넬 비서의 전화번호를 찾아 전화를 걸었다. 늦은 밤이라서인지 전화벨이 한참 간 뒤에야 샤넬 비서는 전화를 받았다.

"여보세요, 백 비서님."

그녀가 다급하게 부르자 샤넬 비서는 인사를 생략하고 용건을 물었다.

[무슨 일이시죠?]

"지금 최 대표가 자기 집 바닥에 쓰러져 있어요. 허리를 다쳐서 못 움직이겠대요."

[아, 그럼 119에······.]

"씻다 나와서 옷을 안 입고 있대요."

[아······.]

백 비서의 두 번째 '아'는 첫 번째 '아'보다 굉장히 길었다.

"그러니까 비서님이 지금 최 대표 집으로 빨리 가 주세요."

[네. 제가 갈 수는 있는데 빨리 가는 건 불가능할 것 같습니다.]

"네?"

[지금 경찰서라.]

"네?"

은서의 두 번째 '네?'는 첫 번째 '네?'보다 굉장히 높았다.

[제가 종종 취객이랑 시비가 붙는데 하필 오늘이 그날이라.]

도대체 이 인간들은 다 왜 이 모양인가 싶었다.

"술 마시고 싸우신 거예요?"

[아뇨. 전 가만히 서 있었는데, 취객이 와서 시비를······.]

"그럼 참으셨어야죠!"

[그래도 몸을 더듬는 걸 참는 건 좀······.]

잠시 샤넬 비서의 치명적인 관상을 잊고 있었다. 역시 세상에 속 편하게 사는 인간은 별로 없나 보다.

"그래서 얼마나 걸릴 것 같으세요?"

[빨라야 2시간일 것 같은데…….]

그 정도면 최권후는 차가운 대리석 바닥에서 얼어 죽을 수도 있겠다.

[오 피디님한테 대신 가 달라고 하는 건, 역시 무리겠죠?]

이 비슷한 말을 분명 전에도 들은 적이 있기에 은서는 신경이 곤두섰다. 전에 이 말을 들어주었다가 루카스에서 무슨 짓을 당했는지 떠올리면 절대 허락하면 안 되었다. 절대로.

〈2권에 계속〉

그린라이트 1

초판 1쇄 인쇄 2024년 6월 15일
초판 1쇄 발행 2024년 6월 25일

지은이 이여운 | **펴낸이** 강성욱 | **책임 기획** 전주에 | **기획 편집** 김민지 강채림 손효은
표지 디자인 돌핀델 | **내지 디자인** 손효은 | **교정** 손효은
펴낸곳 테라스북 | **등록** 제 2022-000073호
주소 (04799) 서울특별시 성동구 아차산로 17길 26, 301호 (성수동2가, 규장각빌딩)
전화 070-4794-5826 | **팩스** 0505-911-5826
블로그 https://blog.naver.com/terracebook | **전자우편** terracebook@naver.com
ISBN 979-11-6728-522-5 (04810)
ISBN 979-11-6728-521-8 (SET)

ⓒ이여운 2024 Printed in Korea

테라스북은 주식회사 스토리펀치의 임프린트 브랜드입니다.

잘못된 책은 구입하신 곳에서 바꾸어 드립니다.
이 책의 전부 또는 일부 내용을 재사용하려면 사전에 저작권자와 주식회사 스토리펀치의 동의를 받아야
합니다.